Ein alter Freund bittet Albin Leclerc um Hilfe, denn seine Tochter Isabelle ist verschwunden. Sie arbeitete als Kellnerin in einem beliebten Café in Gordes, doch nach Arbeitsschluss hat sie niemand mehr gesehen. Sie kam nie zu Hause an. Ihre Familie ist verrückt vor Sorge, doch die Polizei nimmt den Fall nicht besonders ernst. Albin begibt sich gemeinsam mit Mops Tyson auf Spurensuche.
Er findet das Auto von Isabelle, das von der Straße abgekommen ist – von der jungen Frau fehlt allerdings jede Spur. Endlich beginnen auch Albins ehemaligen Kollegen Caterine Castel und Jerome Theroux, sich für den Fall zu interessieren, denen der Commissaire im Ruhestand mit seiner Einmischung gehörig auf die Nerven geht. Hinweise führen Albin zu einem berühmten Schlosshotel. Undercover in einem Kochkurs, kommt er einem Komplott auf die Spur. Bald schon findet er eine siedend heiße Spur. Anscheinend ist Isabelle nur eine von vielen jungen Frauen, die in den letzten Jahren verschwunden sind …

Pierre Lagrange ist das Pseudonym eines bekannten deutschen Autors, der bereits zahlreiche Krimis und Thriller veröffentlicht hat. In der Gegend von Avignon führte seine Mutter ein kleines Hotel auf einem alten Landgut, das berühmt für seine provenzalische Küche war. Die Bände der Erfolgsserie um den liebenswerten Ex-Commissaire Albin Leclerc und seinen Mops Tyson heißen ›Tod in der Provence‹, ›Blutrote Provence‹, ›Mörderische Provence‹ und ›Schatten der Provence‹ und sind im FISCHER Verlag erschienen.

Weitere Informationen finden Sie auf www.fischerverlage.de

Pierre Lagrange

MÖRDERISCHE PROVENCE

Der dritte Fall für Albin Leclerc

FISCHER Taschenbuch

MIX
Papier aus verantwortungsvollen Quellen
FSC® C014496
FSC
www.fsc.org

2. Auflage: Oktober 2022

Erschienen bei FISCHER Taschenbuch
Frankfurt am Main, Juni 2019

Dieses Werk wurde vermittelt durch die Literarische Agentur
Thomas Schlück GmbH, 30827 Garbsen

Druck und Bindung: GGP Media GmbH, Pößneck
Printed in Germany
ISBN 978-3-596-70164-3

1

Ryan Grévais goss etwas Weißwein in ein Glas und dachte über die Frauen nach, die er gerne töten würde. Er erinnerte sich außerdem an die, die bereits in Fässern voller Säure aufgelöst worden waren. Ihm war etwas nostalgisch und melancholisch zumute, eine merkwürdige Stimmung an einem so schönen Tag wie heute. Er stellte die Flasche zurück in den großen amerikanischen Kühlschrank, nahm einige Eiswürfel aus dem Gefrierfach, gab sie in das Glas und schlüpfte aus seinem blauen Zweireiher mit den goldenen Knöpfen. Er warf ihn im Gehen mit einer Bewegung aus dem Handgelenk über eines der Ledersofas im Wohnzimmer der altehrwürdigen Villa, sah sich selbst im Spiegel im Foyer und schmunzelte amüsiert, als er die Treppe hinaufging. Ohne das Sakko sah er aus wie ein Arzt. Wie ein Schönheitschirurg, so ganz in Weiß mit dem weit aufgeknöpften Hemd, der gesunden, gebräunten Haut darunter und dem Brusthaar in der Farbe von Asche.

Nahezu lautlos bewegte er sich in den Wildlederslippern über den flauschigen Teppich im oberen Stockwerk, roch den Duft der Lilien, die in eleganten, schlanken Vasen steckten. Der schwere Siegelring kratzte über das beschlagene Kristallglas, als er sich im Arbeitszimmer setzte und beschloss, seine Stimmung ein wenig zu heben. Er klappte den Laptop auf, der auf einem schweren Jugendstilsekretär stand, und öffnete die Website eines namhaften Unterwäscheherstellers. Seine Hände waren feucht und kalt. Er klickte sich durch die Galerie und blieb am Bild eines ausgesucht hübschen Models hängen, vergrößerte es etwas und fragte sich, wie lange das Mädchen es wohl aushalten würde, wenn er mit einem Akkuschrauber ihren Fußknöchel bearbeitete oder die Wirbel des Rückgrats. Sicher nicht besonders lange. Das taten die wenigsten. Nur die wirklich Guten schafften das für eine Weile – die mit starkem Charakter und unbedingtem Willen zum Überleben. Dieser Wille ließ sich unter den Schmerzen jedoch meist recht schnell brechen. Dann jammerten und wimmerten sie und flehten darum, dass es schnell vorbei wäre und man sie endlich umbringen möge.

Daran war Grévais aber nicht gelegen. Er ließ sich gerne Zeit, und dazu war erstklassiges Material erforderlich. Denn wenn sie so schnell einknickten und sich selbst aufgaben – das verdarb doch den Spaß und außerdem alle Mühe, die man sich machte. Was hatte man von einem Boxkampf, der schon nach einer Runde beendet war? Was genau war das Vergnügen am Betrachten von nicht einmal zehn Sekunden dauernden Hundertmeterläufen? Nein, Grévais empfand sich in dieser Hinsicht eher als Marathonmann, der im Ring stets über die volle Rundenzahl ging.

Er kam zu dem Schluss, dass die kalifornische Schönheit auf dem Foto schon nach einigen Minuten aufgeben würde. Sie wirkte zu zerbrechlich, obwohl ihre Kurven sie üppig erscheinen ließen. Ihr Blick war aufgesetzt und nur für die Kamera selbstbewusst und herausfordernd. Was jenseits davon lag, sagte Grévais, dass sie bereits kriechen und heulen würde, wenn man bloß mit der Bohrmaschine vor ihren Augen herumfuchtelte, ein paarmal den Elektromotor aufheulen ließ und ihr skizzierte, was man mit einem Rasiermesser und ihrem Gesicht so alles anstellen könnte. Wobei an Kriechen und Heulen nichts verkehrt war. Zeigt ihnen die Instrumente, hieß es, und genießt die Vorfreude.

Er nippte an seinem Glas und warf einen Blick aus dem offen stehenden Fenster, strich sich mit zittrigen Fingern durch das graumelierte Haar. Es war ein strahlender Tag. Licht flutete wie flüssiges Gold in das Zimmer. Langsam senkte sich der Abend über das Land. Die blaue Stunde war nicht mehr fern. Draußen im Garten bereiteten die Kinder und Yvonne das Barbecue vor. Ein paar Geschäftspartner würden erscheinen, außerdem Freunde wie die Briards, Clément Baladier von Baladier International mit seiner Entourage sowie Lina Cloutenier, die Erbin des Textilimperiums. Vermutlich würde sie wieder einen ihrer marokkanischen Toyboys mitbringen und als persönlichen Assistenten oder Chauffeur vorstellen.

Grévais hörte die Rufe von Yvonne, die Anweisungen gab, wo welche Tischdecken zu platzieren seien und an welchen Stellen sie Kerzen wünschte und an welchen nicht. Er lächelte. Er war ein glücklicher und sehr reicher Mann. Wenn da nur nicht dieser entsetzliche Druck in seinem Kopf wäre und dieser unkontrollierbare Drang, den niemand außer ihm verstehen würde. Dabei war es im Grunde so einfach: Jede Form von Druck provozierte eine Reaktion. Presste man hinten auf eine Zahnpastatube, kam vorne Zahnpasta heraus. Ließ man hingegen den Schraubverschluss zu und trat auf die Tube, platzte sie auf. Ähnlich verhielt es sich bei Menschen. Grévais trug in seinem Job bei der Bank enorme Verantwortung und hatte außerdem diese, na ja, diese sehr besonderen und sehr prägenden Erlebnisse in seiner Vergangenheit gemacht. Daher war es besser für alle, wenn er von Zeit zu Zeit Druck abließ und seinen speziellen Bedürfnissen nachgab. Ansonsten würde er früher oder später wie eine Autobombe explodieren und alles in seiner Nähe zerfetzen.

Grévais wandte sich wieder dem Laptop zu. Er trocknete sich die schmalen Hände mit den manikürten Fingernägeln an der hellen Leinenhose und klickte die Galerie mit den Unterwäsche-Mädchen weg.

Stattdessen öffnete er eine andere Website, die deutlich versteckter war, und wechselte auf eine mit mehreren Firewalls abgesicherte Leitung. Sie verband ihn mit einem Darknet-Server. Dorthin gelangte nur, wer vorher eine persönliche Einladung erhalten hatte und wer sich außerdem überprüfen ließ, um akzeptiert zu werden und die notwendigen Passwörter zu erhalten.

Auf der Website, die wie ein Forum gestaltet war, suchte Grévais nach einem bestimmten Verzeichnis und schaute sich dann einige kurze Filmclips an, um seine Stimmung weiter zu heben. Die Videos waren in einem karg eingerichteten Raum aufgenommen worden. Einige Stühle, deren roter Samtbezug in einem geradezu obszönen Kontrast zu dem sehr schäbigen Zimmer stand, waren im Kreis aufgebaut und mit Beobachtern besetzt, deren Gesichter im Halbdunkel verborgen waren. Die meisten trugen Anzüge. In der Mitte des Kreises baumelte der von einem Spot beleuchtete nackte Körper einer Dunkelhäutigen. An den Handgelenken befand sich ein Strick, dessen anderes Ende an einem Fleischerhaken unter der Decke verknotet war. Ein sehr schlanker Mann, der eine schwarze Ledermaske trug, ging um die Frau herum und schlug dann und wann mit einem Rohrstock auf sie ein, was sie zum Schreien brachte. Die Zuschauer beugten sich interessiert vor. Einige schienen zu lächeln. Lust und Schmerz, dachte Grévais, kann ja so nahe beieinanderliegen. Und die Macht über beides war wie süßer Nektar, übertroffen nur noch davon, zwischen Leben und Tod zu entscheiden. Eine Entscheidung, die – wie Grévais wusste – auf den weiteren Filmausschnitten getroffen wurde und nicht zugunsten der Farbigen ausging.

»Ryan, kommst du endlich!«, hörte er die Stimme von Yvonne aus dem Garten.

Grévais keuchte. Sein Puls raste auf einmal heftig. Die Brust verengte sich, als würde sie von einem Schraubstock zerquetscht. Er schnappte nach Luft und riss die Augen weit auf. Starrte auf die Bilder an den Wänden. Die Gemälde von der Provence. Die afrikanischen Masken. Er rang nach Luft und zählte rückwärts von zehn bis eins, um sich wieder zu beruhigen.

Er wischte sich ein weiteres Mal die Hände an der Hosennaht trocken und klickte sich zurück auf die Foren-Oberfläche. Ihm fiel das Symbol für den Newsletter auf, der ankündigte, dass es in Kürze einige neue und sehr besondere Angebote geben würde. Das klang vielversprechend, dachte Grévais. Geradezu aufregend, und hoffentlich würde es nicht allzu lange dauern, denn er musste unbedingt etwas tun. Wirklich äußerst dringend.

Schließlich schloss er die Website und kappte die Verbindung ins Darknet. Er loggte sich aus, klappte den Laptop lächelnd zu und ging runter in den Garten. Die Gäste würden bald kommen – und sich fraglos alle darüber wundern, warum Ryan Grévais so unverschämt gutgelaunt war.

2

Sommer in der Provence. Sommer in Gordes. Die Gastronomie glühte wie das ganze Land. Und Isabelle Lefebvre hatte das Gefühl, hier im *Les Cuisine du Château* am Place Genty Pantaly direkt gegenüber der Festung im Zentrum des Vulkans zu stehen, als sie die letzte Rechnung des Abends kassierte. Es waren Ferien. Der Laden brummte wie der Teufel, was auch für die anderen Restaurants des kleinen Ortes galt, dessen alte Häuser wie Schwalbennester auf einen großen Felsen der Monts de Vaucluse gepfropft worden waren und sich um die massive Festung aus dem Jahr 1031 gruppierten. Die Gassen waren eng, die Hitze des Tages staute sich dort bis nach Mitternacht. Tagsüber waren sie von Touristen angefüllt, die außer den Restaurants die Galerien frequentierten, von denen es hier traditionsgemäß viele gab: Marc Chagall hatte in Gordes gelebt, Victor Vasarely und andere. Das hatte einige Spuren hinterlassen.

Davon abgesehen, gab es in unmittelbarer Nähe viele Sehenswürdigkeiten wie das Zisterzienserkloster Abbaye de Sénanque mit seinen Lavendelfeldern, die noch heute von Mönchen bewirtschaftet wurden, deren gregorianischen Gesängen man zur Mittagszeit lauschen konnte. In der Gegend befanden sich zudem exklusive private Landsitze mit Swimmingpools, Fünf-Sterne-Ferienhäuser und die Bories – merkwürdige Häuschen, die wie aus grauen Steinen gebaute Iglus aussahen und bei denen es sich wohl um saisonale Unterkünfte der Landbevölkerung handelte.

Und mittendrin im Auge des Hurrikans das *Les Cuisines du Château*, dessen letzte Gäste nun gingen und Isabelle ein ordentliches Trinkgeld gaben.

Sie hatte gefühlte fünfhundert Portionen Foie Gras, Rinderfilet mit Roquefortsauce, Seebarsch aus dem Ofen und Tartes Tatin serviert. Dabei war das *Les Cuisines* eher klein – ein überschaubares Eckrestaurant mit weinroten Markisen, hölzernen Fensterläden in derselben Farbe und einer hübschen Außenterrasse, auf der ebenfalls weinrote Stühle an kleinen Bistrotischen standen. Wenn allerdings alle davon besetzt und nur zwei Bedienungen draußen im Einsatz waren – so wie heute –, dann schien es, als sei der Laden doppelt oder dreimal so groß.

Weswegen Isabelle völlig erschlagen war. Sagte man nicht, dass es Anfang dreißig bergab ging? Dann war sie voll auf der Talfahrt nach diesem Tag, denn auch wenn sie bequeme Sneakers und nur ein Tanktop getragen sowie sich zwischendurch immer wieder mit Deo aufgefrischt hatte: Ihre Füße taten weh, und sie war durchgeschwitzt. Sie räumte die letzten Teller ab und schlängelte sich durch das enge Innere, wo die Holzbalken an der Decke so weiß gestrichen waren wie das große alte Regal an der Wand, in dessen mit kleinen Kreidetäfelchen ausgezeichneten Fächern jede Menge Weinflaschen standen, als handle es sich um Ausstellungsobjekte.

»Ich kann nicht mehr«, keuchte sie zu Matthieu, der gerade die Abrechnung machte. Sie öffnete ihren Pferdeschwanz und fuhr sich durch das kastanienbraune Haar.

Zu Hause würde sie ausgiebig duschen – und dann einfach umfallen.

Matthieu nickte müde. »Was für ein Tag«, sagte er. »Mach Schluss, Isa.«

Was sie sich nicht zweimal sagen ließ. Sie griff nach dem kleinen Rucksack mit ihren Sachen, verließ das Restaurant und machte sich auf den Weg um die hohe Mauer der Festungsanlage herum zu ihrem Auto. Die Straßen und Gassen des Ortes waren menschenleer.

Schon nach ein paar Schritten an der kühlen Luft fühlte sich Isabelle erfrischt, obwohl ihre Beine schmerzten wie nach einem Marathon. Seit sie sich vor drei Jahren von Georges getrennt hatte, war sie Single und hatte nach dem Studium der Kunstgeschichte ein Anschlussstudium in Aix-en-Provence aufgenommen. Sie jobbte als Führerin im Papstpalast in Avignon und als Kellnerin im *Les Cuisines.* Das reichte aus, um klarzukommen. Für Privates blieb da keine Luft mehr, und nach der Geschichte mit Georges, der sie wegen einer jüngeren Frau verlassen hatte, hatte sie sowieso die Nase gestrichen voll von Beziehungen. War man mit dreißig Jahren etwa schon so alt, dass man sich gegen eine Zwanzigjährige austauschen lassen musste? Nein, die Kerle konnten Isabelle vorerst gestohlen bleiben.

Natürlich gefiel dieses lockere und etwas unstete Leben ihrem Papa überhaupt nicht. Er sagte das nie direkt, das war nicht seine Art. Doch er stellte sich für seine einzige Tochter schon etwas anderes vor als das Leben einer Dauerstudentin, die sich mit Gelegenheitsjobs über Wasser hielt. Er wünschte sich fraglos, dass sie in ihrem Alter endlich auf eine gerade Spur gelangte und in ruhigeres Fahrwasser kam – in *ihrem Alter* … Und er hätte es auch lieber, wenn es einen *anständigen* Mann an ihrer Seite gäbe. Tja, wie das bei Vätern immer so ist: Erst wollen sie, dass niemand ihre Prinzessin auch nur ansieht, und hinterher fürchten sie, dass keiner sie mehr will.

Isabelle stellte den Rucksack auf den Beifahrersitz und ließ den Wagen an. Sie legte den ersten Gang ein und gab Gas. Sie fuhr durch die schmale Rue de la Combe und ließ die Seitenfenster herab. Die Fassaden der alten Häuser warfen das Röhren des kleinen Motors zurück. Aus den Boxen des Autoradios klang ein altes Lied von Radiohead: »Creep« – einer ihrer Lieblingssongs. Sie stellte die Musik lauter und steuerte mit nur einer Hand am Lenkrad durch die enge Nadelkurve am Ausgang des Ortes, in der das blaugekachelte Objekt von Victor Vasarely stand, dem in Gordes einmal ein Museum gewidmet gewesen war. Dann weitete sich der Blick von der Route de Cavaillon aus. In der hügeligen Landschaft ging es hier steil hinab auf die vom Mondlicht erfüllte Ebene unterhalb von Gordes, über der ein sternenklarer Himmel schien.

Isabelle bog nach rechts ab, wo ein Hinweisschild anzeigte, dass es zur Abbaye de Sénanque ging und bis Venasque noch sechzehn Kilometer waren. Schier endlos erscheinende Mauern, die aus kleinen grauen Steinen aufgeschichtet worden waren, begrenzten die Straße.

Sie reduzierte das Tempo, weil direkt vor ihr ein weißer Lieferwagen fuhr, ein Sprinter oder etwas in der Art. Das fehlte ihr noch. Vermutlich würde der den ganzen Weg durch die engen Serpentinen vor ihr herzuckeln. Ganz großartig, jetzt konnte sie eine halbe Stunde lang auf die schmutzige und verbeulte Flügeltür am Heck des Transporters starren.

Sie befand sich mittlerweile außerhalb jeglicher Bebauung. Rechts, hinter der flachen Steinmauer, gab es nur dichtes Gebüsch, abschüssiges Gelände und Olivenbäume, links nichts als graue Felsen und verbranntes Gras. Die Fahrbahn wurde zunehmend schlechter. Als ein längerer kurvenfreier Abschnitt kam, stieg die Straße an, und der Sprinter wurde langsamer. Der Tacho zeigte nur noch eine Geschwindigkeit von fünfzig Stundenkilometern an.

Isabelle machte ein genervtes Geräusch und scherte leicht nach links aus, um zu prüfen, ob sie überholen konnte. Es sah ganz gut aus. Aber da der Sprinter fast in der Mitte der Fahrbahn fuhr, wäre es zu gefährlich. Sie wollte gerade hupen, um ihn auf sich aufmerksam zu machen, als eine der Hecktüren vor ihr aufsprang.

Isabelle riss erschrocken die Augen auf und umklammerte das Lenkrad. Aber es stürzte ihr keine Ladung entgegen. Stattdessen leuchteten ihre Scheinwerfer wie ein Spot in das panisch verzerrte Gesicht einer Frau, die sich durch den Spalt zu zwängen schien und Isa anstarrte. Ihre Haut war dunkel und glänzte. Es sah aus, als würde etwas an ihren Handgelenken baumeln.

»Gott!«, zischte Isa und dachte: *Die wird doch nicht etwa … Sie wird doch nicht …*

Die Frau schien Isabelle etwas zuzurufen. Und dann sprang sie aus dem Lieferwagen.

Isabelle sah, wie sie mit den Beinen auf der Fahrbahn aufkam. Isabelle schrie auf und riss das Steuer nach rechts, um dem Körper auszuweichen, der jetzt an ihrem Wagen vorbeiwirbelte. Der Fiat bockte und sprang, als seine Räder am Fahrbahnrand auf die Mauer trafen. Sie spürte einen harten Schlag am Lenkrad. Rechts zweigte eine schmale Straße ab. Der Lieferwagen bremste plötzlich. Die offen stehende Hecktür rasierte Isabelle den Außenspiegel ab. Es gab ein kreischendes Geräusch, als der Fiat an der Mauer entlangraste und Metall auf Stein traf. Dann machte der Wagen einen weiteren Satz, als die Mauer zu Ende war, geriet auf die Abzweigung – und kippte dann auf dem abschüssigen Gelände zur Seite, ohne zum Stillstand zu kommen.

Isabelle wurde wie eine Puppe hin und her geschleudert. Es krachte mehrmals laut unter dem Wagen. Dann stand die Welt Kopf. Äste und Zweige schlugen gegen den Wagen, der sich um seine eigene Achse zu drehen schien. Erneut kreischte Metall. Kunststoff krachte. Die Scheibe zersplitterte. Etwas schlug in Isabelles Gesicht. Der Motor jaulte, zischte und schnaufte.

Dann passierte auf einmal gar nichts mehr. Alles war still.

Einige Momente, Minuten oder Jahre später schreckte Isabelle auf. Ihr Gesicht tat weh, ebenso ihr rechtes Bein, und sie konnte kaum noch atmen. Sie wurde sich ihrer Situation bewusst. Eine Frau war aus dem vor ihr fahrenden Lieferwagen gesprungen. Isabelle war ausgewichen, um sie nicht zu überfahren. Dabei hatte sie einen Unfall gehabt und sich …

… überschlagen!

Sie versuchte, sich zu orientieren, was ihr einigermaßen gelang. Der Fiat schien auf dem Kopf zu liegen und in die dichten Büsche hinabgerutscht zu sein, wo er von Stämmen gehalten wurde. Äste stachen ins Innere. Einer davon musste Isas Wange erwischt haben, die sich feucht und klebrig anfühlte. Der Airbag hatte sich aufgeblasen. Der Sicherheitsgurt schnitt ihr die Luft ab. Sie erstickte sich mit ihrem eigenen Gewicht.

Hektisch suchte Isabelle nach dem roten Knopf an der Arretierung, um den Gurt zu lösen. Sie fand ihn. Der Gurt löste sich, und Isabelle fiel auf das Dach, schlug sich den Kopf an und verkeilte sich halb.

Dann hörte sie Geräusche. Etwas Schweres bahnte sich den Weg durch das Unterholz.

»Hilfe«, wimmerte sie, unfähig, sich aus ihrer Lage zu befreien. Ihre Haut kratzte über Splitter von Verbundglas, die überall verstreut waren. »Hilfe!«

Sie kniff die Augen zusammen, als sie vom Licht einer Taschenlampe geblendet wurde.

»Und jetzt?«, fragte eine tiefe männliche Stimme.

Eine andere wandte sich an Isabelle: »Sind Sie verletzt?«

»Ja«, wimmerte sie. »Bitte, helfen Sie mir …«

»Tja«, sagte die tiefe Stimme wieder und wiederholte: »Und jetzt?«

»Wir können die hier nicht liegen lassen. Sie hat die Schlampe gesehen und den Wagen und alles.«

»Also packen wir sie ein?«

»Ja, wir packen sie mit ein. Den Fiat entdeckt hier eh kein Mensch, so tief, wie der im Gebüsch steckt.«

»Und wenn sie nicht zu gebrauchen ist?«

»Sehen wir dann. Nicht unser Problem.«

Isabelle versuchte angestrengt, sich aus ihrer Position zu befreien. Was ihr nicht gelang. Worüber redeten die da? Was waren das für Typen, um Himmels willen? Und was war das eben für eine Frau gewesen, die aus dem Lieferwagen …

Im nächsten Moment spürte Isabelle, wie kräftige Hände an ihre Fußgelenke fassten, um sie durch die zerborstene Frontscheibe des Fiats unsanft nach draußen zu ziehen.

3

Albin pfiff die Melodie des Liedes mit, das im Küchenradio lief. Es ging darin um irgendetwas, das mit »Happy« zu tun hatte. Das passte zu seiner Stimmung. Albin war heute bestens aufgelegt. Er hatte gut geschlafen, war früh aufgestanden und hatte sich bislang nicht gelangweilt. Stattdessen hatte er ausgiebig an seinem geheimen Plan gefeilt und war wieder und wieder jedes Detail Schritt für Schritt durchgegangen. Denn es kündigten sich spektakuläre Ereignisse an: Er, Albin Leclerc, Commissaire im Unruhestand und Mopsbesitzer, würde das Abendessen kochen.

Auf der Arbeitsplatte lag ein Stück Fleisch. Davor stand Albin mit dem Messer in der Hand. Mensch kontra Bestie. Jäger und Beute. Wie in Hemingways *Der alte Mann und das Meer* oder Melvilles *Moby Dick* – mit dem Unterschied, dass es bei Hemingway und Melville jeweils um sehr widerborstige und große Tiere ging und in Albins Fall lediglich um ein mittelgroßes Stück Schweinehüfte, von der keine Gegenwehr zu erwarten war. Er freute sich schon jetzt auf Veroniques überraschtes Gesicht, wenn sie von der Arbeit im Blumenladen heimkommen würde, der Tisch bereits gedeckt und der Braten à la provençale samt mediterranem Gemüse servierfertig war.

Albin hatte sich früher nie etwas aus Essen gemacht und konnte eigentlich gar nicht kochen. Als er noch im aktiven

Dienst bei der Kripo in Carpentras gewesen war, hatte er sich vornehmlich von Mikrowellen- und Dosengerichten ernährt. Was Veronique nicht tolerierte. Seit sie in sein Leben getreten war, hatte sich ohnehin so einiges geändert – nicht nur die Ernährung. Jedenfalls war es ihr erklärtes Ziel, Albin beizubringen, wie man ein vernünftiges Essen zubereitete. Sie würde daher völlig von den Socken sein, wenn er sie mit einem ohne jede Unterstützung angefertigten Gericht überraschte.

Tyson, sein Mops, lag auf dem Küchenboden und kaute an einem Knochen. Auch der Hund hatte so einiges in Albins Leben verändert. Nicht, dass sich Albin darum gerissen hätte. Die Kollegen hatten ihm Tyson zum Ruhestand geschenkt, damit er als Pensionär beschäftigt war und niemandem mehr auf den Geist ging. Dass sie ausgerechnet einen Mops für Albin auswählten, der ein normannischer Schrank von fast zwei Metern Größe mit schlohweißem Haar und dem Gesicht eines faltigen Sofakissens war – na ja, sie hatten sich fraglos darüber amüsiert.

Tatsächlich war der kleine Kerl Albin längst ans Herz gewachsen. Er hatte sich sogar einen SUV gekauft, weil man seiner Meinung nach als Hundebesitzer solch ein Auto haben sollte. Wobei sich in der Praxis herausgestellt hatte, dass der Geländewagen viel zu groß war und der Mops immer in den Kofferraum gehoben werden musste, da die Klappe zum Hineinspringen für das kleine Tier zu hoch war.

Tyson war Albins ständiger Begleiter, der nicht mehr von seiner Seite wich. Auch in der Mission Schweinebraten. Er hatte Albin zum Schlachter in der Rue Vigne in Carpentras begleitet – der Boucherie Brunet – und eine Scheibe Wurst ergattert, während Albin die Waren in der Auslage betrachtet hatte wie Schuhe bei Prada und sich versichern ließ, dass das ausgewählte Fleisch von vornehmster Herkunft war und das dem Schlachter persönlich bekannte Schwein sein Leben mehr oder weniger freiwillig hergegeben hatte.

Und nun rieb Albin das Stück Braten mit Salz ein – mit exklusivem Fleur de Sel, das in Albins Vorstellung von einem Weisen der Salzherstellung dem Meer entrissen worden war, in dessen Familie sich das geheime Wissen um die Kunst des Salzschöpfens von Generation zu Generation vererbt hatte. Zumindest war das Salz entsprechend teuer gewesen. Ähnlich verhielt es sich mit dem Pfeffer, der angesichts seines sprichwörtlich gepfefferten Preises vermutlich im Austausch gegen eine Kiste feinster Perlen auf einer Rudergaleere aus Indien nach Madagaskar geschifft und dann von Karawanen durch den Orient nach Frankreich transportiert worden war. Die Kräuter waren hingegen umsonst gewesen. Albin hatte sie selbst gepflückt. Rosmarin und Thymian wuchsen schließlich überall, sogar in seinem Garten.

Schließlich schnitt er das Gemüse klein – Auberginen, Zucchini, Tomaten und einige Paprikaschoten vom Gemüsemann, bei dem Veronique auch immer kaufte. Er legte den Braten in eine Auflaufform und schob ihn in den auf hundertachtzig Grad vorgeheizten Backofen, wo er dann knapp zwei Stunden lang garen sollte. Das Gemüse gab er in eine Pfanne und stellte den Herd an, um es schon einmal anzubraten. Dann müsste er es nur noch aufwärmen, sobald Veronique erschien. Er goss etwas Olivenöl dazu, rührte alles um und wartete, dass die Herdplatte heiß wurde. Dabei stellte er sich mit einem Lächeln auf den Lippen vor, wie Veronique um die Ecke kommen und in der Bewegung erstarren würde, wenn sie Albin jetzt so in der Küche sähe.

Sie war etwas jünger als er mit seinen inzwischen sechsundsechzig Jahren, aber nicht viel, und sie war schon Großmutter. Wenngleich man sich das kaum vorstellen konnte. Veronique würde für höchstens Anfang fünfzig durchgehen. Sie trug ihre Haare meist zum Bauernzopf geflochten und dazu eines ihrer geblümten Sommerkleider sowie eine Audrey-Hepburn-Sonnenbrille auf der Nase.

Albin rührte weiter in der Pfanne herum und schaute zu Tyson. Tyson blickte nachdenklich zurück.

»Da schnallst du ab, mein Freund, hm? Wäre doch gelacht, wenn ich das nicht hinbekomme«, murmelte Albin.

Tyson merkte auf, als Albins Handy klingelte. Albin seufzte, ließ von der Pfanne ab und ging ins Wohnzimmer, wo sein Smartphone lag. Das Display zeigte eine unbekannte Nummer an. Albin ging dran.

Als sich Bertrand Lefebvre meldete, klappte Albin der Unterkiefer herab.

»Lefebvre?«, fragte er. »Du lebst noch?«

»Ja«, antwortete Lefebvre mit einem heiseren Lachen. »Ich boxe mich so durch. Wie geht's dir, mein Lieber?«

»Meistens gut.«

»Das höre ich gerne«, erwiderte Lefebvre und machte eine Pause.

Wie lange hatten sie nicht mehr miteinander gesprochen? Und sich wann zum letzten Mal gesehen? Es musste sicher zehn Jahre her sein, überlegte Albin. Lefebvre war inzwischen vermutlich ebenfalls im Ruhestand. In jedem Fall war es eine ziemliche Überraschung, ihn wie aus heiterem Himmel am Telefon zu sprechen. Und wenn Lefebvre sich die Mühe machte, Albins Nummer herauszufinden und nach so langer Zeit anzurufen, dann brannte ihm fraglos etwas auf den Nägeln. Was auch immer das wäre: Albin würde sich darum kümmern und ihm alle Aufmerksamkeit widmen, denn er stand tief in Lefebvres Schuld. Der Mann hatte bei Albin nicht nur einen Stein im Brett, sondern einen ganzen Kieslaster. Die Gründe dafür lagen lange zurück.

Albin ging raus auf die Terrasse, wo eine Packung Gitanes und ein Feuerzeug auf dem kleinen Bistrotisch lagen. Normalerweise durfte er nicht einmal hier rauchen. Veronique zwang ihn dazu, es vor der Haustür zu tun. Aber wenn die Katze aus dem Haus war …

Er steckte sich eine an und fragte: »Bist du immer noch bei der freiwilligen Feuerwehr?«

»Seit zwei Jahren im Ruhestand«, erwiderte Lefebvre. »Mit mir können die nichts mehr anfangen.«

Albin paffte eine Wolke Qualm in den Himmel. Er kannte das Gefühl. »Und die Tankstelle?«

»Habe ich verpachtet. Bringt mir ein bisschen zusätzliches Geld zur Rente.«

»Mhm«, brummte Albin, nach wie vor in Gedanken vertieft.

Er erinnerte sich daran, wie sie früher immer bei Lefebvre die Streifenwagen getankt und gewaschen hatten. Wenn es Kleinigkeiten zu reparieren gab, erledigte er das in der angeschlossenen Werkstatt. Aber nachdem die Autos komplizierter geworden waren und hochgezüchteten Computern glichen, war das nicht mehr möglich gewesen. Außerdem hatte die Polizei irgendwann aufgrund von Sparmaßnahmen die Tankstelle gewechselt und war seit einigen Jahren Großkunde bei einer Kette.

»Woher hast du meine Nummer?«, fragte Albin.

»Habe ich von Theroux.« Lefebvre räusperte sich. »Hör

mal«, fuhr er fort, »ich will nicht lange herumreden. Ich möchte dich um Hilfe bitten. Ich habe ein Problem.«

»Welches?«, fragte Albin.

»Meine Tochter«, sagte Lefebvre sehr leise, »ist verschwunden.«

»Verdammt«, murmelte Albin. »Was ist passiert?«

»Ich weiß es nicht. Sie kam vor drei Tagen nicht von der Arbeit zurück. Sie kellnert in Gordes. Ich wollte dringend etwas mit ihr besprechen, kann sie aber telefonisch nicht erreichen. Sie erschien auch nicht mehr im Restaurant. Isabelle ist wie vom Erdboden verschluckt.«

»Habt ihr engen Kontakt?«

»Wenig. Wie man so Kontakt zu seiner erwachsenen Tochter hat.«

»Hast du eine Vermisstenmeldung …«

»Natürlich«, kürzte Lefebvre ab. »Aber ich mache mir Sorgen, dass sich die Polizei nicht richtig darum kümmert. Abgesehen davon … Es passiert so viel. Nichts ist mehr wie früher.«

»Ja«, erwiderte Albin.

Er verstand die Befürchtungen. Er wusste, wie viele hundert Vermisstenmeldungen Jahr für Jahr eingingen und wie damit umgegangen wurde – zunächst abwartend und beruhigend, wenn es keinen hinreichenden Verdacht darauf gab, dass eine Straftat vorlag, der Vermisste schwer krank oder suizidgefährdet beziehungsweise minderjährig war oder es irgendwo einen Unfall gegeben haben könnte. Das machte Angehörige verständlicherweise nervös, und sie nahmen schnell an, die Polizei sei faul oder gleichgültig. Aber die Erfahrung zeigte, dass die allermeisten Vermissten rasch wieder auftauchten, und die Gründe ihres Verschwindens klärten sich schnell. Ein spontaner Urlaub, der Besuch von Freunden, ein kurzer Klinikaufenthalt sowie mangelnde Kommunikation darüber – es gab mannigfaltige harmlose Ursachen. Aber natürlich auch sehr ernste.

Albin zog an der Zigarette und entließ den Rauch durch die Nase. Einen ganzen Schwall offenbar, denn er stand regelrecht in einer Qualmwolke.

»Lefebvre«, sagte er. »Die Kollegen tun fraglos, was zu tun ist. Aber wir sollten reden. In Ordnung?«

»Ja. Danke.«

Albin beendete das Gespräch, nachdem sie den Treffpunkt und eine Zeit am Abend vereinbart hatten, paffte, und während er sich noch dichter einnebelte, dachte er nach. Er konnte sehr gut nachvollziehen, wie Lefebvre sich fühlte. Die Angst eines Vaters um seine Tochter. Das verstand man wirklich nur dann, wenn man selbst Kinder hatte, und Albin hatte schließlich …

Tyson stand in der Terrassentür, starrte Albin an und gab ein heiseres Bellen von sich. Das tat er sonst nie. Einen Moment später verstand Albin, dass der dichte Rauch nichts mit seiner Gitanes zu tun hatte.

»Verdammt«, fluchte er, warf die Zigarette auf den Rasen und stürzte ins Haus.

Im Wohnzimmer und vor allem in der Küche sah es aus, als habe eine Spezialeinheit einige Nebelgranaten gezündet. Aus der Pfanne, in der Albin das Gemüse anbraten wollte und die er über dem Telefongespräch völlig vergessen hatte, schoss der Rauch in dichten, stinkenden Schwaden heraus. Albin kniff die Augen zusammen, hielt die Luft an und fasste nach dem Griff. Er riss die Pfanne vom Herd, wollte sie schon im Waschbecken löschen, dachte jedoch noch daran, dass eine Fettexplosion die Folge sein könnte. Also sprintete er mit der Pfanne in der Hand nach draußen auf die Terrasse und stellte sie auf den mediterranen Natursteinplatten ab. Er packte sich den Gartenschlauch, nahm drei Schritte Abstand und überprüfte, ob Tyson sich hinter ihm in Sicherheit befand. Was der Fall war.

»Deckung«, raunte er dem Mops zu. Dann drehte er den Schlauch auf und richtete den Wasserstrahl auf das brennende Gemüse. Das heiße Metall zischte und fauchte. Noch dichterer Qualm stob in den Himmel. Dann wurde das Zischen leiser und verstummte. Der Dunst lichtete sich.

Albin stellte den Schlauch wieder aus und riskierte einen Blick auf den verkohlten Inhalt der mit Wasser gefüllten Pfanne. Er sah eine eklige schwarze Brühe, die sich zum Teil auch auf die Steinplatten ergossen hatte.

Er seufzte und fuhr sich mit der Hand durchs Gesicht.

Unter »Ablöschen«, überlegte er, verstand man beim Kochen vermutlich etwas anderes.

4

Die Sonne war bereits untergegangen, aber es war noch hell. Der Papstpalast in Avignon und der große Platz davor waren in ein diffuses Zwielicht getaucht. Albin, der eben an einem Tisch zu Füßen des imposanten Bauwerks im Café *In & Off* Platz genommen hatte, betrachtete das Bauwerk. Er hatte den Palast noch nie gemocht. Er erinnerte ihn an eine der in Felsen geschlagenen Festungen aus dem Film »Der Herr der Ringe«, in dem Zwerge und Elben sich gegen Heere von Monstern zur Wehr setzten. Gut, das *Palais des Papes* war wohl mit Vorsatz als Trutzburg konzipiert worden. Philipp der Schöne hatte Anfang des 14. Jahrhunderts das Papsttum für seine Zwecke nutzen und nach Frankreich verlagern wollen, als man Clemens den V., Erzbischof von Bordeaux, zum Stellvertreter Petri auf Erden wählte. Avignon schien als Sitz angemessen. Also wurde die Stadt in eine gigantische Baustelle verwandelt. Sieben Päpste hatten in der schrecklichen Festung residiert. Permanent gab es irgendwelche Kriege, und der Papstsitz war Albins Meinung nach somit architektonischer Ausdruck einer Zeit, in der Schießscharten und Monstranz wichtiger gewesen waren als Eleganz. Schließlich zog der Heilige Stuhl zurück nach Rom, und während der Französischen Revolution hatten die Wahnsinnigen die schmucken Säle im Papstpalast kurz und klein gehauen, so dass es heute drinnen aussah wie in jeder anderen stinknormalen, schmucklosen Ritterburg.

Albin nippte an einem Glas, das mit einem eher durchschnittlichen, aber spektakulär teuren Rosé gefüllt war – fraglos eine pekuniäre Reminiszenz an den exklusiven Ort. Man bezahlte die Aussicht mit. Er ließ den Blick erneut über die betongraue Fassade des Palastes mit seinen Arkaden und Türmen gleiten.

Wie ein frühneuzeitliches Parkhaus, dachte er und sah zu Tyson, der unter dem Tisch auf dem Bauch lag und das Treiben vor sich verfolgte. Der gesamte Platz war mit hellem Stein gepflastert, was einem bei senkrechtem Sonneneinfall fast das Augenlicht nahm. Schließlich erblickte Albin eine gedrungen wirkende Person, die sich vom anderen Ende des Platzes zielstrebig seinem Tisch näherte.

Bertrand Lefebvre trug eine alte Jeans und ein verwaschenes Hemd, dessen hellgrauer Farbton dem seiner Haut glich. Lefebvre war nicht sehr groß. Sein Hals schien praktisch nicht vorhanden zu sein. Die Unterarme waren kräftig, und am Handgelenk schnitt sich das Armband einer Uhr tief ins Fleisch – fast so, als wollte sich Lefebvre die Pulsader abklemmen. Als er bei ihnen angekommen war, grüßte er Albin mit einer angedeuteten militärischen Geste und warf einen Blick auf Tyson, bevor er sich an den Tisch setzte.

»Du hast einen Hund?«, fragte Lefebvre.

Albin bestätigte das und erklärte gleichzeitig, was es mit Tyson auf sich hatte: dass ihm die Kollegen den Mops zum Abschied geschenkt hatten, damit ihm als Pensionär nicht langweilig wurde.

Lefebvre bestellte eine Flasche Wasser und sagte: »Danke, dass du dir etwas Zeit nimmst.«

»Keine Ursache. Zeit habe ich mehr als genug.«

Lefebvre sagte: »Meine Frau ist verrückt vor Sorge. Deshalb dachte ich, es ist besser, sich hier zu treffen als zu Hause, wo sie zuhört.«

»Verstehe«, erwiderte Albin, beugte sich vor und zog eine Gitanes aus der auf dem Tisch neben seinem Weinglas liegenden Schachtel, um sie anzuzünden und einen Schwall Rauch in den Abendhimmel zu pusten.

»Ich hoffe, ich halte dich nicht vom Abendessen ab, Leclerc?«

Albin verneinte. »Wir essen früh.«

Er dachte daran, wie er vorhin die verdammte Bratpfanne geschrubbt hatte, damit Veronique nichts von dem Malheur mitbekam und er einen neuen Anlauf mit dem Gemüse nehmen konnte. Als er gerade damit begonnen hatte, hatte er Geräusche an der Tür gehört, und Tyson war losgeschossen wie ein geölter Blitz, um Veronique zu begrüßen, die eher nach Hause kam als erwartet.

»Was ist denn hier los?«, fragte sie freudig.

»Das wollte ich ebenfalls fragen«, sagte Albin.

»Du kochst doch nicht etwa? Du ganz allein?«

»Ich wollte dich überraschen.«

Veronique klatschte in die Hände und lächelte. »Das ist aber süß von dir. Was machst du denn? Warum riecht das so angebrannt?«

Sie marschierte zum Backofen, warf einen Blick hinein, stellte sich auf die Zehenspitzen, linste in die Auflaufform und scannte innerhalb eines Augenblicks die gesamte restliche Küche inklusive der Pfanne auf dem Herd, in der sich neues Gemüse befand.

Bevor Albin etwas sagen konnte, fragte Veronique: »Einen

Schweinebraten mit Gemüse? Und was ist das? Fleur de Sel? Woher hast du denn das? Und den Pfeffer? Hast du das alles extra gekauft? Wann hast du denn das besorgt? Hast du das Fleisch vorher angebraten? Du musst es vorher kross anbraten, damit es nicht trocken wird. Warum ist denn das Gemüse in der Pfanne? Das kannst du doch zu dem Braten geben, kurz bevor er fertig ist?«

Albin ließ die Kaskade der Fragen über sich ergehen und öffnete jeweils den Mund, um eine davon zu beantworten, und schloss ihn wieder, als schon die nächste Frage kam.

»Woher hast du das Fleisch? Doch nicht aus dem Supermarkt?«

»Brunet.«

»Bist du verrückt? Weißt du, was der für Preise nimmt?«

»Ja. Sicher, ich habe ja be...«

»Und das Salz und den Pfeffer? Hast du eine Ahnung, wie teuer das ist?«

Albin zuckte mit den Achseln. »Natürlich. Ich habe es ja gekauft ...«

Veronique gab ihm einen Kuss auf die Wange. »Du hast es lieb gemeint und wolltest es besonders gut machen. Ich freue mich. Aber es reicht völlig aus, wenn du normales Salz und normalen Pfeffer nimmst und das Gemüse zehn Minuten lang in die Form gibst, wenn der Braten fast fertig ist.«

»Aha.«

Veronique schnupperte. Sie schaute erneut in den Backofen und fragte: »Komisch, warum riecht das so verbrannt?«

Albin warf Tyson einen Blick zu. Tyson schaute verschwörerisch zurück. Albin sagte: »Verbrannt? Keine Ahnung ...«

Veronique betrachtete Albin mit einem amüsierten Lächeln und einem Blick, der alles oder nichts bedeuten konnte, aber vermutlich sagte, dass sie genau wusste, dass irgendetwas schiefgegangen sein musste.

»Ich freue mich wirklich«, sagte sie, »dass du mich überraschen wolltest. Ich sollte dich wirklich einmal zu einem Kochkurs anmelden.«

»Mich?«

»Ja.«

»Zu einem Kurs?«

»Aber natürlich. Solche gibt es immer wieder in guten Restaurants. Ein Wochenendkurs.«

»Hm«, hatte Albin gemacht und zu Tyson geschaut. Aus irgendwelchen Gründen hatte es so ausgesehen, als würde der freche Mops grinsen.

Das tat er jetzt nicht mehr. Er lag weiterhin auf dem Bauch und betrachtete das Treiben auf dem Platz, lupfte ab und zu eine Augenbraue und leckte sich schnaufend über die Lefzen.

Lefebvre trank das Glas Wasser fast in einem Zug leer und goss sich nach.

»Wegen Isabelle«, sagte er dann und ließ den Satz offen.

»Erzähl mir alles genau«, sagte Albin.

Lefebvre tat es und erklärte ihm, was er bereits unternommen und mit wem er gesprochen hatte. Demnach hatte Isabelle spät in der Nacht Feierabend in einem Restaurant in Gordes gemacht, war mit ihrem Auto losgefahren – und anschließend verschwunden. Ihr Wagen war nirgends aufgetaucht. Ihre Wohnung, für die Lefebvre einen Zweitschlüssel besaß, hatte sie jedenfalls nicht erreicht, wofür seiner Meinung nach unter anderem das unbenutzte Bett sprach sowie die Tatsache, dass nirgends Sachen lagen, die sie bei der Arbeit getragen hatte. Telefonisch war sie nicht erreichbar. Das Handy war ausgestellt. Sie reagierte nicht auf Kurzmitteilungen und nicht auf E-Mails. Ihr Verschwinden hatte Lefebvre bei der Polizei in Avignon gemeldet und bislang nur gehört, dass Isabelle in kein Krankenhaus der Umgegend eingeliefert worden war und sich zurzeit auch niemand dort mit unbekannten Personalien aufhielt. Es hatte sich zudem kein Unfall ereignet, in den Isabelles Auto verwickelt gewesen sein könnte. Und so weit, dass die Polizei ihre Bankdaten durchleuchten würde, um zu überprüfen, ob es Bewegungen auf ihren Konten gab und ob ihre Kreditkarte benutzt oder Geld abgehoben worden war, waren die Ermittlungen noch nicht fortgeschritten.

Lefebvre ging das alles viel zu langsam. Albin erklärte ihm, warum es so langsam ging, und schloss seine Erklärungen mit dem Hinweis: »Neunzig Prozent aller Vermissten tauchen innerhalb von einer Woche wieder auf, und alles klärt sich. Es sind gerade drei Tage vergangen.«

»Und was ist mit den übrigen zehn Prozent?«

»Bei denen dauert es länger, oder sie tauchen nicht wieder auf.« Den Hinweis, dass man einige auch tot auffand, sparte sich Albin. Fraglos marterte der Gedanke daran Lefebvre ohnehin.

»Ich habe Angst, dass etwas geschehen sein könnte, Leclerc.«

»Was könnte denn passiert sein?«

Lefebvre zuckte mit den Achseln. Dann sagte er: »Ich glaube nicht, dass sie sich etwas angetan hat. Dazu ist sie nicht der Typ, und sie hat auch keinen Grund dafür. Glaube ich. Hoffe ich.« Lefebvre schnaubte, schüttelte den Kopf und drehte das Glas in den fleischigen Händen hin und her. »Andererseits …«

»Andererseits?«

»Andererseits ist es merkwürdig. Als ich die Vermisstenanzeige aufgab, hat mich die Polizei routinemäßig nach Isabelles Freundinnen und Bekannten gefragt und nach ihrem Exfreund, nach den Namen von Arbeitskollegen und danach, wo sie sich möglicherweise aufhalten könnte. Da habe ich gemerkt, dass ich das alles gar nicht so genau weiß. Ich meine: Sie führt ihr eigenes Leben, und was bekommst du davon schon noch mit? Entweder sie erzählen dir etwas davon, oder sie erzählen dir nichts, und du musst darauf hören, was ungesagt bleibt und zwischen den Zeilen mitschwingt. Na ja, und dann geschieht etwas, und du merkst, wie wenig du eigentlich wirklich über ihr Leben informiert bist – obwohl sie doch deine Tochter ist und du alles über sie wissen solltest.« Lefebvre schluckte schwer, räusperte sich und trank dann etwas Wasser.

Albin dachte an seine eigene Tochter, Manon, die in Paris lebte, und an seine Enkelin Clara. Wie auch zu seiner Exfrau hatte er zu beiden seit Jahren keinen Kontakt mehr gehabt. Manon war mit Gilles, einem schmierigen Autoverkäufer verheiratet, bei dem es sich Albins Meinung nach um einen Psychopathen handelte. Gilles schlug Manon regelmäßig, was sie vehement abstritt. Doch Albin kannte die Anzeichen von häuslicher Gewalt und hatte sich Gilles vor einigen Jahren vorgeknöpft – was ziemlich nach hinten losgegangen war und damit endete, dass Manon jeden Kontakt zu ihrem Vater abbrach. Inzwischen gab es eine kleine Annäherung: Manon hatte mit Albin kürzlich einige unverfängliche SMS gewechselt sowie ein aktuelles Foto von sich und Clara geschickt, das Albin inzwischen als Hintergrund auf seinem Smartphone nutzte.

»Ich weiß, was du meinst«, erwiderte Albin und stieß einen Schwall Rauch durch die Nase aus.

Lefebvre nickte schwach.

Albin fragte: »Was glaubst du, wo Isabelle steckt oder was geschehen sein könnte?«

Lefebvre zuckte die Achseln. Die Glocken der Kathedrale, die oberhalb des Papstpalastes auf einem felsigen Vorsprung errichtet worden war, schlugen neun Uhr. Die riesige vergoldete Statue der Jungfrau Maria auf der Spitze des Kirchturms hielt schützend und segnend ihre Hände über die Stadt und funkelte im Zwielicht.

»Ich weiß nicht«, sagte Lefebvre. Sein Blick war beunruhigt und fahrig. »Vielleicht hat ihr ein verfluchter Vergewaltiger auf dem Parkplatz in Gordes aufgelauert, sie überwältigt und in ihrem Wagen entführt. Oder jemand hat ihr an der Straße aufgelauert – ein Anhalter, bei dem es sich um einen Verbrecher handelte.« Lefebvre stellte das Wasserglas ab, knetete die Hände und kaute auf den Backenzähnen. »Oder ihr Ex. Irgendetwas eskalierte, und …« Lefebvre boxte sich klatschend mit der Faust in die Handfläche.

»Das sind jeweils die schlechtesten Alternativen«, sagte Albin. »Was wären die besten?«

»Keine Ahnung. Eine Freundin rief an, die Probleme hat. Isabelle fuhr zu ihr. Aber dann wäre sie nicht drei Tage fort, ohne ein Lebenszeichen von sich zu geben.«

»Sie könnte mit der Freundin in Urlaub gefahren sein. Direkt von der Arbeit zum Flughafen.«

»Niemand weiß etwas von einer Reise.«

Albin nickte. Die Kollegen von der Polizei würden das fraglos noch überprüfen, wenn sie es nicht schon längst getan hatten.

»Meiner Frau«, sagte Lefebvre, »geht es wirklich nicht gut. Sie nimmt wegen der ganzen Situation im Moment Valium. Sie hat zu hohen Blutdruck, weißt du. Ich will nicht, dass sie sich noch mehr aufregt.«

Albin nickte, dann fragte er: »Bertrand, wie kann ich dir helfen? Was soll ich tun?«

»Na ja, ich dachte, du hast noch gute Kontakte zur Polizei und könntest ein paar mehr Informationen erhalten und denen Feuer unter dem Hintern machen. Vielleicht fällt dir auch noch irgendetwas ein, woran die nicht denken …«

Albin nickte erneut. Er beugte sich vor, um die Zigarette auszudrücken. Dann fasste er zur Seite, um in die Einkaufstasche aus Stoff zu greifen, die über seiner Stuhllehne hing. Darin trug er in der Regel ein paar Leckerchen für Tyson, einige Kackbeutel sowie seine persönlichen Sachen umher. Veronique fand die Tasche schrecklich und hatte Albin einmal ein Herrentäschchen aus Leder zum Umhängen schenken wollen. Aber bevor er sich mit so etwas auf der Straße blicken ließ, würde er lieber nackt gehen.

Albin nahm einen Schreibblock hervor, an dem ein Kugelschreiber klemmte, löste den Kuli, klappte den Block auf und legte ihn auf den Tisch.

»Ich helfe dir, so gut ich kann«, sagte Albin. »Und jetzt erzähl mir noch mal alles von vorne und ganz genau.«

5

Isabelle kam mit einem Stöhnen zu sich und dachte im ersten Moment, sie sei erblindet. Um sie herum war alles dunkel. Ihr Körper fühlte sich an wie mit Beton ausgegossen, die Augenlider waren schwer wie Blei. Ihr tat alles weh. Sie wollte laut schreien, besann sich aber eines Besseren, als ihr einfiel, wie sie hierhergelangt war. Zwei Männer hatten sie verschleppt. Diese Männer könnten noch hier sein – wo auch immer dieses Hier war.

Isabelle erinnerte sich an den Unfall und an die Frau, die aus dem Wagen vor ihr gesprungen war. Sie erinnerte sich daran, wie man sie an den Fußgelenken gepackt hatte, um sie aus dem Autowrack zu ziehen. Wie lange war das her? Stunden? Tage? Wochen? War sie so lange bewusstlos gewesen, oder hatte man ihr etwas gegeben?

»Nein«, hörte sie sich selbst wimmern.

Etwas war mit ihrem Bein gewesen. Ein greller, stechender Schmerz war ihr durch die Glieder und direkt ins Gehirn gefahren. Einige Momente später hatte sie gespürt, dass sie durch das Unterholz geschleppt wurde. Sie wollte sich wehren und um Hilfe schreien, aber beides gelang ihr nicht. Sie war wie narkotisiert, betäubt. Dann schlug ihr Körper hart auf, und sie fand sich in einer Art Raum wieder. Ein Raum, in dem sie nicht allein war. Sie lag halb auf dem Körper von jemandem. Sie sah dunkle Haut. Nasse Haut.

Klebrige Haut. Dann ein Gesicht. Das Gesicht der Frau, die ihr entgegengesprungen war.

»Es tut mir leid«, flüsterte die Frau atemlos. »Es tut mir leid.«

Isabelle wollte antworten und sich bewegen, brachte aber nur ein Wimmern zustande. Dann krachte etwas hinter ihr. Die Welt wurde dunkel. Es hatte einen heftigen Ruck gegeben. Ein Motor war aufgeröhrt, und das Echo eines Liedes hatte in Isabelles Ohren nachgehallt, bevor sie bewusstlos geworden war: »I don't belong here ...«

Isabelle atmete schwer und schnell, während sie daran zurückdachte. Ihr Bein. Was war mit ihrem Bein? Sie wischte sich durch die von getrockneter Tränenflüssigkeit verklebten Augen, bemerkte den Kratzer an der Wange und tastete vorsichtig ihren Unterschenkel ab. Sie spürte einen Verband oder ein Pflaster sowie schlagartig einen Druckschmerz, als die Kuppen ihrer Finger über das Material strichen. Jedenfalls schien nichts gebrochen zu sein.

Isabelle lauschte in die Finsternis. Ihr Atem war unnatürlich laut. Es klang, als ob sie sich in einem leeren Raum befand. Ihre Finger strichen über den Boden, der staubig, kalt und aus Stein gefertigt zu sein schien. Außerdem fühlte sie etwas Weiches – sie lag darauf. Eine Matratze? Ja, vermutlich.

Sie richtete sich ächzend auf, hörte wiederum ihre eigenen Körpergeräusche überlaut – zudem ein Rauschen und Pfeifen in ihren Ohren. Ihre Wirbelsäule stieß gegen etwas Hartes. Sie tastete nach hinten und spürte kalten Stein. Sie atmete schneller, panisch, ihre Augenlider flatterten. In all der Dunkelheit konnte sie inzwischen feine Unterschiede im Schwarz ausmachen. Dunkle Grautöne traten hervor.

Isabelle blickte nach oben. Weit über sich sah sie etwas, das an verblichene, in ein Dach eingelassene Fenster oder Oberlichter erinnerte. Von da kam Licht. Mondlicht. Als sie sich zur Seite drehte, erkannte sie ein weiteres kleines Fenster. Es war vergittert und in etwa zwei Metern Höhe in die Wand eingelassen, deren Putz abbröckelte. Dahinter kam bloßes Mauerwerk zum Vorschein. Direkt gegenüber befand sich eine Tür. Isabelle schleppte sich dorthin. Ihre Finger strichen über das rostige Metall. Es gab nirgends einen Griff. Isabelle versuchte, gegen die Tür zu stoßen. Sie erschien massiv und bewegte sich kein Stück. Es gab ein hohles Geräusch, als sie mit der Faust dagegenschlug.

Sie steckte in einem Gefängnis, das wurde ihr jetzt klar. In einem Raum, der gerade groß genug für die Matratze war und in dem es nach Staub, Moder und altem Öl roch.

Ein eiskalter Schauder durchlief sie. Wieder löste sich ein Stöhnen von ihren Lippen, und sie hielt sich selbst den Mund zu, um ein Aufschluchzen zu ersticken. Sie vernahm zwischen ihrem stoßartigen, erstickten Atmen ein leises Pochen von irgendwoher, konnte aber den Ursprung nicht verorten. Es vermischte sich mit dem Rauschen des eigenen Blutes in ihrem Kopf.

Isabelles Magen verkrampfte sich. Sie beugte sich zur Seite, weil sie dachte, sich übergeben zu müssen. Ihre Stirn stieß gegen die Tür, was den Schmerz in ihrem Kopf explodieren ließ und gleichzeitig dafür sorgte, dass der Brechreiz wieder verschwand. Sie löste die Hände vom Mund und umfing sich selbst mit den Armen, tastete sich ab, blieb dann einige Minuten lang regungslos stehen und versuchte, sich in der Dunkelheit zu sortieren sowie einen klaren Gedanken zu fassen.

Sie hatte einen Unfall gehabt, weil eine Frau aus dem Lieferwagen vor ihr gesprungen war. Die Frau wollte fliehen. Dann hatten zwei Männer – waren es wirklich zwei gewesen? – Isabelle aus dem Autowrack gezerrt und in den Lieferwagen verfrachtet. Darin befand sich auch die Frau, die vorher herausgesprungen war. Man hatte sie wieder eingefangen und Isabelle dazu. Sie erinnerte sich an nichts, was danach geschehen war. Vermutlich war sie bewusstlos geworden. Und dann war sie an diesen Ort gebracht und in eine Art Kerker gesteckt worden, wo man sie nun gefangen hielt …

Was war das nur für ein Ort?

Sie dachte an die Worte ihres Vaters, der lange Jahre bei der Feuerwehr gewesen war. Schon als Kind hatte er ihr immer wieder eingeimpft: Ruhe bewahren. Bei jeder Katastrophe: Ruhig bleiben. Nicht in Panik verfallen. Orientiere dich. Dann handle.

Orientiere dich … Soweit Isabelle es in der Dunkelheit beurteilen konnte, war der Raum bis auf die Matratze vollkommen leer, klein, aber recht hoch. Sowohl durch das Oberlicht als auch durch das vergitterte Fenster konnte sie den Nachthimmel sehen. Der Raum mochte vielleicht zu einer alten Lagerhalle oder einer verlassenen Fabrik gehören, wofür der Boden sprach, der aus Beton zu sein schien, sowie das Oberlicht. Das gab es eher in industriellen Bauten. Der Geruch nach Staub und Öl sprach ebenfalls dafür – vielleicht hatte sogar hier in diesem Raum eine Maschine gestanden? Nein, dazu war er zu klein. Eher hatte man hier etwas gelagert. Außerdem, überlegte Isabelle, war sie nicht geknebelt worden. Wahrscheinlich deswegen nicht, weil sie ohnehin niemand durch das vergitterte Fenster hören würde, wenn sie schrie. Das sprach dafür, dass das Gebäude sich weit außerhalb, in einer menschenleeren Gegend befinden musste.

Isabelle blickte wieder zum vergitterten Fenster in der Seitenwand. Es war nicht verglast. Die Nachtluft strömte herein. Der Wind in den Baumkronen war leise zu vernehmen. Die Gitter wirkten neu und waren, im Gegensatz zur Tür, nicht rostig. Das Metall erschien glatt und glänzte schwach. Die Matratze schien ebenfalls nicht alt zu sein. Isabelle stieß mit der Zehenspitze dagegen und testete die Federung mit der Hacke. Nein, da war nichts erschlafft. Die Matratze war neu.

Wenn man sie in einem solchen Raum gefangen hielt und außerdem eine Wunde an ihrem Bein verarztet hatte – was bedeutete das alles? Warum war sie gefangen und entführt worden? Was hatten diese Leute mit ihr vor? Was war mit der Frau, die aus dem Wagen gesprungen war und mit Isabelle in dem Lieferwagen gesteckt hatte?

Isabelle hielt die Luft an. Wieder vernahm sie das leise Pochen – unmöglich zu sagen, woher es kam.

»Hallo?«, flüsterte Isabelle.

Ihre Stimme war dünn wie Pergament. Ihre Kehle fühlte sich wund und trocken an. Sie musste husten, verkrampfte sich und ruckte nach vorn. Wiederum schlug ihr Kopf gegen die Tür. Sie presste ihre Wange und das Ohr fest dagegen, tastete mit den Händen die Oberfläche ab. Dort, wo sich ehemals ein Schlüsselloch befunden haben musste, fühlte sie wulstiges Metall – eine Schweißnaht. Die Öffnung war verschlossen worden.

»Hallo?«, fragte sie dann sehr viel lauter gegen das massive Metall und lauschte dem Geräusch ihrer eigenen Frage hinterher. Sie schlug mit den Handflächen so fest gegen die Tür, dass es schmerzte.

Erneut hörte sie ein Pochen. Es kam von rechts, aus der Seitenwand ihrer Zelle! Oder besser: von dahinter! Isabelle machte einen Schritt in Richtung der Wand. Sie presste ihr Ohr gegen die Mauer und schlug mit der Hand dagegen. Mit einem Klopfgeräusch wurde geantwortet.

»Hallo!«, rief Isabelle. Und hörte jetzt eine leise Stimme. Eine weibliche Stimme, die merkwürdigerweise von draußen zu kommen schien und nicht weit entfernt wirkte. So, als ob es … Als ob es neben ihrer Zelle eine weitere gab, vielleicht ebenfalls mit einem in die Wand eingelassenen Fenster, durch das jemand zu ihr rief.

»Hallo? Geh ans Fenster!«

Isabelles Herz schlug ihr bis in den Hals. Sie starrte zum Fenster hinauf. Sie ignorierte ihr schmerzendes Bein, zog an der Matratze, ächzte und faltete sie an der Wand unter dem Fenster zusammen. Dann stellte sie sich drauf – was zumindest dafür sorgte, dass sie nun bis zum Kinn an die Fensteröffnung gelangte. Sie sog die frische Luft tief ein. Plötzlich konnte sie nicht mehr verhindern, dass sich ihre Angst aufs Heftigste Bahn brach.

Sie schrie, von einem Weinkrampf geschüttelt: »Wo bin ich? Wo bin ich? Ich will hier raus! Um Gottes willen!«

Ihre Finger griffen fest um die daumendicken Gitterstäbe am Fenster und versuchten, daran zu rucken und das Gefängnis aufzubrechen. Vergeblich.

»Wo bin ich?«, schrie Isabelle erneut. »Ich will raus! Lasst mich raus, ihr verdammten Schweine!«

Mit den Fäusten hieb sie auf die Stäbe ein, was nur dafür sorgte, das Isabelle sich selbst weh tat. Schließlich verließ sie alle Kraft. Sie sackte weinend in sich zusammen, rollte sich wie ein Embryo auf der Matratze zusammen und wollte sich eine nicht vorhandene Decke über den Kopf ziehen.

Die Stimme der fremden Frau drang durch zu Isabelle.

»Es tut mir so leid«, sagte die Stimme. Sie klang weit entfernt und doch so nah. Wie durch Watte. »Es tut mir so schrecklich leid.«

Isabelle richtete sich wieder auf. Sie schrie das Fenster an: »Was? Was, verdammt, tut dir leid?«

»Es tut mir leid«, sagte die Frau, »dass du wegen mir da hereingezogen worden bist.«

Isabelle stockte. Die Frau aus dem Lieferwagen – sie war ebenfalls hier. Sie war nebenan. Sie steckte ebenfalls in einem Gefängnis. Isabelle stand auf, klappte die Matratze noch einmal zusammen, stellte sich auf die Zehenspitzen und presste ihre Wange gegen die Gitter und ihr Gesicht zwischen zwei Stäben hindurch. Sie sog die frische Luft in die Lungen, zog die Nase hoch und räusperte sich.

»In was?«, fragte sie in die Nacht hinaus. »In was bin ich hereingezogen worden? Wer bist du? Warst du mit mir in dem Lieferwagen? Wer sind *die*? Was haben die mit uns vor?«

»Ich bin Sara«, erwiderte die Stimme. »Ja, ich war in dem Wagen. Ich weiß nicht, wer die sind. Ich weiß nicht, was sie vorhaben, aber ich glaube …«

»Was?«, fragte Isabelle laut. »Was? Was glaubst du?«

Ein tiefes Seufzen. »Ich … ich glaube, sie halten uns hier gefangen, um uns weh zu tun. Und um uns zu töten.«

6

Am nächsten Morgen fuhr Albin nach Gordes. Es war noch sehr früh, gerade acht Uhr, doch Veronique war bereits im Geschäft, um eine neue Ladung Blumen in Empfang zu nehmen. Albin konnte die Gewächse inzwischen einigermaßen voneinander unterscheiden – also: Er verwechselte nicht länger Tulpen mit Lilien oder Gerbera, worüber Veronique sich ziemlich aufgeregt hatte, ihn später aber lobte, nachdem er wenigstens die wichtigsten Blumen benennen konnte.

Im Radio liefen die Nachrichten, die alles Mögliche über die verrückte Lage in der Welt brachten, was Albin nur am Rande interessierte. Politik war nie sein Ding gewesen. Völlig egal, wer gerade irgendwo gewählt oder nicht gewählt worden war – es wurde weiterhin gestohlen, gemordet, betrogen und gelogen. Daran hatte auch der lange Ausnahmezustand in Frankreich nach den Anschlägen von Paris nichts geändert, was Albins These bewies: Selbst wenn jeder fünfte Bürger ein Polizist wäre, hätte die Polizei immer noch alle Hände voll zu tun und würde herumhüpfen wie dieser Holden Caulfield aus dem Buch, das Albin als Jugendlicher verschlungen hatte: *Der Fänger im Roggen.* Darin wurde ein Traum beschrieben, in dem Holden in einem Feld stand und Kinder davor bewahren musste, sich wie die Lemminge in einen Abgrund zu stürzen, was ein Ausdruck seiner

Furcht vor dem Erwachsenwerden war. So ähnlich wie dieser Holden war sich Albin früher oft im Dienst vorgekommen. Kriminalität war wie ein nie versiegender Strom. Man konnte sie nicht mit einem Staudamm stoppen. Sie suchte sich wie Wasser stets ihren Weg. Man konnte lediglich versuchen, sie einigermaßen unter Kontrolle zu halten. Wenn man mehr als das tun wollte, drehte man entweder durch oder bekam so etwas Neumodisches wie einen Burn-out. So war das eben, und Albin hatte den jungen Polizisten, die ganz neu im Job waren, immer gesagt: *Das Strafgesetzbuch ist eure Bibel, lasst nichts zu nahe an euch heran, denn wenn ihr zu lange in den Abgrund starrt, starrt der Abgrund irgendwann zurück.* Was Albin ihnen nicht verriet, war, dass er manchmal selbst an dieser Klippe stand, hinabstarrte und zu verstehen versuchte, was, zum Teufel, mit diesen Leuten da unten in der Hölle eigentlich los war und was sie antrieb. Das brauchte jedoch niemand zu wissen. Hinterher hielten die ihn noch für empfindlich oder so einen Quatsch.

In Gordes hielt Albin auf dem Parkplatz am Château und stieg aus. Er öffnete den Kofferraum mit der Fernbedienung, ging um den Wagen herum und hob Tyson heraus, bevor er die Klappe wieder schloss und den Mops anleinte. Schließlich schlenderte er ein wenig durch den Ort. Er sah, dass das Restaurant, in dem Isabelle arbeitete, noch geschlossen war – kein Wunder um diese Uhrzeit. Er genoss die frische Luft, die sich fraglos binnen der nächsten zwei Stunden deutlich aufheizen würde, ließ Tyson an einer Platane sein Geschäft verrichten und überlegte, welchen Rückweg Isabelle von der Arbeit genommen haben würde und wo sie vermutlich ihr Auto parkte.

Seiner Meinung nach kamen der Parkplatz am Château

in Betracht, wo auch sein Wagen stand, sowie zwei weitere, weil sie allesamt in der Nähe des Restaurants lagen, in dem Isabelle arbeitete. Sie alle hatten die Gemeinsamkeit, dass man den mitten im Ort liegenden Kreisverkehr passieren musste, um zu ihnen zu gelangen – und ebenfalls, wenn man Gordes wieder verließ. Vom Kreisverkehr aus gab es drei Abfahrten. Eine Richtung Osten, die damit uninteressant war. Die anderen beiden gingen jeweils nach Norden, und zwar in Richtung Venasque. Die eine Strecke führte über Murs dorthin, die andere über Sénanque und von Venasque aus dann schließlich in Richtung Carpentras.

Die Route über Murs war allerdings ein Umweg. Isabelle, die in Pernes-les-Fontaines in unmittelbarer Nähe zu Carpentras ein kleines Apartment bewohnte, würde sie daher nicht gewählt haben. Nein, sie wäre auf der zweiten Route von Gordes aus über Sénanque und Venasque nach St. Didier gefahren und von dort aus dann nach Pernes zu ihrem Apartment – wo sie laut ihrem Vater allerdings nie angekommen war.

Albin ließ Tyson eine Weile herumschnüffeln. Er klemmte sich die Leine zwischen die Knie und steckte sich eine Gitanes an. Also Schritt für Schritt und von Anfang an, dachte er und stieß den Rauch durch die Nase aus.

Vielleicht war Isabelle gar nicht zurück nach Pernes gefahren, sondern ganz woandershin? Was wäre, wenn sie einen neuen Liebhaber hatte, von dem bislang niemand etwas wusste? Sie könnte ihn nach der Arbeit aufgesucht haben, um bei ihm zu übernachten, möglicherweise auch bei einer Freundin oder einer Bekannten.

Eine weitere Möglichkeit war, dass sie zunächst nach Hause gefahren war, dort aber nur ein paar Dinge geholt hatte und dann weitergefahren war. Zwar vertrat Bertrand Lefebvre die Meinung, dass Isabelle sich nicht in ihrer Wohnung aufgehalten hatte – aber er bezog das aufs Übernachten. Er hatte nicht kontrolliert, ob irgendwelche Sachen fehlten, die Isabelle vielleicht in eine Reisetasche gesteckt haben könnte.

Variante drei war, dass jemand Isabelle auf dem Parkplatz überwältigt, sie in ihr Auto gezerrt hatte, mit ihr und dem Wagen verschwunden war und anschließend Isabelles Leiche und den Wagen entsorgt hatte.

Die vierte Möglichkeit, die ihm einfiel – irgendetwas war unterwegs auf dem Heimweg geschehen.

Albin rauchte. Er überlegte, dass sich zurzeit nur drei Dinge nachprüfen ließen.

Erstens: Gab es Auffälligkeiten dort, wo Isabelle ihr Auto abgestellt hatte?

Zweitens: Gab es etwas Bemerkenswertes in oder außerhalb ihrer Wohnung?

Drittens: Ließ sich etwas auf der Wegstrecke dorthin finden?

Nun, den Zweitschlüssel zu Isabelles Wohnung hatte Albin von Lefebvre bekommen. Er würde den Rückweg überprüfen, der ihm am wahrscheinlichsten erschien. Auf welchem der drei Parkplätze sie hingegen ihr Auto abgestellt hatte – das war nur eine Vermutung. Er müsste alle unter die Lupe nehmen, oder er könnte den Besitzer des Restaurants oder die anderen Angestellte danach fragen, wo Isabelle für gewöhnlich parkte. Die Leute würde Albin ohnehin noch interviewen müssen, aber das Restaurant öffnete erst mittags. Folglich würde er zunächst gemütlich nach Pernes fahren, unterwegs die Augen offen halten und sich dann Isabelles Wohnung anschauen. Danach könnte er zurück nach Gordes fahren und sich im Restaurant umhören. Zeit hatte er ja. Alle Zeit der Welt.

»So machen wir das, Tyson«, sagte er.

Tyson schien keine Einwände zu haben.

7

Albin fuhr also die gleiche Strecke zurück, die er erst vor einer halben Stunde gekommen war. Er fuhr, entgegen seiner üblichen Gewohnheit, langsam sowie ziemlich weit rechts und ignorierte hinter ihm hupende Autos, die ihn schließlich überholten. Er schaute nach links, er schaute nach rechts. Er scannte die Straße sowie die seitliche Bepflanzung mit den endlosen flachen Mauern, sah aber nirgends etwas, das seine Aufmerksamkeit erregte.

Er war noch nicht weit gekommen, als ihm doch etwas auffiel.

Er befand sich gerade auf einer langgestreckten Steigung und ließ den Transporter eines Speditionsunternehmens an sich vorbeiziehen, als kurz vor einem Abzweig am Straßenrand Splitter aus Glas oder Plastik im Licht der Sonne aufblitzten. Das musste nichts heißen. Irgendein Idiot mochte eine Flasche aus dem Fenster geworfen haben. Aber es konnte etwas bedeuten. Albin setzte den Blinker und bog auf den geschotterten Wirtschaftsweg, um den Wagen von der Straße zu bringen und die Stelle in Ruhe zu untersuchen. Oder auch nur, dachte er, um die Splitter aufzusammeln, denn genau solche Mistdinger konnten bei starker Sonneneinstrahlung wie ein Brennglas wirken und einen Waldbrand entfachen. Der Weg fiel steil ab. Albin zog die Handbremse an und ließ den Motor laufen, damit das Innere des SUV klimatisiert blieb und Tyson keinen Hitzschlag bekam. Zuletzt nahm er das Smartphone aus der Ablage und stieg aus.

Albin blinzelte in die grelle Sonne. Die Luft roch frisch und würzig nach Kräutern und Pinien. Es gab nirgends Schatten, die hier dichtwachsenden Büsche waren zu niedrig und gingen erst in einiger Entfernung in einen flachen Wald über. Er zog sich die an den Hüften verrutschte Jeans hoch und fragte sich im Gehen, ob er abgenommen hatte, was vielleicht mit Veroniques Küche zu tun hatte. Der Mikrowellenfraß, den er jahrelang in sich hineingestopft hatte, war ohne Zweifel nicht optimal für seine Linie gewesen.

Albins Schritte knirschten im Kies, bis er vor dem Asphalt der Straße stehen blieb und sich versicherte, dass kein Auto herangerast kam. Dann ging er einige Meter zurück in Richtung Gordes, um die Splitter auf der Straße zu inspizieren. Er musste gar nicht bis dahin gehen, um festzustellen, dass hier ein Unfall geschehen war. In dem trockenen Gras, das zwischen der Fahrbahn und der niedrigen Mauer wuchs, erkannte er die zerbrochene Kunststoffverschalung eines Scheinwerfers sowie einige Meter weiter ein Plastikteil, das zu einem Stoßfänger gehören mochte. Er sah sich die Mauer genauer an. Zahlreiche Steine zeigten auf der Länge von mehreren Metern frische Absplitterungen. Auf der Fahrbahn sah er eine schwarze Bremsspur.

Albin stemmte die Hände in die Hüften und betrachtete die Straße. Er sah zu den Splittern, folgte mit dem Blick dem Gummiabrieb, sah die Macken in der Mauer und die Fahrzeugteile davor. Das Gras war an mehreren Stellen zerfurcht. Er ging zurück zu dem Abzweig, wo er geparkt hatte. An der Stelle, an der die Mauer abbrach, fehlte ein besonders großes Stück. Albin ließ seinen Wagen hinter sich und sah sich die Umgebung um den Weg herum genauer an. Rechts und links grenzte ein dichtbewachsener, flacher Wald an, der im Wesentlichen aus mannshohen Büschen und geduckt wirkenden kleinen Bäumen bestand. Wenn man genau hinsah, dann wirkte es an einer Stelle, als sei dort ein Ochse hineingerannt und als habe sich das Dickicht hinter ihm wieder geschlossen.

Albin ging langsam darauf zu. Jetzt sah er, dass der Schotterweg und dann auch der Boden jenseits davon zerfurcht waren, das trockene dicke Gras zerknickt und einige Rosmarinbüsche zerdrückt. Überall lagen Blätter herum. An den dornigen Hecken und Bäumchen waren Äste abgebrochen. Die Bruchstellen sahen frisch aus, ebenfalls der Abrieb am Stamm einer kleinen Pinie, wo die Baumrinde fehlte. Am Boden lag im dornigen Gestrüpp ein abgerissener Außenspiegel.

Albin bahnte sich umsichtig einen Weg durch das Unterholz. Hier konnte man sich jederzeit üble Kratzer zuziehen oder über eine Wurzel stolpern und sich den Hals brechen. Es dauerte einige Minuten, bis er schließlich am Heck eines Kleinwagens stand. Er lag auf dem Dach, die dichtstehenden Stämme widerborstiger Büsche hielten ihn davon ab, weiter den Hang hinabzurutschen. Das Modell und die Farbe waren identisch mit dem Wagen, den Isabelle Lefebvre fuhr, ein Fiat. Das Kennzeichen ebenfalls – Bertrand Lefebvre hatte es Albin genannt. Er kannte es, weil er für seine Tochter die Autoversicherung und die Kfz-Steuern bezahlte. Vorsichtig umrundete Albin das Wrack. Er ging in die Hocke und schaute durch die zerborstene Frontscheibe in das Innere. Es war leer. Der Sicherheitsgurt war nicht arretiert. Der Airbag hatte ausgelöst.

Albin richtete sich wieder auf und sah sich um. Er suchte im Wagen und außerhalb nach Blutspuren. Ihm fielen keine auf. Er inspizierte das Buschwerk, sah aber keine weiteren abgebrochenen Zweige, die zum Beispiel darauf hindeuten würden, dass sich jemand mit Gewalt und vielleicht verletzt und taumelnd oder unachtsam durch das Unterholz geschleppt hatte.

Da war lediglich etwas Helles links von ihm. Albin bewegte sich voran, schob widerspenstige Zweige zur Seite – und stand schließlich vor einem Turnschuh. Er war weiß mit einem rosafarbenen Herstelleremblem an der Seite. Er hockte sich hin, nahm einen Ast auf und drehte den Schuh um, damit er ins Innere blicken konnte. An der Lasche sah er ein Etikett, konnte es aber erst lesen, als er die Augen zusammenkniff und es weit von sich weghielt – er sollte sich dringend eine Brille zulegen. Es handelte sich um Größe achtunddreißig sowie sehr wahrscheinlich um den Schuh einer Frau.

Er ließ den Schuh liegen, stand wieder auf und schob sich so lange durch das Gestrüpp, bis er schließlich wieder auf dem Schotterweg stand. Er sah zu seinem parkenden SUV und schätzte, dass sich der Wagen von Isabelle Lefebvre etwa dreißig Meter weit in das Dickicht gefräst haben musste. Blieb die Frage, was mit der Fahrerin geschehen war, wo sie sich befand und ob sie überhaupt noch lebte.

Albin nahm das Smartphone zur Hand und wählte eine Nummer aus dem Telefonspeicher, die er so gut kannte wie die PIN seiner Bankkarte – die Nummer von Alain Theroux.

8

Theroux und Castel standen wie zwei Feldherren am Straßenrand und betrachteten das Treiben, das sie selbst entfesselt hatten. Eine Straßenseite war gesperrt, weil dort mehrere Mannschaftswagen der Polizei hielten. In der Luft dröhnte ein Hubschrauber wie ein großes Insekt. Die Geräusche des Rotors schienen Tyson nicht zu gefallen, der es sich im Schatten unter Albins SUV bequem gemacht hatte, dessen Motor längst ausgeschaltet war. Albin stand daneben, rauchte eine und hatte sich die Sonnenbrille aufgesetzt – ein klassisches Modell von Ray Ban, das vor fünfzig Jahren genauso modisch gewesen war wie heute.

Theroux und Castel wandten sich um und bewegten sich langsam auf Albin zu. Sie hatten ihre Augen ebenfalls gegen die grelle Mittagssonne geschützt. Alain Theroux' Hose war modisch zerschlissen, das Poloshirt, unter dessen Ausschnitt seine Brusthaare hervorquollen, mit jeder Menge Aufnähern bestickt. Die goldumrandete Sonnenbrille ließ ihn wie einen Pornostar der siebziger Jahre aussehen, aber Albins gelegentliche Bemerkungen darüber gingen an ihm vorbei.

Caterine Castel trug eine Pilotensonnenbrille mit grünen Gläsern sowie ein buntbedrucktes Tanktop und eine weiße Jeans, mintfarbene Chucks und die obligatorische »Polizei«-Armbinde, die sich auch über Theroux' Oberarm spannte. Castel war mittlerweile wieder bei der Kriminalpolizei. Sie war nicht sehr groß, aber drahtig und trug die Haare länger als zuvor. Damit versuchte sie, eine Narbe auf ihrer Stirn zu kaschieren, die nicht sehr lang, aber noch relativ frisch und daher recht auffällig war. Albin hatte Castel kennengelernt, als sie in Carpentras noch Streife fuhr. Vorher war sie in Marseille bei der Kriminalpolizei und einer Sondereinheit gewesen. Man hatte sie aus nachvollziehbaren Gründen in die Provence geschickt und in eine Uniform gesteckt, um sie für den Rest ihres Lebens Raser blitzen zu lassen, statt Schwerkriminelle zu jagen und prestigeträchtige Fälle zu lösen. Ihre Vergangenheit hatte sie unlängst eingeholt, und zwar mit Pauken und Trompeten. Eine Zeitlang war sie danach suspendiert gewesen, hatte aber interne Ermittlungen und ein Verfahren gegen sie schadlos überstanden – und am Ende profitiert, weil man ihre Qualitäten erkannte, ihre Leistungen würdigte und sie schließlich zurück in die Brigade holte, wenn auch bloß in der Provence. Albin hatte in einigen Anhörungen mit seinen Aussagen einen Teil dazu beigetragen – außerdem mit ein oder zwei Telefonaten bei alten Bekannten im Ministerium. Aber davon musste niemand etwas wissen, erst recht nicht Castel.

Castel blieb vor Albin stehen und fächerte demonstrativ seinen Zigarettenrauch zur Seite, während Theroux damit befasst war, irgendwelche Dinge in sein Handy zu tippen.

»Und?«, fragte Albin.

»Und nichts«, erwiderte Castel, vergrub die Hände in den Gesäßtaschen ihrer Jeans. Sie lächelte an Albin vorbei zu Tyson, dem es zu heiß war, um unter dem Auto hervorzukriechen und sie zu begrüßen. Er mochte die junge Frau und gab wenigstens einige fiepende Geräusche von sich.

Castel erklärte: »Die Kollegen durchkämmen das gesamte Gebiet und suchen nach der vermissten Person. Es gibt bisher keinerlei Hinweise auf ihren Verbleib. Weswegen hat ihr Vater sie bei der Polizei in Avignon vermisst gemeldet und nicht bei uns?«

»Weil er in Avignon wohnt.«

Castel nickte verstehend. »Wir werden uns ihre Wohnung ansehen. Sie …«

»… wohnt in Pernes«, kürzte Albin ab und zog einen Schlüssel aus der Tasche, um ihn Castel zu geben. »Der Wohnungsschlüssel. Habe ich vom Vater. Dann müsst ihr die Tür nicht öffnen lassen.«

Castel betrachtete Albin einen Moment. Dann nahm sie den Schlüssel entgegen und schüttelte den Kopf. »Albin, Sie sind wirklich nicht zu fassen. Ganz ehrlich.«

Albin schmunzelte, klemmte sich die Gitanes in den Mundwinkel und kniff gegen den aufsteigenden Qualm ein Auge zu. »Gefällt mir, wenn Sie mich Albin nennen statt immer nur beim Nachnamen.«

»Wir sind uns ja auch etwas nähergekommen.« Castel lächelte kurz.

Das waren sie in der Tat – allerdings nicht auf die Art und Weise, in der sich ein Mann und eine Frau für gewöhnlich näherkamen.

»Das könnte Ihnen so passen, Sie Verführerin«, sagte Albin. »Aber Sie sind immer noch nicht mein Typ, Castel.«

Castel machte eine wegwerfende Geste. Dann sah sie sich erneut um, streckte sich und fragte: »Was, denken Sie, ist hier passiert?«

Albin zog kräftig an seiner Zigarette, dann nahm er sie aus dem Mund. Auf der Straße untersuchte die Polizei die

Unfallspuren, bemalte den Fahrbahnbelag mit kryptischen Zeichen und Strichen. Eine Gruppe der Spurensicherung war im Unterholz aktiv, wenngleich nicht in den üblichen faserfreien Overalls. Ein Abschleppwagen, der das Wrack bergen würde, stand schon bereit. Albin war dafür mit seinem SUV zur Seite gefahren. Der Fahrer hielt sich im Schatten seines Fahrzeugs und rauchte ebenfalls.

Albin sagte: »Isabelle Lefebvre hat in voller Fahrt erst die Mauer gestreift, ist dann von der Fahrbahn abgekommen und auf den Feldweg geschleudert. Dort ist der Wagen praktisch ungebremst ins steile Unterholz gerast. Es war entweder ein Ausweichmanöver, oder sie hat mit dem Handy herumgespielt und nicht bemerkt, dass sie nach rechts auf die Mauer zudriftete.«

Castel nickte. Theroux hatte inzwischen aufgehört, sich mit seinem Handy zu beschäftigen, und stimmte ebenfalls zu.

Albin fuhr fort: »Falls es ein Ausweichmanöver war, kommen drei Ursachen in Frage. Ein Tier sprang auf die Fahrbahn, ein Fußgänger war unterwegs, oder es kam ihr ein Wagen entgegen, weil entweder sie oder der andere Fahrer gerade überholte – beziehungsweise weil dieser entgegenkommende Wagen aus anderen Ursachen seine Spur verließ.«

Theroux sagte: »Soweit wir wissen, gab es keinen frontalen Zusammenstoß mit einem Fahrzeug. Es könnte aber sein, dass Isabelles Wagen seitlich abgedrängt wurde, während sie von jemandem überholt wurde. Vielleicht finden sich Hinweise auf einen solchen Verursacherwagen – Lackspuren, ein paar Splitter, markanter Gummiabrieb auf dem Fahrbahnbelag. Wir werden sehen. Genaueres können die

Kollegen aber erst sagen, wenn sie das Wrack untersucht haben und die verschiedenen Trümmer auf der Straße. Aber bislang sieht es wie gesagt so aus, als sei kein weiteres Fahrzeug in den Vorgang verwickelt.«

Leider dauerten die Analysen von Splittern oder Lackrückständen meist ziemlich lange, wusste Albin. Es sei denn, man machte den Leuten im Labor etwas Feuer unter dem Hintern.

»Die Frage ist«, sagte Castel, »warum Isabelle nicht aufzufinden ist.«

Eben, dachte Albin und sagte: »Drei Möglichkeiten. Erstens: Sie ist durch die zerborstene Windschutzscheibe aus dem Wagen geklettert, um Hilfe zu suchen, und liegt verletzt oder tot irgendwo hier im Unterholz. Dann würdet ihr sie bald finden. Zweitens: Jemand hat sie aufgelesen und in eine Klinik gebracht, aber dort weiß man nicht, wer sie ist, weil ihre Papiere fehlen oder sie sich an nichts erinnert beziehungsweise im Koma liegt.«

Theroux sagte: »Das glaube ich nicht. Die Kollegen haben das schon mit der Vermisstenmeldung überprüft: Es wurde nirgends eine Isabelle Lefebvre eingeliefert, geschweige ein unbekanntes Unfallopfer.«

Albin nickte erneut. Das hatte ihm Bertrand Lefebvre bereits gesagt.

»Bleibt Variante drei«, sagte Castel.

»Ja«, erwiderte Albin, warf die Zigarette auf den Boden und trat sie aus.

»Und welche ist das?«, fragte Theroux.

»Na, komm schon«, meinte Albin, hockte sich hin und hob den zertretenen Filter auf, um nicht unnötig Spuren zu hinterlassen. Er zog einen der Doggybags aus der Hosentasche, mit denen er normalerweise Tysons Hinterlassenschaften aufsammelte, und ließ die Kippe darin verschwinden.

Theroux blickte zwischen Castel und Albin hin und her. Er zuckte mit den Achseln. »Wieso?«, fragte er und wirkte verwirrt. »Ich meine, was soll denn sonst noch passiert sein? Sie ist per Anhalter nach Hause gefahren, und alles ist gut, oder wie?«

»Nein«, sagte Castel.

»Nein«, sagte auch Albin. »Variante drei ist folgende: Isabelle hat den Unfall nicht überlebt. Der Verursacher hat sie aus dem Wagen gezerrt und die Leiche beseitigt.«

»Warum sollte er das tun?«, fragte Theroux. »Ich meine, das wäre doch totaler Quatsch.«

»Menschen in extremen Situationen tun extreme Dinge«, sagte Castel.

»Ja«, nickte Theroux, »schon, aber was hätte der Täter denn davon? Der Wagen ist gefunden worden, Isabelle als vermisst gemeldet …«

»Vielleicht«, unterbrach Castel, »wollte er sie ja in die Klinik bringen. Unterwegs ist sie verstorben. Er bekam Panik und wollte die Leiche loswerden.«

Theroux verzog das Gesicht. »Ich denke«, sagte er, »dass wir Isabelle vermutlich in der Nähe tot auffinden werden, weil sie sich retten wollte, aber zu schwer verletzt war und verwirrt in die falsche Richtung ging. Weg von der Straße und immer tiefer ins Gebüsch hinein.«

»Möglich«, sagte Albin. »Und wenn nicht?«

Theroux zuckte mit den Achseln. »Wenn nicht, denken wir weiter nach.«

»Guter Mann«, meinte Albin. »Nachdenken ist nie verkehrt.«

»Abgesehen davon«, meinte Theroux, »ist sie ja vielleicht ganz einfach aus dem Wagen geschleudert worden. Da treten irrsinnige Kräfte auf.«

»Der Sicherheitsgurt war gelöst«, schränkte Castel ein.

»Und den Turnschuh«, ergänzte Albin, »muss sie auf andere Art und Weise verloren haben. Das kam nicht durch den Unfall. Dann hätte er woanders liegen müssen.«

Theroux hob beide Hände zu einer abwehrenden Geste.

Albin schwieg einen Moment. Dann sagte er: »Es gibt noch eine vierte Variante.«

»Ich hatte es befürchtet«, bemerkte Castel, schob sich die Sonnenbrille ins Haar und rieb sich durch die Augen.

»Die da wäre?«, fragte Theroux.

Castel sah Albin an. Albin sah Castel an. Er machte eine auffordernde Geste, denn er hatte keinen Zweifel, dass Castel der gleiche Gedanke gekommen war wie ihm selbst. Sie tickte ähnlich wie Albin.

Castel sagte: »Jemand hat sie bewusst von der Straße abgedrängt, sie dann aus dem Wagen gezerrt und mitgenommen. Eine Entführung.«

Gutes Mädchen, dachte Albin. Aber eine sehr schlechte Alternative. Er hoffte, dass sich alles als harmlos herausstellen und man Isabelle lebend und nicht allzu schwer verletzt finden würde. Allerdings sagte sein Gefühl etwas anderes. Es war eine Art Intuition, und die täuschte ihn selten. So oder so musste er Bertrand Lefebvre über den Stand der Dinge informieren. Das würde kein angenehmes Gespräch werden.

9

Isabelle zuckte, als Geräusche sie aus einem Tagtraum weckten. In dem Raum war es drückend heiß geworden. Sie schwitzte. Es gab nirgends Wasser, und sie fühlte sich vollkommen dehydriert. Irgendwann in der Nacht war sie eingeschlafen. Die Gespräche mit Sara am Fenster hatten aufgehört, als sich Motorengeräusche näherten. Isabelle war zunächst auf die Idee verfallen, es könne sich um einen möglichen Retter handeln. Sie hatte sich die Lunge aus dem Hals nach Hilfe geschrien. Dann klappten Autotüren auf und zu. Die Antwort auf Isabelles Rufen war verächtliches Lachen gewesen – damit verbunden, dass sie von draußen her angeherrscht wurde, die Klappe zu halten, weil man sie sonst knebeln würde.

Der Stand der Sonne verriet ihr, dass es inzwischen Abend sein musste. Sie fühlte sich benommen – ihr Kreislauf musste im Keller sein. Außerdem schwächte sie die Angst.

In der Nacht war sie nach kurzem Schlaf wieder aufgewacht, schreiend. Ihre Gedanken hatten sich darum gedreht, was Sara gesagt hatte: dass man sie entführt hatte, um ihnen weh zu tun. Dass man sie töten würde. Was, wenn das stimmte? Woher hatte Sara diese Ahnung?

Die anderen Fragen waren: Wenn man sie töten wollte – warum? Und wer? Weshalb waren Isabelle und Sara dann noch am Leben? Isabelle hatte darauf keine Antworten gefunden. Sie war immer wieder eingedöst, mit schlimmen Kopfschmerzen aufgewacht und verzweifelt und weinend erneut eingeschlafen. Die Nachwirkungen des Unfalls und des Schocks über die Geschehnisse forderten ihren Tribut: Isabelles Körper und ihre Seele nahmen sich eine Auszeit.

Sie brauchte einige Momente, bis sich ihr Verstand klärte. Sie sah die Wasserflaschen, die man ihr in die Zelle gestellt hatte. Dort lagen auch einige Energieriegel, die mittlerweile sicherlich von der Sonne aufgeweicht worden waren. Außerdem sah sie einen Plastikeimer, der vermutlich als Toilette dienen sollte. Irgendjemand hatte ihr all das gebracht – Isabelle wusste nicht, wann das geschehen war und wer das getan hatte. Sie lauschte nach draußen, kroch dann zu den Wasserflaschen hinüber, öffnete eine und trank in großen Schlucken den badewasserwarmen Inhalt.

Das Geräusch, das sie geweckt hatte, stammte von einem Auto. Dieses Mal entfernte es sich von hier. Nach einer Minute war es vollkommen verschwunden. Das Einzige, was noch zu hören war, war das Rauschen des Abendwindes in den Blättern und das Zirpen der Grillen. Schließlich stand sie auf und betrachtete sich selbst. Sie stellte fest, dass der Verband an ihrem Bein erneuert worden war. Es gelang ihr inzwischen zudem, es mehr zu belasten. Sie zog die Matratze unter das Fenster, faltete sie in der Mitte, stellte sich dann obendrauf und presste ihr Gesicht gegen die von der Sonne warmen Metallstäbe.

Sie versuchte, die Umgebung zu erkennen. Aber da war nur Landschaft zu sehen. Es gab keine Anhaltspunkte in der Silhouette von Bäumen, Büschen und Hügeln, die ihr sagten, wo sie sich befand. Sie stellte sich, so gut es ging, auf die Zehenspitzen, erkannte aber weder rechts noch links weitere Gebäudeteile. Es hatte lediglich den Anschein, als sei der Bereich, in dem sie sich befand, sehr lang. Außerdem wirkte der ockerfarbene Erdboden an einigen Stellen plattgefahren, und zwischen diesen Stellen waren Reste einer schmalen Straße zu sehen. Vielleicht der Zufahrtsweg, der von dem Auto benutzt wurde, das eben fortgefahren war.

»Sara?«, rief sie.

Es kam keine Antwort. Für einige schreckliche Momente dachte Isabelle, dass Sara nicht mehr da sein könnte. Dass man sie mitgenommen hatte und Isabelle jetzt vollkommen allein wäre. Nach einigen Momenten der Stille meldete sich dann die Stimme von nebenan.

»Ich bin hier!«

Isabelle fiel ein Stein vom Herzen. »Geht es dir gut?«, rief sie.

»Ja, und dir?«

»Es geht mir besser. Bist du verletzt?«

»Ja, aber nicht sehr. Sie haben mir Tabletten gegeben und eine Wunde an der Schulter verarztet. Mein Fußknöchel ist verstaucht. Gott sei Dank ist dir nichts Schlimmes passiert. Ich dachte schon, du bist tot, weil ich überhaupt nichts von dir hörte, obwohl ich nach dir gerufen habe.«

Isabelle überlegte. »Sara, seit wann bin ich hier? Seit wann halten sie uns fest?«

»Drei Tage. Du warst drei Tage lang weg.«

Isabelle erstarrte und spürte einen bitteren Geschmack auf der Zunge. Drei Tage … War sie die ganze Zeit bewusstlos gewesen? Hatte man ihr etwas gespritzt? Isabelle suchte ihre Armbeugen ab, erkannte aber nichts.

»Warum«, fragte sie, »warum tun die das? Warum verarzten sie uns? Das spricht doch dafür, dass sie uns nichts antun wollen?«

Sara schwieg. »Ich weiß es nicht«, erwiderte sie dann.

»Wer sind *die*?«

Wieder schwieg Sara eine Weile. Dann sagte sie: »Manchmal kommen sie und bewachen uns. Dann fahren sie wieder fort und lassen uns hier allein – so wie jetzt. Ich weiß nicht, was sie planen, aber es macht mich verrückt. Ich werde verrückt vor Angst und der Ungewissheit.«

Isabelle ging es nicht anders. Sie fragte: »Als du gesagt hast, dass sie uns weh tun wollen oder uns umbringen – warum glaubst du das?«

»Es ist so ein Gefühl. Ich wüsste nicht, was sie sonst wollten. Ich wüsste nicht, warum sie mich entführen sollten – es gibt doch niemanden, der ein Lösegeld bezahlen würde.«

Isabelle gingen schreckliche Gedanken durch den Kopf. Immer wieder las man von verschleppten Frauen, die man nach Jahren erst fand und die von Wahnsinnigen als Sexsklavinnen gehalten wurden. Blühte ihr und Sara ein vergleichbares Schicksal?

»Wie bist du entführt worden?«, fragte Isabelle.

Sie hörte Sara seufzen. »Ich kann mich nicht an viel erinnern – aber ich glaube, mir hat man etwas in den Drink getan. Ich war in einem Club mit Freunden. Es war noch gar nicht so spät. Ich habe getanzt. Irgendwann wurde mir furchtbar schwindelig und schlecht. Ich wurde nach draußen an die frische Luft gebracht, aber ich weiß nicht, von wem. Ich wollte nur nach Hause. Jemand wollte mich fahren – und dann kam ich plötzlich in dem Lieferwagen zu mir und bekam schreckliche Angst und Panik. Ich wollte nur raus – und irgendwie ließ sich die Tür tatsächlich von innen öffnen. Ich dachte: *Spring!* Und ich sah deinen Wagen und dachte: Da kann mir jemand helfen! Wir fuhren außerdem nicht so schnell, und dann … Na ja, den Rest kennst du ja.«

»In welchem Club warst du?«

»In Aix-en-Provence im *Le Mistral.*«

Isabelle kannte den Laden, wenngleich sie nicht oft zum Feiern in Aix war. Eigentlich feierte sie sowieso selten. Das *Mistral* zählte zu den angesagten Clubs, und davon gab es in der Studentenstadt so einige. Der Laden, in dem oft in der Szene bekannte DJs auflegten, wurde zumeist von jüngeren Leuten aufgesucht, was Isabelle sagte, dass Sara eher jünger als sie selbst oder zumindest im gleichen Alter sein musste.

»Aber«, fragte Isabelle, »haben deine Freunde das nicht bemerkt?«

»Ich weiß es nicht. Ich hoffe es, ich bete jede Minute dafür, dass man nach mir sucht.«

Das tat Isabelle ebenfalls. Sie überlegte, dass es einen Unterschied zwischen ihr und Sara gab: Sara hatte man offenbar gezielt ausgesucht und mit K.-o.-Tropfen oder einer ähnlichen Substanz aus dem Verkehr gezogen. Auch davon hörte man immer wieder. Isabelle wäre hingegen wohl nichts geschehen, wenn sie fünf Minuten eher oder fünf Minuten später losgefahren wäre. Sie war in einen Unfall verwickelt worden. Sie war eine Zeugin, und sie hatte Sara gesehen. Deswegen hatte man sie mitgenommen. Dennoch war ihr völlig unklar, warum und was nun mit ihr geschehen würde.

»Sara, warum haben sie dich entführt?«

»Es tut mir so leid, dass du in die Sache hereingezogen worden bist.«

»In welche Sache?«

»Ich weiß es nicht, wirklich nicht.«

»Was glaubst du?«

»Na ja …« Wieder schwieg Sara eine Weile. Sie dachte wohl nach. Oder aber sie traute sich nicht, ihre schlimmsten Befürchtungen auszusprechen. Dann sagte sie: »Man hört doch immer wieder davon. Es werden welche entführt und … Und missbraucht und gefangen gehalten. Isabelle, das müssen irgendwelche Verrückten sein, und …« Ihre Stimme klang so, als würde sie weinen. »Ich will nicht sterben!«

»Das werden wir nicht«, erwiderte Isabelle wie aus der Pistole geschossen. »Hörst du? Das werden wir nicht, wir …«

Isabelle stoppte, als sich wieder ein Motorengeräusch näherte. Sie kamen zurück – schon nach so kurzer Zeit? Oder waren es andere?

»Sie kommen!«, rief Sara.

»Ja!«, antwortete Isabelle. »Bis später!«

»Isabelle?«

»Ja?«

»Hier ist noch ein Mädchen, neben mir …«

Dann war Sara still.

Isabelle wollte noch etwas fragen und sich nach der weiteren Gefangenen erkundigen. Aber sie stieg von der Matratze herab und legte sie wieder auf den Boden. Falls jemand hereinkäme, dann sollte er besser nicht annehmen, dass sie und Sara sich durch die Fenster unterhalten würden. Vielleicht war ihnen das aber auch klar, jedoch völlig egal – Isabelle hatte keinen Schimmer, wollte es aber nicht darauf ankommen lassen und auf keinen Fall riskieren, dass die Kommunikation zwischen ihr und Sara unterbunden werden würde. Denn dann, dachte Isabelle, würde sie wahrscheinlich wirklich verrückt werden.

Noch eine dritte Frau, überlegte Isabelle und setzte sich hin. Sie waren zu dritt. Oder gab es noch mehr? Was, zum Teufel, war das hier für ein Gefängnis? Aber vielleicht war das gar nicht die entscheidende Frage, überlegte Isabelle. Viel entscheidender war doch eine andere, über die sie sich intensiv Gedanken machen sollte:

Wie kam sie hier am schnellsten heraus?

10

Am Abend saß Albin vor dem Fernseher, ohne das Programm bewusst zu verfolgen. Es lief eine Wiederholung von »Spartacus« mit Kirk Douglas, als er noch wie Kirk Douglas ausgesehen hatte und nicht wie eine geliftete Schildkröte. Albin war unverständlich, warum manche Kerle einfach nicht in Würde altern konnten und plastische Chirurgen merkwürdige Dinge mit ihrem Gesicht anstellen ließen.

Veronique traf sich mit einer Freundin in Avignon, und ein paar Stunden zuvor hatte Albin Bertrand Lefebvre aufgesucht und ihm die Nachricht von Isabelles Unfall überbracht – verbunden mit dem Hinweis, dass Isabelle selbst verschwunden blieb. Was noch immer der Fall war. Die Polizei hatte den ganzen Tag über nirgends einen Hinweis auf sie gefunden. Sie war wie vom Erdboden verschluckt.

»Was immerhin bedeutet«, hatte Albin zu Lefebvre gesagt, »dass sie den Unfall überlebt haben könnte.«

»Aber wo kann sie sein?«, hatte Lefebvre gefragt und wie ein Häufchen Elend auf dem Sofa gesessen. Seine Frau befand sich im oberen Stockwerk, wo sie vermutlich im Schlafzimmer saß und heulte.

»Ich weiß es nicht«, sagte Albin. »Es gibt verschiedene Möglichkeiten. Wir werden es herausfinden, Bertrand. Wir finden es immer heraus.«

Das war eine waghalsige Zusage. Eine, die man als Polizist niemals machen sollte. Versprich niemals, was du nicht hundertprozentig halten kannst, sagte man. Das war auch richtig so. Aber Albin war inzwischen kein Polizist mehr und Bertrand Lefebvres Tochter zu finden ein persönliches Anliegen.

»Ich finde es heraus«, wiederholte er.

»Und wenn sie tot ist?«

»Dann finde ich das ebenfalls heraus.«

»Glaubst du …«, fragte Lefebvre mit leiser, gebrochener Stimme, »dass sie noch lebt?«

»Ich bin ehrlich mit dir«, hatte Albin erwidert. »Ich weiß es nicht. Die Statistik sagt: Je länger jemand nicht gefunden wird, desto höher ist die Wahrscheinlichkeit, dass er nicht mehr lebt. Du solltest dich daher an keine Strohhalme klammern, Bertrand. Aber die Umstände ihres Verschwindens sind merkwürdig. Wenn du mich also nach meiner Meinung fragst: Die Chancen stehen wenigstens fünfzig zu fünfzig, eher besser. Und das ist ein ziemlich gutes Verhältnis – auch wenn es nicht so klingt.«

Albin verfolgte im Fernsehen, wie Laurence Olivier und Tony Curtis eine merkwürdige Unterhaltung über das Essen von Austern und Schnecken führten. Dann zuckte er zusammen, als es an der Tür läutete. Tyson regte sich ebenfalls. Gerade hatte er noch unter dem Tisch gedöst. Jetzt schoss er wie ein geölter Blitz durch das Wohnzimmer und über den Flur und gab jene Brumm- und Knurrtöne von sich, die man bei der Rasse Mops als Bellen bezeichnet.

Albin stand umständlich auf und wunderte sich: Jemand an seiner Tür? So spät?

Während er Tyson folgte, fragte er sich, ob das Theroux

oder Castel sein könnten. Schließlich öffnete er die Tür. Sein Gehirn brauchte einige Momente, um das, was er sah, zu verarbeiten und mit der Wirklichkeit übereinzubringen. In diesem Zeitraum schien außerdem Albins Herzschlag auszusetzen.

»Hallo, Papa«, sagte Manon.

Manon. Seine Tochter. Sie hatte Clara auf dem Arm, Albins Enkelin, die entweder schlief oder sich verschämt in der Halsbeuge ihrer Mutter versteckte.

Manon trug ein Sommerkleid und eine Jeansjacke darüber, Turnschuhe und bunten Hippieschmuck. Wie Albin war sie sehr groß, aber eher schmal gebaut. Sie hatte das kräftige, dunkle Haar ihrer Mutter, das sie lose zu einem Pferdeschwanz gebunden trug. Clara hatte Zöpfe und ebenfalls ein geblümtes Kleidchen an. Neben Manon auf dem Boden stand eine Reisetasche. Manons linke Wange wirkte geschwollen. Der Rand ihres Auges war dunkel verfärbt. Sie hatte notdürftig versucht, das Veilchen zu überschminken. Jetzt lief ein Ruck durch ihren Körper. Ein stoßartiges Ein- und Ausatmen. Aus ihren Augen perlten Tränen die Wangen hinab. Sie zog schniefend die Nase hoch.

Wie lange war es her, dass Albin seine Tochter und seine Enkelin gesehen hatte? Vier Jahre? Aber Albin hatte nicht länger als vier Sekunden gebraucht, um zu verstehen, was los war. Gilles hatte sie wieder geschlagen. Dieses Mal hatte Manon genug von ihm. Sie war mit Clara geflohen. Sie suchte Schutz bei ihm.

Albin war gleichzeitig voller Zorn und voller Freude über das Wiedersehen. Die Tatsache, dass Manon auf einmal ohne jede Vorankündigung mit Clara vor seiner Tür stand, überwältigte ihn.

»War *er* das?«, fragte Albin und ließ bewusst Gilles' Namen aus, damit Clara, falls sie doch nicht schlief, keinen Zusammenhang zu ihrem Vater herstellen würde.

Manon nickte.

»Bist du deswegen hier?«

Manon nickte erneut.

Albin löste die Hand vom Türgriff. Er machte eine unentschlossene, einladende Geste mit beiden Händen, weil er nicht wusste, ob er Manon und Clara umarmen sollte oder ob das unangemessen wäre. Er trat einen Schritt zurück und sagte: »Kommt rein!«

Manon nickte wieder, dieses Mal zitternd, und fuhr sich mit der Zunge über die Lippe. Albin fiel auf, dass sie an einer Stelle aufgeplatzt war. Dann beugte sie sich umständlich nach unten, um mit Clara auf dem Arm die Reisetasche zu greifen. Albin kam ihr zuvor und schnappte das Gepäckstück.

»Kscht, Tyson«, zischte er, weil Tyson sich aufgeregt knurrend zwischen Manon, der Tasche und Albin auf engstem Raum im Kreis drehte.

Manon keuchte ein Lachen hervor. »Ist das dein Hund?«

»Ja, das ist er.«

»Wie niedlich«, sagte Manon und manövrierte sich an Albin und Tyson vorbei durch die Eingangstür.

Albin hob die Tasche an. Sie war nicht sehr schwer. Er stand halb draußen und verfolgte, wie seine Tochter in Begleitung von Tyson durch den Flur ging. Er blickte in das Gesicht von Clara, seiner Enkeltochter, die Manon nach wie vor auf dem Armen hielt. Sie schlief nicht, sondern schaute erst Albin über die Schulter ihrer Mutter hinweg an und dann zu Tyson hinab. Clara hatte die Augen ihrer Mutter und die Züge, die Albin von Mädchenfotos seiner eigenen Mutter kannte.

Gilles Richard, dachte Albin und mahlte auf den Backenzähnen, *wenn ich dich in die Finger bekomme, breche ich dir jeden Knochen im Leib. Doppelt.*

11

Der Morgen war anders als üblich, was nicht nur an Albins Rückenschmerzen lag. Er fühlte sich wie erschlagen, weil er auf der Couch geschlafen und Manon und Clara sein Bett überlassen hatte.

Veronique hatte in ihrer eigenen Wohnung übernachtet, nachdem sie spät zu Albin gekommen war und erfahren hatte, was los war. Kurzerhand hatte sie Albins Tochter und seine Enkelin ins Schlafzimmer verfrachtet, Albin auf die Couch delegiert und dann noch einige Worte mit Albin gewechselt, bevor sie abgerauscht war.

Jetzt war sie gerade mit Clara im Garten und erklärte ihr, welche Arten von Blumen dort blühten und wie man sie unterscheiden konnte.

Auf dem Küchentisch standen die Reste des Frühstücks: Croissants, Orangensaft, Marmelade und Nutella – ein nagelneues Glas. Veronique hatte es heute früh mitgebracht und gesagt, dass alle Kinder das gerne essen. Clara hatte gekichert und gesagt, dass sie am liebsten niemals etwas anderes essen würde als Nutella, wozu Manon wissend gelächelt hatte. Ihr Veilchen war notdürftig überschminkt.

Beide waren noch scheu, fand Albin, Clara eher weniger als Manon. Was kein Wunder war, Kinder machten sich mit neuen Situationen und Menschen viel schneller vertraut als Erwachsene. Clara hatte fraglos kaum eine Erinnerung an ihren Opa, und Veronique sah sie zum ersten Mal im Leben. Aber sie war ein aufgewecktes Kind. Zudem wusste Veronique, die selbst Mutter und Oma war, wie man mit Kindern umging. Albin wusste das nicht mehr. Er hatte alles vergessen, nahm er zumindest an. Aber vielleicht war es wie mit dem Fahrradfahren – man rostete etwas ein, verlernte es aber nicht grundsätzlich.

Und nun saßen sie hier plötzlich beim Frühstück wie eine ganz normale Familie. Vieles war unausgesprochen und ungeklärt. Eigentlich alles.

Albin knetete seine Fingerknöchel. Manon hatte ihre dicken Haare wieder zum Pferdeschwanz gebunden, hielt eine große Tasse Kaffee in beiden Händen und betrachtete Clara und Veronique durch die offen stehende Terrassentür. Tyson wuselte zwischen beiden herum und wackelte aufgeregt mit dem zu einer Schnecke aufgerollten Stummelschwänzchen.

»Veronique ist nett. Ich mag sie«, sagte Manon.

»Das freut mich«, erwiderte Albin, der mit dem Gefühl kämpfte, jetzt unbedingt eine rauchen zu wollen.

»Ich glaube, sie passt gut zu dir.«

Albin schmunzelte und nickte. »Wie geht es deiner Mutter?«

Manon zuckte mit den Achseln. »Sie macht mit dem Kreuzfahrtschiff eine Reise in der Karibik.«

»Karibik?«, fragte Albin ungläubig.

Als sie noch zusammen gewesen waren, war seine Ex in Sachen Urlaub höchstens noch an Nordspanien interessiert gewesen, auf der Atlantikseite. Mal ernsthaft: Niemand fuhr nach Albins Meinung nach Nordspanien, es sei denn, er war Lehrer oder Universitätsprofessor oder ein Wandervogel.

Albin war keines von beiden, weswegen sie dann nirgends hingefahren waren.

Manon nickte. »Mama hat diesen Anwalt, weißt du? Ihr Freund. Kennst du ihn?«

Albin machte eine ahnungslose Geste.

»Er hat ziemlich viel Geld. Sie lässt es sich gutgehen, nehme ich an. Das ist auch völlig okay so. Ich gönne es ihr.«

»Weiß sie, wo du bist?«

Manon trank etwas Kaffee und schüttelte den Kopf.

»Weiß *er*, wo du bist?«

»Gilles?«

»Ich möchte seinen Namen nicht in den Mund nehmen.«

Manon zuckte mit den Achseln. »Ich hoffe, er weiß es nicht. Vermutlich wird er gerade alle Freunde und Bekannten verrückt machen, aber dass ich bei dir bin, nimmt er sicherlich zuallerletzt an.«

Papa, die letzte Wahl, dachte Albin und spürte einen kleinen Stich im Herzen. Deswegen war sie vorrangig hier. Nicht weil er ihr Papa war und sie beschützen sollte, sondern weil Gilles sie hier am wenigsten vermuten würde. Aber fraglos hatte Manon recht – auf ihn würde Gilles, die Ratte, zuletzt kommen. Nach allem, was zwischen Albin und Manon gewesen war …

»Papa?«

Das Wort und wie sie es betonte, ließ den Stich in Albins Herzen sofort heilen.

»Hm?«

Manon schaute weiter nach draußen und scheute Albins Blick. Sie sagte: »Es tut mir leid.«

»Dir muss gar nichts leidtun.«

»Doch. Du hast recht gehabt. Ich nicht. Ich habe mich beschissen verhalten und hätte es besser wissen müssen. Aber ich konnte nicht anders. Ich war so wütend auf dich, dass du damals Gilles verprügelt hast, ihn bespuckt und dich in mein Leben eingemischt hast. Heute wünschte ich, du hättest ihn noch heftiger verprügelt … Aber heute bin ich eine andere als damals. Ich weiß, wir beide werden das nicht einfach mit einer Entschuldigung klären, Papa. Das soll nicht blöd klingen, weißt du, aber: Ich stand unter seinem Bann, wenn man es so sagen kann. Jetzt nicht mehr. Jetzt ist es vorbei.«

Albin erwiderte: »An einer Marionette schneidet man nicht alle Fäden so einfach durch, Manon.«

»Ich weiß.«

»Und ich habe ihn nicht verprügelt. Hat er das erzählt?«

»Natürlich hat er das erzählt … Stimmt das etwa nicht?«

»Ich habe ihm eine reingehauen und ihn die Treppe hinabgestoßen und ihn gefragt: ›Na, wie fühlt sich das an, wenn man wirklich die Treppe hinabfällt?‹ Das war meine Reaktion darauf, dass angeblich du die Treppe …« Albin seufzte. »Du weißt schon. Aber verprügelt habe ich ihn nicht. Hätte ich das getan, läge er jetzt noch in der Klinik.«

»Er hat mir das ganz anders erzählt.«

»Und ich habe ihn sicher nicht angespuckt. Was für eine Vergeudung meines Speichels.«

»Er hat mir erzählt, dass …«

Albin richtete sich auf und hob abwehrend die Hand. »Ist mir schon klar, dass er dir etwas anderes erzählt hat. Spielt keine Rolle mehr. Ich habe mich sehr über mich selbst geärgert, dass es mit mir so durchging. Dein Mann ist ein Psychopath. Ich kenne Psychopathen, und er ist einer, ganz sicher. Irre wie er nutzen jede Schwäche aus, die andere haben.«

»Ja«, sagte Manon matt.

»Er hat mir damit gedroht, mich anzuzeigen und dafür zu sorgen, dass ich meinen Job als Polizist loswerde.«

Manon machte große Augen.

Albin fuhr fort: »Ich Blödmann habe mich durch meine Affekthandlung in seine Hände begeben. Das hat mich verrückt gemacht. Ich habe das erst später begriffen. Und außerdem habe ich dafür gesorgt, dass du mich gehasst hast, mich nicht mehr sehen wolltest und jeden Kontakt zu Clara unterbunden hast.«

»Gilles wollte das so«, sagte Manon leise und schluckte schwer. »Er hat das von mir gefordert.«

Albin wischte sich mit seiner großen Hand durchs Gesicht. Verdammt, er brauchte unbedingt eine Zigarette. Er fragte: »Manon, hat er dich regelmäßig geschlagen?«

»Immer mal wieder«, sagte sie. »Ich wollte ihn schon längst verlassen, aber ich konnte einfach nicht. Er hat jedes Mal versprochen, dass es niemals mehr vorkommt, mir Geschenke gemacht und mich mit seinem Charme eingelullt. Vor drei Tagen ist es dann eskaliert. Ich hatte Nudeln gemacht, und die Gemüsesauce war ihm zu salzig und schmeckte ihm nicht, weil Auberginen drin waren. Er kam spät von der Arbeit, Clara schlief schon. Da ist er ausgerastet, hat mir das Essen ins Gesicht geschleudert, mich beschimpft und auf mich eingeschlagen. Das war zu viel. Ich will das nicht mehr. Damit ist jetzt Schluss.«

Albin knetete seine Hände, ballte sie zu Fäusten und spürte den Zorn heiß in sich glimmen. Zu der Wut mischte sich Enttäuschung darüber, dass sich seine Tochter, sein

Fleisch und Blut, über Jahre hinweg eine solche Behandlung hatte gefallen lassen und dass er selbst unfassbare Fehler in der Erziehung gemacht haben musste, dass es so weit kommen konnte.

Andererseits: Manon hatte viel von Albin, seine Sturheit zum Beispiel, doch sie hatte nie seine Durchsetzungskraft und sein Selbstbewusstsein besessen. Im Sportverein hatte Manon immer erst am Rande gestanden und sich alles genau angesehen, bevor sie sich traute mitzumachen. Wenn andere sich am Karussell auf dem Jahrmarkt an ihr vorbeidrängelten, ließ sie es sich nicht nur gefallen, sondern trat auch noch zur Seite und machte den anderen Kindern Platz. Im Freibad oder am Lac du Paty ging sie niemals als Erste ins Wasser, und als man damals noch von der Staumauer springen durfte, hatte es Tage gedauert, bis Manon es sich traute.

Nun schien sie ihr Leben ändern zu wollen. Zumindest hörte es sich für Albin so an. Das war leichter gesagt als getan, aber er würde alles in seiner Macht Stehende tun, um ihr dabei zu helfen. Am liebsten würde er aufstehen, den Scheißkerl Gilles suchen und ihm die Knochen neu sortieren. Aber – nein. Dieses Mal würde er sich beherrschen. Dieses Mal würde er es besser und richtig machen.

Albin fragte: »Warum bist du zu mir gekommen? Nur deswegen, weil er dich hier zuletzt vermutet?«

Manon suchte seinen Blick. Sie musterte ihn eine Weile und sagte dann: »Weißt du noch, was du früher immer gesagt hast? Wenn ich mal nachts anrief und aus der Disco abgeholt werden musste? Oder als sie mich in der Schule gemobbt haben?«

Albin dachte nach. Er wusste es nicht.

Manon sagte: »Du hast immer gesagt: ›Wenn nichts mehr geht, geht immer Papa.‹ Das war dein Spruch.«

Albin schmunzelte. Jetzt erinnerte er sich. »Richtig, stimmt, das habe ich oft gesagt.«

»Und du hast immer gesagt: ›Dein Papa ist ein Polizist. Wenn dir irgendwer etwas will, denk immer daran, dass dein Papa Leute in den Knast stecken kann und eine Pistole im Schrank liegen hat.‹«

Albin lachte leise. »Das habe ich gesagt?«

Manons Mund umspielte ein Lächeln. »Ja, das hast du immer gesagt.«

Na ja, dachte Albin, das war alles nicht falsch gewesen. Wenn nichts mehr geht, gibt es immer noch Papa, und Papa hat bis heute eine Knarre im Schrank und weiß, was man mit den bösen Buben tut.

»Manon«, sagte Albin und wurde ernst, »er wird dich suchen, und er wird dich hier finden. Ist dein Handy ausgeschaltet?«

Manon nickte.

»Lass es aus und nimm auch den Akku raus. Es gibt Ortungsdienste. Je mehr Zeit Gilles benötigt, um dich aufzuspüren, desto besser. Aber er wird nicht klein beigeben. Das tun Menschen wie er niemals. Darauf müssen wir vorbereitet sein. Ich bin jetzt nicht mehr bei der Polizei. Und auch damals hätte ich ihn nicht einfach so hopsnehmen können – private Verstrickungen. Deswegen gibt es jemanden, den ich anrufen möchte. Ich möchte außerdem, dass du Gilles anzeigst, damit es offiziell wird und du eine rechtliche Handhabe gegen ihn hast.«

Manon schluckte und nickte.

»Das wird nicht angenehm«, fuhr Albin fort. »Du wirst

eine Aussage machen müssen. Du musst außerdem zur Rechtsmedizin, wo sie deine Verletzungen untersuchen und dokumentieren werden.«

Manon nickte wieder. Dann fragte sie leise: »Kennst du die Leute?«

»Natürlich«, sagte Albin. »Ich kenne sie alle. Und jetzt reden wir über etwas anderes als über den Scheißkerl. Meine verschollene Tochter und meine Enkelin sind nämlich zu Besuch, weißt du?«

Albin stand auf. Er machte einen Schritt auf Manon zu, beugte sich hinab und nahm sie einfach in die Arme. Sie roch, wie sie immer gerochen hatte. Er drückte sie fest an sich, hörte sie leise schluchzen und flüsterte ihr ins Ohr: »Wir kriegen das hin. Hab keine Angst. Ich regle das.«

Dann ließ er sie wieder los, streckte sich und schluckte schwer. Es war eine Umarmung, und dennoch so viel mehr. Dabei war Albin völlig klar, dass die Kluft zwischen Manon und ihm nur langsam und beschwerlich zu überwinden wäre. Aber es gab nun eine Brücke, die über diese tiefe Kluft führte. Eine wackelige Hängebrücke, ja, zwischen deren Sprossen man hindurchstarren konnte und auf der man sich sehr vorsichtig würde bewegen müssen, wenn man von beiden Seiten der Schlucht über diese Brücke aufeinander zuging. Aber endlich gab es wieder eine Verbindung zwischen ihnen.

Manon schniefte und wischte sich nickend eine Träne aus dem Augenwinkel. Albin stemmte die Hände in die Hüften, wies mit dem Kinn in Richtung Terrassentür und fragte: »Warum gehst du nicht etwas raus zu den beiden? Der Garten ist Veroniques ganzer Stolz. Sie hat einen Blumenladen, weißt du?«

»Gute Idee«, sagte Manon, stand auf und wischte sich mit dem Handballen über die Augen. »Einen Blumenladen? Du hast einen Mops und eine Freundin mit einem Blumenladen?«

»Ja«, antwortete Albin, »wer hätte das jemals gedacht, hm?« Er grinste. Manon grinste zurück. Das gleiche Grinsen wie immer. Etwas traurig, etwas wissend.

»Ich«, sagte Albin, »gehe mal vor die Tür, eine rauchen.«

12

»Wow«, sagte Castel am Telefon, nachdem sie sich die Geschichte angehört hatte.

Albin rauchte bereits die Zweite und marschierte in der Gasse auf und ab, die sein Haus an der alten Mauer mit der Straße verband, wo sich eine Platane an die andere reihte. Hier war es kühl und schattig – jedenfalls im Verhältnis zur Außentemperatur, die in der Sonne bereits am Vormittag an die dreißig Grad betragen musste.

»Ja«, bestätigte Albin und paffte. »Wow.«

Er hatte Castel einmal von seiner Tochter und seiner Enkelin erzählt – auch davon, dass sie jahrelang nichts miteinander zu tun gehabt hatten, und warum. Castel hatte ihm geraten, trotzdem Kontakt zu halten, und Albin die Augen darüber geöffnet, dass er sich mit seinem Verhalten dem Willen seines psychopathischen Schwiegersohnes beugen würde. Schlimm fand Albin schon immer, dass Manon Gilles' Nachnamen tragen musste. Albin würde ihn am liebsten mit einem Radiergummi aus Manons und Claras Ausweisen tilgen.

Er inhalierte tief und blies den Rauch durch die Nase aus. »Also«, fragte er Castel, »machen Sie das? Reden Sie mit Manon und nehmen die Anzeige auf?«

»Kann ich denn ablehnen?«

»Nein. Würden Sie denn ablehnen?«

»Natürlich nicht.«

»Na also. Und bringen Sie Theroux nicht mit.«

»Albin …«

»Das geht den nichts an. Außerdem ist er ein Kerl, es ist besser, wenn das von Frau zu Frau …«

»Albin?«

»… besprochen wird. Das hat auch Veronique gesagt. Zudem will ich nicht dabei sein. Das Vertrauen …«

»Albin?«

»… von ihr zu mir hält sich sicher noch in Grenzen, und …«

»Hallo?«

»Ja?«

»Albin, ich bin nicht blöd und durchaus fähig zu Empathie, auch wenn ich nicht so wirke, okay?«

»Das bei der Rechtsmedizin soll Berthe erledigen.«

Castel stöhnte genervt.

»Und Sie kommen hier vorbei, Cat, ja? Wir machen das nicht auf der Wache oder in Ihrem Büro.«

»Nei-hein!«

»Gut.« Albin paffte und ging weiter auf und ab. »Haben Sie damit Erfahrung, Castel? Durchgedrehte Psychos? Stalker? Häusliche Gewalt?«

»Ich war Polizistin in Marseille«, gab Castel zur Antwort – so als ob diese Feststellung mehr als genug aussagen würde.

»Okay«, erwiderte Albin. »Danke. Ich klinge etwas aufgeregt, hm?«

»Tun Sie.«

»Ist auch kein Wunder. Wenn man von der Enkelin und der Tochter besucht wird und dann feststellt, dass seine

Tochter von ihrem Ehemann geflohen ist, weil der sie wieder einmal verprügelt hat …«

»Freuen Sie sich?«

»Worüber? Über den Besuch?«

»Worüber denn sonst?«

Albin schnippte die Kippe weg. »Und ob ich mich freue. Ich will es mir nur mit meiner Tochter nicht wieder verderben. Auf der anderen Seite würde ich diesem Kerl am liebsten die Eier abschneiden, und das muss jemand verhindern.«

»Verlassen Sie sich auf mich.«

»Danke.«

»Keine Ursache.«

»Dafür haben Sie sich ein Eis verdient.«

»Schon wieder?«

»Sie mögen Eis.«

Castel lachte.

Albin lehnte sich an die Mauer und klemmte die freie Hand unter die Achsel, um zu prüfen, ob und wie sehr er schwitzte. Er war wirklich aufgeregt, verdammt. Wie ein unruhiger Vater, der auf dem Klinikflur auf und ab lief. Na ja, in gewisser Weise wurde er durchaus gerade wieder Vater. Und Opa. Es war eine Art Wiedergeburt.

Er fragte Castel: »Was gibt es Neues in der Sache Isabelle Lefebvre?«

Castel antwortete: »Die Spezialisten, die den Unfallort aufgenommen und vermessen haben, sind der Auffassung, dass in jedem Fall ein zweites Fahrzeug beteiligt gewesen ist. Der ganze Hergang spricht dafür.«

Albin nickte. Diese Unfallgutachter waren wahre Hexer. Mit ihren Maßbändern und Instrumenten konnten sie Unfallgeschehnisse bis ins Detail nachvollziehen – und hatten in mehr als neunzig Prozent der Fälle recht mit ihren Annahmen. Ihre Statistik war ausgezeichnet.

»Gibt es neue Spuren?«

»Wissen wir noch nicht. Ist alles in den Fachlaboren und bei der Kriminaltechnik. Wir müssen abwarten, Sie kennen das doch.«

»Klar«, sagte Albin. Natürlich kannte er das. Und er war immer schon ungeduldig mit den Forensikern gewesen.

13

»**Was machen** die Fische?«, fragte Albin. »Ich dachte, du bist längst auf Martinique?«

Bruno Grinamy drehte sich langsam herum. Er war ein drahtiger Typ und hätte nach Albins Berechnungen eigentlich schon Pensionär sein müssen. Er trug einen Arbeitsoverall, fuhr sich mit der Hand über die Glatze und fragte zurück: »Gibt's irgendeinen Ort, an dem du nicht herumschnüffelst?«

Albin schmunzelte.

Dieser *Ort* war eine Halle mitsamt Werkbänken und einer Hebebühne. Sie wurde von einem Contrôle-Technique-Unternehmen geführt. Normalerweise wurden hier Hauptuntersuchungen vorgenommen und Unfallgutachten für Versicherungen angefertigt. Aber einen Abschnitt hatte nun die Kriminaltechnik gepachtet. Auf der Hebebühne stand ein Autowrack – der Fiat von Isabelle Lefebvre. Es wurde augenscheinlich nach allen Regeln der Kunst untersucht. Es roch nach Öl und chemischen Tinkturen.

Grinamy musterte seine Hand, die verschmiert war. Damit hatte er sich gerade über den Kopf gestrichen und einen schmalen dunklen Strich hinterlassen. Hinter ihm war Kevin Toullardin, ein hagerer, hochgewachsener Kerl mit einer Nerdbrille, damit befasst, Fotos vom Wrack zu machen.

»Scheint so«, sagte Albin zu Grinamy und deutete mit

einem Nicken in Richtung von Toullardin, »als ob du zu faul bist und den ›Star‹ alles machen lässt.« Sie nannten Toullardin den »Star«, seit er mal im Fernsehen in einer True-Crime-Sendung aufgetreten war. »Wieso also bist du noch nicht im Ruhestand?«, fragte Albin.

Grinamy nahm einen Lappen aus der Tasche und wischte sich damit den Fleck von der Kopfhaut.

»Die dämliche betriebliche Altersversorgung«, erklärte er. »Ich wollte mit dreiundsechzig aufhören. Dann habe ich mir das alles noch mal genau angesehen. Ich würde einfach zu viel Verlust machen. Das Geld ist in Form einer Lebensversicherung angelegt, und die steigt in den letzten zwei Jahren sehr dynamisch an.«

»Verstehe«, sagte Albin. »Also hängst du zwei Jahre dran, und Martinique muss warten.«

»Also hänge ich zwei Jahre dran«, bestätigte Grinamy. »Es hat sich niemand darüber beschwert.«

Albin sah zum Autowrack. »Seid ihr schon weitergekommen?«

»Geht dich das was an?«

Albin erklärte Grinamy, wie der Fall mit Bertrand Lefebvre zusammenhing.

»Ah, Lefebvre.« Grinamy schob das Tuch zurück in die Hosentasche. »Der von der Tankstelle, wo wir immer die Dienstwagen …«

»Genau der.«

»Seine Tochter?«

»Seine Tochter.«

»Schöne Scheiße.«

»Richtig«, sagte Albin. »Also, was ist passiert? Was wisst ihr?«

»Die Unfallgutachter gehen davon aus, dass ein weiterer Wagen beteiligt war«, erklärte Grinamy.

Albin nickte. »Ich weiß.«

Grinamy musterte ihn, fragte aber nicht, woher Albin das schon wieder wusste.

»Es gibt da eine beschädigte Stelle an der Fahrerseite, wo der Fiat von einem anderen Wagen touchiert worden sein könnte«, redete Grinamy weiter. »An dem Fiat ist außerdem der Außenspiegel abrasiert worden.«

Albin erinnerte sich. Der Spiegel war abseits der Fahrbahn gefunden worden. Er fragte: »Ist diese beschädigte Stelle frisch oder alt?«

»Ganz frisch, möchte ich behaupten.«

»Kannst du mal aufhören, im Konjunktiv zu reden und stattdessen Klartext? Ich bin kein Rechtsanwalt.«

Grinamy grinste. »Aufgrund der Beschaffenheit der Stelle und der Reste vom Spiegel würde ich sagen: Die Fiat-Fahrerin hat einen Wagen, der vor ihr fuhr, am Heck erwischt. Daraufhin ist sie dann von der Straße abgekommen. Der Wagen hat sich überschlagen und ist auf dem Dach den Hang hinabgerutscht und schließlich im Dickicht aus Büschen und Bäumen liegen geblieben.«

Albin runzelte die Stirn und versuchte, sich die Szene vorzustellen. Ein Auffahrunfall, bei dem man sich den Außenspiegel abfährt … »Wie soll das passiert sein?«

Grinamy zuckte die Achseln. »Unachtsamkeit vielleicht. Wer weiß. Vielleicht hat sie gerade einen anderen Radiosender eingestellt oder mit dem Handy gespielt. Der Wagen vor ihr bremst. Sie sieht das zu spät, weicht aus, trifft auf das Heck, verliert die Kontrolle – und schon haben wir den Salat.«

Albin verstand.

»Wir lassen den Spiegel noch genauer untersuchen«, redete Grinamy weiter. »Etwas an der Bruchstelle und der Plastikverschalung sieht beachtenswert aus.«

»Und zwar?«

»Es sieht so aus, als habe etwas Kantiges den Spiegel erwischt.« Grinamy erklärte es, indem er mit der Handkante der Linken in die Handfläche der Rechten schlug. »In etwa so. Als ob du gegen eine Hausecke knallst.«

Albin horchte auf.

»Daraus lässt sich schließen, dass es sich bei dem vorausfahrenden Wagen um einen kleinen Lkw mit kastenförmigem Aufbau gehandelt haben könnte, der Außenspiegel also auf die Außenkante der Ladefläche traf und dabei abgetrennt wurde. Könnte auch ein Lieferwagen mit einem hohen und steilen Heck gewesen sein. Ich tippe auf die Lieferwagenvariante.«

»Warum?«

Grinamy zuckte die Achseln. »Na ja«, sagte er, »also, wir haben noch keine belastbaren Laborbefunde …«

»Aber?«

»… du weißt, das muss alles erst ganz amtlich …«

Albin machte eine windmühlenartige Bewegung mit der Hand, um Grinamy zu bedeuten, zum Punkt zu kommen.

»Wir haben uns die Lackreste angesehen und die Splitter einer Bremsleuchtenverschalung, die vom mutmaßlichen zweiten Fahrzeug stammen. Demnach muss es sich um einen antikweißen Mercedes Sprinter mit Kastenaufbau gehandelt haben, Baujahr zwischen 2000 und 2002.«

»Bruno?«

»Ja?«

»Kannst du das nicht gleich sagen, statt mich stundenlang an deinen deduktiven Schlussfolgerungen teilhaben zu lassen?«

Grinamy lachte.

»Wissen das bereits Theroux und Castel?«, fragte Albin.

»Noch nicht. Die haben noch nicht gefragt, und sie brauchen außerdem erst …«

»… den offiziellen Papierkram, natürlich«, kürzte Albin ab.

Den brauchte er selbst zum Glück nicht.

14

Die Unter-Präfektur in Carpentras befand sich in einer schmalen Straße namens Rue de la Sous Préfecture und war im klassischen Stil repräsentativer Verwaltungsbauten aus dem Ende des 18. Jahrhunderts errichtet worden. Die Trikolore hing lustlos von einem Balkon herab. Wenn man von der anderen Straßenseite zu ihr hochsah, bekam man einen steifen Nacken, weil die Gasse so eng war. Die unteren Fenster des Gebäudes waren allesamt vergittert. Zudem hatten sie den Bereich vor dem Haupteingang mit Metallpollern abgesperrt, damit niemand auf die Idee kam, dort zu parken.

Albin war zum letzten Mal hier gewesen, als er seinen SUV zugelassen hatte. Der halsabschneiderische Autoverkäufer wollte sich damals den Service extra bezahlen lassen, was Albin nicht einsah. Inzwischen hatten sie in der Präfektur auf einen schalterlosen Service für die Autozulassung und andere Dienstleistungen umgestellt, hielten aber einen Fachmann für schwierige Fälle und Menschen bereit, die das neue System nicht kapierten. Was nach Albins Meinung vermutlich in etwa so viel Personal sparte wie bei den Kassen im Supermarkt, die man unter Beobachtung von Servicekräften selbst bedienen konnte – nämlich kaum welches. Matteo hatte sich darüber einmal bitter beklagt und gesagt, dass die Schweinehunde immer mehr Arbeit auf die Kunden verlagern würden. Albin hatte geantwortet, dass Matteo dann in Zukunft halt die Sozialisten wählen sollte statt den Front National, damit wieder mehr Jobs für den kleinen Mann geschaffen würden.

Albin ging durch die schwere alte Holztür, hinter der sich eine weitere Tür befand – allerdings eine hochmoderne aus Glas, die sich automatisch öffnete. Er ließ dem angeleinten Tyson den Vortritt, folgte ihm, sah sich um und steuerte dann auf einen Infotresen zu, an dem ein schneidig wirkender junger Mann mit sehr dicken Brillengläsern und einem bis oben zugeknöpften Kurzarmhemd saß. Er machte sich gar nicht erst die Mühe, Albin zu begrüßen, sondern sagte wie aus der Pistole geschossen: »Hunde müssen draußen bleiben.«

Albin lag die Frage auf der Zunge, warum dann dieser Bursche drinnen sein durfte? Aber er stellte sie nicht. Stattdessen sagte er: »Danielle Salvat. Wo finde ich die?«

»Monsieur, Hunde müssen draußen bleiben. Das ist ein öffentliches Gebäude. Draußen können Sie Ihren Hund anleinen, und …«

Albin warf dem Jungen einen scharfen Blick zu, den dieser allerdings ignorierte.

»… danach können Sie gerne zurückkehren und Ihre Geschäfte erledigen.«

»Hätte ich meinen Hund draußen anleinen wollen, hätte ich es getan.«

»Monsieur, ich muss Sie bitten, Ihren Hund draußen anzuleinen.«

Albin seufzte genervt. Er fasste in die Gesäßtasche seiner ausgeleierten Jeans und zog seine Geldbörse. Er klappte sie auf und öffnete das mit einer transparenten Folie beschichtete Fach, in dem er seinen abgelaufenen Polizeiausweis trug. Er sah noch ganz brauchbar aus und stammte aus der Zeit, bevor sie die neuen Dinger eingeführt hatten, die nicht größer als eine Kreditkarte waren. Den alten hatten sie nie eingezogen, und Albin hatte ihn auch nicht abgegeben – eine ziemliche Nachlässigkeit auf beiden Seiten, aber solche Dinge geschahen eben.

Er zeigte dem Burschen den Ausweis, der Albin als Mitglied der Police National bestätigte, und sagte: »Kriminalpolizei. Danielle Salvat. Wo.«

»Aber der Hund …«

Albin lehnte sich nach vorne, über den Tresen. Er senkte seine Stimme und fragte: »Wie heißen Sie?«

»Givaudan.«

»Givaudan. Sie nehmen Ihren Job ernst. Das gefällt mir. Lassen sich von niemandem was sagen. Sie haben verdammt mehr drauf, als hier an der Rezeption zu sitzen.«

Givaudan lächelte und blinzelte.

Albin fuhr fort: »Sie wollen hier nicht bis zur Rente hocken. Das werden Sie aber, wenn Sie mir weiter auf die Nerven gehen. Sie blockieren gerade eine Mordermittlung. Der Hund, den ich mit mir führe, ist ein ausgebildeter Polizeispürhund – auch wenn er für Sie nicht so aussieht – und kostet mehr, als Sie in drei Jahren verdienen. Wenn ich ihn draußen anbinde und jemand stiehlt ihn – wer bezahlt das dann? Sie, Givaudan? Wissen Sie, was ein Leichenspürhund wie dieser kostet?«

Givaudan formte ein O mit dem Mund. »Oh«, machte er dann und blinzelte hektisch. »Mord?«

»Die Büronummer von Danielle Salvat.«

»Ich … Ich muss Sie vorher anmelden.«

Albin nickte. »Tun Sie das. Sagen Sie, dass Leclerc von der Kripo da ist.«

Givaudan nickte. Er griff zum Telefon, tippte eine Nummer ein und meldete Albin bei Danielle Salvat an. Albin hörte noch in drei Metern Distanz, wie überrascht sie durch das Telefon klang.

»Zimmer 347«, sagte Givaudan und legte auf.

»Guter Mann«, erwiderte Albin und setzte sich, mit Tyson, in Bewegung.

15

»Dass ich das noch erleben darf!«, sagte Danielle und linste hinter dem Schreibtisch über ihre Lesebrille hervor. Danielle hatte lange Jahre im Sekretariat der Polizei gearbeitet, bis die Stellen reduziert worden waren. Sie gehörte zu der Art Frau, der etwas Übergewicht gut stand. Ihre Fingernägel waren kunstvoll lackiert und ihr Hals mit etwa einem Kilo Modeschmuck behängt. Auf dem Schreibtisch befand sich ein gerahmtes Foto, das zwei Jungs zeigte. Mussten wohl ihre Enkel sein, nahm Albin an, für Söhne wirkten das Foto zu neu und die Burschen zu klein.

»Es geschehen noch Zeichen und Wunder«, erwiderte Albin.

Danielle kicherte. »Was hast du denn da für einen kleinen Hund?«

Albin erklärte, was es mit Tyson auf sich hatte. Dann nahm er Platz und sagte: »Ich will dich nicht aufhalten. Ich suche nach einem bestimmten Fahrzeug.«

»Ich dachte, du bist Pensionär?«

»Nicht immer«, erwiderte Albin. »Kannst du das für mich überprüfen? Zugelassene Mercedes Sprinter in der Region Vaucluse mit Kastenaufbau, Farbe antikweiß, Baujahr zwischen 2000 und 2002.«

Danielle blähte die Backen, machte die Augen groß und ließ dann ihre Finger über die Computertastatur fliegen.

Albin war vollkommen klar, dass es ein Stochern im Nebel war. Der Wagen mochte irgendwo anders zugelassen worden sein als im Vaucluse. Ganz Frankreich kam dafür in Frage. Vielleicht sogar der Rest Europas. Aber irgendwo musste man schließlich anfangen. Es gefiel Albin jedenfalls, dass Danielle keine unnötigen Fragen stellte oder ihn über Datenschutz oder gerichtlichen Papierkram und Anträge aufklärte, weil sie fraglos wusste, dass Albin das zwar alles bekannt, aber gleichgültig wäre.

Danielle fragte: »Bekomme ich zu dem Fahrzeug noch eine Anfrage von deinen Exkollegen?«

»Vermutlich.«

Die Fingernägel klackerten im Akkord. »Du bist jetzt mit Veronique zusammen?«

Albin merkte auf. »Spricht sich das herum?«

»Mhm«, machte Danielle, ohne vom Bildschirm aufzusehen. »Ist nicht so schwer, das nicht mitzubekommen, wenn du ständig in ihrem Geschäft ein und aus gehst. Du als Stammgast in einem Blumenladen – was soll schon anderes dahinterstecken als eine Frau?«

Albin grinste.

»Ich mag Veronique«, sagte Danielle. »Und sie ist hübsch. Dagegen habe ich keine Chance.«

Albin sagte: »Du weißt genau, dass du der Schwarm der gesamten Brigade gewesen bist.«

Danielle lachte laut auf, ohne Albin anzusehen.

»Sie reden heute noch alle davon, wie du bei der Weihnachtsfeier …«

»O nein!«

»… Grinamys Glatze mit Lippenstift bemalt hast.«

»Hör auf!«

»Du hast ›Meiner‹ draufgeschrieben.«

Wieder lachte sie kehlig und mit ganzem Körpereinsatz. »Du weißt ja, was man über Kahlköpfige sagt.«

»Stimmt es denn?«

»Kein Kommentar.«

Danielle drückte eine Taste. Der Drucker sprang an.

Albin musterte Danielle und knetete seine Knöchel. Er fragte: »Heißt das, es ist kein Gerücht, und du hast wirklich mit Bruno Grinamy …«

»Scht.«

»Ehrlich?«

»Albin, jetzt hör auf damit«, sagte Danielle, stand auf und ging zum Drucker, um dort einige Papiere einzusammeln.

»Er geht bald in Pension und träumt von Martinique.«

»Wer ist das denn?«

»Eine Insel in der Karibik.«

»Ach so.«

Danielle kam zurück und schob Albin die Papiere hin. Sie fächerte sie auf und erklärte: »Es sind rund achtzig Fahrzeuge, Albin. Einige sind auf Firmen zugelassen, einige auf kleine Handwerksbetriebe, dazu auf Privatunternehmer und einzelne Gewerbetreibende. Es stehen nicht immer die zugehörigen Firmennamen auf der Liste. Manchmal sind es die Inhaber, auf deren Namen die Fahrzeuge angemeldet sind. Dann taucht dort deren Nachname auf.«

»Okay«, sagte Albin. »Ich danke dir.« Er faltete die Zettel zusammen und dachte: Verflucht, achtzig Fahrzeuge. Das war eine Menge. Mehr, als er erwartet hatte. Aber vermutlich würde sich der Kreis der in Frage kommenden Transporter rasch reduzieren, wenn er sich die Liste genauer ansah.

Danielle sagte: »Was auch immer du mit der Liste machst, mein Lieber, diese Liste …«

»Welche Liste?«, fragte Albin im Aufstehen und schob sich die Papiere in die Gesäßtasche.

Danielle lächelte. »Genau das wollte ich sagen.«

»Ich werde mich erkenntlich zeigen, Danielle.«

»Aha? Und wie?«

»Nacktbild von Grinamy?«

»Pff«, machte Danielle lachend und schlug spielerisch nach Albin. »Hau bloß ab, du!«

Albin duckte sich ebenso spielerisch, zog an Tysons Leine und verließ schnell das Büro. An Nacktbilder von Grinamy war sicherlich nicht leicht zu kommen, dachte er. Aber vielleicht wäre Danielle auch mit einem schönen Blumenstrauß zufrieden.

Achtzig Autos, überlegte er, als er wieder im Wagen saß. Und eines davon hatte vielleicht mit dem Verschwinden von Isabelle Lefebvre zu tun. Albin hoffte, dass sie noch lebte. Aber tot oder lebendig: Er würde sie finden. Das war er ihrem Vater schuldig – und zuletzt auch sich selbst.

16

Isabelle war in der Nacht von einem Albtraum in den anderen gefallen. Dazwischen war sie immer wieder zuckend aufgewacht, das Gesicht nass von ihren eigenen Tränen. Bislang hatte sich nicht wieder die Gelegenheit ergeben, mit Sara am Fenster zu sprechen. Isabelle hatte jedes Mal ein Auto draußen parken sehen. Wie es schien, hatten ihre Bewacher die Bedingungen verschärft und ließen sie nicht mehr allein.

Am frühen Abend hatte sich Isabelles Herz überschlagen, als sie metallische Geräusche an ihrer Tür vernahm. Jemand schloss auf. Die Tür war nur einen Spalt weit geöffnet worden. Auf dem Boden wurde ein Plastiktablett hereingeschoben, so wie man es aus Kantinen kennt. Darauf standen zwei neue Flaschen Wasser und Obst. Isabelle hatte sofort laut geschrien, war aufgesprungen und zur Tür gestürzt, die aber schon im nächsten Moment wieder verschlossen und verriegelt wurde. Sie hatte so lange gegen das Metall angebrüllt und mit den Fäusten dagegengetrommelt, bis ihre Hände schmerzten, die Stimme heiser und ihr ganzer Körper von Schweiß bedeckt war. Schließlich war sie auf dem Boden in sich zusammengesunken und hatte nach einer Weile begonnen, zu trinken und zu essen.

Und nachzudenken.

Es gab mindestens drei gefangene und entführte Frauen

in einer abgelegenen und verlassenen Fabrik, die regelmäßig versorgt wurden, um deren Verletzungen man sich kümmerte und die bewacht wurden. Isabelle konnte sich nicht erklären, warum das geschah. Aber die Gründe, aus denen es möglicherweise geschah, waren allesamt furchterregend. Denn vielleicht hatte Sara recht, und sie waren hier, weil man ihnen etwas antun wollte. Aber nicht ihre Bewacher. Andere würden kommen, glaubte Isabelle inzwischen. Vielleicht würde man Isabelle und die anderen Frauen sogar verkaufen, um an ihnen illegale medizinische Experimente zu vollziehen oder ihnen Organe zu entnehmen, um damit Geld zu verdienen. Weil sich ein Scheich Frauen aus Frankreich für seinen Harem bestellt hatte. Weil sie als Akteurinnen für Snuff- oder Gewalt-Videos verwendet würden. Weil sie sich in den Händen von solchen Irren befanden, von denen man immer in den Medien las – solche Irren, die sich Gefangene als Sklavinnen hielten, um sich an ihnen zu vergehen.

Andererseits war das Motiv egal, dachte Isabelle. Das *Warum* spielte keine Rolle. Es würde sich nichts an der Situation ändern, wenn sie die Zusammenhänge und Hintergründe kannte. Natürlich, die Ungewissheit war quälend, ja – aber: An sich spielte es keine Rolle. Daher sollte sie sich nicht weiter mit Fragen beschäftigen, auf die es keine Antwort geben würde, und nicht weiter wertvolle Energie verschwenden. Alles Vorstellbare war schrecklich. Also war es besser, den Worst Case als gegeben zu akzeptieren, ihre Kraft aufzusparen und zu überlegen, wie sie hier herauskam.

Dazu gab es eigentlich nur drei Möglichkeiten.

Erstens: Isabelle könnte einen der Bewacher überwältigen, wenn ihr das nächste Mal etwas zu essen gebracht oder ihre Verletzung versorgt würde.

Zweitens: Sie könnte eine so schwere Verletzung simulieren oder sich selbst zufügen, dass man sie aus der Zelle herausbrachte.

Drittens: das Stockholm-Syndrom. Sie könnte versuchen, zu einem der Bewacher eine persönliche Beziehung aufzubauen und abzuwarten, ob sich daraus vielleicht ein Vorteil für sie ergeben würde.

Möglichkeit drei schied Isabelles Meinung nach aus. Das brauchte Zeit. Zudem müsste sie überhaupt erst einmal wissen, um wen es sich bei den Bewachern handelte und was sie tatsächlich wollten. Variante zwei könnte chancenreich sein. Die Bewacher kümmerten sich um Verletzungen. Das bedeutete, dass sie wollten, dass Isabelle unversehrt blieb. Sie könnte sich zum Beispiel den Schädel an der Wand einschlagen – Platzwunden am Kopf bluteten furchtbar und sahen schlimm aus. Oder sie könnte sich das Handgelenk aufbeißen, so dass man sie professionell nähen müsste, und sich mit ihrem eigenen Blut besudeln sowie ein Mordsspektakel aufführen. Aber das wäre alles schmerzhaft, und möglicherweise würde man sie dennoch nicht fortbringen, sondern hierbehalten und behandeln.

Blieb die erste Variante: der Angriff.

Isabelle verfügte über die körpereigenen Waffen: Fäuste, Zähne, Fingernägel … Ansonsten gab es in dem Raum nichts, das sie einsetzen könnte, außer der Matratze und dem Eimer, den man zum Verrichten ihrer Notdurft aufgestellt hatte, sowie eine Rolle Toilettenpapier. Mit der Matratze wäre nicht viel anzufangen. Mit dem Eimer vielleicht. Wenn sie den Inhalt jemandem ins Gesicht kippen würde, wäre sicher eine Abwehrhaltung der Reflex. Urin konnte zudem furchtbar beißend sein.

Und weiter?

Weiter, dachte Isabelle, gab es da die Dinge, die ihr zum Essen und Trinken hereingeschoben worden waren. Ein Tablett aus Kunststoff und Plastikflaschen. Das Tablett könnte sie vielleicht zerbrechen – die scharfe Schnittkante oder ein langer Splitter würden brauchbare Waffen sein. Vielleicht ließ sich auch eine Wasserflasche so zerknicken, dass Plastikstreifen wie ein Messer einsetzbar wären.

Und dann?

Das war die Kernfrage. Was dann?

Isabelle stellte sich vor, wie sich die Tür öffnete und sie dahinter lauerte. Wie sie einem Mann, der ihr Essen brachte, von unten einen scharfen Splitter in den Hals stieß. Wie er zu Boden ging und sie über ihn hinwegstieg. So weit, so gut. Doch würde draußen nicht vielleicht ein weiterer Mann warten, der vielleicht sogar bewaffnet wäre? Der ihren Fluchtversuch vereitelte oder sie erschoss? Allerdings, dachte Isabelle, falls ihre Bewacher bewaffnet wären, dann könnte sie ja auch dem Mann die Schusswaffe abnehmen, der ihr das Essen brachte? Ja, das wäre möglich. Aber dazu müsste sie wissen, ob die Bewacher tatsächlich Waffen trugen, wie viele Personen es insgesamt waren, und es müsste gelingen, einen zu überwältigen und …

Isabelle stockte. Sie hörte Geräusche vor der Tür. Ein Schlüssel wurde ins Schloss gesteckt und herumgedreht.

Panisch kroch Isabelle auf ihre Matratze und zog die Beine an. Sie ballte die Fäuste und biss sich auf die Unterlippe. Sie starrte auf die Wasserflaschen, auf das Tablett. Dann auf die Tür, die sich öffnete.

Darin erschien ein Schwein.

17

Das Schwein war ein Mann.

Er stand in dem Türspalt und musterte Isabelle einige Momente durch die Sehschlitze in der Gummimaske, die ihn wie ein Tier aussehen ließ. Seine Statur wirkte groß und breit, etwas grobschlächtig. Er trug einen abgenutzten Overall in Hellgrau und hielt ein Gerät in der Hand, das wie ein Viehtreiber aussah – eine halblange rote Stange mit einem größeren Handgriff und an der Spitze eine Gabel mit zwei Zinken, zwischen denen sich die elektrische Spannung aufbaute, um damit Schocks zu verabreichen.

»Steh auf und komm mit«, sagte der Mann. Seine Stimme klang dumpf und, bedingt durch die Maske, merkwürdig hohl. »Und mach keinen Blödsinn.« Er bewegte den Viehtreiber drohend hin und her und löste ihn einige Male aus, was ein elektrisches Knacken verursachte.

Isabelle zitterte vor Angst. Sie schüttelte den Kopf. Nein, lieber blieb sie hier drinnen. Hier drinnen war es bislang sicher gewesen, und ihr war nichts geschehen. Wer wusste, was da draußen auf sie warten würde?

»Dir passiert nichts«, sagte der Mann. »Jedenfalls nicht, wenn du tust, was dir gesagt wird. Aufstehen. Mitkommen.«

Schließlich bewegte sich Isabelle aus der Hocke nach oben, rutschte mit der Wirbelsäule an der Mauer hoch – und stand schließlich aufrecht.

Der Mann trat einen Schritt zur Seite und gab damit die Tür frei. Er zielte mit dem Viehtreiber auf Isabelle.

Er sagte: »Geh durch die Tür. Und bild dir nicht ein, dass du abhauen kannst. Eine Flucht wird dir nicht gelingen, also versuch es besser gar nicht erst.«

Was Isabelle nicht tat. Denn wenn das Schwein schon das Wort »Flucht« aussprach, so musste es bedeuten, dass es immerhin eine Möglichkeit dazu geben könnte. Isabelle nickte. Dann setzte sie einen Fuß vor den anderen und trat aus ihrer Zelle.

Vor ihr öffnete sich ein schäbiger Flur nach links und rechts, in den durch Oberlichter diffuses Licht sickerte. Überall an den Wänden verliefen fingerdicke Kabel. Nach links schien er in einen weiteren Flur zu führen. Auf der rechten Seite gab es mehrere Türen. Hinter einer davon musste Sara untergebracht sein, hinter der nächsten die andere Frau, die Sara erwähnt hatte. Die Türen standen nun offen. Die Räume dahinter waren leer, wie Isabelle im Vorbeigehen sah.

»Weiter«, sagte der Mann hinter ihr. »Geh jetzt nach links.«

Er versetzte ihr mit dem Viehtreiber einen Stoß zwischen die Schulterblätter, was höllisch weh tat. Wenigstens hatte er keinen Elektroschock ausgelöst. Isabelle ging in die Richtung, die das Schwein ihr vorgab. Kleine Steinchen und Reste von Putz bohrten sich in ihre Fußsohlen.

»Warum tut ihr das?«, fragte sie atemlos. »Was wollt ihr von mir?«

Das Schwein schwieg.

Im Gehen versuchte Isabelle, sich einen Überblick zu verschaffen. Hinter ihr befanden sich die Türen der Zellen. Andere Zu- oder Ausgänge hatte sie dort nicht gesehen. Der hinter ihr liegende Teil des Flures schien in einen nächsten zu führen – ebenfalls der vor ihr liegende Teil, den sie nun entlangschritt. Auch von diesem schien am Ende ein weiterer Gang abzuzweigen. Doch bevor sie dort hinkamen, sah sie auf der linken Seite nun eine wuchtige Schiebetür aus Metall, an der die Farbe abgeplatzt war.

»Geh dort hinein«, sagte das Schwein und stieß Isabelle erneut die spitzen Elektroden zwischen die Schulterblätter.

Isabelle stolperte nach vorn und biss die Zähne aufeinander. Schließlich ging sie durch die Schiebetür – und konnte im ersten Moment nicht fassen, was sie sah.

Ein größerer Raum tat sich auf, der einer Fabrikationshalle glich. Dort stand ein Tisch, auf dem sich kleine Klappspiegel befanden. Auf den Stühlen davor saßen zwei Frauen, die sich schminkten. Ein weiterer Stuhl war unbesetzt. Die Frauen blickten sich über die Schulter zu Isabelle um. Ihre Augen waren weit aufgerissen und voller Angst. In der einen erkannte Isabelle Sara wieder, weil sie dunkelhäutig war. Die andere mochte wie Sara und Isabelle Mitte dreißig sein. Sie war sehr schlank, ihre Haare waren blond und kurzgeschnitten.

Außerdem standen drei Männer in dem Raum und neben dem Tisch. Sie waren ebenfalls mit hellgrauen Overalls bekleidet und trugen Schweinemasken. Einer hielt einen Viehtreiber in der Hand. Der andere hatte eine Pistole bei sich, die er lose in der Hand baumeln ließ. Ein weiterer stand vor einem Stativ, auf das eine Spiegelreflexkamera geschraubt war. Auf dem Boden vor ihm befand sich ein Laptop. Das Kamerastativ wurde von zwei weiteren Stativen flankiert, die eingeschaltete Videoscheinwerfer trugen.

Sie warfen ihr kaltes Licht auf eine Wand, die mit einem schwarzen Tuch abgehängt war. Neben dem Laptop sah Isabelle eine Sporttasche. Sie war offen, und darüber lagen einige Kleider, die dunkel und elegant wirkten.

Sara und die andere Frau schienen etwas sagen zu wollen, aber der Mann mit der Pistole herrschte sie an: »Weitermachen! Wir haben nicht ewig Zeit!«

Isabelle spürte wieder einen Stoß zwischen den Schulterblättern.

»Geh dahin«, sagte die Stimme in Isabelles Rücken. »Setz dich hin. Mach dich hübsch. Wir werden euch gleich fotografieren.«

Isabelles Gedanken fuhren Karussell. Was ging hier nur vor?

Wie in Trance bewegte sie sich in Richtung des Tisches, nahm sich den freien Stuhl und setzte sich. Sie blickte zu Sara und der anderen Frau. Sara, die sich Lippenstift auftrug, sah verstohlen zu ihr hinüber. Die andere Frau starrte in den kleinen Spiegel vor sich und versuchte, mit zitternder Hand einen Lidstrich zu setzen.

»Ich bin Isabelle«, sagte Isabelle zu Sara.

»Schnauze halten!«, blaffte der Mann mit der Pistole. Seine Stimme hallte.

Isabelle zuckte zusammen, die anderen beiden Frauen ebenfalls. Sie betrachtete die Dinge, die auf dem Tisch lagen. Ein kleiner Klappspiegel. Einige Lippenstifte, Wimperntusche, Puder und Pinsel, zwei Kämme und Bürsten, Haargummis, Haarspray, Gel, Feuchttücher. Alles wirkte billig und wie wahllos im Drogeriemarkt zusammengekauft. Allerdings fiel Isabelle auch auf, dass die Schminke bereits benutzt zu sein schien – was entweder bedeuten mochte, dass das hier nicht zum ersten Mal geschah, oder die Männer hatten das Make-up vielleicht von zu Hause von ihren Frauen mitgebracht.

Isabelles Mund war trocken. Sie atmete tief durch. Schließlich nahm sie den kleinen Spiegel zur Hand und stellte ihn auf. Sie erschrak, als sie ihr Gesicht sah. Augenringe hatten sich tief unter ihre Tränensäcke gegraben. Ihre Lippen waren gesprungen, der Blick matt, die Haare fettig und strähnig. Sie hatte einen Kratzer auf der Wange.

Mit zittrigen Fingern begann sie, sich zu schminken, nachdem sie ihr Gesicht mit einem Tuch gereinigt hatte. Die Frau neben Sara schien bereits fertig zu sein. Stuhlbeine schabten mit einem scharfen Geräusch über den Betonboden, als einer der Männer mit einem Viehtreiber die auf dem Stuhl Sitzende an der Lehne vom Tisch wegzog und sie anherrschte, aufzustehen und zur Kamera zu gehen. Sara band sich die Haare zusammen und flüsterte einen Namen zu Isabelle.

»Anna.«

Isabelle betupfte sich das Gesicht mit einem Puderpinsel und verfolgte, wie Anna regelrecht abgeführt wurde. Ihr Bewacher hatte sie fest am Oberarm gepackt. Sie sah sehr hübsch aus und hatte das, was man wohl eine klassische Modelfigur nennen würde. Der Mann an der Kamera bückte sich und zog ein dunkelrotes Kleid hervor, dass er Anna zuwarf.

»Anziehen«, sagte er.

Anna zitterte. Sie sah zwischen den Männern hin und her, hielt den roten Stoff wie eine Rettungsleine in der Hand. Dann blickte sie hilfesuchend zu Isabelle und Sara. Sara nickte knapp.

Doch erst als der Mann an der Kamera »Anziehen!« bellte, begann Anna, das Kleid anzuziehen. Sie zog sich das schmutzige T-Shirt über den Kopf und stand nun oben ohne da. Sie pellte sich aus der zerschossenen Jeans und trug nur noch ihren Slip. Bei dem Gedanken daran, dass Isabelle sich gleich sicherlich ebenso vor den Schweinen entblößen musste, wurde ihr schlecht. Schließlich schlüpfte Anna in das rote Kleid, das ihr etwas zu groß zu sein schien. Es war schlicht, sah aber teuer aus und verwandelte Anna mit einem Mal in eine Frau mit Klasse, die zu einem schicken Abendessen unterwegs war – was in einem bizarren Widerspruch zu der gesamten Situation stand und vollkommen surreal auf Isabelle wirkte.

Einen Moment später wurde Anna vor das schwarze Tuch geschoben. Der Mann an der Kamera sagte ihr, wie sie sich hinstellen sollte. Dann schoss er einige Bilder, was die Lampen auf den Stativen aufblitzen ließ. Jedes Mal, wenn sie das taten, zuckte Anna zusammen, als sei sie geschlagen worden. Dann waren sie fertig. Der Fotograf machte eine Geste, der andere Mann packte Anna ruppig am Oberarm und führte sie wieder ab, damit sie an einer anderen Stelle in der Halle das Kleid wieder aus- und ihre schmutzigen Sachen wieder anziehen konnte.

Als Nächste war Sara an der Reihe. Auch sie wurde vor das dunkle Tuch geführt, wo sie sich entkleiden musste. Ihr gab man ein kurzgeschnittenes blaues Kleid, worin Sara trotz allem großartig aussah. Sie posierte für den Fotografen. Als er zufrieden war, brachte Saras Bewacher sie zur Seite, wo Anna mit dem Ankleiden bereits fertig war und wieder fortgebracht wurde – nicht ohne Isabelle einen flehenden Blick zuzuwerfen.

Isabelle hörte sie wimmern, als sie zurück auf den Flur ging. Dann rief Anna noch, dass sie alles tun würde, was man von ihr verlangte – der Rest ging im Schmerzensschreien unter. Eine Tür krachte, und es war wieder still.

Isabelle brach der kalte Schweiß aus. Sie musterte sich selbst im Spiegel und stellte fest, dass sie wieder einigermaßen menschlich aussah und zudem einigermaßen gut. Sie streckte sich im Stuhl, und irgendwo tief in ihrem Inneren schien sich ein Schalter umzulegen, der die Angst und Panik mit einem Mal wegfilterte.

Der Mann hinter ihr musste gar nicht erst ihren Stuhl vom Tisch wegzerren. Isabelle stand selbständig auf und bewegte sich unaufgefordert zu dem mobilen Fotostudio. Auf dem Weg dorthin zog sie sich bereits das Top über den Kopf und ließ es hinter sich fallen. Sie kam vor der Sporttasche zu stehen, hakte den verschwitzten BH auf und warf ihn ebenfalls zur Seite. Sie öffnete die Jeansshorts, stieg heraus und kickte sie zur Seite. Nackt bis auf ihren Slip stand sie nun da, die Schultern zurückgenommen, das Kinn etwas erhoben, und betrachtete die Männer mit den Schweinemasken. Alle Blicke waren auf sie gerichtet.

Isabelle nahm allen Mut zusammen, deutete nach unten und sagte: »Ich will das schwarze Kleid. Bunte Farben stehen mir nicht.«

Sie wartete, bis ihr das Kleid gereicht wurde. Sie wandte es in ihren Händen und sah das Label von Chanel im Ausschnitt. Sie stieg hinein, zog es über die Schultern und dann den Reißverschluss an der Seite zu, was nicht einfach war, denn das Kleid war fraglos eine Nummer zu klein und passte auch sonst nicht optimal zu ihren Formen.

»Wo ist mein Schmuck?«, fragte sie.

»Was?«, fragte das Schwein an der Kamera.

»Kette. Ohrringe«, erwiderte Isabelle.

Der Mann machte eine ahnungslose Geste.

»Amateure«, sagte Isabelle, schüttelte den Kopf und trat dann vor das schwarze Tuch.

Sie hörte den Mann mit der Pistole amüsiert lachen.

»Wie ist die denn drauf?«, fragte der neben ihm.

Isabelles Kopf ruckte herum. Sie schaute ins Objektiv der Kamera und dachte: *Ihr Schweine, mich kriegt ihr nicht klein. Macht mit mir, was ihr wollt, aber ihr werdet mir nicht meinen Stolz und meine Würde nehmen. Isabelle Lefebvre brecht ihr nicht.*

Damit schaute sie so kalt und selbstsicher wie möglich in die Kamera. Sie drehte ihre rechte Schulter nach vorn, senkte das Kinn und den Blick ein wenig, dann schaute sie wieder auf. Für wen auch immer dieses Foto bestimmt war, dachte Isabelle, er würde keine gebeugte Frau sehen. Kein Opfer. Niemanden, der willenlos war. Er würde jemanden sehen, der mit allen Mitteln kämpfen würde und seine Gegner verachtete.

18

Ryan Grévais war spät dran, was am Verkehr lag – am frühen Abend war er in Avignon unerträglich. Dennoch hatte er es geschafft, am Ufer der Rhone einen Parkplatz zu finden, und war zum Papstpalast mehr gelaufen als gegangen. Er hasste Unpünktlichkeit, und nun war er selbst ein Opfer dieser Untugend.

Sein Körper war mit einem leichten Schweißfilm bedeckt, und das Hemd klebte ihm unter dem blauen Leinensakko am Leib, als er am Eingang seine Einladungskarte vorzeigte und sich den Weg zum *Grand Tinel* zeigen ließ.

Es war unmöglich, in dem Gewirr aus Sälen und Gängen in dieser Festung selbständig die richtige Richtung zu finden, wenn man sich nicht auskannte. Seine Schritte hallten in den leeren Fluren und verlangsamten sich. Die Kühle hier drinnen, die Leere und die strenge Architektur der weitläufigen Gänge wirkten automatisch beruhigend. Die leisen Klänge von Celli vermengten sich mit der Stille, je näher Ryan Grévais dem *Grand Tinel* kam, einem der größten Säle in dem altehrwürdigen Palast.

Schließlich glättete er sich mit den Handflächen das Haar, als seine Schuhe nicht mehr auf Stein traten, sondern auf einen roten Teppich, und er nickte den in Schwarz gekleideten Hostessen am Eingang freundlich zu, zeigte seine Einladung vor und schlich sich schließlich leise in den riesigen Saal. Dort spielte gerade ein Streichquartett. Hunderte Menschen saßen auf Stühlen oder standen, viele festlich gekleidet, und lauschten der Musik.

Grévais beschloss, im Hintergrund zu bleiben und sich nicht den Weg nach vorne zu den Ehrenplätzen zu bahnen. Das wäre unangemessen und noch peinlicher gewesen, als zu spät zu kommen, obwohl man zu den Hauptsponsoren zählte. Er sah Focault, Rochefort und zwei Damen von der Marketingabteilung seiner Bank, die sich an Sektkelchen festhielten. Sie merkten auf, als sie Grévais sahen, und ihre Körperhaltung entspannte sich sichtlich. Er machte eine entschuldigende Geste, deutete auf die Armbanduhr und zuckte mit den Achseln.

Eine Hostess schwebte heran und bot ihm ein Glas Sekt an. Grévais nahm es schweigend an. Der Sekt war eiskalt und erfrischend. Grévais genoss ihn mit dem Rücken an die Wand aus sandgrauem Stein gelehnt. Kurz schloss er die Augen, sog die Musik in sich hinein und öffnete die Augen wieder, um sich etwas umzusehen.

Der *Grand Tinel* war gewaltig. Fast wie eine Kathedrale innerhalb einer noch viel größeren Kathedrale. Der Raum maß in der Länge fast fünfzig Meter, war zehn Meter breit und sicher an die zwanzig Meter hoch. Früher war es der Speisesaal der Päpste gewesen, der *Magnum Tinellum*. An einer Stirnseite gab es eine kleine Gebetsstätte, wo einst geheime Beratungen der Kardinäle stattgefunden hatten. Von einem Balkon aus gelangte man zur *Haute Cuisine*, der oberen Küche. In die Wände waren große Kreuzfenster eingelassen, die den Blick auf den Garten im Inneren des Palastes freigaben. Hoch oben, auf den alten Mauern des Saals, lag ein modernistisch wirkendes Tonnengewölbe aus Holz. Die Decke war ursprünglich mit einem Sternenhimmel bemalt gewesen, war allerdings bei einem Brand zerstört worden – zerstört wie die Wandmalereien, die den Raum ehemals dekorierten.

Heute schmückten erneut Bilder die Wände des *Grand Tinel* und der angrenzenden Räume, dazu kamen einige Plastiken in den Innenhöfen und dem Garten. Alle ausgestellten Kunstwerke stammten von Pawel Wilk. Dem inzwischen achtzigjährigen polnischen Künstler war eine große Retrospektive unter dem Thema »Southern light« gewidmet. Die meisten Arbeiten waren in der Gegend von Saintes-Maries-de-la-Mer entstanden, wo Wilk lange gelebt hatte.

Ryan Grévais' Blicke tasteten über die großformatige Malerei, die die strengen Wände mit bunten, amorphen Formen und Farbflächen füllte. Wilks Stil war im Wesentlichen abstrakt, aber dennoch figurativ und dekorativ genug, um populär zu sein, weswegen viele seiner Bilder in den Zentralen von Versicherungen und Banken hingen, zum Beispiel auch in der, die Grévais führte. Der Rhythmus der Musik bestimmte seinen Blick, der von Bild zu Bild sprang und schließlich das fand, das er am meisten liebte und das schon vor der heutigen Ausstellungseröffnung für einen Skandal gesorgt hatte.

Das Bild trug den Titel »Demoiselle de la Barque« und war in Form eines Altarbildes, eines Triptychons, gemalt. Es zeigte drei Männer, die eine bewusstlose Nackte aus dem Meer trugen, um deren Glieder sich ein Schiffstau schlang. Ihre Schönheit und ihre Pose waren betörend und erhaben. Der Maler hatte sich bei diesem Motiv von der außergewöhnlichen Ortsgeschichte inspirieren lassen:

So huldigten die Roma in Saintes-Maries-de-la-Mer bei ihren Wallfahrten jedes Jahr ihrer Schutzheiligen, der Schwarzen Sara, und trugen in einem großen Umzug ihre Statue ans Meer. Die restlichen Tage des Jahres befand sich die Figur in der Krypta der Kirche Notre-Dame-de-la-Mer. Die zweite jährliche und historisch weit zurückreichende Wallfahrt war den heiligen Marien Salome und Kleophae gewidmet, deren Statuen ebenfalls in der Kirche standen, und zwar in einem Boot. Die beiden wurden als Jüngerinnen Jesu im neuen Testament erwähnt, und die Schwarze Sara soll eine Dienerin aus dem Umfeld Jesu gewesen sein. Wie die Legende berichtete, waren alle Frauen um das Jahr 42 herum mit Maria Magdalena aus dem Heiligen Land geflohen und an den Stränden der Camargue gelandet. Insofern war das Bildmotiv für Wilk zugleich ein Kommentar zur politischen Lage und der Flüchtlingssituation – viele Menschen flohen aus Nordafrika über das Meer.

Was das Bild jedoch so skandalös machte, war, dass es eine Nackte im Papstpalast zeigte. Zudem eine Nackte, die in Form eines Altarbildes dargestellt wurde – und, zur Krönung, eine Nackte, die Assoziationen an Maria Magdalena weckte. Die Zeitungen waren voll davon gewesen, das Thema war zudem im politischen und kirchlichen Raum kontrovers diskutiert worden – was nach Grévais' Auffassung eine wunderbare PR für die Ausstellung war.

Doch das alles hatte nichts mit den Gründen zu tun, aus denen er das Bild so liebte und weswegen er es so erregend fand. Ryan Grévais hatte eine ganz persönliche Sichtweise auf das Werk, die absolut nichts mit den Intentionen des Künstlers oder der gesellschaftlichen Debatte über den Skandal zu tun hatte. Grévais sah eine willenlos dahingestreckte Nackte, die von drei Männern wie eine Beute getragen wurde. Er sah die Taue nicht als Anspielungen auf ein Boot, sondern als Fesseln. Er sah eine perfekte, überirdische Schönheit, die selbst in ihrer Ohnmacht Größe ausstrahlte, die zu ihm gebracht werden würde, damit er sie beherrschen und brechen könnte.

Die Musik verblasste zu einem Hintergrundrauschen, die Menschen wurden unscharf. Die Frau auf dem Bild dominierte sein Sichtfeld. Grévais' Gedanken glitten in die Vergangenheit zurück. Der Strand, an den die Frau gebracht wurde, nahm einen rötlichen Ton an – die Erde Afrikas. Er erinnerte sich an die ölige Luft, die nach Kräutern und Holzfeuern roch. Er spürte einen festen Händedruck wie zum Besiegeln eines Geschäftes, vernahm ein unverbindliches Lachen. Es wich einem Krachen, das klang, als ob jemand kraftvoll mit einem Hammer im Stakkato auf Blech schlagen würde. Glas splitterte. Als er wieder die Macheten sah, klaffendes Fleisch, sprudelndes Blut und die abgezogene Haut, die einem abgelegten Taucheranzug glich, sowie einen jüngeren Mann mit seinen Zügen, der mit Draht gefesselt in einer Holzkiste lag und verzweifelt versuchte, die eigene Zunge zu verschlucken, zuckte er. Er riss die Augen weit auf und blinzelte hektisch, um die traumatischen Bilder wieder zu verscheuchen. Er strich sich mit der freien Hand durch das Gesicht, leerte das Sektglas und forderte mit einer Geste zu der Hostess mit dem Tablett ein weiteres an, das er ebenfalls rasch austrank.

Schließlich endete die Musik. Ein Redner trat nach vorn und hielt einen kurzen Vortrag über das Schaffen von Pawel Wilk, der neben dem Pult auf einem Stuhl platziert war und aussah wie eine Mumie, die man in einen weißen Anzug gesteckt hatte. Schließlich war Wilk selbst an der Reihe, trat würdevoll ans Mikrophon und bedankte sich bei allen und jedem. Es wurde erneut ein Musikstück gespielt. Ryan Grévais trank seinen vierten Sekt und scherte sich einen Dreck darum, was die Leute darüber denken mochten, die ihn dabei betrachteten beziehungsweise mitgezählt hatten. Die hier versammelten Menschen waren nicht mehr als Staub unter seinen Schuhsohlen, und wenn er wollte, dann wäre er in der Lage, viele von ihnen finanziell zugrunde zu richten. Also scheiß drauf.

Dann war der offizielle Teil der Eröffnung beendet. Stühle wurden gerückt, Menschen erhoben sich, Stimmen brandeten auf, Gespräche entflammten. Die Besucher verteilten sich im Raum. Manche beschauten die Bilder und Skulpturen, andere lediglich einander und ignorierten die Kunst, wegen der sie sowieso nicht hier waren, sondern vielmehr wegen des gesellschaftlichen Ereignisses und weil sie dazu eingeladen worden waren. Grévais verließ seinen Platz und wechselte einige Worte mit Focault und Rochefort und erklärte, warum er zu spät gekommen war. Die beiden Frauen aus dem Marketing statteten ihn mit einem Ausstellungskatalog und einigen Informationen aus. Grévais hörte kaum zu, nickte und betrachtete den ausladenden Busen der jüngeren und hübscheren von beiden, an deren Namen er sich partout nicht erinnern konnte. Er fragte Focault danach, der ihm zuflüsterte, das sei die neue Auszubildende, die mit einem Bombenabschluss frisch von der Uni gekommen sei. Grévais nickte verstehend, stellte sich ihre Brüste in einem Schraubstock aus rostigem Eisen vor und klopfte Focault dann einige Male dankend auf die Schulter.

Anschließend schüttelte er Hände, führte Unterhaltungen mit dem Kurator, weiteren Sponsoren und einigen Kommunalpolitikern, denen er beipflichtete, dass der Skandal der Ausstellung ungeheuer war, fügte jedoch an, dass die Kunst seiner Meinung nach so frei war wie der Weltmarkt, und bestätigte, dass die Geschäfte mit den USA ziemlich gut liefen, obwohl man nach der Wahl von Trump ja eher das Gegenteil annehmen sollte, und dass Macron als neuer Präsident der richtige Mann für Frankreich sei. Er trank ein weiteres Glas Sekt und begrüßte schließlich Pawel Wilk persönlich, dessen dünne Stimme in dem Hintergrundrauschen von zahllosen Gesprächen fast unterging – die Akustik in dem Raum war aufgrund seiner Größe und Höhe unerträglich.

Grévais versicherte Wilk, wie großartig die Ausstellung sei und dass er sich einen Teufel um den Skandal schere. Dann wählte Grévais demonstrativ das Bild »Demoiselle de la Barque« aus, vor dem er von der Marketingmieze zusammen mit Wilk fotografiert werden wollte.

Foucault tippte Grévais am Unterarm an, neigte sich zu ihm und sagte leise: »Vielleicht sollten wir ein anderes Bild als Hintergrund wählen. Ich bin mir nicht sicher, wie das intern und in der Öffentlichkeit ankommt.«

»Warum? Wegen des Skandals?«

Focault nickte knapp.

»Nun machen Sie sich mal nicht in die Hose, mein Lieber«, erwiderte Grévais, drückte Focault das leere Sektglas in die Hand und stellte sich dann mit Pawel Wilk in Pose.

»Es ist mein Lieblingsbild«, sagte Grévais leise zu dem Maler, während das Marketingmädchen ihre Fotos machte und sich noch drei professionelle Fotografen dazugesellten. Es war unklar, ob sie zur Presse gehörten, zu Agenturen oder ob sie lediglich von den Veranstaltern engagiert worden waren, um das Event in Bildern zu dokumentieren.

»Das ist erfreulich«, sagte Wilk. »Was mögen Sie daran?«

»Dass es meine Phantasie anregt. Darf ich Sie fragen, welches Ihre Intention war, als Sie anfingen, es zu malen?«

»Es ging mir um die Schönheit. Eigentlich um nichts anderes.«

Grévais lachte erstaunt auf. Bei allem, was dahinter vermutet wurde, nur so eine einfache Antwort?

»Nur das?«, fragte er nach.

»Nur das«, antwortete Wilk. »Am Ende ist es doch nur das, was in der Kunst zählt.«

»Ja«, antwortete Grévais.

Er betrachtete wiederum die Brüste seiner Angestellten und wischte sich die schweißnassen Hände an der Hosennaht ab, bevor er mitsamt Wilk den Fototermin für beendet erklärte. Plötzlich spürte er ein Summen in der Sakkotasche, das vom Handy stammen musste. Er nahm es hervor, und als er den Absender sah, bewegte er sich in einen von Menschen leeren Bereich des Saales. Hier, direkt vor der Tür, die in die geheime Kammer der Kardinäle führte, war der passende Ort, um die eingegangene Nachricht in Ruhe zu lesen.

Grévais schattete das Display des Smartphones ab und öffnete die Mitteilung. Dort stand lediglich: »Wir freuen uns anzukündigen, dass neue Ware vorrätig ist.«

Sofort löschte er die SMS und schob das Telefon zurück in die Tasche.

Mein Gott, war das aufregend.

Sobald es ihm möglich war, würde er einen Blick auf den Newsletter werfen und sich die neuen Offerten ansehen.

Und es war wirklich *dringend* an der Zeit, das konnte man ohne Umschweife sagen. Es war geradezu *allerhöchste Eisenbahn*, dachte Grévais und bahnte sich den Weg zurück zu seiner Entourage, um dem Marketingmädchen ein wenig über die Schulter zu blicken. So könnte er, während sie ihm die Aufnahmen zeigen würde, seinen besonderen Gedanken im Zusammenhang mit ihrem Dekolleté erneut freien Lauf lassen.

Später, gegen Mitternacht, rollte sein Jaguar mit knirschenden Reifen vor das Anwesen. Hinter ihm schloss sich automatisch das Tor, das Grévais eben mit der Fernbedienung geöffnet hatte. In der Villa waren alle Lichter erloschen. Yvonne und die Kinder schliefen. Er hatte seiner Frau gesagt, sie solle nicht auf ihn warten, wegen der Ausstellung würde er sehr spät kommen.

Er huschte ins Innere des Hauses, über den Flur, hinauf in sein Arbeitszimmer und startete den Computer. Er loggte sich ein, fuhr die Sicherheitssysteme hoch und öffnete den neuen Newsletter.

Er sah Bilder, die drei Frauen zeigten. Eine hatte kurze und blonde Haare. Sie wirkte wie ein verängstigtes Reh, das vom Licht geblendet wurde. Dürr. Eigentlich nichts, was Ryan Grévais interessieren würde, aber besser als gar nichts. Die Zweite war eine Farbige, die Grévais ebenfalls nicht sonderlich interessierte. Er war kein Rassist und hatte kein Vergnügen an schwarzen Frauen. Er hatte damals in Afrika außerdem zu viele von ihnen gesehen. Zu viele, mit denen man …

Dann stockte ihm der Atem. Ryan Grévais schlug die Hände vor das Gesicht und gab ein ersticktes Geräusch von sich. Er spürte, wie ihm das Blut in den Unterleib schoss und sich der Magen vor Freude verkrampfte. Er blickte in ein Gesicht, das die Züge der Frau auf dem Gemälde trug – zumindest erinnerte es Grévais sofort daran. Es war ein anmutiges Gesicht, ein schönes Gesicht. Der Blick war kühl und herausfordernd. Das Foto glich in nichts den Bildern, die er sonst mit dem Newsletter bekam. Der Ausdruck der Frau strahlte Stärke aus, Selbstbewusstsein, Trotz und Würde – und das, obwohl Grévais sich sehr gut vorstellen konnte, unter welchen unwürdigen Bedingungen die Bilder gemacht worden waren und was dabei in den Frauen vorgegangen sein musste. Die meisten wirkten auf den Fotos, als seien ihre Seelen bereits zerbrochen. Nicht jedoch diese.

Ryan Grévais musste sie haben. Um jeden Preis.

19

Gilles Richard fuhr sehr schnell, was er oft tat, wenn er zornig war. Es war Morgen und der Verkehr auf der Autobahn reichlich dicht. Viele Lkws waren unterwegs, weswegen Gilles die linke Spur dauerhaft besetzte. Er befand sich inzwischen hinter Lyon. Bis Avignon waren es nur noch zweihundert Kilometer. Aus den Boxen seines nachtblauen BMW 640i Grand Coupé hämmerte Heavy Metal in ohrenbetäubender Lautstärke. Er stellte sich vor, wie er im Takt der Musik mit den Fäusten auf Manon einschlug.

Die blöde Kuh hatte ihn verlassen und angenommen, einfach so abtauchen zu können. Da hatte sie sich vertan. Glaubte sie, dass es ausreichte, wenn sie einfach ihr Handy ausstellten? Sie war so naiv. Dass sich ihr Auto mittels des eingebauten Diebstahlsschutzes über Satellit orten ließe, daran hatte sie nicht gedacht. Das war typisch für Manon. Sie hielt sich oft für so oberschlau, dass es erforderlich war, sie permanent auf ihren Rang zu verweisen, und der befand sich deutlich unterhalb von Gilles, für den es im Grunde nur zwei wichtige Menschen in seinem Leben gab: ihn selbst und seine Tochter Clara.

Natürlich liebte er Manon, gar keine Frage. Und es tat ihm immer wieder schrecklich leid, wenn er die Beherrschung verlor. Aber daran war in der Regel Manon mit ihrem dämlichen Verhalten selbst schuld. Sie provozierte

Gilles und sorgte außerdem dafür, dass er sich hinterher schlecht fühlte. Dabei war es doch absolut einfach, in Eintracht miteinander zu leben, wenn sie einfach die wenigen Grundregeln beachtete. Aber sie verstieß immer wieder dagegen. Zuletzt vor drei Tagen.

Gilles hatte einen außerordentlich anstrengenden Tag im Geschäft gehabt. Und dann kam er total erledigt nach Hause, und das Kind hatte Bauchschmerzen und quengelte, bevor es ins Bett ging. Damit fing es an. Wenn er nach Hause kam, wünschte Gilles kein Kind mit Bauchschmerzen, das quengelte. Er wünschte, das alles in Ordnung war, und was sollte man von einer Mutter halten, die nicht in der Lage war, sich vernünftig um das Kind zu kümmern und dafür zu sorgen, dass es eben *nicht* an Bauchschmerzen litt und schlechtgelaunt war? War das zu viel verlangt von einer Frau, die den lieben langen Tag im Luxus zu Hause sitzen und sich um das Kind und sein Wohlergehen kümmern konnte, während er sich den Arsch abarbeitete?

Gilles war ein Selfmademann. Er hatte als Gebrauchtwagenverkäufer angefangen und führte inzwischen sechs eigene Autohäuser mit fast siebzig Angestellten. Er hatte etwas geschaffen. Ein Lebenswerk. Um was musste er sich alles kümmern, damit es rundlief? Und was hatte Manon schon geleistet? Was hatte sie im Leben erreicht, außer seine Frau zu sein und sein Kind auszutragen? Musste sie sich um ein Unternehmen kümmern? Scheiße, nein, sie hatte nur ein Kind zu versorgen, und nicht einmal das bekam sie hin, obwohl man doch annehmen sollte, dass es im Vergleich zu Gilles' Aufgaben ein Klacks sein müsste, zu gewährleisten, dass daheim alles in Ordnung war. Manon wusste sehr genau, wie sehr Gilles die Ruhe und Harmonie brauchte.

Es war ihm absolut unbegreiflich, warum sie stets für das Gegenteil sorgte – entweder war sie zu dumm, schlecht erzogen, oder sie wollte Gilles bewusst provozieren. Und keinen Grund davon konnte und wollte er in seinem Haus tolerieren.

Schließlich dann die scheußliche Gemüsesauce – das war wirklich zu viel gewesen und hatte das Fass absolut zum Überlaufen gebracht. Das Essen war grauenhaft, versalzen und kalt. Außerdem hasste Gilles Auberginen, und es waren Auberginen drin gewesen. Warum tat sie Auberginen rein? Genauso gut hätte sie ihm auch ins Gesicht spucken können. Gilles war tolerant, ja, aber es hatte alles seine Grenzen. Gut, es waren nur Nudeln mit Soße gewesen, aber ein absolut treffendes Symbol dafür, dass Manon Gilles' Bedürfnisse wieder einmal nicht berücksichtigte, und er hasste Respektlosigkeit – insbesondere wenn sie von Menschen kam, die nicht ansatzweise in seiner Liga spielten und sich nur qua Ehering darin aufhalten durften und weil er es duldete. Und da war es eben passiert.

Aber musste Manon ihn wegen einer lächerlichen Ohrfeige verlassen und sein Kind mitnehmen? Da hatte sie ihm in der Vergangenheit doch ganz andere Dinge vergeben. Letztlich zweifelte Gilles nicht daran, dass sie es erneut tun würde: ihm vergeben. Er wusste, wie man mit ihr reden musste – heulen wie ein Baby, flehen und versprechen, dass es niemals wieder geschah, und alle Schuld auf sich nehmen, bis sie sich wieder versöhnten.

Nur würde es dieses Mal am Ende anders sein. Denn sobald Manon sich wieder beruhigt hatte, würde Gilles seine Tochter Clara nehmen und Manon zum Teufel jagen. Er hatte ein für alle Mal genug. Es gab jede Menge Frauen, die angesichts dessen, was Gilles an Wohlstand und Ansehen zu bieten hatte, gefügiger, verständiger und respektvoller wären. Außerdem würde Manon für das bezahlen, was sie ihm angetan hatte. Dieser Schmerz, als er in die Wohnung gekommen war. Das leere Kinderzimmer. Das würde sie bitter büßen.

Noch hundertneunzig Kilometer bis Avignon. Dort würde er von der A7 abfahren und dann in der Provence seine Frau aufspüren, die sich doch tatsächlich nicht entblödet hatte, sich bei ihrem Vater zu verstecken.

Gilles fragte sich, wie das kam. Die beiden hatten seit Jahren keinen Kontakt mehr. Nicht seit dem Vorfall von damals. Er hatte es verboten und außerdem angenommen, Manons Vater wäre der Allerletzte, zu dem sie fliehen würde. Aber genau dort war sie nun. Es gab gar keinen Zweifel. Gilles hatte das Signal von Manons Wagen orten lassen und zuerst noch überlegt, ob er den Wagen als gestohlen melden sollte, um ihr die Polizei auf den Hals zu hetzen – denn der Wagen war natürlich nicht auf ihren Namen zugelassen, sondern auf das Autohaus. Dann hatte er sich doch dagegen entschieden. Nein, er würde die Sache selbst in die Hand nehmen – und da sich das Fahrzeug dem GPS-Signal nach in Carpentras aufhielt, gab es nur einen einzigen Schluss: Die dumme Kuh war bei ihrem Vater, dem Mistkerl.

Möglicherweise hatten die beiden zwischenzeitlich Kontakt miteinander gehabt, ohne dass Gilles es wusste – obwohl er Manons Telefon laufend kontrollierte. Eventuell hatte der Vater Manon in der Zwischenzeit gegen ihn aufgewiegelt. Irgendeinen Grund musste es ja haben, dass sie auf einmal bei ihm Unterschlupf suchte, zu dem sie – mit Recht und auf Gilles' Betreiben hin – seit geraumer Zeit keinen Kontakt mehr hatte. Tja, der Alte würde ihn ebenfalls kennenlernen.

Damals hatte Gilles allein aus Respekt gegenüber Manons Familie Rücksicht auf Albin Leclerc genommen und ihn nicht angezeigt, als er Gilles mit einem Faustschlag verletzt hatte. Aber jetzt? Jetzt würde Gilles nicht mehr auf die Bremse treten. Jetzt würde er Vollgas geben.

Noch hundertachtzig Kilometer bis Avignon.

Ich bin auf dem Weg zu dir, Manon, dachte Gilles Richard.

20

Manon und Castel fuhren auf der Autobahn A9 in Richtung Nîmes. Das Radio war ausgeschaltet, die Klimaanlage nicht, denn es würde wieder ein heißer Tag werden. Ein Tag, den Castel eigentlich dazu nutzen sollte, nach der verschwundenen Isabelle Lefebvre zu suchen. Aber noch lagen die vorläufigen Untersuchungsergebnisse von der Spurensicherung und die Laborbefunde nicht vor. Theroux war außerdem intensiv mit der Erhebung von Daten befasst. Insofern hatte Castel einige Stunden Luft, und außerdem hatte sie Albin versprochen, sich um Manon zu kümmern.

Castel hatte allerdings seinen Wunsch ignoriert, die Anzeige wegen häuslicher Gewalt bei Albin zu Hause aufzunehmen. Die ganzen Formulare und überhaupt … Nein, bei aller Freundschaft: So sehr konnte sie Manon nun nicht in Watte packen, hatte aber wenigstens für sie das Taxi gespielt und sie für die Formalien ins Hotel de Police gebracht. Danach waren sie wieder ins Auto gestiegen, um zur Rechtsmedizin in die Gewaltopferambulanz zu fahren, wohin sie nun unterwegs waren. Dort würde es weniger darum gehen, Manons Verletzungen zu versorgen, als sie amtlich zu dokumentieren und zu begutachten.

»Danke, dass Sie das tun«, sagte Manon jetzt und spielte geistesabwesend mit ihrem Haar.

»Das ist mein Beruf«, erwiderte Castel.

»Ich dachte, mein Vater hat Sie gebeten …«

»Das hat er«, kürzte Castel ab. Sie kaute auf einem Kaugummi, rollte ihn mit der Zunge von einer auf die andere Seite und starrte auf die Autobahn, die durch die Gläser ihrer Pilotensonnenbrille grün aussah.

»Haben Sie eng mit ihm zusammengearbeitet, als er noch im Dienst war?«, fragte Manon.

»Nein«, antwortete Castel. »Ich kam erst hierher, als er schon im Ruhestand war. Aber wir hatten verschiedentlich miteinander zu tun, als ich noch Streife fuhr.«

»Sind Sie die Treppe hinaufgefallen?«

»Sozusagen«, erwiderte Castel und überlegte, dass der Weg dorthin in etwa so schmerzhaft gewesen war, wie die Treppe hinunterzufallen. »Ihr Vater hat mich dabei ein wenig unterstützt.«

Manon nickte. »Sie schulden ihm etwas. Daher kümmern Sie sich um mich.«

»Sie sind ein Opfer häuslicher Gewalt. Sie haben eine Anzeige gemacht. Ich habe sie aufgenommen. Das hat nichts mit Gefälligkeiten zu tun.« Castel ließ das Kaugummi wieder auf die andere Seite wandern.

»Mein Vater ist groß darin, andere Menschen für seine Zwecke zu instrumentalisieren. Das hat er schon immer getan«, sagte Manon und blickte aus dem Fenster. »Ich habe das Prinzip von ›eine Hand wäscht die andere‹ immer gehasst.«

Castel grinste und nickte. »In der Tat hat er ein Talent dafür, andere Menschen für sich einzuspannen. Und es stimmt: Ich schulde ihm etwas. Nur verstehen Sie das bitte nicht so, als ob ich mich nur aus Gefälligkeit um Sie kümmere. Das ist nicht der Fall.«

Manon atmete tief ein und aus. Sie fuhr sich mit dem Handballen über die Augen, wie um Tränen fortzuwischen. »Ich weiß sowieso nicht, ob ich das Richtige tue«, sagte sie mit gebrochener Stimme.

»Natürlich tun Sie das Richtige«, sagte Castel.

»Ich laufe zu Papa und zeige meinen eigenen Mann an.«

»Bei allem Respekt, Manon: Bei häuslicher Gewalt verstehe ich kein Pardon. Männer, die Frauen schlagen – ich sage besser nicht, was man solchen Typen meiner Meinung nach antun sollte.«

»Es ist nicht so einfach, wie Sie sich das denken, Caterine.«

»Sie tun dennoch das Richtige. Ihr Vater hat recht damit gehabt, dass Sie eine Anzeige aufgeben sollen und …«

»Sie sind ein Fan von ihm.«

»Warum?«

»Weil Sie dauernd sagen, er hat hiermit recht, er hat damit recht, er hat mir hier geholfen, ich schulde ihm dies und das …«

Castel sog die Luft durch die Nase ein und sagte im Ausatmen: »Ich gebe nur Antworten auf Ihre Fragen, und ich bin ganz bestimmt kein Fan von ihm. Bei allem Respekt für Ihren Vater, aber er kann eine fürchterliche Plage sein.«

Manon schniefte und suchte ein Taschentuch aus ihrer Handtasche, um sich die Nase zu putzen. »Den Respekt«, sagte sie, »muss ich selbst erst wiederfinden. Wir haben keine einfache Beziehung.«

»Er hat mir davon erzählt, und so schlimm das alles ist, aber ich finde gut, dass sie beide sich wieder annähern«, erwiderte Castel – und hätte sich im selben Moment am liebsten auf die Zunge gebissen, dass ihr das herausgerutscht war. Sie konnte sich vorstellen, wie es bei Manon ankam: Ihr Vater und sie, Castel, redeten privat miteinander über die Leclerc'schen Familienverhältnisse, zerrissen sich das Maul über die abtrünnige Tochter. Zudem war Castel im selben Alter wie Manon, und Manon mochte denken, dass Castel eine probate Ersatztochter hergab, um die man sich kümmern und die man fördern konnte. Abgesehen davon war es furchtbar unprofessionell gewesen, das zu sagen.

Castel spürte, dass Manon sie von der Seite betrachtete. Schließlich fragte Manon: »Sind Sie verheiratet?«

Castel verneinte.

»Haben Sie Kinder?«

Castel schüttelte den Kopf.

»Vielleicht«, sagte Manon, »sollten Sie sich dann sparen, mir zu empfehlen, was ich tun und lassen sollte, und meine Situation nicht bewerten. Bei allem *Respekt.*«

Castel verfluchte sich selbst. Hätte sie nur die Klappe gehalten.

»Sie haben recht«, sagte Castel.

»Sie haben keine Ahnung, wie ich mich fühle, Caterine.«

»Es tut mir leid. Ich hätte das nicht sagen sollen.«

»Ich stehe allein mit meinem Kind da. Ich habe meinen Mann verlassen und bin wie ein kleines Mädchen zu meinem Vater gelaufen. Ich habe meinen Mann angezeigt und bin auf dem Weg, um meine Wunden auf entwürdigende Art und Weise begutachten zu lassen. Ich habe keine Ahnung, wie mein Leben weitergehen soll. Aber ich brauche sicherlich keine Ratschläge von Ihnen, Caterine.«

Castel kaute auf dem Kaugummi. »Tut mir leid«, sagte sie erneut.

Schließlich schwiegen sie eine Weile. Die Ausfahrt, die Castel nehmen musste, war nicht mehr weit.

Manon seufzte. Castel nahm aus dem Augenwinkel wahr, wie sie sich durchs Gesicht fuhr und aus dem Seitenfenster hinausstarrte. »Ich bin etwas empfindlich«, sagte Manon.

»Dazu haben Sie alles Recht.«

»Was genau wird in der Rechtsmedizin passieren? Außer, dass ich mich entblößen muss?«

»Das werden Sie nicht müssen, wenn es keine Verletzungen an Ihrem Körper gibt und sie nicht vergewaltigt wurden.«

Manon lachte spöttelnd auf. »Vergewaltigt«, sagte sie und kaute nachdenklich am Nagel ihres kleinen Fingers. »Die Art und Weise, wie Sie das sagen …«

»Sind Sie vergewaltigt worden?«

Manon verneinte.

Castel sagte: »Dann werden lediglich Ihre Gesichtsverletzungen dokumentiert, und Sie müssen beschreiben, wie diese zustande gekommen sind. Es werden Fotos gemacht, vielleicht wird Berthe Sie fragen …«

»Wer ist Berthe?«

»Die Rechtsmedizinerin. Sie ist gut mit Ihrem Vater bekannt und wird sicherlich umsichtig vorgehen.«

»Gibt es irgendetwas, wo mein Vater nicht seine Finger im Spiel hat?«

»Sie haben ihn um Hilfe gebeten. Da können Sie ihm nicht zum Vorwurf machen, dass …«

Manon schnitt Castels Satz mit einer Geste ab. »Verteidigen Sie ihn nur, ja.«

»Das will ich gar nicht.«

»Mir kommt es so vor, als sei er immer noch bei der Polizei. Er benimmt sich auch so.«

Castel nickte. »Das gefällt nicht jedem.«

»Ihnen scheint es zu gefallen.«

Castel wusste nicht, wie sie den Anschein erweckt hatte. Sie erwiderte: »Mir gefällt es nicht. Aber ich verstehe ihn. Er fühlt sich wie auf das Abstellgleis geschoben und wie jemand, der nicht mehr gebraucht wird. Von sich selbst hat er aber ein anderes Bild. Also mischt er sich ein, und ich muss zugeben, dass er bereits einige Male recht hatte und wir wegen ihm wichtige Fälle lösen konnten. Er empfindet sich als jemand, der außerhalb des Systems agieren kann und keine bürokratischen Hürden nehmen muss. Da ist etwas dran.«

»Und im Augenblick arbeitet er wieder an etwas?«

»Eine junge Frau ist verschwunden. Isabelle Lefebvre.«

»Die Tochter von dem Tankstellen-Mann?«

»Sie kennen sie?«

»Nein. Ich meine: Ich weiß, wer das ist, aber – es ist so lange her …«

»Isabelles Vater hat Ihren Vater um Hilfe gebeten. Er sollte sich natürlich heraushalten. Tut er aber nicht.«

»Ist das gut oder schlecht?«

»Wahrscheinlich beides.«

Manon seufzte. »Vielleicht tue ich Papa unrecht. Ich weiß es nicht. Ich weiß ehrlich gesagt im Moment überhaupt nichts mehr.«

Castel schwieg. Manon ebenfalls.

»Die wirklich schlimmen Verletzungen«, sagte sie dann und starrte weiter nach draußen, »kann ihre Freundin Berthe sowieso nicht fotografieren. Die sind nicht sichtbar.«

»Ich weiß«, erwiderte Castel und setzte den Blinker nach rechts, um auf die Ausfädelspur zu fahren. »Das sind leider die besonders tiefen, die meist niemals verheilen.«

Castel spürte für einen Moment Manons fragenden Blick auf sich. Aber sie blieb stumm. Dann bog Castel von der Autobahn ab.

21

Albin stellte den Wagen auf dem Firmenparkplatz von *Gourmet Provençal* ab und stieg aus. Mit der Fernbedienung öffnete er den Kofferraum – und sah, dass er leer war. Natürlich war er leer. Tyson war heute nicht mit dabei, was Albin völlig vergessen hatte. Dabei war es seine Idee gewesen, den Mops als Lockmittel für Clara einzusetzen. Die beiden waren ziemlich vernarrt ineinander.

Morgens hatten sie gemeinsam beim Frühstück gesessen. Albin hatte Clara angeschaut, ein wenig geschmunzelt, als sie mit dem von Nutella verschmierten Mund aufmerksam zurückblickte. Dann hatte er ihr erklärt, dass eine sehr wichtige Aufgabe auf sie warte, weil Mama etwas zu tun habe und er auch. Die Aufgabe war, auf Tyson zu achten, damit er bei Veronique im Laden nicht die Blumen auffrisst.

Clara hatte gekichert. »Aber ein Hund isst doch keine Blumen!«

»Tyson ist ein spezieller Hund. Er liebt Blumen«, war Albins Antwort gewesen. Tyson hatte irritiert dreingeschaut, aber wohl bemerkt, dass über ihn geredet wurde. Manon verkniff sich ein Schmunzeln und stand auf, um sich fertig zu machen. Sie hatte eine Verabredung mit Castel.

»Aber er isst die Blumen doch nicht!«, insistierte Clara.

»Eigentlich nicht«, erwiderte Albin. »Das soll auch so bleiben. Deswegen ist es wichtig, dass du darauf achtest.«

Clara sah Albin mit einer unergründlichen Miene an. Man konnte förmlich hören, wie die Zahnräder in ihrem kleinen Gehirn ineinandergriffen. Sie wog die Möglichkeit ab, dass Albin vielleicht doch recht haben könnte mit dem Blumenessen. Dann fragte sie: »Darf ich Tyson dann an der Leine halten, wenn wir zu dem Laden gehen?«

Claras Offenheit und das Urvertrauen, das aus ihren Worten sprach, rührten Albin. Sie schien überhaupt keine Furcht davor zu haben, eine Weile in einer fremden Umgebung mit ihr fremden Menschen ohne ihre Mutter zu verbringen. Veronique hatte damals recht gehabt, dachte Albin, als sie sagte, dass Blut dicker als Wasser sei.

Albin nickte. »Das musst du sogar«, sagte er. »Sonst läuft er noch fort, und das wollen wir ja nicht.«

Jetzt schloss Albin den Kofferraum wieder und spürte, dass er sich ohne Tyson nicht ganz komplett fühlte. Im selben Moment kam er sich albern vor. Tyson war schließlich nur ein Mops.

Dann wandte er sich um. Durch die Gläser der Sonnenbrille betrachtete er den Betriebshof von *Gourmet Provençal*, oder kurz *GP*. Diese Lettern standen auf den meisten der hier parkenden Fahrzeuge und auf dem Logo des Unternehmens, das zusätzlich mit einem Blitz versehen war – fraglos um auszudrücken, wie schnell man unterwegs war. Bei *GP* handelte es sich um einen Lieferservice für den Großhandel der Gastronomie in der Region. Die Firma splittete sich in zwei Teile, wie Albin auf seinem Smartphone – Hexerei, diese Dinger – von der Homepage erfahren hatte: *GP Logistics* und *GP Food*. Der eine Teil kümmerte sich um die Vermarktung und Bestellungen, der andere Teil war der Vertrieb.

GP belieferte die gehobenen Restaurants und Hotels im Vaucluse mit allen Lebensmitteln, die sie benötigten. Die Fahrzeuge pendelten zwischen dem Flughafen in Marseille und Rungis in Paris hin und her. Es gab wirklich alles, vom fangfrischen Edelfisch aus der Bretagne bis hin zu frischem Iberico-Fleisch aus Spanien – was man an Feinkost-Leckereien für die Grand Cuisine eben so brauchte. Was Albin herführte, war die Tatsache, dass einige Sprinter aus dem Baujahr 2000 bis 2002 laut der Liste von Danielle auf *GP Logistics* zugelassen waren beziehungsweise sich vor dem Weiterverkauf einmal im Besitz der Firma befunden hatten.

Albin schlenderte über den Parkplatz, vorbei an einem Kühlhaus und in Richtung eines Gebäudetraktes, in dem er die Verwaltung vermutete. Er dachte darüber nach, warum ein Fahrzeug wie das gesuchte wohl nachts im Bereich von Gordes unterwegs gewesen sein könnte. Dafür gab es zunächst zwei Anlässe. Erstens: Jemand fuhr damit dienstlich. Zweitens: Jemand fuhr damit privat. Falls jemand dienstlich unterwegs gewesen war, ließe sich das bei größeren Unternehmen anhand von Fahrtenbüchern oder Speditionssoftware überprüfen. Es wäre außerdem schnell feststellbar, ob ein Wagen im Fuhrpark beschädigt oder gerade repariert worden war.

Im Fall einer dienstlichen Fahrt, überlegte Albin, könnte es sich zum Beispiel um ein Fahrzeug handeln, das in der Nacht frische Waren für die Gastronomie transportierte oder andere Güter hin und her fuhr. Dadurch kam *GP Logistics* ins Spiel. Zwar gab es noch zwei weitere größere Unternehmen, die über betreffende Fahrzeuge verfügten, aber das eine war in Orange ansässig, das andere in Pertuis hinter dem Luberon. Beide waren damit weiter entfernt von der

Region um Gordes als *GP*. Außerdem war die eine Firma ein größeres Möbelgeschäft, die andere stellte Elektrobauteile her. Es war unwahrscheinlicher, dass nachts Möbel oder Chips hin und her gefahren wurden als frische Lebensmittel von den Großmärkten. Im Vergleich entschied hier also *GP Logistics* zunächst das Rennen für sich.

Dass jemand mit einem Lieferwagen aus dem Fuhrpark eines größeren Unternehmens nachts privat herumkutschierte, hielt Albin für unwahrscheinlich.

Es gab auf der Liste aber auch einige Kleinunternehmer, auf die entsprechende Fahrzeuge zugelassen waren. Die meisten davon waren Handwerksbetriebe oder Geschäfte. Mit einem solchen Transporter würde man in der Nacht als Kleinunternehmer durchaus privat herumfahren. Dienstlich wäre man nachts eher nicht unterwegs, es sei denn, man hatte als Klempner einen Notfall.

So viel zu den möglichen Anlässen. Nach dem Ausschlussprinzip war es für Albin zunächst sinnvoll gewesen, den Kreis der in Frage kommenden Fahrzeuge zu reduzieren. Achtzig waren verdammt viel, und *GP Logistics* verfügte über die meisten davon, nämlich dreiundzwanzig. Also war es klug, hier zu beginnen – irgendwo musste man ja anfangen –, und schließlich würden sich die Fahrten bei einem großen Speditionsunternehmen leicht nachvollziehen lassen, stellte sich Albin vor.

Danach würde er sich von oben nach unten vorarbeiten und sich die anderen beiden Unternehmen in Orange und Pertuis vorknöpfen, die zusammen über weitere fünfundzwanzig Fahrzeuge verfügten. Schließlich käme ein Blumenversand aus Avignon und ein Bäckereibetrieb sowie ein Hersteller von Rollstühlen mit zusammen zehn Autos dran – und schon hätte sich die Zahl der potentiellen Unfallwagen mehr als halbiert. Dann blieben noch zweiundzwanzig Fahrzeuge übrig, von denen Albin weitere zehn zunächst außer Acht lassen würde, weil sie zu kleineren Handwerksbetrieben gehörten, die eher weit von der Region Gordes entfernt waren. Zwölf Fahrzeuge aus der Region um Carpentras und Cavaillon wären dann noch auf der Liste, und das war durchaus überschaubar.

Albin ging die drei Stufen einer Metalltreppe hinauf und betrat das Gebäude, das sich tatsächlich als Sitz der Verwaltung entpuppte. Er stellte sich mit Namen vor, murmelte dabei etwas von Kripo Carpentras und fragte nach dem Geschäftsführer, worauf er sofort alle Aufmerksamkeit auf sich zog – insbesondere die vom Geschäftsführer selbst. Er hieß Roger Delacroix – was für ein klangvoller Name für einen Belieferer von Restaurants, dachte Albin – und war mindestens ebenso groß wie Albin, hatte schütteres dunkles Haar und ein schmales Gesicht mit langer Nase. Er bat Albin in sein Büro und bot ihm außerdem einen Platz an seinem modernen Schreibtisch an, auf dessen Oberfläche Delacroix seine Hände faltete, und erkundigte sich, wie er Albin helfen könne.

Albin fragte: »Sie haben das mit dem verschwundenen Mädchen mitbekommen?«

Delacroix machte eine Geste und nickte. »Die Medien sind voll davon, ja. Es gab einen Unfall. Eine Person wird vermisst.«

»Die Polizei sucht im Zusammenhang mit dem Unfall nach einem weißen Mercedes Sprinter mit Kastenaufbau aus dem Baujahr zwischen 2000 und 2002. Es ist nicht klar, ob der Wagen eine Rolle beim Unfall gespielt haben könnte.

Ihr Unternehmen hat einige solcher Modelle im Fuhrpark und hat außerdem ausgemusterte veräußert.«

Delacroix nickte. »Sie meinen, einer unserer Fahrer könnte Fahrerflucht begangen haben? Mir ist nichts von einem Unfall bekannt.«

Albin nannte das Datum und die ungefähre Uhrzeit des Unfalls. Dann fragte er: »Lässt sich feststellen, ob einer Ihrer Wagen auf der Route zwischen Gordes und Venasque an diesem Tag zu dieser Uhrzeit unterwegs war?«

»Aber natürlich«, sagte Delacroix. »Wir führen darüber Buch, und es ist außerdem alles mittels GPS mit unserer Datenbank vernetzt.«

Bevor Albin etwas sagen konnte, griff Delacroix schon zum Telefon und sprach ein paar Fachbegriffe hinein, die Albin noch nie gehört hatte. Aber er verstand, dass Delacroix nachprüfen lassen wollte, ob einer der Wagen von *GP* am betreffenden Abend unterwegs gewesen oder in einen Unfall verwickelt war.

Delacroix legte wieder auf. »Darf ich etwas fragen?«

»Natürlich.«

»Sie haben eben gesagt: Die Polizei sucht danach. Sie sind doch von der Polizei?«

»Gewissermaßen.«

Delacroix machte ein fragendes Gesicht. Albin erklärte ihm daraufhin den Hintergrund. Dass er mal bei der Polizei gewesen war und jetzt nicht mehr. Er ergänzte: »Aber es schadet nichts, wenn Sie das alles bereits jetzt nachprüfen. Spätestens morgen werden sich meine Kollegen bei Ihnen melden. Vielleicht schon heute.«

»Also sind Sie Privatermittler?«

»Eine Art Subunternehmer der Polizei.« Albin ließ aus,

dass Theroux, Castel und der Rest das vermutlich anders sehen würden.

»Ich verstehe«, sagte Delacroix. »Ich kann Ihnen allerdings keine schriftlichen Daten …«

Albin unterbrach ihn mit einer abwehrenden Geste. »Ich weiß«, sagte er. »Die offiziellen Dinge machen dann meine Kollegen.«

Delacroix nickte erneut. »Gut«, sagte er, »verblüffend, dass die Polizei inzwischen Subunternehmer beschäftigt.«

»Wer tut das nicht. In wirtschaftlichen Zeiten wie diesen muss man eben outsourcen.«

Delacroix schmunzelte. »Natürlich«, sagte er. »Das machen wir nicht anders. Wir beschäftigen auch Subunternehmen.«

»Unternehmen, die weiße Mercedes Sprinter fahren?«

»Das müsste ich nachprüfen«, sagte Delacroix.

Albin nahm den Computerausdruck mit den Zulassungsnummern für die Fahrzeuge aus der Tasche und legte sie Delacroix vor. Er fragte: »Sagt Ihnen einer der Namen etwas?«

Delacroix nahm seine Lesebrille hervor und überflog die Liste. »Hier. Christian Berger«, sagte er dann.

»Was ist mit dem?«

»Berger war einmal bei uns. Er ist freier Unternehmer, hat ein Fahrzeug von uns übernommen. Er hat einen Festvertrag mit dem *Château Boulvain*.«

Der Name sagte Albin nichts.

Delacroix erklärte: »Das ist ein sehr exklusives Schlosshotel bei Cavaillon mit einer großartigen Küche. Dort kocht gelegentlich Luc Comtat.« Delacroix schien zu sehen, dass Albin mit dem Namen ebenfalls nichts anfangen konnte.

Er ergänzte: »Der Sterne-Koch aus Marseille. Er hat eine eigene TV-Sendung. Er gibt gelegentlich exklusive Kurse im Boulvain.«

»Ach der«, log Albin. »Und die Lieferungen für das Restaurant laufen dennoch über Sie?«

»Ja. Sie bestellen, Berger fährt und holt es ab.«

»Warum?«

»Weil die Hotelleitung der Meinung ist, dass ein eigener Fahrdienst praktischer und exklusiver ist und außerdem spontan reagieren kann, wenn die Küche sofort etwas benötigt. Außerdem können sie es sich leisten.«

»Verstehe«, sagte Albin.

Wenn man von einem Hotel bei Cavaillon nach Carpentras fuhr oder andersherum, überlegte er, würde man die Bundesstraße nehmen und nicht einen Umweg über die Landstraße und Gordes machen. Aber man konnte …

In diesem Moment klingelte Delacroix' Telefon. Zwei Minuten später sagte er: »Es gab keine Fahrten unserer Fahrzeuge zur betreffenden Uhrzeit an dem betreffenden Tag auf der beschriebenen Route sowie kein Fahrzeug, an dem etwas repariert werden musste.«

»Ausgezeichnet«, erwiderte Albin, der in der Zwischenzeit den Computerausdruck wieder an sich genommen hatte. Er stand auf, bedankte sich bei Delacroix für die Hilfe und ließ sich von ihm zur Tür führen.

Château Boulvain, dachte er. *Château Boulvain* und Christian Berger.

»Ach«, sagte Albin und blieb stehen. Er rieb sich den Nacken. »Ich möchte noch einmal darauf zurückkommen: Es hat nicht zufällig ein Subunternehmer an dem Abend eine Fuhre gemacht oder der Fahrer eines Restaurants?«

Delacroix blickte etwas genervt drein. Er zog sein Handy aus der Hosentasche und sagte: »Ich frage gern beim Großhandel nach.« Was er dann auch tat.

Währenddessen faltete Albin den Ausdruck wieder zusammen, schob ihn zurück in die Gesäßtasche der Jeans und setzte die Sonnenbrille wieder auf. Er ignorierte die Blicke der Angestellten, stattdessen schaute er durch die offen stehende Tür hinaus. Er betrachtete die sattgrünen Baumkronen und sah einen kleinen silbernen Punkt am tiefblauen Himmel. Vermutlich ein Flugzeug. Wohin es wohl flog?

Dann beendete Delacroix sein Gespräch und sagte: »Am späteren Abend war Berger noch bei uns und hat einen Seeteufel geholt und außerdem zwanzig Kisten Champagner auf Vorrat. Man bereitet im *Boulvain* wohl ein größeres Fest vor.«

»Herzlichen Dank«, sagte Albin, verabschiedete sich und ging zum Wagen. Aus Gewohnheit öffnete er die Heckklappe, wobei ihm wiederum einfiel, dass Tyson gar nicht dabei war. Er fragte sich, wie es dem kleinen Kerl wohl gerade ging. Vermutlich fühlte er sich wie ein Hahn im Korb, lag im Blumengeschäft herum und ließ sich von Veronique und Clara bespaßen. Der Gedanke daran gefiel Albin ziemlich gut. Es hatte etwas von Familie.

Er fragte sich außerdem, ob Manon und Castel bereits in Nîmes waren und wie die beiden miteinander zurechtkamen. Castel war keine einfache Persönlichkeit und hatte keine unauffällige Vita. Das galt zwar auch für Manon, aber damit hatte es sich dann auch schon in Sachen Gemeinsamkeit. Castel, die toughe Polizistin aus Marseille mit einem Herzen aus Beton – Manon, die nun alleinstehende Mutter, die stur wie ein Esel sein konnte und weich wie Butter war. Es wäre nicht schlecht, dachte Albin, wenn die eine jeweils ein paar Eigenschaften der anderen hätte. Wenn Manon nur über einen Hauch von Castels Härte verfügte, dann hätte sie diesen Gilles schon längst enttarnt und in die Pampa gejagt. Aber so war sie eben nicht. Albin hatte oft überlegt, ob es an den Genen ihrer Mutter lag. Insgeheim aber wusste er, dass er als Kind genauso gewesen war – bis er als Jugendlicher beschlossen hatte, sich nichts mehr wegnehmen zu lassen. Wenngleich er nie mit Ellenbogeneinsatz gekämpft hatte. Am Ende setzten sich Beharrlichkeit und Qualität durch. Ellenbogen nutzten sich eher ab.

Albin schob die Gedanken an seine Jugend beiseite, stieg in den Wagen und fuhr los.

Château Boulvain, dachte er, könnte man sich ja mal ansehen – und sei es nur, um eine Bildungslücke zu schließen.

22

Isabelle hockte mit dem Rücken zur Wand auf der Matratze und starrte auf die Zellentür. Die Rostflecke verschwammen vor ihren Augen zu Mustern, die sich in Tiere und Gesichter verwandelten. In die Gesichter von Schweinen. Sie schwitzte, strich mit den Händen über ihre Fußrücken, musterte den Verband am Bein und betrachtete eine Abschürfung an ihrer Hacke. Nicht einmal die Schuhe hatten sie ihr gelassen. Vielleicht hatte sie die auch schon beim Unfall verloren. Sie erinnerte sich nicht mehr daran. Sie blickte nach oben, dann zum Fenster und schätzte die Zeit nach dem Stand der Sonne ein. Wahrscheinlich würde gleich jemand kommen, um den Eimer auszutauschen, ihr etwas zu essen und zu trinken zu bringen und die Reste anschließend wieder abzuholen.

Dann, dachte Isabelle, wäre der Moment gekommen …

In der Nacht hatte sie kaum geschlafen. Wieder und wieder war sie durchgegangen, was sie tun würde. Gelegentlich war sie in einen komatösen Schlaf gefallen und zuckend wieder daraus aufgewacht. Dann war sofort das Gedanken-Mantra wieder angesprungen: *Ich gebe mich nicht auf. Mich bekommt ihr nicht.*

Sie war aufgestanden, hatte aus dem Fenster geschaut und im Mondlicht wiederum einen weißen Lieferwagen draußen parken sehen. Ja, die Bewacher verließen sie nun nicht mehr. Somit war es zu gefährlich, mit Sara Kontakt aufzunehmen. Sie hatte es zwar noch nicht darauf ankommen lassen. Aber wenn jemand das mitbekam und sie hörte, dachte Isabelle, würden sie sie vielleicht verlegen oder knebeln oder schlimmer. Sara schien ähnlich zu denken – Isabelle hatte nichts mehr von ihr gehört, seit draußen immer ein Auto parkte.

Aus dem wirren Karussell aus Gedanken, Ängsten und Zorn hatte sich schließlich ein Plan geformt. Einer, der sie das Leben kosten könnte – andererseits würde sie hier vielleicht sowieso sterben –, je nachdem, was die als Schweine maskierten Männer mit ihr und Sara und Anna beabsichtigten. Isabelle fühlte sich, als trüge sie selbst auch eine Maske. Sie war immer noch geschminkt. Vermutlich war inzwischen alles verwischt, aber das war ihr gleichgültig.

Drei Frauen, rätselte Isabelle. Drei Frauen, gefangen in dieser stillgelegten Fabrik. Geschminkt, zurechtgemacht. Gezwungen, sich wie Models fotografieren zu lassen – zu welchem Zweck? Wollte man sie als Huren anbieten und zur Prostitution zwingen? Wieder und wieder zwang sich Isabelle, die Gedanken an das *Warum* zu unterdrücken, wie sie es sich vorgenommen hatte. Sie lenkten nur ab und verbrauchten Energie. Aber die Fragen waren stark und wollten nicht weichen.

Isabelle schob den Verband an ihrem Bein etwas zur Seite und betrachtete die verheilende Verletzung darunter. Mit den Fingernägeln knibbelte sie an der Kruste auf der Wunde. Dann merkte sie auf, als von draußen das Geräusch eines sich nähernden Autos zu vernehmen war. Sie sprang auf, rollte die Matratze zusammen und stellte sich darauf. Sie riskierte einen Blick aus dem Fenster und sah, dass ein heller Kombi herangerollt war. Er parkte neben dem Lieferwagen. Türen klappten. Zwei Männer stiegen aus. Sie waren zu weit weg und nicht genau zu erkennen. Einer schien dunkle Haare zu haben, der andere eine Glatze. Beide trugen hellgraue Overalls. Im nächsten Moment waren sie aus ihrem Sichtfeld verschwunden.

Isabelle stieg von der Matratze, klappte sie wieder aus und hockte sich drauf. Wieder starrte sie auf die Tür. Kaute auf der Unterlippe. Sie ballte die Hände zu Fäusten. Spürte, wie sich ihre Fingernägel in das Fleisch der Handballen gruben. Sie ging in Gedanken die nächsten Schritte durch, vielleicht zum hundertsten Mal. Dann hörte sie erneut einen Automotor. Dieses Mal einen startenden. Der Klang war anders. Isabelle sprang wieder auf, rollte ein weiteres Mal die Matratze zum Podest – und sah durch das Fenster gerade noch das Heck des Lieferwagens verschwinden.

Vier Männer, dachte sie. Vier Männer hatte sie gezählt, als die Fotos gemacht worden waren. Einer hatte sie abgeführt. Drei weitere hatten sich in der Halle befunden. Vermutlich bewachten sie Isabelle und die beiden anderen Frauen in Schichten. Jeweils zwei Männer, die die Nacht übernahmen, die anderen beiden den Tag.

Und nun, am Morgen, war Wachablösung. Das konnte bedeuten, dass sie es nur mit zwei Personen zu tun bekam. Vielleicht drei, falls nur einer mit dem Lieferwagen fortgefahren war. Aber vermutlich wären es nur zwei. Das verbesserte ihre Chance nicht wesentlich, aber doch etwas. Zwei Männer waren mit einem Viehtreiber bewaffnet gewesen. Ein anderer hatte eine Pistole in der Hand gehalten. Das mochte eine Schreckschusswaffe gewesen sein, aber Isabelle bezweifelte das.

Schließlich hörte sie Geräusche auf der anderen Seite ihrer Zelle. Eine Tür wurde aufgeschlossen. Kurz darauf wurde sie wieder zugeworfen und abgeschlossen. Offenbar hatte sich Isabelle nicht verschätzt: Es war Zeit für die Fütterung. Die Fütterungen dauerten etwa eine halbe Stunde. Danach kamen die Wärter zurück und holten das Tablett wieder ab.

Rasch sprang Isabelle von der Matratze, rollte sie aus und kauerte sich darauf. Einen Moment später wurde die Tür zu ihrer Zelle geöffnet. Darin erschien ein Mann im grauen Overall mit Schweinemaske. Am Gürtel trug er den Viehtreiber.

Isabelle schluckte schwer, als sie das Gerät sah. Aber der Mann wirkte nicht so, als wolle er es erneut einsetzen. Er musterte Isabelle für einen Moment. Dann stellte er ein Kunststofftablett auf den Fußboden. Darauf befanden sich zwei Plastikflaschen mit Wasser, Bananen, Äpfel und zwei Croissants.

»Du siehst zum Kotzen aus«, sagte der Mann. Es war ein anderer als gestern. Das erkannte Isabelle an der Statur. Seine Stimme klang hohl hinter der Latexmaske. Warum sprach der mit ihr? Bisher hatte noch nie jemand ein Wort verloren – abgesehen von den Befehlen des anderen.

Isabelle schwieg und umfing die Knie mit den Armen.

»Schätze«, sagte der Mann, »für dich werden sie am wenigsten bieten. Falls überhaupt einer für dich bieten sollte.«

Isabelle versuchte zu schlucken, aber es gelang ihr nicht. Bieten? Bieten, für sie?

»Aber wir putzen dich noch heraus«, sagte der Mann und lachte. Er deutete auf Isabelles Verband am Bein. »Was macht das Bein?«

»Ist noch dran.«

»Ist keine schlimme Wunde. Du wirst nicht dran sterben.« Der Mann lachte, und Isabelle lief es kalt den Rücken herunter. »Wir werden sie notfalls überschminken, denke ich.«

»Wozu?«

»Damit es keinem auffällt. Versaut sonst den Preis, hm? Wer will schon beschädigte Ware.«

»Dann lass mich gehen«, sagte sie und spürte ihre eigene Stimme im Kopf dröhnen.

Wieder lachte der Mann. »Du hast Eier«, sagte er.

»Wenigstens einer von uns beiden, der welche hat«, erwiderte sie, verfluchte sich jedoch gleichzeitig für ihren losen Mund. Das konnte auch ziemlich nach hinten losgehen. Andererseits wollte sie nicht das Opfer spielen, sondern Persönlichkeit zeigen. Sie war keine Sache, sie war ein Mensch.

Der Kerl lachte erneut.

»Weißt du, was wir mit denen machen, für die niemand bietet?«

»Nein«, erwiderte Isabelle. Ihr Körper zitterte. Das Herz schlug ihr bis zum Hals. »Was … was soll das überhaupt mit dem Bieten? Die Fotos … Was soll das alles?«

Der Mann machte eine abwehrende Geste. »Die, für die niemand bietet, werfen wir weg. Wir schneiden ihnen den Hals durch. Dann kommen sie auf die Müllhalde oder in ein Fass voller Säure.«

Isabelle zuckte so heftig, dass sie sich den Hinterkopf an der Wand anschlug.

Der Mann schnaufte. »Ist also besser«, sagte er, »wenn du dir Mühe gibst, dass jemand für dich bietet.«

Dann schloss er die Tür mit einem lauten Krachen.

Isabelle liefen die Tränen über die Wangen. Sie fror und

schwitzte gleichzeitig. Sie starrte auf das Tablett, die Wasserflaschen.

Ich werde mir Mühe geben, sagte sie zu sich selbst. *Und ob ich mir Mühe gebe.*

Allerdings auf andere Art und Weise, als das menschliche Schwein gefordert hatte.

23

Albin fühlte sich bereits deplatziert, als er mit seinem SUV von Kia auf das *Château Boulvain* zurollte. So ein stilvolles Anwesen – und dann er mit seinen alten Jeans und dem verblichenen Polohemd in einem Fahrzeug aus koreanischer Produktion. Das Château lag abseits der Hauptstraße in einem großen Naturpark. Man erreichte es über einen mit feinem weißen Kies bestreuten Weg, der durch eine Pforte in einer mit Efeu bewachsenen Steinmauer führte. Der Rasen links und rechts des Weges, der sich vor dem Schloss zu einem Oval formte, wirkte wie mit der Nagelschere geschnitten. Das Gleiche galt für die Olivenbäume und Hecken, die das Oval einfassten.

Das Château selbst war auf pittoreske Art und Weise verwittert und erinnerte mit seinen beiden mit Zinnen bewehrten Türmen an eine Kreuzfahrerburg. So alt war es aber vermutlich nicht. Albin nahm an, dass es im 16. Jahrhundert einmal einem Adeligen als Landsitz oder Jagdschloss gedient hatte. Frankreich war damit regelrecht gepflastert. Jedenfalls strahlte es trotz der wuchtigen Front Grazie und Eleganz aus, und auf diesem weißen Kies kamen mit knackenden Reifen normalerweise wohl eher Jaguars und Porsches zum Stehen.

Albin stieg aus und streckte sich. Er roch Lavendel, Thymian und Rosmarin sowie den zarten Duft von gegrilltem

Fleisch, der wohl aus der Gourmetküche herüberwehte. Er hörte nichts weiter als Vogelgezwitscher und überlaut das Knirschen seiner Schuhe, als er sich zum Eingang bewegte.

Innen wirkte das Schlosshotel nicht weniger mondän. Die Einrichtung war elegant, nicht überladen, zeugte von Stil und gutgefüllten Brieftaschen. Es war angenehm kühl. Von irgendwoher perlte klassische Musik aus Lautsprechern. Die Rezeption befand sich im Foyer. Sie bestand aus einem schlichten Tresen, der aus sehr teurem Holz gefertigt zu sein schien. Das offen liegende Mauerwerk und die Rundbögen ließen den Raum fast wie eine romanische Kirche wirken, den Tresen wie einen Altar. Es gab keine Bilder an den Wänden, keine Kandelaber, dafür hochmoderne Designerlampen und einige Sessel, die aussahen, als seien sie aus einem Bauhaus-Katalog gefallen.

Die strenge und karge Architektur spiegelte sich im Gesichtsausdruck der Concierge wider – einer jungen Frau in einem schlichten schwarzen Kostüm mit kurzen Ärmeln, deren leuchtend rote Lippen ihr wie zu einem Dauerlächeln ins Gesicht tätowiert waren. Sie musterte Albin mit routiniertem Blick, vermaß ihn, sortierte ihn ein, und da sie vermutlich gelernt hatte, dass man vom Äußeren nicht auf die Höhe des Bankkontos schließen konnte, war ihr Tonfall sehr freundlich.

»Guten Tag und willkommen im *Château Boulvain*. Wie kann ich Ihnen behilflich sein, mein Herr?«

Albin warf einen raschen Blick durch den Flur, der rechts von der Rezeption abbog. Er war kurz und führte in einen großen Raum, der mit alt wirkenden, eleganten Sesseln und Sofas ausgestattet war. Nach außen hin war der Raum geöffnet. Albin sah einen Innenhof, in dem weiße Sonnenschirme standen und in dessen Zentrum ein Wasserspiel plätscherte.

Albin trat an den Tresen heran, lächelte der jungen Frau zu, wartete jedoch ab, bis ein Pärchen den Raum durchquert hatte. Es war sportlich, aber sehr teuer gekleidet und schien an Albin vollkommen desinteressiert.

Dann senkte er die Stimme und sagte: »Ich bin Leclerc. Albin Leclerc. Ich arbeite für die Kriminalpolizei.« Er zeigte den abgelaufenen Ausweis vor.

Die Concierge schien unbeeindruckt zu sein.

»In welcher Sache?«, fragte sie.

Albin erwiderte: »Nur ein paar Fragen, geht auch ganz schnell. Ist der Geschäftsführer zu sprechen?«

Die Frau musterte Albin, der seinen Ausweis wieder in der Brieftasche verschwinden ließ. Schließlich griff sie zum Telefon und rief in der Chefetage an.

Albin betrachtete einige Flyer auf dem Tresen. Er merkte auf. Es waren Werbezettel für einen exklusiven Kochkurs. Kurz ging ihm etwas durch den Kopf – Veronique wollte ihn zu einem solchen Kurs anmelden, und bei *GP Logistics* war ihm etwas von einem bekannten TV-Koch erzählt worden. Allerdings verriet das Datum auf dem Flyer, dass dieser Kurs bereits morgen stattfinden und daher fraglos ausgebucht sein würde. Also blickte er wieder zur Concierge, die nun auflegte und ihm mit einem Lächeln sagte, dass es noch einen Moment dauern werde und er aber in der Lobby Platz nehmen könne. Albin bedankte sich, nahm einen der Flyer und suchte sich einen bequem aussehenden Sessel. Er betrachtete ein weiteres Paar, das ebenfalls wohlhabend wirkte und gerade mit einem kleinen Rollkoffer zur Rezeption ging – vermutlich, um auszuchecken. Er lehnte sich zurück, genoss die entspannte und elegante Atmosphäre um ihn herum, blätterte in dem Flyer und erinnerte sich an diesen Namen: Luc Comtat, der Sterne-Koch aus Marseille mit der TV-Sendung. Der Kurs dauerte einen halben Tag lang, fing morgens an und endete am Mittag. Er betrachtete die Broschüre von allen Seiten und fragte sich, ob er das Gesicht des Mannes schon einmal gesehen hatte, aber ihm fiel nichts dazu ein.

Luc Comtat wirkte auf dem Foto recht schmal, weder alt noch jung, hatte einen kleinen Ziegenbart und ein strahlendes Lächeln, dem wahrscheinlich mit einem professionellen Bildbearbeitungsprogramm nachgeholfen worden war. Ein typisches Pressefoto. Veronique würde den Mann fraglos kennen. Sie würde Albin vermutlich sogar zu einem solchen Kurs anmelden, weswegen es vielleicht besser wäre, den Flyer wieder wegzuwerfen, damit sie von der Existenz solcher exklusiven Angebote gar nicht erst etwas erfuhr.

Albin sah auf, als ein Mann schnurstracks durch die Lobby marschierte. Mit routiniertem Blick scannte er die Umgebung, lächelte den Gästen am Tresen zu, identifizierte Albin dann als Fremdobjekt und schwenkte in seine Richtung. Der Mann trug einen schicken, engen Anzug aus hellem Leinen, darunter ein hellblaues Hemd. Die Haare waren nach hinten gegelt, das Gesicht spitz.

»Robert Thiers«, stellte er sich vor.

Albin sah eine teure Uhr aufblitzen, als er die Hand zum Gruß ausstreckte. Albin faltete den Flyer in der Mitte, steckte ihn im Aufstehen in die Gesäßtasche, ergriff Thiers' Hand, um sie zu schütteln, und stellte sich ebenfalls vor. Die Hand war feucht, und Thiers' Augenlid zuckte.

»Wie darf ich Ihnen helfen?«, fragte er.

Albin sagte: »Vielleicht sollten wir darüber an einem diskreteren Ort reden.«

»Verstehe«, erwiderte Thiers, machte eine einladende Geste und marschierte dann voran.

Albin folgte ihm durch die exquisiten Gemäuer und fragte sich, was hier wohl eine Übernachtung kostete. Sie passierten den Eingang zu einem Saal, dessen mächtige Flügeltüren offen standen, und gelangten schließlich in den Salon, den Albin schon vom Foyer aus gesehen hatte. Von dort ging es in den Innenhof, in dem Tische unter weißen Leinenschirmen standen. Der Boden war mit Kies bestreut. Der Brunnen im Zentrum verfügte über ein Wasserspiel, das eine Nymphe darstellte. Die Terrasse war leer. Aus der Küche wehte wieder dieser unwiderstehliche Duft und tönte leises Klappern heran. Ansonsten war nur das Plätschern des Wassers zu hören – und Thiers' Stimme, als er Albin einen Platz anbot und fragte, ob er etwas Wasser möchte, was er verneinte.

Albin nahm Platz und fragte: »Sie kennen Christian Berger?«

»Aber natürlich«, erwiderte Thiers in einem fragenden Tonfall. »Er fährt für uns, macht den Lieferservice. Gibt es ein Problem?«

Albin blinzelte gegen die Sonne und verneinte erneut. Er sagte: »Wir suchen in Bezug auf einen Unfall nach Zeugen. Es wurde ein weißer Lieferwagen beschrieben, dessen Fahrer wichtige Fragen zum Hergang klären könnte. Nun klappern wir alle in Frage kommenden Eigentümer relevanter weißer Lieferwagen ab.«

Thiers öffnete den Kragen ein wenig und massierte sich den Nacken. Er wich Albins Blick aus, schien sich umzusehen. Sein Blick war unstet. »Das dürften viele sein«, sagte er dann.

»Ja.«

»Warum kommen Sie dann zu uns? Ich meine, warum kontaktieren Sie Herrn Berger nicht direkt?«

Albin zuckte mit den Achseln und erwiderte: »Ich war gerade in der Gegend und dachte, ich schaue direkt vorbei und erwische Herrn Berger vielleicht.«

»Er arbeitet für uns. Aber er arbeitet nicht hier.«

»Dann parkt auch der Wagen nicht hier?«

»Nein.«

»Sie haben seine Mobilnummer?«

»Sie lässt sich sicherlich rasch ermitteln.«

»Das wäre ganz ausgezeichnet«, sagte Albin.

Er lehnte sich im Stuhl zurück und deutete auf den Bereich, in dem sich die Küche befinden musste. Er erinnerte sich daran, was er vorhin beim Logistikunternehmen erfahren hatte – die größere Lieferung Champagner, die Berger auf Vorrat gebracht hatte, und den Seeteufel. Er fragte Thiers nach der Lieferung, nach dem Datum und der Uhrzeit. Thiers griff zum Telefon, rief seinen Küchenchef an und bestätigte die Daten, die Albin ihm genannt hatte. Was bedeutete: Christian Berger war am fraglichen Tag zur fraglichen Zeit unterwegs gewesen – mit einem in Frage kommenden Fahrzeug.

Albin erkundigte sich: »Sie haben in Kürze ein größeres Fest, ist das richtig?«

Wieder schaute Thiers in der Gegend herum, rutschte auf dem Stuhl, so als erwarte er, dass jeden Moment ein Gast um die Ecke komme und etwas von ihm wissen wollte.

»Es steht ein Event an, ja. Manchmal wird unser Hotel komplett gebucht. Für Hochzeiten, Tagungen, Treffen größerer Verbände. Außerdem haben wir den Kochkurs mit Herrn Comtat.«

Albin nickte. »Ich habe den Flyer gesehen. Sehr schade, dass es schon so bald ist …«

»… genauer gesagt sogar morgen schon. Warum schade?«

»Ich bin selbst Hobbykoch und ein großer Bewunderer von Herrn Comtat«, log Albin, der den Hoteldirektor weiterhin aufmerksam betrachtete. Eine kleine Schweißperle suchte sich hinter seinem rechten Ohr den Weg hinab zum Nacken. Es war sicherlich warm, aber nicht irre heiß. Davon abgesehen, schwitzte Albin kein Stück.

Thiers erwiderte: »Es ist verteufelt mit diesem Kurs. Es sind uns kurzfristig drei Teilnehmer ausgefallen – eine ganze Familie: ein Mann mit seiner Frau, dazu ihr Vater. Die Sommergrippe hat sie erwischt.«

»Die werden sich gewaltig ärgern«, sagte Albin.

Thiers machte eine abschätzende Geste und fuhr fort: »Der Kurs geht einen Vormittag lang – wie gesagt, es ist verteufelt. Eigentlich machen wir solche Angebote abends, aber wegen dieses größeren Events, das Sie erwähnten, benötigen wir die Küche. Wir hätten das Angebot mit Herrn Comtat natürlich auch verlegen können. Allerdings ließ sich das nicht mit seinem Terminkalender übereinbringen, und so gingen wir auf den Vormittag, wofür er dann das Programm abänderte. Allein das war schon sehr ärgerlich. Nun noch der Ausfall der Personen.« Thiers seufzte.

»Dann ist etwas frei?«

»Ja schon, aber …«

»Gibt es da einen Spezialpreis?«

»Nicht wirklich, Herr Leclerc …«

»Das wäre ja ein Ding. Meinen Sie, ich könnte daran kurzfristig noch teilnehmen?«

»Wenn Sie das wirklich interessiert, dieser Kurs ...«

»Dann?«

Thiers atmete tief aus und wischte sich über den Nacken. »Dann ließe sich kurzfristig sicherlich noch etwas machen, Herr Leclerc. Es sind ja drei Plätze frei geworden.«

Albin schürzte die Lippen und dachte nach. Er überlegte, dass Veronique vom Hocker fallen würde, wenn sie erfuhr, dass Albin einen Kochkurs bei einem berühmten TV-Koch belegen würde. Auf der anderen Seite hatte Albin viel zu tun. Er musste Isabelle Lefebvre finden. Jedoch, ein einzelner Vormittag ... Und abgesehen davon: Dieser Thiers kam ihm komisch vor. Er konnte es nicht genau in Worte fassen, aber Albins siebter Sinn war aktiviert worden. Der Polizeisinn. Albin nahm den Flyer aus der Hosentasche und legte ihn auf den Tisch. Er tippte auf das Titelbild und fragte Thiers: »Morgen Vormittag?«

»Ja, es dauert von neun Uhr bis etwa mittags. Herr Comtat wird aber kein Menü mit den Teilnehmern zaubern. Die Gründe dafür erwähnte ich schon. Es wird um die Zubereitung von Salaten gehen mit einem sich anschließenden gemeinsamen Mittagessen.«

Albin nickte. Dachte nach. Faltete den Zettel wieder zusammen und ließ ihn in der Hosentasche verschwinden. Er fragte nach dem Preis. Thiers sagte ihm den Preis, und Albin schnalzte innerlich mit der Zunge. Veronique, dachte er, würde erst recht umfallen, wenn sie diesen Betrag hörte. Also lieber nichts sagen. Aber generell: Warum nicht? Bei einem Kochkurs könnte er außerdem die Chance nutzen, sich noch etwas hier umzusehen. Etwas an diesem Schlosshotel kam ihm einfach komisch vor, und er hatte in den vielen Jahren bei der Polizei die Erfahrung gemacht: Wenn dir etwas komisch vorkommt, dann ist es meistens auch komisch.

»Okay«, sagte Albin zu Thiers. »Ich bin dabei.«

Thiers rang sich ein Lächeln ab und wirkte nur gespielt begeistert. »Wunderbar – was für eine amüsante Fügung, Herr Leclerc. Da kommt mal die Polizei vorbei …«

»… und bucht spontan einen Kochkurs.« Albin lachte. »Ja, damit haben Sie nicht gerechnet, was?«

»Nein«, erwiderte Thiers. »Habe ich nicht.« Er wischte sich erneut über den Nacken und blickte umher.

»Wie gut«, sagte Albin und ließ den Mann nicht aus den Augen, »dass ich morgen sowieso einen Tag freihabe.« Was nicht mal gelogen war, denn er hatte im Grunde genommen an jedem Tag frei.

Thiers stand auf. Albin erhob sich ebenfalls. Thiers sagte: »Gut, dann wünsche ich Ihnen noch einen schönen Tag.«

»Die Telefonnummer.«

»Bitte?«

»Die Nummer von Herrn Berger.«

»Oh. Aber ja. Gehen wir doch kurz zum Büro, dann gebe ich Ihnen die Nummer von Herrn Berger. Um was für einen Unfall geht es denn eigentlich?«

»Nicht der Rede wert. Ein Unfall mit Fahrerflucht.«

Thiers ging los, und Albin folgte ihm. Ihre Schritte knirschten im Kies. Thiers' Kopf war dauernd in Bewegung. Ein nervöser Mensch. Das konnte genetisch bedingt sein, an Albin liegen oder an beidem.

Albin fragte: »Was ist das für ein Event, wenn ich fragen darf, das Ihr ganzes Hotel in Beschlag nehmen wird?«

»Es ist privat.«

»Hochzeit?«

»Sozusagen.«

»Große Hochzeit?«

Thiers war sogar im Gehen und von hinten anzusehen, wie er um seine Fassung rang. »Eine private Gesellschaft«, erwiderte er schließlich, stoppte vor seiner Bürotür und öffnete sie.

Albin fragte: »Ah, so ein Serviceclub? Es gibt ja für alles und jedes Clubs, was, Herr Thiers? Da schnallt man ab.«

»Eine Gesellschaft, die sich bekochen und mit Getränken versorgen lässt, Herr Leclerc«, erwiderte Thiers.

»Sicher sehr lukrativ«, meinte Albin. »Meine Gratulation.«

Thiers schwieg dazu und antwortete lediglich mit einem knappen Lächeln. Es wirkte gequält und gekünstelt.

24

Manon rang sich ein Lächeln ab, als Caterine Castel sie am Straßenrand mitten im Ort absetzte.

»Alles in Ordnung?«, fragte die Polizistin. Das hatte sie schon gefühlte zwanzigmal gefragt.

»Ja«, erwiderte Manon.

Dabei war gar nichts in Ordnung. Überhaupt nichts. Die Untersuchung in der Rechtsmedizin war entwürdigend gewesen, wenngleich die Ärztin, diese Berthe, sehr freundlich gewesen war.

Berthe mit den kurzen Haaren und der roten Brille. Sie und Caterine. Alle erlaubten es Manon, sie beim Vornamen zu nennen, weil sie entweder gute Bekannte oder sogar mit ihrem Vater befreundet waren. Es schien, als sei er omnipräsent und als halte jeder ihn für einen guten Kerl, trotz seiner Macken. Das ging Manon ziemlich auf die Nerven. Sie fragte sich ein weiteres Mal, ob sie wirklich das Richtige getan hatte, hierherzuflüchten, in Papas Arme. Einerseits ja, andererseits …

Andererseits hatte sie bislang kein schlechtes Leben geführt in Paris. Gilles konnte ein ganz wunderbarer Ehemann sein, wenn er nicht seine Ausraster bekam und sie schlug. Er war ein bezaubernder Vater, Clara war sein größter Schatz – und wenngleich Manon manchmal Angst gehabt hatte, dass Gilles irgendwann auch seine Tochter schlagen würde, so musste sie darum nicht fürchten. Clara durfte sich bei ihm absolut alles herausnehmen. Wenn man sich zudem vorstellte, wie schlecht es andere Frauen getroffen hatten mit ihren Männern, die tranken und sie betrogen – beides würde Gilles niemals tun. Nie und nimmer. Er hatte lediglich ein Problem mit seiner Impulskontrolle – zumindest hatte Manon sich das immer selbst gesagt. *Impulskontrolle, Impulskontrolle, Impulskontrolle, es passiert nicht wieder, das war das letzte Mal, hat er versprochen, es ging ja schon so lange gut, jetzt schafft er es, wir haben es geschafft, es ist nur die Impulskontrolle, reize ihn nicht, du bist ja selbst schuld, reize ihn nicht, rege ihn nicht auf, dann gibt es auch kein Problem mit der Impulskontrolle, Impulskontrolle …*

Alles nur Blabla.

Manon hatte sich selbst belogen, mehr nicht. Immer und immer wieder. Wofür hatte sie das getan? Manon dachte an das schöne Haus in Paris, an die Urlaube, die Autos, die betuchten Freunde und daran, dass es Clara an nichts mangelte. Sie war ein glückliches Kind. Nein, es ging ihnen im Vergleich zu vielen anderen Menschen wahrlich nicht schlecht. Doch das alles hatte sie nun weggeworfen. Jedenfalls …

Jedenfalls, wenn sie es wirklich durchzog und falls sie es durchhielt. Dazu war sie, trotz aller Zweifel, mehr als bereit. Denn sosehr Gilles sie auch lieben mochte: Mit jedem Schlag war ein Stück Liebe in Manon abgestorben. Mit jedem Schlag war ihr deutlicher geworden, dass Gilles ein Psychopath war. Und je mehr sie darüber nachgedacht hatte, desto deutlicher war ihr geworden, dass Papa recht gehabt hatte. Gilles war ein Irrer – und in gewisser Weise warf sie es Mama vor, dass sie eher auf seiner Seite statt auf Manons stand.

Zwischen ihr und Papa gab es den Unterschied, dass Papa das mit dem Schlagen erkannt hatte, obwohl Manon es immer abstritt und Mama davor die Augen verschloss. Sie war ein sehr weicher und auf Harmonie bedachter Mensch, der am liebsten alles Schlechte in der Welt ausblendete. Ihre Lieblingssätze waren: »Zum Glück geht mich das nichts an.« »Davon will ich nichts wissen.« »Bleib mir damit vom Leib.«

Manon wünschte, dass Mama anders wäre, und je mehr sie darüber nachdachte, desto wütender wurde sie auf ihre Mutter. Kehrten sich jetzt etwa die Verhältnisse um, da Manon sich gegenüber ihrem Vater öffnete? Wurde nun Mama zum »Buhmann«?

Wer weiß, dachte Manon. Und wenn schon. Sie beugte sich zu Caterine Castel vor, die ihr in diesem Moment ihre Visitenkarte durch das offene Beifahrerfenster reichte.

»Ich habe meine Handynummer notiert. Auf der Rückseite«, sagte Castel. »Falls irgendetwas ist, rufen Sie mich an, okay?«

Manon nickte.

»Egal, um welche Uhrzeit.«

Manon nickte wieder und strich sich eine Haarsträhne hinter das Ohr.

»Sie schaffen das, Manon.«

»Caterine?«

»Hm?«

»Vielen Dank für Ihre Unterstützung, aber … Ich weiß, dass ich das schaffe, ja?«

Jetzt nickte Castel, machte eine grüßende Handbewegung, gab dann Gas und fuhr davon.

Dein eigenes Wort in Gottes Ohr, dachte Manon. Sie atmete tief durch.

Hinter ihr befand sich das *Café du Midi*, ein ziemlich schäbiger Laden, den sie noch aus ihrer Kindheit kannte. Er wurde von einem grantigen Kerl geführt – Matteo hieß er, falls sich Manon richtig erinnerte. Sie hatte als Kind oft vor ihm Angst gehabt, wenn sie mit Papa hier war, um sich ein Eis kaufen zu lassen. Sie blickte sich über die Schulter um, sah im Halbdunkel des Inneren einen Mann, der sich schwerfällig bewegte. War das dieser Matteo? Vielleicht. Überall diese Echos ihrer Vergangenheit, dachte sie und schaute zur gegenüberliegenden Straßenseite. Dort befand sich Veroniques Blumenladen. Den hatte es früher nicht dort gegeben.

Veronique war eine wunderbare Frau, herzlich, und sie konnte phantastisch mit Kindern umgehen. Was fraglos daran lag, dass sie selbst Mutter und bereits Oma war.

Zuerst war es ein merkwürdiges Gefühl gewesen, eine andere Frau an Papas Seite zu sehen. Oder besser: ein neues Gefühl, denn bislang hatte Manon keine andere Frau an seiner Seite gesehen als Mama, und das war schon Jahre her. Aber Veronique passte gut zu ihm. Sie war eine starke Persönlichkeit. Das musste man sein, um neben Papa nicht zu verblassen, der manchmal wie eine Dampfwalze über einen hinwegrollen konnte. Oder man musste sein wie Mama und alles Negative um sich herum ausblenden können.

Manon blickte nach links und nach rechts. Als die Straße frei war, lief sie hinüber und sah ihr Spiegelbild in der Schaufensterscheibe von Veroniques Laden. Ein altes Fahrrad stand davor. Es war mit Körben dekoriert, in denen Lavendel steckte. Außerdem waren einige Blumen in Kübeln vor der Eingangstür abgestellt. Manon freute sich, gleich hindurchzugehen, Clara in die Arme zu schließen und diese schreckliche Untersuchung von vorhin zu vergessen. Sie war fotografiert, vermessen und befragt worden ... Ihr waren die Dämonen ihres eigenen Lebens geballt vor Augen geführt worden – und nichts war heilsamer als eine Portion Kindergeruch, um das alles wieder zu vergessen.

Sie erreichte den gegenüberliegenden Bürgersteig und lächelte bereits, als sie sich vorstellte, wie Clara mit dem kleinen Mops spielte. Was für ein Hund und was für ein Name. Ausgerechnet Tyson wie der Boxer. Papa, der fast zwei Meter groß war, mit einem Mops. Überhaupt: Papa und ein Hund – wer hätte das jemals gedacht?

Manon sah im Spiegelbild der Fensterscheibe die Straße in ihrem Rücken. Auf dieser schoss ein Auto vorbei, und ihr Herz gefror zu Eis und zersprang in tausend Stücke.

Sie kannte diesen Wagen.

Manon wirbelte herum. Sie sah das Heck des Autos. Sie erkannte das Nummernschild. Sie sah den Wagen abbiegen – fürchtete erst, er werde wenden und zurückkommen. Aber das tat er nicht. Er verschwand.

Das war Gilles' Wagen. Gilles war hier. Gilles war gekommen.

Er war gekommen, um sie zu holen.

25

Isabelle zwang sich, die zweite Banane zu essen. Was nicht ohne Würgen vonstattenging. Die Worte des Mannes mit der Schweinemaske hallten ihr noch in den Ohren. Man würde für sie *bieten*. Wenn keiner das täte, würde man ihr den Hals *durchschneiden*. Sie auf dem Müll *entsorgen*. In Säure *auflösen*.

Erneut würgte sie. Ihr war schlecht. Der Magen rebellierte und auch ihre wunde Seele. Sie griff schniefend und weinend zur Wasserflasche und spülte das Fruchtfleisch mit einigen Schlucken hinunter. Sie brauchte Wasser und Vitamine, Kraft für das, was sie vorhatte. Der Gedanke daran versetzte sie in Panik.

Scheiß auf die Angst, sagte sie sich. *Scheiß auf die Angst. Kämpfe. Schlag zurück.*

Isabelle kniff die Augen zusammen und schluckte den matschigen Saft herunter. Was taten diese Kerle nur? War das wirklich ernst gemeint gewesen mit dem Bieten und Entsorgen? Das konnte nicht wirklich ihr Ernst sein, dass sie …

Gib Ruhe. Natürlich meinen sie das ernst. Freilassen werden sie dich wohl kaum, dumme Gans. Was auch immer sie vorhaben – das ganz bestimmt nicht. Also hast du die Wahl: Irgendwer bietet auf dich, zu welchem Zweck auch immer, oder du landest auf dem Abfall oder in einem Säurefass. Das

Schicksal hat so entschieden. Du hast nur die Wahl zwischen Rot oder Schwarz. Kämpfen oder aufgeben. Und wenn sie wirklich wollen, dass irgendwer auf dich bietet, dann werden sie dich schon nicht umbringen, falls es jetzt gleich danebengehen sollte, denn dann würden sie nichts bekommen …

Isabelle dachte an die Worte ihres Vaters. Sie sah ihn vor sich, jünger, vor ihr hockend, auf Augenhöhe mit der kleinen Isabelle beim Feuerwehrfest, wie er auf eine Metallschale deutete, in der hell die Flammen aufloderten.

Ruhe bewahren, sagt er. *Wenn es brennt oder etwas anderes Schlimmes passiert: ruhig bleiben. Keine Panik. Angst ist zwar gut, denn sie lehrt dich Respekt und lehrt dich, Abstand von der Gefahr zu gewinnen. Aber Panik ist schlecht, denn sie lähmt dich. Dann kommst du nicht fort von der Gefahr. Atme durch. Orientiere dich. Sammle deine Kraft. Dann sieh zu, dass du die Beine in die Hand nimmst und Land gewinnst.*

Isabelle öffnete die Augen und starrte auf die Tür. Sie nahm die Wasserflasche und goss sich den Inhalt über den Kopf und in den Nacken, um sich zu erfrischen. Sie strich sich durch das nasse Gesicht und fuhr sich durch die Haare. Dann stand sie auf.

Sie nahm das Plastiktablett in die Hand, fuhr damit durch die Luft wie mit einer Sense. Sie machte einen Schritt auf die Tür zu und prüfte mit den Fingern die Breite des Schlitzes in der Zarge zwischen dem Eisen und der Mauer. Er war ausreichend groß, um die Kante des Tabletts dazwischenzuschieben. Was Isabelle nun tat.

Schließlich fasste sie das andere Ende an und versuchte, den harten Kunststoff zu biegen, bis er brach. Was leichter gesagt als getan war. Isabelle veränderte den Winkel, so dass nur noch eine Ecke des Tabletts im Schlitz steckte. Mit beiden Händen umfasste sie die andere, zählte in Gedanken bis drei – dann ruckte sie mit aller Gewalt an dem Tablett und legte ihr ganzes Körpergewicht in die kraftvolle Bewegung.

Es gab ein lautes Knacken, als das Plastik zerbrach, und schließlich ein hohles Scheppern, als der größere Teil zu Boden fiel. Isabelle fiel durch die Wucht der Bewegung nach hinten, fing sich aber wieder.

Sie betrachtete den Kunststoffsplitter in ihrer Hand. Er war in etwa so groß wie ein Frühstücksbrettchen und hatte die Form eines spitz zulaufenden Dreiecks. Sie überprüfte die Bruchkante mit dem Daumen. Sie war scharf. Isabelle versuchte, das Plastik so zu greifen wie ein Messer, gelangte dabei aber mit den Fingern an die Kante. So würde sie sich nur selbst schneiden und unter Umständen schwer verletzen. Also zog sie ihr T-Shirt aus, unter dem sie noch den Sport-BH trug, den sie immer zum Bedienen im Restaurant anhatte. Sie wickelte den Stoff um das untere Ende und probierte es erneut. Dieses Mal fasste es sich besser an.

Sie machte eine Wischbewegung in der Luft, testete ihre selbstgebaute Waffe. Stach damit in verschiedene Richtungen und war mit dem Ergebnis zufrieden. Schließlich bückte sie sich und schob das Tablett zur Seite, lehnte es aufrecht an die Wand hinter der Tür, damit man es nicht sehen konnte. Sie stellte sich vor, wie sich diese Tür öffnen würde. Der Abstand vom Rahmen bis zur Wand maß etwa einen Meter. Das war Platz genug für Isabelle, um sich ebenfalls dahinter zu verstecken.

Isabelle probierte es aus. Sie presste sich mit dem Rücken flach an die Wand und in die Ecke. An ihren Hacken spürte sie das auf dem Boden liegende, zerbrochene Tablett – zur Not könnte sie es zusätzlich packen oder nutzen, falls ihr der Plastikdolch aus der Hand fiel. Sie stellte sich erneut vor, wie die Tür sich öffnete. Wie der Mann hereinkam. Sie überlegte, wie er reagieren würde, und dachte darüber nach, was sie an seiner Stelle tun würde. Sie würde eintreten und sich umsehen. Sie würde die leere Zelle sehen. Dann würde sie verstehen, dass die Insassin hinter der Tür stand, denn es gab keine andere Möglichkeit, sich hier zu verstecken. Ihr würde klarwerden, dass die Insassin wohl einen Angriff plante, um zu entkommen. Isabelle wäre dann vorgewarnt und würde um das Türblatt herumschauen, um die Insassin zu packen. Und die Insassin …

… machte einen Ausfallschritt zur Seite und stach zu.

Ja, dachte Isabelle, so könnte es funktionieren – unter der Voraussetzung jedenfalls, dass der Mann tatsächlich in die Zelle eintreten würde. Und falls nicht? Falls er sich einfach wieder umdrehte?

Die Alternative war, dass sie sich auf die Matratze setzte und so tat, als wolle sie sich selbst mit der Scherbe erstechen oder sich die Pulsadern aufschneiden. Ja, dann würde der Mann vielleicht hereinkommen, um sie daran zu hindern. Beziehungsweise würde seinen Viehtreiber einsetzen und Isabelle damit traktieren und ihr den Dolch aus der Hand schlagen. Oder – wie hieß es manchmal in Filmen? *Wenn du mich mit der Waffe bedrohst, dann musst du sie auch einsetzen wollen.*

Das galt fraglos auch dafür, wenn man eine Waffe gegen sich selbst richtete. Wenn sie also damit bluffen wollte, müsste sie auch bereit sein, sich selbst zu verwunden. Und das war Isabelle nicht.

War sie überhaupt bereit, jemanden schwer zu verletzten? Ihren Wärter, wenn er gleich hereinkam?

Ein Zittern durchlief Isabelle. Ihre Zähne klapperten einige Male aufeinander. Sie atmete tief durch, schloss erneut die Augen, dachte an Papas Worte und öffnete die Augen dann wieder.

Ja, sie war dazu bereit. Sie war dazu bereit, das Schwein zu töten, bevor man sie umbringen, verkaufen, auf den Müll werfen, ihr den Hals durchschneiden oder sie in Säure auflösen würde. Sie war bereit, um ihr Leben zu kämpfen. Isabelle hatte keine Ahnung, was sie draußen erwarten würde, falls es ihr tatsächlich gelang, den Mann zu überwältigen. Sicherlich hatte er einen Schlüssel bei sich. Den könnte sie an sich nehmen und Sara und die andere junge Frau freilassen. Das würde Zeit kosten – Zeit, in der sich der andere Bewacher, oder sogar zwei, auf den Weg machen konnten.

Und einer von ihnen würde vermutlich eine Pistole haben.

Wie auch immer, dachte Isabelle, sie müsste sowieso zunächst die erste Hürde nehmen.

Sie zuckte zusammen, als sie die inzwischen bekannten Geräusche vernahm. Der Kerl kam. Die Tür nebenan wurde aufgeschlossen. Isabelle kaute auf der Unterlippe. Die Tür wurde wieder zugeworfen. Isabelle bekam Angst vor ihrer eigenen Courage. Sie hörte Schritte. Sie huschte über den Boden und stellte sich hinter die Tür – so, wie sie es eben ausprobiert hatte. Ein Schlüssel wurde in ihre Tür gesteckt.

Auf die Müllhalde werfen. In Säure auflösen.

Nein, dachte Isabelle.

Nein, mich nicht.

26

Das Unternehmen *Berger Transport* befand sich ziemlich genau am Kreisverkehr in Loriol-du-Comtat, einem kleinen Wohnort außerhalb von Carpentras. Es war Teil einer großen Gewerbefläche, die umzäunt und ziemlich leer war – bis auf einiges Baumaterial, das dort lagerte. Ein grauer alter Renault-Lieferwagen stand ebenfalls dort, ein Typ H, eher ein Oldtimer als ein Fahrzeug, das man noch nutzen würde. Er war an der Seite mit Werbung für ein Möbelgeschäft beklebt und diente als Eyecatcher. Weiter hinten befand sich eine einfache Wellblechhalle mit der Aufschrift von Bergers Firma. Außerdem gab es einen größeren Carport, unter dem vier nagelneu wirkende nachtschwarze Transporter parkten, die gerade von jemandem gewaschen wurden, der einen hellgrauen Overall trug. An das Grundstück schloss sich ein ungenutztes Grundstück von der Größe eines Fußballplatzes an, dessen Rasen akkurat gepflegt und mit einer Handvoll Zypressen bewachsen war. Eine scharf geschnittene Hecke begrenzte es. Dahinter versteckte sich ein großes Wohnhaus im Stil einer mediterranen Villa.

Falls es Berger gehörte, mussten seine Geschäfte nicht schlecht laufen, dachte Albin beim Abbiegen auf den Betriebshof. Er warf einen Blick auf sein Handy, das in der Mittelkonsole lag. Bislang keine Nachricht von Manon oder Castel. Albin fragte sich, wie sein räudiger Schwiegersohn darauf reagieren würde, dass er eine Anzeige wegen häuslicher Gewalt an den Hals bekam. Der Bastard würde durchdrehen. Was er, genau genommen, vermutlich sowieso schon tat, da ihn seine Frau mitsamt der gemeinsamen Tochter verlassen hatte. Gilles würde ganz Paris auf den Kopf stellen, um Manons Aufenthaltsort herauszufinden. Früher oder später käme er auf Albin zu. Dann könnte sich der Scheißkerl verdammt nochmal warm anziehen.

Albin stoppte den Wagen vor dem Carport und stieg aus. Er hatte keine Ahnung, ob der Mann, der die Autos wusch, Christian Berger persönlich war. Albin besaß zwar dessen Mobilnummer, hatte sich aber einen Anruf erspart. Nicht nötig, jemanden nervös zu machen und ihm Gelegenheit zu geben, sich auf einen Besuch vorzubereiten. Wenngleich Albin sowieso nicht vorhatte, sich als Polizist auszugeben. Oft hatte es Vorteile, ja, aber nicht immer. Manche Menschen wurden skeptisch und zurückhaltend, wenn sie es mit der Polizei zu tun bekamen. Dann war es schwer zu erkennen, ob das der einzige Grund für ihre Aufregung war oder ob sie etwas verbargen. Anders war es, wenn man sie unvermittelt einer Überraschung aussetzte und sah, ob und wie sie reagierten.

Albin warf die Tür zu und wollte sich erst instinktiv zum Kofferraum wenden, um Tyson herauszuholen, tat es aber dieses Mal nicht, denn Tyson war ja bei Clara. Er blinzelte in die grelle Sonne und sah einen Regenbogen über dem Wasserschlauch, mit dem der Mann die Transporter abspritzte. Die Fenster waren verdunkelt, die Marke war Mercedes. Aus der Nähe erinnerten die Autos Albin an exklusive Shuttles, mit denen man wichtige Personen herumkutschierte.

Er ging auf den Carport zu, grüßte den Mann dort mit einer lässigen Geste und einem »Guten Tag, Chef« – Angestellten, die zum Autowaschen oder anderen niederen Tätigkeiten verdammt waren, gefiel eine solche Ansprache in der Regel. Vor allem, wenn sie etwas debil wirkten wie der Kerl, der vor Albin stand.

Der Mann musterte ihn schweigend. Dann stellte er den Schlauch ab und fragte: »Ja? Bitte?«

»Der Patrón im Haus?«

»Im Moment nicht. Wenn's um was geht, reden Sie mit seiner Frau im Büro.« Der Mann deutete mit der Schlauchspitze in Richtung der Wellblechhalle.

»In der Villa dahinten?«, fragte Albin.

»Nee«, der Mann lachte heiser. »Das ist keine Villa, die Halle meine ich.«

»Trotzdem nette Villa. Gehört dem Boss?«

»Ist seine, ja.«

Albin ließ einen Pfiff los. »Läuft ja gut, das Geschäft.«

»Können nicht klagen, Monsieur.«

Albin musterte die Mercedes-Flotte. »Anständiger Fuhrpark, hm? Beeindruckend. Alles nagelneu. Schrottkisten wie den Citroën dahinten benutzt ihr wohl nicht?«

»Kommt drauf an. Wir haben unterschiedliche.«

»Unterschiedliche Wagen für unterschiedliche Zwecke, verstehe. Ausgezeichnete Unternehmensstrategie. Überhaupt hört man nur Gutes über Berger.«

»Die Schwarzen hier sind für Shuttledienste. Lederausstattung, Bose-Soundanlage. Das Feinste vom Feinen.«

»Ich bin beeindruckt.«

»Worum geht es denn?«

Albin zog sich die lose auf den Hüften sitzende Hose

hoch und sagte: »Meine Tochter heiratet bald. Wir geben ein großes Fest. Die Familie des Gatten stammt aus dem Ausland. Sie landen in Marseille und benötigen einen Transport.«

»Da sind Sie hier richtig«, erwiderte der Autowäscher. Er deutete in Richtung Einfahrt. »Da kommt der Chef.«

»Fabelhaft«, sagte Albin und blickte sich über die Schulter um. Ein weißer Lieferwagen kam auf das Gelände gefahren. Es war ein älterer Mercedes Sprinter.

Der Wagen kam zum Stehen. Ein Mann stieg aus. Er war ziemlich schlank, recht groß, trug ebenfalls einen grauen Arbeitsoverall, der unten den Armen durchgeschwitzt war. Er grüßte Albin mit einem Nicken.

»Bertrand Lefebvre«, stellte sich Albin vor.

»Berger«, sagte Berger und reagierte null Komma null. Er wirkte übernächtigt. Sein Blick war unstet, suchend, er hatte Ringe unter den Augen und sah blass aus.

»Ich sprach gerade mit Ihrem Fachmann über den beeindruckenden Fuhrpark. Sie fahren Taxidienste?«

»Ja, tun wir.«

»Meine Tochter Isabelle – sie heiratet in Kürze. Ich bräuchte einen Shuttledienst vom Flughafen in Marseille für die Familie des Gatten.«

Berger nickte. Offenbar sagten ihm die Namen überhaupt nichts. Was bedeuten musste, dass er die Nachrichten in den Medien nicht verfolgte. Die Alternative war, dass es sich bei Berger um einen phantastischen Schauspieler handelte.

Berger deutete zur Wellblechhalle. »Meine Frau macht die Buchungen. Sagen Sie ihr einfach, für welchen Termin Sie einen Fahrdienst benötigen, dann schaut sie im Kalender nach. Oder Sie senden eine E-Mail für die Buchung.«

»Das wäre noch viel besser – ich kenne zwar den Tag der Anreise, aber die Uhrzeit noch nicht verlässlich. Die Herrschaften haben sich noch nicht entschlossen, mit welcher Billig-Airline sie anreisen wollen, fasst man das?«

Albin lachte. Berger nicht.

»Gut«, sagte Albin. »Wir wollen sowieso hoffen, dass Isabelle bis zum Tag der Tage wieder fit ist. Sie hatte einen Unfall zwischen Gordes und Venasque. So ein Blödmann ist ihr in die Karre gefahren und hat Fahrerflucht begangen.

»Fahrerflucht«, sagte Berger, »verdammte Sauerei ist das.« Nun betrachtete er Albin viel aufmerksamer.

Albin blickte ebenfalls aufmerksam zurück. Dann sagte er: »Ich schicke Ihnen dann eine E-Mail. Sie haben ja eine Homepage.«

»Die haben wir.«

Albin lächelte. Er nickte dem Autowäscher und Berger zu, der ihm hinterhersah, nahm Platz in seinem SUV und setzte zurück. Er betrachtete das Heck des weißen Lieferwagens. Die Stoßstange war intakt. Der Lack ebenfalls. Allerdings sah es so aus, als sei eine der Hintertüren erneuert worden und als habe man beide Blinker ausgetauscht. Was nichts bedeuten musste. Aber konnte.

27

Die Tür öffnete sich mit einem rostigen Quietschen. Isabelle hielt die Luft an. Sie umfasste den Plastiksplitter mit beiden Händen. Doch der Mann machte keine Anstalten hereinzukommen. Isabelle hörte ihn atmen. Es machte hohle Geräusche. Er trug wohl wieder die Latexmaske. Schließlich klopfte er mit der Hand gegen die Tür.

»Was wird das hier? Ein kleines Versteckspiel?«

Isabelle sagte kein Wort und rührte sich nicht.

»Du stehst hinter der Tür, du blöde Kuh, um mir das dusselige Tablett auf den Kopf zu hauen?« Der Mann lachte. »Hältst dich für eine ganz Schlaue und mich für komplett dämlich? Als ob so ein Plastikding meinem Dickschädel etwas ausmacht.«

Isabelle sagte weiter kein Wort. Sie hatte das Gefühl, als würden ihr jeden Moment sämtliche Adern im Leib zerplatzen.

Der Mann klopfte erneut an die Tür und trieb sein Spiel weiter mit ihr.

Er sagte: »Es gibt zwei Möglichkeiten. Entweder du legst das Tablett auf den Boden. Du kommst hinter der Tür hervor und setzt dich wieder artig auf die Matratze. Dann vergessen wir beide, dass du jemals so eine bescheuerte Idee gehabt hast. Die Alternative ist, dass du dort stehen bleibst und an deinem Plan festhältst. In dem Fall werde *ich* gleich hereinkommen und dich mit dem Viehtreiber bearbeiten. Du hast seine Bekanntschaft schon gemacht, aber es gibt einen Unterschied: Er war bislang nicht auf die volle Voltzahl eingestellt. Das werde ich nun ändern.«

Isabelle hörte leise Geräusche. Sie sah die Spitze des Instrumentes am Rand der Tür auftauchen. Sie hörte es einige Male klicken.

Der Mann sagte: »Nun ist die volle Leistung eingestellt. Ich zähle bis drei. Kommst du nicht hervor, komme ich zu dir.«

Isabelle atmete so leise wie möglich ein und wieder aus. Sie dachte an Papas Worte. *Keine Panik. Panik lähmt dich.* Sie starrte auf die Spitze des Viehtreibers. Nein, damit würde sie sich nicht bearbeiten lassen – und der Mistkerl würde das sowieso tun, ob sie nun aufgab oder nicht.

»Eins …«

Isabelle umfasste den mit Stoff umwickelten Griff des Splitters fester.

»Zwei …«

Isabelle schloss die Augen. Sie spannte den Körper an und atmete tief ein. So tief, als wolle sie tauchen.

»Drei …«

Der Mann stieß gegen die Tür, um die dahinterstehende Isabelle gegen die Wand zu quetschen. Aber sie ließ sich nicht vollständig öffnen, weil ein Widerstand eingebaut war. Der Mann schnellte um die Tür herum. Er richtete den Viehtreiber auf Isabelles Gesicht. Isabelle duckte sich und drückte sich gleichzeitig mit den Füßen vom Boden ab. Sie schoss von unten auf den Mann zu. Den Splitter weit von sich gestreckt, tauchte sie unter seinen Armen hindurch. Sie spürte, wie das spitze Plastik ohne Widerstand in seinen

Bauch glitt. So tief, dass ihre Finger gegen seinen Wanst stießen. Eine warme Flüssigkeit sprudelte über ihre Hände.

Der Mann gab ein erstauntes Keuchen von sich. Er ließ den Viehtreiber fallen, der auf Isabelles Rückgrat auftraf, was zwar weh tat, aber keinen Stromschlag verursachte.

Isabelle riss den Dolch aus dem Bauch des Mannes. Sie presste die Zähne aufeinander und stieß noch einmal zu. Und wieder. Jedes Mal keuchte der Mann und gab sonst keinen Laut von sich. Schließlich taumelte er einige Schritte rückwärts, fasste sich selbst an den Bauch, aus dem das Blut herauslief und seinen Overall schwarz einfärbte. Er sah an sich selbst herab. Dann richtete sich die Schweinemaske wieder auf Isabelle. Er hob die blutverschmierten Hände, wie um nach ihr zu greifen.

Isabelle machte einen Satz auf den Mann zu. Sie hielt den Splitter mit beiden Händen in Höhe ihrer Hüfte. Dann riss sie ihn mit Wucht nach oben, als wolle sie einen Baggerschlag beim Volleyball ausführen. Der Dolch traf die Schweinemaske und das Gesicht dahinter an der Stelle, wo der Hals in den Kiefer übergeht. Isabelle zog die Waffe wieder heraus. Das Blut schoss aus der Wunde, als habe man einen Schlauch aufgedreht. Sie musste ein Hauptgefäß erwischt haben.

Der Mann gab gurgelnde Geräusche von sich. Er versuchte, sich selbst an den Hals zu fassen, die Maske abzuziehen. Aber beides gelang ihm nicht. Er knickte ein, stürzte auf die Knie. Dann fiel er einfach zur Seite um, als habe jemand einen Ausschalter bedient.

Isabelles Puls tobte durch ihren Körper wie ein lebendiges Wesen. Alles war voller Blut. Auf dem Boden, an ihr, auf ihren Füßen, überall. Ihre Augen waren so weit aufgerissen wie ihr Mund, durch den sie Sauerstoff in ihre Lungen pumpte. Sie war kurz davor zu hyperventilieren. Schließlich warf sie den Splitter zur Seite. Sie drehte sich um und nahm den Viehtreiber. Er schien noch eingeschaltet zu sein. Eine grüne Leuchtdiode signalisierte die Betriebsbereitschaft. Isabelle hatte keine Ahnung, wie man so ein Gerät bediente. Sie presste die Spitze gegen den Oberschenkel des Mannes. Es gab ein elektrisches Knacken. Sein Bein zuckte. Isabelle stieß es ihm noch einmal gegen das Bein. Es zuckte erneut. Unter dem leblos wirkenden Mann breitete sich eine Blutpfütze aus.

Isabelle gab ein ersticktes Wimmern von sich. Sie sah das Blut an ihren Händen. Der Griff des Instrumentes war glitschig.

Sie hatte einen Menschen ermordet. Gott, sie hatte ein Leben genommen – so schnell ging es also. So rasch mutierte man von einem menschlichen Wesen zu einem Tier, dessen Überlebensinstinkte vor dem Töten nicht zurückschreckten. Im nächsten Moment gewannen diese Instinkte wieder die Oberhand.

Isabelle wirbelte herum. Sie musste raus hier. Fort. Sie sah zur Tür. Im Schloss steckte ein Schlüsselbund. Sie machte einen Schritt darauf zu, zog den Bund mit zitternden Fingern ab. Dann ging sie auf den Flur. Sah nach rechts, sah nach links. Niemand war zu sehen. Einer der Schlüssel würde auch zu den anderen Zellen passen, dachte sie. Zu dritt wären sie stärker und in der Überzahl. Oder sie wären schwächer als Isabelle allein, weil eine auf die andere Rücksicht nehmen müsste. Vielleicht war es besser, wenn Isabelle sich davonschlich und dann von irgendwo die Polizei …

Nein. Sie konnte Sara und Anna nicht hierlassen, unmöglich. Sobald die anderen Wärter den Toten in Isabelles Zelle fänden und ihre Flucht bemerkten, würden sie die beiden sicherlich verlegen.

Oder in Säure auflösen.

Isabelle setzte sich mit dem Schlüsselbund in der einen und dem Viehtreiber in der anderen Hand in Bewegung. Ihre Füße hinterließen blutige Abrücke auf dem hellen Betonboden.

28

»**Natürlich**«, **sagte** Ryan Grévais und aß etwas Toast, »man sollte niemals an der Qualität eines Messers sparen.«

»Ich habe einige Sushi-Messer aus Tokio mitgebracht«, fuhr Fernand Forestier fort und trank Latte macchiato. An seiner Oberlippe blieb Schaum haften, ohne dass er ihn ablutschte. Seine Assistentin biss in eine Erdbeere. Grévais hatte das Gefühl, dass sie es eine Spur zu langsam tat und sich dessen sehr wohl bewusst war. »Es gibt dort dieses Fugu-Restaurant, *Jisatsu*, kennen Sie das?«

»Ich kenne es nicht«, erwiderte Grévais und tupfte sich den Mundwinkel mit einer Serviette ab. Sie war mit dem Monogramm des Avignoner Restaurants bestickt, in dem sie gerade neben wenigen anderen Gästen frühstückten. Allein die Erdbeere, die die Blondine nun zwischen ihren Lippen verschwinden ließ, war vermutlich so teuer wie ein Steak in einem Durchschnittsrestaurant.

Forestier war ein kleiner Mann, gedrungen, die Haare grau und zurückgekämmt. Sein Anzug sah nach Saville Row aus, seine Uhr nach Rolex und seine Assistentin, die aus England kam, wenigstens nach Cambridge und Prada. Ihre Gesichtszüge waren sehr elegant, Upperclass, und ihr herausfordernder Blick sagte, dass man ruhig versuchen sollte, sich mit ihr anzulegen, falls man auf Scheitern stand. Ihr Name war irgendetwas mit Susan und Upton oder Uptown.

Grévais hatte es sich nicht gemerkt oder nicht genau zugehört. Forestier führte das gleichnamige Unternehmen in zweiter Generation. Es stellte Elektronikbauteile und Verbindungstechnik her, die für alles Mögliche benötigt wurden, und zählte zu den Weltmarktführern in dieser Branche. Das Unternehmen war milliardenschwer und plante eine Art »Haus der Technik« als Showroom für seine Produkte und um Anwendungen umzusetzen für Kunden. Die Investition lag bei rund sechzig Millionen Euro, die die Bank, der Grévais vorstand, finanzieren sollte. Im Grunde stand der Deal längst. Es ging noch um ein paar Kleinigkeiten. Deswegen saßen sie hier zum Frühstück.

»Jisatsu«, erklärte Forestier, lachte und leckte sich über die Froschlippen. Jetzt war der Schaum fort. »Das heißt übersetzt Selbstmord. Verstehen Sie, Grévais? Selbstmord und Fugu, Kugelfisch. Diese verrückten Japaner, oder?«

Grévais lächelte gespielt amüsiert und legte noch eine Scheibe Lachs auf den Toast. »Vollkommen verrückt«, sagte er, ohne es zu meinen. Er war noch nie in Japan gewesen.

»Die Messer jedenfalls«, fuhr Forestier fort, »sind sagenhaft scharf. Damit schneiden sie den Fisch in fast durchsichtige Scheibchen.«

»Aua«, sagte Susan Upton oder Uptown, knackte mit den perlweißen Vorderzähnen eine Weintraube und sah Grévais unvermittelt an.

»Wenn Sie sich damit in den Finger schneiden«, meinte Forestier und schob seinen Stuhl zurück, »dann ist er ab. Keine Debatte.«

Grévais nickte. Er kannte solche Messer und besaß selbst welche. Man konnte damit problemlos die Haut einer Weintraube wie der zwischen Susan Uptons Zähnen in mehreren

Schichten abziehen. Für einen Augenblick stellte er sich vor, was er mit einem solchen Messer und Susan Uptons Haut anstellen würde.

Forestier stand auf, schloss sein Sakko und deutete in Richtung Foyer. »Entschuldigen Sie mich bitte. Hände waschen.« Dann ging er fort.

Grévais biss in den Lachstoast. Susan Upton beugte sich etwas vor, wandte sich ihm zu und stützte ihr Kinn auf der Handfläche ab. Ihre Augen funkelten herausfordernd.

»Darf ich Sie etwas fragen, Herr Grévais?«

Ihr Französisch war exzellent. Fast akzentfrei.

»Sehr gerne, Miss Upton.«

»Es ist ein wenig ungezogen.«

Grévais schmunzelte. Hatte sie das gerade wirklich zu ihm gesagt?

»Inwiefern?«, fragte er.

»Nein, vielleicht doch besser nicht. Es ist zu persönlich.«

Grévais tupfte sich erneut den Mundwinkel ab, trank einen Schluck Kaffee und faltete die Hände über der Serviette. Er machte eine auffordernde Geste.

»Ist es wirklich wahr, was man über Sie und Afrika erzählt?«

Grévais zuckte unmerklich zusammen. Er fasste sich an den Kragen, lockerte den Schlips. »Das kommt darauf an«, antwortete er, »was man über mich und Afrika erzählt, Miss Upton.«

»Es ging ja alles durch die Medien, oder?«

»Da geben Sie sich schon selbst die Antwort. Wenn es in den Medien war, dann muss es wohl stimmen.«

Susan Upton lachte. Grévais schmunzelte.

»Drei Monate lang waren Sie in deren Gewalt. Und

ich frage mich: Was macht das mit einem Menschen? Ich glaube, ich hätte es nicht überlebt.«

Nein, dachte Grévais, *hättest du nicht. Sie hätten dich schon am ersten Tag vergewaltigt, dir einen Spieß in den Hintern geschoben, dich bei lebendigem Leib über einem offenen Feuer geröstet und deine Arschbacken zum Abendbrot gegessen.*

»Nun«, antwortete er und trank noch einen Schluck Kaffee, »es ist schon einige Zeit her. Aber es geht fraglos nicht spurlos an einem vorüber. Sie haben gefragt: ›Was macht das mit einem Menschen?‹ Genau darum geht es: Es war nicht menschlich, was dort geschah. Insofern fällt es etwas leichter, auf Distanz zu gehen.«

»Kann man das wirklich?«

Grévais machte eine abschätzende Geste und lachte leise. Upton schob sich noch eine Weintraube in den Mund und zerknackte sie. Ein ähnliches Geräusch machten Augäpfel, wenn man hineinstach. Grévais rollte den Kopf im Nacken. Ihm war warm. Er fuhr sich mit der Hand durch den Nacken, weil es sich anfühlte, als sei dort eine Fliege gelandet. Aber es war ein kleiner Schweißtropfen.

»Sie waren drei Monate dort?«

»In Afrika?«

»In Gefangenschaft.«

»Nein, es waren nur zwei Monate. Aber ich war insgesamt drei Jahre lang für meine Bank in Afrika.«

Genauer gesagt: in der Zentralafrikanischen Republik, die an Kamerun, Kongo, den Sudan und Tschad grenzt. Oder noch präziser formuliert: im gefährlichsten Land der Welt. In der Hölle auf Erden. Es gab keine anderen Worte, die die Zustände dort auf den Punkt brachten oder treffend beschrieben. Dort herrschte eine kollektive Massenpsychose, in der randvoll mit Drogen gepumpte Warlords taten, was sie wollten, und Kannibalismus als eine Art Siegesritual verstanden. Grévais wusste das alles sehr genau, denn er hatte einen exklusiven Insiderblick auf das Geschehen gehabt. Der Bürgerkrieg war damals gerade ausgebrochen und die Bank noch wegen der guten Geschäfte mit den Erzminen und Diamanten vor Ort mit einer Niederlassung präsent gewesen. Inzwischen war sie das natürlich längst nicht mehr. Entführungen waren an der Tagesordnung – Entführungen, wie Ryan Grévais sie erlebt hatte. Er war gegen ein hohes Lösegeld freigelassen worden, aber ein Teil von ihm war immer noch gefangen wie ein Leopard im Käfig. Ein Käfig, dessen Tür Grévais manchmal öffnen musste, um die Bestie rauszulassen.

Upton beugte sich noch weiter in seine Richtung. Sie fragte: »Wie kann man sich das vorstellen? Wie … wie war es dort?«

»In meiner Gefangenschaft?«

Upton nickte.

»Darüber spreche ich nicht. Aber die Lage damals in dem Land allgemein …«

»Ja?«

Grévais fragte: »Kennen Sie ›Apocalypse Now‹? Den Vietnam-Spielfilm mit Marlon Brando von Francis Ford Coppola? Der mit dem Zitat: ›Ich liebe den Geruch von Napalm am Morgen‹?«

»Ich kenne ihn.«

»Er basiert auf dem Roman von Joseph Conrad namens *Das Herz der Finsternis*. Am Ende finden sie Marlon Brando alias Colonel Kurtz, der völlig wahnsinnig geworden ist und sein eigenes Reich des Todes installiert hat. Sie erinnern sich an diese Endszenen? Stellen Sie es sich statt im Dschungel von Vietnam in Afrika vor.«

»Gott«, sagte Upton, lehnte sich etwas zurück und aß noch eine Traube. »Das ist ja fürchterlich.«

Grévais sagte nicht, dass die Wirklichkeit noch sehr viel schlimmer war als das, was man in dem Film sehen oder sich überhaupt nur vorstellen konnte. Weitaus schrecklicher.

»So kann man es ausdrücken«, erwiderte er.

»Was man da für Bilder im Kopf mit sich tragen muss.«

Wenn es mal nur die Bilder wären, dachte Grévais. »Es sind allesamt verzichtbare Bilder.«

Upton nickte, ohne Grévais aus den Augen zu lassen. Sie sagte: »Es ist gleichzeitig schrecklich, aber auch interessant. Entschuldigen Sie bitte, wenn ich Sie so ausfrage.«

Grévais nickte und lächelte. Er war es gewohnt, danach gefragt zu werden. Er hatte nach seiner Rückkehr verschiedene Interviews gegeben. Man hatte ihn sogar gefragt, ob er ein Buch schreiben wolle. Die Menschen waren vom Grauen fasziniert – manche mehr, manche weniger. Und die Upton schien regelrecht darin aufzugehen. Er betrachtete sie einen Moment, faltete die Finger wieder über der Serviette, um ihr zu erklären, wie es aussah und sich anfühlte, wenn ein Mensch getötet wurde, und sie anschließend zu fragen, ob es sie anturnte, sich solche Dinge anzuhören, und ob sie bereits feucht im Schritt wäre.

»Ich hatte einen guten Therapeuten und eine längere Auszeit«, sagte er stattdessen. »Dann fing ich wieder an, arbeitete mich hoch – *voilà*.«

»Das ist großartig, wirklich.«

»Vielen Dank.«

Forestier kam zurück. Zum Glück. Er nahm wieder Platz

und redete kurz mit Upton über einen Anschlusstermin. Grévais nutzte die Zeit, um sein Smartphone aus der Innentasche des Sakkos zu nehmen. Mit der freien Hand wischte er sich nochmals über den Nacken, wo wiederum eine Schweißperle hinabkroch. Er betrachtete seinen Mail-Eingang und überlegte, ob er die bereits gestern Nacht vorgefertigte Nachricht von hier aus verschicken sollte. Es gab eine Frist bis zwölf Uhr mittags, um sich eine Option zu sichern. Grévais dachte an das Bild der Dunkelhaarigen. Ihren herausfordernden Blick. Er dachte an die »Demoiselle de la Barque« von Pawel Wilk.

Er spürte etwas an seinem Bein unter dem Tisch. Es war der Schuh von Susan Upton, der gegen sein Schienbein gestoßen war. Sie machte keinerlei Anstalten, ihren Fuß wieder zurückzuziehen. Ein Teil von ihm fühlte sich durchaus geschmeichelt über diese Anmache, wenngleich dieser Teil wusste, dass es niemals dazu kommen würde, hätte er nicht eine hohe Position bei der Bank oder eine so außergewöhnliche Vita, die nach außen hin von mentaler Stärke als auch von Erfolg zeugte.

Der andere Teil von ihm hatte allerdings Angst. Denn es war so: Wenn man zu nah an die Gitterstäbe eines Leopardenkäfigs kam, musste man damit rechnen, dass der Leopard einem mit den krallenbesetzten Pranken das Gesicht vom Schädel riss. Grévais hatte zwar keine Krallen, aber ähnliche Sushi-Messer wie die, von denen Forestier eingangs gesprochen hatte – und Susan Upton ohne Frage nicht den geringsten Schimmer, wer ihr hier wirklich gegenübersaß und wozu er imstande wäre.

Grévais nahm sein Bein zur Seite. Upton tat so, als bemerke sie es nicht. Er legte sich das Smartphone auf den

Schoß, wischte die feuchten Hände an der Hosennaht ab. Er betrachtete noch einmal die vorgefertigte Mail und die sehr hohe Summe. Dann drückte er auf *Abschicken* und löschte die Mail sofort danach.

Morgen, dachte er, schon morgen wäre es so weit. Keinen Tag zu früh.

29

Isabelle rannte einige Meter, sah sich um zum Abzweig am anderen Ende des Flures. Aber sie sah nichts. Ihr Herz pumpte. Auf ihrer Zunge schmeckte es nach Metall. Mit jedem Atemstoß gab sie ein Wimmern von sich. Sie blieb vor der nächsten Tür stehen, hinter der sie Sara vermutete. Sie klemmte sich den Viehtreiber unter die Achsel und probierte, einen Schlüssel in das Schloss zu stecken. Doch der Schlüsselbund glitschte ihr aus den blutverschmierten Fingern und fiel klirrend zu Boden. Das Geräusch kam Isabelle unnatürlich laut vor.

Sie bückte sich, probierte es noch einmal. Aber der Schlüssel passte nicht. Sie versuchte es mit dem nächsten. Auch der war der falsche. Nun nahm sie den dritten Schlüssel, stocherte damit im Schloss herum wie eine Betrunkene, die nicht Herrin ihrer Sinne war – und hörte schwere Schritte hinter sich. Ruckartig sah sie sich um. Mit schnellen Schritten kam ein Mann auf sie zu. Es war der mit der Halbglatze. Er trug keine Maske.

»Verdammte Scheiße!«, rief er.

»O mein Gott«, flüsterte Isabelle. »O mein Gott …«

Ihre Finger zitterten. Sie schaffte es einfach nicht, den Schlüssel ins Schloss zu bringen.

Der Mann warf einen Blick in Isabelles Zelle. »Scheiße!«, brüllte er. »Fuck!« Er wandte sich wieder zu Isabelle.

Er hatte eben schon wütend ausgesehen. Jetzt wirkte er fuchsteufelswild. Er rannte los, auf Isabelle zu. Er hantierte im Laufen an seiner Hosentasche, wie um etwas herauszunehmen, und war nur noch wenige Meter entfernt. Zu nah, als dass Isabelle noch eine Chance haben würde wegzulaufen. Sie schrie auf, ließ den Schlüsselbund fallen und richtete den Viehtreiber wie eine Lanze auf den Mann. Er machte keinerlei Anstalten, stehen zu bleiben. Aus der Hosentasche zog er eine kleine Dose. Er hob sie an. Im nächsten Moment schoss Isabelle ein beißender Nebel entgegen, der sie nicht voll im Gesicht erwischte, denn sie duckte sich instinktiv zur Seite und rammte dem Angreifer die Elektroden an der Gabel des Viehtreibers mit Kraft in den Bauch. Er schrie auf und zuckte heftig. Isabelle schrie ebenfalls – in der Dose musste Pfefferspray gewesen sein. Sie schlug mit der Metallstange nach dem Mann, traf ihn seitlich am Kopf. Dann ließ sie das Gerät fallen und lief von dem Mann fort.

Ihre Augen brannten. Sie sah alles nur wie durch einen Schleier. Zum Glück hatte sie nicht die ganze Ladung getroffen. Sie kam an der Schiebetür vorbei, die in die Halle geführt hatte. Sie war verschlossen. Sie rannte weiter, bis der Flur wiederum eine Biegung machte – und hörte die schweren Schritte des Mannes, der sich ebenfalls in Bewegung gesetzt hatte. Isabelle blinzelte, schniefte, wischte sich mit den Handrücken über die Augen. Ihre Atemwege schienen in Flammen zu stehen. Sie gelangte in einen breiteren Flur, kam fast zu Fall – und erkannte vor sich ein helles Licht. Dort war eine große Tür. Sie stand offen. Sonnenlicht flutete herein. Hinter sich hörte sie den Mann schreien und fluchen.

Isabelle lief auf die Tür zu. Die Freiheit war zum Greifen nah. Das Licht. Die Sonne. Der Himmel.

Weiter, dachte sie, *immer weiter, du hast es fast geschafft, gleich hast du es geschafft, dort ist die Freiheit, gleich bist du durch die Tür – du bist draußen! Du bist draußen! Renn weiter! Lauf, du musst …*

Ein heftiger Tritt in den Bauch trieb ihr alle Luft aus dem Körper und fällte Isabelle. Sie stürzte auf eine harte Betonfläche. Ein weiterer Tritt in die Nieren lähmte sie vollends. Sie lag auf dem Rücken, starrte wie durch eine verschmierte Scheibe in den blauen Himmel und schnappte nach Luft. Im nächsten Moment spürte sie einen festen Druck an ihrer Kehle. Der Mann, der ihr in den Bauch getreten hatte, musste neben dem Ausgang gestanden haben. Sie hatte ihn nicht gesehen. Jetzt presste er ihr die Schuhsohle auf die Kehle und richtete etwas auf ihren Kopf. Es war der Lauf einer Pistole. So viel konnte Isabelle erkennen.

»Was, zum Teufel«, knurrte der Mann, »ist denn hier los?«

Isabelle brachte nur ein ersticktes Röcheln zustande. Sie presste die Augen zusammen. Tränen strömten ihr über die Wangen. Ihr Gesicht fühlte sich an wie bei einem schlimmen Sonnenbrand.

Nun hörte sie eine andere Stimme. Keuchend, schwer, aufgeregt. Es war ihr Verfolger.

»Sie hat Albert umgelegt.«

»Was?«

»In der Zelle ist alles voller Blut. Wirklich alles. Albert liegt da. Regungslos. Der lebt nicht mehr.«

»Verflucht! Der Vollidiot! Wie konnte das passieren?«

»Keine Ahnung. Sie muss an ein Messer gekommen sein oder so.«

»Scheiße!«

»Sie hat ihn umgelegt, die Schlüssel genommen und wollte die anderen befreien. Hat nicht geklappt. Ich kam dazwischen.«

»Mist!«

Der Druck auf Isabelles Kehle verstärkte sich. »Du hast Albert gekillt, Miststück!«, hörte sie.

Antworten konnte sie nicht.

»Und jetzt?«, fragte der Mann, immer noch außer Atem.

»Jetzt haben wir ein Problem«, sagte der andere.

»Wir hätten sie nicht mitnehmen sollen.«

»Ja, war ein Fehler. Ich habe es Berger gesagt, aber er wollte nicht hören.«

»Wir hätten sie umlegen und im Autowrack lassen sollen.«

»Zu spät. Das Wrack ist gefunden. Die Zeitungen sind voll mit ihrem Gesicht. Die suchen überall nach der.«

»Ich weiß.«

Man suchte nach Isabelle! Ein Hoffnungsschimmer glomm auf.

»Wir legen sie um«, sagte der Mann, »und werfen die Leiche irgendwohin. Man wird denken, sie sei an ihren Verletzungen gestorben.«

»Aber nicht, wenn du sie erschießt.«

»Richtig. Also brechen wir ihr alle Knochen und lassen sie verdursten. Im Namen von Albert.«

Isabelle zuckte. Sie wollte schreien, um sich schlagen. Aber mit jeder Bewegung wurde der Druck auf ihre Kehle stärker.

Dann unterbrach ein gedämpfter Gong-Ton die Unterhaltung. Wie von einer eingegangenen SMS.

»Was machen wir mit Albert?«, hörte Isabelle den anderen Mann fragen.

»Du bist dir sicher, dass er wirklich tot ist?«

»Der lebt nicht mehr. Alles voller Blut.«

»Wir müssen ihn loswerden. Und sag Berger Bescheid.«

»Wie sollen wir das tun?«

»Säurefass.«

»Scheiße.«

»Und wir müssen die Zelle säubern.«

»Mist.«

»Ups«, sagte dann der Mann, dessen Schuhsohle auf Isabelles Kehle trat. »Sieht so aus, als wäre die Schlampe noch mal davongekommen.«

»Warum?«, brummte der andere.

»Ich hab eine Mail bekommen. Es gibt ein erstes Gebot für sie. Ein sehr hohes. Somit ist sie im Spiel.«

»Scheiß auf das Geld.«

»Schau dir die Summe an.«

»Oh. Okay. Das ist … viel.«

Der Schuh wurde von Isabelles Kehle gelöst. Sie wagte es zu blinzeln. Ihre Augen brannten nach wie vor.

»Steh auf«, herrschte der Mann mit der Pistole sie an. »Du bist noch mal davongekommen. Vorerst.«

30

Gilles fuhr sehr langsam an dem Haus vorbei, das Manons Vater gehörte. Der Eingang lag in einer schmalen Straße, durch die sein BMW soeben passte. Das Gebäude war in einem hellen Ockerton verputzt. Neben der Haustür befand sich ein Fenster. Auf dem Sims standen ein Aschenbecher und ein Terrakottapflanztopf, in dem rote Geranien wuchsen. Darunter war ein Hocker platziert. Seitlich am Haus gab es eine Einfahrt, die zu einer Garage führte. Das Tor stand offen. Gilles erkannte das Heck von Manons Wagen. Hinter dem Haus schien sich ein kleiner Garten zu öffnen, der von einer Mauer aus großen Bruchsteinen, vielleicht einer alten Stadtmauer, begrenzt wurde.

Gilles stoppte. Seine Finger verkrampften sich um das Lenkrad, bis die Knöchel weiß hervortraten. Was sollte er nun tun? Dass Manons Wagen dort parkte und ansonsten kein anderer, konnte bedeuten, dass sie mit Clara im Haus und ihr Vater gerade nicht da war. Gilles könnte also einfach aussteigen, an der Tür schellen – und wenn Manon dann öffnete, würde sich alles Weitere ergeben.

Und warum, dachte er, sollte er nicht einfach genau das tun? Was hinderte ihn? Was sollte schon geschehen?

Richtig, dachte Gilles, was sollte er befürchten? Er fuhr mit dem Wagen etwas vor, um die Einfahrt zur Garage und damit Manons Auto zu blockieren, damit sie nicht flüchten konnte. Er stieg aus, ballte die Fäuste, mahlte mit den Backenzähnen und postierte sich vor der Tür. Er hob die Hand und drückte den Daumen auf den Klingelknopf.

Nichts geschah. Er schellte erneut, trat einen Schritt zurück und schaute an der Hausfassade hinauf. Dort gab es Fenster. Hatte Manon vielleicht hinausgesehen und seinen Wagen erkannt? Das war möglich – und er, Gilles, ein Vollidiot, weil er sich das hätte denken können. Aber er war einfach zu erregt, zu zornig. Falls sie seinen Wagen und ihn gesehen hatte, wäre sie vorgewarnt und würde sich nun verstecken und das Klingeln ignorieren.

Er schellte nochmals. Und wieder. Starrte nach oben zu den Fenstern, sah aber keine Bewegung dahinter. Er klingelte und klingelte. Es geschah nach wie vor nichts. Gilles trat wieder einen Schritt vor, presste sein Gesicht an das Fenster neben der Tür, auf dessen Sims ein Blumentopf stand, und schattete es an beiden Seiten ab, um ins Innere des Hauses sehen zu können. Er erkannte darin nicht viel und sah keine Menschenseele.

Nein, sie waren nicht da. Das Haus war leer. Aber wo, zum Teufel, steckten Manon und Clara? Machten sie einen Spaziergang, oder waren sie im Freibad, an einem See oder einkaufen? So abgebrüht war diese Schlampe, dass sie ihn, Gilles Richard, verließ und ihm die Tochter nahm – und dann einfach weitermachte, als sei nichts passiert? Das Gefühl des Kontrollverlustes traf Gilles auf ungeheure Art und Weise. Er schnaubte. Seine Nasenflügel blähten sich beim Ein- und Ausatmen. Und dann hörte er den Motor eines sich nähernden Fahrzeugs und fluchte zunächst, weil er jetzt seinen Wagen zur Seite fahren müsste, um Platz zu machen. Ach, dachte er dann, sollte der Vollidiot doch woanders herfahren. Gilles hatte hier schließlich etwas Wichtiges zu tun – was konnte wichtiger sein als sein Anliegen? Er schaute zur Seite und blickte auf die Front eines silbernen SUV, der langsam näher kam. Dann stoppte er wenige Meter hinter Gilles' BMW. Der Motor ging aus. Die Fahrertür wurde geöffnet. Ein Mann stieg aus.

Es war Manons Vater: Albin Leclerc.

31

Isabelles Welt taumelte. Ihre Augen waren geöffnet, aber alles war wie verwischt. Sie sah eine Betonwand im Halbdunkel. Ihr war schwindelig. Gleichzeitig spürte sie, wie es ihren Körper durchzuckte. Sie fühlte Hände auf ihrem Körper, hörte eine Stimme. Sie stöhnte auf, schlug um sich, aber es fühlte sich an, als wäre sie in Wackelpudding verpackt.

Es dauerte eine Weile, bis sie begriff, dass die Stimme, die auf sie einredete, eine weibliche war und dass die Arme, die sie hielten, und die Hände, die beruhigend über ihr Haar strichen, zu dieser Stimme gehörten.

Es war Saras Stimme.

Isabelle versuchte zu sprechen. Aber ihr Hals und ihr Mund fühlten sich wie ausgetrocknet an. Einen Moment später spürte sie Nässe auf ihrer Zunge. Wasser. Sara gab ihr Wasser, und Isabelle trank in vollen Zügen, verschluckte sich und hustete. Einige Minuten, Stunden oder Tage später brachte sie schließlich ein Wort heraus – ein Wort, um sich zu vergewissern, dass sie nicht träumte oder bereits tot war.

»S-Sara?«

»Ja, Isabelle. Sie haben dir etwas gegeben, um dich zu betäuben. Dann haben sie dich zu mir gebracht. Du hast ein paar Stunden geschlafen.«

Isabelle hustete. Sie nahm ihre Arme hoch, die sich nun nicht mehr anfühlten wie mit Watte ausgestopft, und betrachtete ihre Hände. Es war kein Blut zu sehen. Alles war blitzsauber.

Sara sagte: »Du warst klatschnass, als sie dich brachten. Sie müssen dich gewaschen haben.«

Sofort tastete Isabelle sich ab und stellte fest, dass sie ihre Kleidung noch trug. Na ja, was davon noch übrig war: ihre Hose, ihr BH.

»Danach haben sie in deinem Raum herumgelärmt. Ich glaube, sie haben ihn gereinigt. Du … du hast dort jemanden überwältigt?«

Isabelle nickte. »Ja«, erwiderte sie und hustete erneut. »Ja, das habe ich. Ich … Ich glaube, ich habe den Mann umgebracht. Ich wollte deine Tür aufschließen, aber …«

»Ich habe die Kampfgeräusche von nebenan gehört. Ich habe auch den Schlüssel im Schloss gehört und was draußen auf dem Flur geschah.«

Isabelle keuchte und fuhr sich mit den Händen durch das Gesicht. Ihr Schädel brummte. Ihre Seite schmerzte. Wohl an der Stelle, an der der Mann sie in der Magengegend getroffen hatte. Vielleicht war eine Rippe angeknackst. Das war zu verschmerzen. Es hätte weitaus schlimmer für sie ausgehen können. Die beiden Männer waren kurz davor gewesen, sie zu töten. Irgendetwas hatte sie dann davon abgehalten, aber Isabelle konnte sich nicht mehr daran erinnern, aus welchem Grund sie sich anders entschieden hatten. Zum Glück hatten sie das!

Sie sagte: »Ich hätte es fast geschafft.«

»Ja«, seufzte Sara und strich Isabelle übers Haar.

»Was werden sie nur mit uns tun?«

»Ich weiß es nicht, Isabelle. Ich vermute, sie wollen uns verkaufen. Aber ich weiß nicht, zu welchem Zweck. Ich male mir die schlimmsten Dinge aus.«

Jetzt erinnerte sich Isabelle an einige Worte der Männer. »Sie haben etwas von Bieten gesagt. Sie haben von morgen gesprochen. Ich meine, dass einer außerdem davon redete, dass sie manche Frauen sogar umbringen, in Säure auflösen und auf die Müllkippe werfen.« Sie hörte Sara aufschluchzen und fügte hinzu: »Vielleicht hat er das nur gesagt, um mich einzuschüchtern und zu verängstigen.«

»Und wenn nicht?«

Isabelle gab keine Antwort. Sie erklärte Sara leise, dass sie sich bewegen müsse, weil sich all ihre Knochen steif anfühlten und ihr Kreislauf total im Eimer war. Sie versuchte, sich aufzurichten, aufzustehen. Sara half ihr dabei. Schließlich stand Isabelle auf wackligen Beinen, sie kam sich vor wie ein junges Fohlen kurz nach der Geburt. Sara blieb auf der Matratze sitzen. Draußen war es noch hell. Vielleicht war es später Nachmittag. Isabelle kämpfte gegen einen Anflug von Übelkeit, aber der Moment ging vorüber. Sie lehnte sich an die Wand und sagte zu Sara: »Bevor die mir irgendetwas antun, bringe ich mich selbst um.«

Sara schwieg und betrachtete sie. »Oder«, sagte sie dann, »wir bringen uns gegenseitig um. Mir ist es ebenfalls lieber, selbst zu entscheiden, wann der Moment gekommen ist, als es den Männern zu überlassen.«

Isabelle schluckte. Sie schüttelte vehement mit dem Kopf. Was hatten sie da nur für Gedanken?

»Nein«, sagte sie, »wir dürfen über so etwas gar nicht erst nachdenken, Sara. Wir müssen von der besten aller Möglichkeiten ausgehen, nicht von der schlimmsten. Wir müssen wach bleiben und dürfen uns nicht von diesen schlimmen Gedanken lähmen lassen. Wenn … wenn es nur irgendeine noch so kleine Möglichkeit gibt, hier lebend herauszukommen, dann müssen wir sie nutzen. Wir dürfen uns nicht aufgeben, denn wenn wir das tun, werden wir diese kleine Möglichkeit niemals erkennen, falls sie sich auftut.« Sie dachte einen Moment nach und ergänzte: »Sie … sie hätten mich doch normalerweise umgebracht, aber sie haben es nicht getan. Weil wir wertvoll für sie sind. Und das ist etwas, das wir nicht vergessen dürfen. Wir sind wertvoll. Und solange wir das sind, bleiben wir am Leben. So lange tun sie uns nichts. Daran müssen wir uns festhalten.«

»Du hast recht«, erwiderte Sara. »Aber …«

»… aber es ist leichter gesagt als getan.«

»Ja.«

Von draußen kamen Geräusche. Vom Fenster her, nicht vom Flur. Die Männer redeten miteinander.

Flüsternd fragte Isabelle Sara: »Kannst du etwas verstehen?«

Sara schüttelte den Kopf. Sie stand leise auf, nahm ihre Matratze, rollte sie zusammen und schob sie unter das Fenster. Es war ebenso offen und vergittert wie das in Isabelles Zelle. Sara stellte sich auf die Matratze und lauschte. Isabelle sah eine Flasche Wasser auf dem Boden stehen. Sie nahm sie, öffnete den Verschluss und trank sie in einem Zug halb leer. Wieder wollte ihr Magen rebellieren, aber nur im ersten Moment. Schließlich hörte sie Autotüren klappen. Ein Motor sprang an. Ein Wagen fuhr fort.

Sara kam wieder von der Matratze herunter. Sie ging zu Isabelle und flüsterte: »Ich konnte nicht viel verstehen. Sie haben über etwas gesprochen, das morgen geschehen soll.

Einer wurde lauter und sagte, dass man es abblasen sollte. Dass jemand komische Fragen gestellt habe und es zu riskant sei. Der andere sagte etwas davon, dass es unmöglich wäre, es abzusagen. Dann stritten sie über etwas. Der, der es absagen wollte, fuhr fort.«

Isabelle fiel noch etwas ein, worüber die Männer, die ihre Flucht aufgehalten hatten, gesprochen hatten.

»Man sucht nach mir«, sagte sie zu Sara. »Und wenn man nach mir sucht, dann wird man auch nach dir suchen.«

»Ich bin mir nicht sicher«, sagte Sara. »Ich glaube nicht, dass man mich vermisst. Ich habe keinen Job, weißt du. Da wird mich niemand suchen. Ich bin manchmal unterwegs und mache mir echt nichts aus Handys, weswegen mich kaum wer anruft, und meine Familie macht sich nach ein paar Tagen ohne ein Wort von mir sicher noch keine Sorgen.«

Sara kam näher zu Isabelle. Sie nahm ihre Hände und drückte sie sanft.

»Ich hoffe«, sagte Isabelle leise, »dass sie uns alle drei finden werden. Irgendwer. Und jemand wird auch dich vermissen und Anna ebenfalls. Da bin ich mir ganz sicher.«

»Was wird morgen geschehen?«, fragte Sara.

»Ich weiß es nicht«, flüsterte Isabelle. Eine Träne lief ihr über die Wange. »Ich weiß es nicht.«

32

Albin warf die Fahrertür zu und blieb einfach neben dem Wagen stehen, die Füße etwas auseinandergestellt. Stabil. Die Arme hingen locker herab, die Hände halb zu Fäusten geballt. Er betrachtete Gilles, rollte den Kopf im Nacken und schwieg.

»Albin, lieber Schwiegerpapa!«, rief Gilles und lächelte ihn an.

Sogar bis hierhin konnte Albin Gilles' penetrantes Parfüm riechen. Gilles breitete die Arme aus. Unter den Achseln des weißen Hemdes zeichneten sich große Schweißflecken ab. Dann ließ er die Arme wieder sinken, machte einen Schritt auf Albin zu – besann sich aber eines Besseren und blieb stehen.

»Geht es dir gut, Albin?«, fragte er. »Du siehst sehr gut aus. Fit.«

Albin gab keine Antwort.

»Es ist alles ein fürchterliches Missverständnis«, sagte Gilles in seinem Autoverkäufer-Tonfall. »Ich bin sehr froh, dass Manon bei dir ist, und ich bin gekommen, um mich zu entschuldigen und alles aufzuklären.«

»Aufklären«, sagte Albin. »Aha.«

Gilles deutete auf das Haus. »Ein hübsches Haus hast du übrigens. Es ist eine Schande, dass ich dich noch nie besucht habe. Familie ist so wichtig.«

Albin blieb stumm.

Gilles lächelte immer noch jovial. Er fuhr sich durch die Haare und fragte: »Geht es Manon und Clara gut? Sind sie drinnen?«

Albin sagte keinen Ton.

Gilles seufzte. Nun wirkte er bis ins Mark erschüttert. »Ich weiß nicht, was Manon dir erzählt hat. Aber ich weiß, dass es immer gut ist, beide Seiten zu hören. Fraglos bist du wütend auf mich. Das kann ich gut verstehen. Und ich will auf keinen Fall die Schuld von meinen Schultern nehmen, doch du weißt, wie Manon ist. Was geschehen ist, ist eine Sache zwischen zwei Erwachsenen, die ich mit ihr klären möchte. Es ist doch keine Art, fortzulaufen und dann das Kind in die Sache mit hineinzuziehen. Das tut man nicht. Was nur in Clara vorgeht? Es ist nicht gut, dass Manon sie dem aussetzt. Man muss seine Kinder beschützen und nicht …« Gilles brach den Satz erstickt ab und räusperte sich in die Faust.

Albin schwieg nach wie vor.

»Ich möchte doch nur«, sagte Gilles mit brüchiger Stimme, »meine Frau und mein Kind zurück.«

Albin deutete auf den BMW. »Schöner Wagen.«

»Ja, aber …«

»Sicher sehr teuer.«

»Das stimmt, jedoch …«

»Du stehst mir im Weg.«

»Wo sind die beiden?«

»Ich kann so nicht einparken. Fahr deinen Wagen zur Seite.«

Gilles gab ein genervtes Geräusch von sich, sah in den Himmel und dann wieder zu Albin.

»Bitte«, sagte er. »Albin, bitte. Das bist du mir schuldig. Ich habe damals Rücksicht auf dich genommen und dich nicht angezeigt, weißt du noch? Obwohl es ein Leichtes gewesen wäre. Aber ich wollte deine Karriere nicht vernichten und deine Pensionsansprüche. Weil mir die Familie wichtig ist – Schwiegervater.«

Albin lachte kurz auf.

»Lass mich mit ihr reden.«

Albin antwortete nicht.

»Albin, ich meine es ernst: Ich will mit ihr reden. Wo ist sie?«

»Fahr deinen Wagen zur Seite.«

»Wo ist meine Frau? Wo ist meine Tochter?«

»Dein Auto – weg damit.«

Gilles machte nun einen Schritt auf Albin zu und reckte sein Kinn nach vorn. »Was willst du denn tun?«, zischte er. »Willst du meinen verdammten Wagen zur Seite schieben, oder was?«

»Das ist eine Option, Schwachkopf.«

»Dann mach doch? Los, mach doch!«

Albin tat nichts. »Ich habe Zeit«, erwiderte er. »Und bessere Nerven als du Psychopath.«

»Für wen hältst du dich, he? Dass du so mit mir redest? Zu mir sagt niemand Schwachkopf, klar?« Gilles fuchtelte mit dem Zeigefinger herum. Endlich fiel seine schmierige Maske, und dahinter kam die Unzurechnungsfähigkeit zutage.

»Alles klar, Schwachkopf«, sagte Albin und ergänzte mit einer Bewegung, als wolle er eine Fliege verscheuchen: »Und jetzt verzieh dich. Mir wird schlecht, wenn ich dich noch länger anschauen muss.«

Gilles' zitternder Finger zeigte auf Albin. Man konnte sehen, wie seine Adern an den Schläfen und die Sehnen am Hals hervortraten. Sein Gesicht lief rot an.

»Du lässt mich sofort mit ihr sprechen«, flüsterte er.

»Oder?«, fragte Albin.

»Oder ich mache dich fertig.«

Albin schmunzelte. »Und wie?«

»Das siehst du dann. Dieses Mal halte ich mich nicht zurück.«

Albin seufzte. »Gilles, ich habe dich nie für besonders helle gehalten, aber wenn du mir drohen willst, musst du etwas Besseres auf Lager haben und außerdem bereit sein, deine Drohungen wahrzumachen, Psycho.«

»Nenn. Mich. Nicht. So.« Gilles' Stimme bebte. Sein Finger ebenfalls.

»Wie denn? Du bist halt einer. Und schlag dir das aus dem Kopf: Du redest nicht mit Manon. Du siehst deine Tochter nicht wieder. Deine Zeit ist abgelaufen. Und jetzt fahr endlich dein Auto zur Seite, ich muss mal pinkeln.«

Gilles sah aus, als würde ihm gerade der Draht aus der Mütze springen. So hatte Albin ihn noch nie erlebt, aber Manon fraglos schon oft. Nun konnte er sich gut vorstellen, wie es war, wenn Gilles durchdrehte. Er konnte einem Angst machen und andere fraglos mit dieser Seite seiner Persönlichkeit zutiefst einschüchtern – und mit der anderen wieder einlullen.

Jetzt drehte er sich um, setzte sich aber nicht ins Auto, sondern ging zu dem kleinen Fenster neben der Haustür und nahm den Terrakottatopf mit den Geranien vom Fenstersims, ohne Albin dabei aus den Augen zu lassen. Schließlich hob er den Topf hoch – und warf ihn mit voller

Wucht auf das Heck seines BMW. Der Topf zerbrach in tausend Scherben. Die Geranien flogen durch die Luft. Auf dem Kofferraum war eine wirklich üble Macke zu sehen. Am Kotflügel war der Lack zerkratzt. Dann zog Gilles sein Handy hervor, stellte daran herum und richtete es auf den Wagen.

»Albin!«, rief er. »Albin, was machst du da? Lass deine Wut nicht an mir und meinem Wagen aus … Ich …«

Er richtete die Kamera des Handys auf Albin, schwenkte dann wieder zurück. »Ich will doch nur meine Frau und Tochter … Tu mir nichts, hörst du? Ich filme das. Ich nehme alles auf. Komm mir nicht zu nah. Der schöne Wagen! Ich fahre! Ich fahre ja schon, ich haue ab, okay, du bekommst deinen Willen! Nur schlag mich nicht wieder!«

Dann stellte Gilles das Handy wieder aus. Er schnaubte und sagte leise: »Ich fahre nun zur Polizei und zeige dich an. Der Schaden an meinem Wagen wird dich etwa zehntausend Euro kosten, und den bezahlt deine Haftpflichtversicherung nicht.«

Albin sagte: »Fahr nur zur Polizei, Schwachkopf. Hauptsache, du fährst deine Karre endlich weg.«

Gilles presste die Lippen zusammen. Er ging zur Fahrertür und öffnete sie. Bevor er sich ans Steuer setzte, sagte er: »Ich will meine Familie sehen und werde sie wieder mit nach Hause nehmen.«

Albin wedelte mit der Hand, um Gilles zu verscheuchen, der nun einstieg, den Motor anließ und mit quietschenden Reifen davonfuhr. Albin atmete tief durch. Er fasste in seine Hosentasche und zog eine verknautschte Zigarettenschachtel hervor. Er nahm eine Gitanes raus, steckte sie sich an und inhalierte den Rauch.

Gilles war fraglos verrückter als eine Scheißhausratte, und Ratten wurden bissig und angriffslustig, wenn man sie in die Enge trieb. In dem Fall hatte man zwei Möglichkeiten: Entweder ging man ihnen aus dem Weg, oder man schlug sie mit einem Spaten tot. Albin hatte an beiden Alternativen kein Interesse. Und ehrlich gesagt war er ziemlich stolz auf sich selbst, dass er so die Beherrschung behalten hatte. Eigentlich hatte er sich geschworen, Gilles ein paar Zähne auszuschlagen. Aber das wäre der falsche Weg im Umgang mit ihm gewesen – so falsch wie damals, als er ihm tatsächlich eine verpasst hatte.

In einem, dachte Albin und sog erneut an der Zigarette, hatte Gilles zumindest recht: Die Familie war das Wichtigste, und man muss seine Kinder beschützen. Die Enkelkinder erst recht. Dann klemmte sich Albin die Gitanes zwischen die Zähne, setzte sich ans Steuer und parkte ein, um endlich pinkeln gehen zu können.

33

Albin stand mit Veronique in der Küche und räumte das Geschirr in die Spülmaschine. Manon war oben und brachte Clara ins Bett, die den Tag über wunderbar auf Tyson aufgepasst hatte und sich dafür von Albin das Lob verdient hatte, dass sie ihre Aufgabe »mopsmäßig« erledigt habe.

Zum Abendessen hatte es Poulet à la Vauclusienne gegeben, geschmortes Huhn in Tomatensauce, das mit Bauchspeck, Weißwein, Oliven und Aubergine gemacht wurde.

»Ich verstehe immer noch nicht, wie das mit dem Blumentopf vor der Tür passiert sein kann«, sagte Veronique nun.

Albin zuckte mit den Achseln. »Wie gesagt, als ich nach Hause kam, lag er zerdeppert auf der Straße, und ich habe alles zusammengefegt. Er muss einfach zu nah an der Kante auf dem Sims gestanden haben.«

»Aber darauf gebe ich doch jedes Mal beim Gießen acht?«

»Wenn hier Autos vorbeifahren, gibt es immer leichte Erschütterungen. Steter Tropfen höhlt den Stein. Vielleicht lag es an den Vibrationen.«

»Vibrationen, also bitte.«

»Woran sonst?«

»Ich denke, den hat jemand absichtlich runtergeworfen.«

Wieder zuckte Albin mit den Achseln. Er hatte kein Wort von der Begegnung mit Gilles erwähnt. Nicht zu Veronique.

Nicht zu Manon. Niemand sollte beunruhigt sein. Manon war aufgeregt genug, seitdem sie sein Auto vermeintlich in der Stadt gesehen hatte.

»Auch möglich«, antwortete Albin. »Vandalismus.«

»Vielleicht will dir wer eins auswischen.«

»Wer weiß.«

»Na ja, vielleicht fährst du morgen früh schnell zum Gartencenter und besorgst einen neuen Übertopf. Am besten genau den gleichen. Die Geranien sind ja noch zu retten.«

»Morgen kann ich nicht.«

Veronique warf Albin einen Blick zu. »Warum das denn nicht?«

»Ich habe morgen Vormittag einen Kochkurs bei Luc Comtat im *Château Boulvain*.«

Albin hörte, wie direkt neben ihm etwas scheppernd zu Boden fiel. Es klang, als sei es das Besteck gewesen, das Veronique eben noch in der Hand gehalten hatte.

»Kochkurs?«, fragte sie.

Albin nickte.

»Du?«

»Ich.«

»Bei …«

»Luc Comtat. Diesem …«

»Fernsehkoch?«

»Ja.«

»*Der* Luc Comtat?«

»Ja.«

»Im *Château Boulvain*?«

»Ja.«

»Du.«

»Ich.«

Veronique jauchzte. »Warum weiß ich das denn nicht?«

»Ergab sich sehr kurzfristig. Jemand fiel dort aus. Ich war zur richtigen Zeit am richtigen Ort. Wie das eben so ist.«

»Oh, Albin, aber das ist ja ganz phantastisch!«

»Es geht bloß um Salate.«

»Es ist völlig gleich, worum es geht. Luc Comtat! Du und Luc Comtat, ich fasse es nicht – den sehe ich dauernd im Fernsehen, und …«

»Du hast neulich gesagt, ich brauche einen Kochkurs. Also mache ich einen Kochkurs. Salat soll gesund sein, sagt man.«

Veronique knuffte Albin am Oberarm. In diesem Moment kam Manon die Treppenstufen hinab.

»Manon«, sagte Veronique. »Dein Vater hat morgen einen Kochkurs bei Luc Comtat.«

»Dem Fernsehkoch?«

»Genau.«

»Papa?«

Veronique lachte und nickte. »Fasst man das?«

»Warum das denn?«

Albin hob das Besteck auf, dass Veronique eben aus der Hand gefallen war, schloss dann den Geschirrspüler und wandte sich um. »Man besucht Kurse, um zu lernen.«

»Ach wirklich?«

»In diesem Fall, um zu kochen.«

»Pff.« Manon lehnte sich am Wohnzimmerschrank an. Sie sah nicht glücklich aus. Kunststück. Sie atmete tief durch. »Wegen Gilles«, sagte sie.

»Mach dir wegen dem keine Sorgen, Manon«, erwiderte Albin.

»Aber, Papa, ich bin mir sicher, dass ich sein Auto gesehen habe. Hundertprozentig.«

»Und wenn schon.«

»Papa, ich habe mir das nicht ausgedacht, hörst du? Der verfolgt mich. Gilles ist … Er ist nicht zurechnungsfähig. Wer weiß, was er tun wird, wenn er herausfindet, wo ich und Clara untergekommen sind.«

Albin trocknete sich die Hände am Geschirrspültuch ab. Er sagte: »Ich werde mich darum kümmern.«

»Und morgen – wenn du morgen nicht da bist und Veronique auch nicht …«

»Dann komm doch mit in den Blumenladen und hilf mir aus«, sagte Veronique.

»Gilles macht doch vor einem Blumenladen nicht halt!«

»Der soll es nur wagen«, erwiderte Veronique.

Albin überlegte einen Moment. Dann sagte er: »Die Idee ist gar nicht schlecht. Besser, du bist ein wenig bei Veronique, als dass du hier im Haus Trübsal bläst und Clara sich langweilt.«

»Aber …«, wollte Manon protestieren.

Albin setzte sich in Bewegung und schnitt ihr das Wort ab. »Ich gehe nach draußen, eine rauchen und eine Runde mit Tyson drehen.«

Tyson, der unter dem Wohnzimmertisch lag, merkte sofort auf, als sein Name fiel, und sprang auf, als Albin sich in Bewegung setzte und zur Tür ging. Er wusste, was die Stunde geschlagen hatte.

»Und dann rufe ich Castel an«, sagte Albin und nahm Tysons Leine.

»Wozu?«, fragte Manon und verschränkte die Arme vor der Brust. »Damit sie auf mich aufpasst?«

»Dazu hat sie überhaupt keine Zeit. Aber ich sage ihr, dass sie sich kümmern soll, und …«

»Sie muss sich nicht um mich kümmern, Papa! Deine Freundin Castel ist ungefähr so empathisch wie ein Stück Holz. Sie hat überhaupt kein Verständnis für meine Situation!«

»Manon?«

»Ja?«

»Castel ist keine Psychologin oder Therapeutin. Sie ist eine Polizistin, eine ziemlich gute. Sie weiß, was sie tut.«

»Und was, bitte, soll sie tun?«

»Sie wird sich etwas überlegen. Es gibt einstweilige Verfügungen, die man in Fällen von Stalking und häuslicher Gewalt kurzfristig bei Gericht erwirken kann. Nähert sich Gilles auf hundert Meter, wird er auf dem Fuß verhaftet.«

Albin erklärte nicht, dass das dauern konnte mit so einer Verfügung und dass diese amtlich zugestellt werden musste, damit der Betreffende überhaupt Bescheid wusste. Was im Falle von Gilles schwierig wäre, denn er war ja schon hier und nicht mehr in Paris, wo er gemeldet war.

Wo er wohl wohnte? In einem Hotel? Außerdem, überlegte Albin, war Matteos Bar sowieso gegenüber von Veroniques Laden, und Matteo war in einem früheren Leben mal Boxer gewesen. So oder so musste Albin mit Castel reden, und zwar nicht nur über Manon.

Er sah seine Tochter an. *Ich habe viel in der Vergangenheit bei dir vergeigt, Manon. Dieses Mal vergeige ich es nicht, dachte er.* Laut sagte er: »Lass mich nur machen«, dann leinte er seinen Mops, der vor Aufregung fast schon zu zittern begann, an und murmelte: »Na komm, Tyson. Auf geht's.«

Albin nahm sein Handy mit, steckte es in die Gesäßtasche seiner Jeans und ging hinaus. Er marschierte mit Tyson die Straße entlang und bog auf die ab, an deren Ende sich Matteos Bar befand. Die Straße war von großen Platanen gesäumt, deren Kronen sich wie ein Dach über dem Asphalt spannten.

Albin klemmte sich Tysons Leine unter den Arm und steckte sich im Gehen eine an. Dann paffte er eine Wolke in den Himmel, nahm die Leine wieder in die Hand und trottete langsam neben seinem Hund her, der an den meisten Bäumen stehen blieb, um daran zu schnüffeln oder gelegentlich sein Bein zu heben.

Albin spürte, dass er wieder etwas ruhiger wurde. Diese Sache mit Gilles und Manon nahm ihn mehr mit, als er sich selbst, geschweige denn anderen gegenüber zugeben wollte. Er hatte dieses Gefühl der Sorge um sein Kind lange nicht mehr so unvermittelt verspürt, und es war merkwürdig, denn Manon war natürlich eine gestandene Frau. Doch da war ja zudem die kleine Clara …

»Du magst sie, hm? Clara und du – ihr seid ganz dicke miteinander?«, murmelte er in Richtung von Tyson.

Tyson erwiderte nichts, sondern warf Albin nur einen kurzen Blick zu, der besagte: *Sicher! Kleine Hunde und kleine Kinder – was denkst du denn?*

Albin paffte vor sich hin und fragte sich, was er mit Gilles anstellen sollte. Er wäre naiv, wenn er annahm, dass der Kerl es dabei bewenden lassen würde und wieder auf dem Rückweg nach Paris war. Gilles würde vielmehr wieder und wieder versuchen, mit Manon Kontakt aufzunehmen. Er würde sie bedrängen. Stalken. Er würde sie unter Druck setzen, und alle, die in ihrem Pariser Freundeskreis zu ihr hielten, würde Gilles ebenfalls für sich und seine Zwecke vereinnahmen wollen. Er würde so lange Psychoterror ausüben, bis Manon nachgab – und reichte sie ihm auch nur die Kuppe ihres kleinen Fingers, würde er nach der ganzen Hand grabschen und daran zerren. Er würde ihr vielleicht sogar auflauern und Clara entführen.

Der letzte Gedanke erschreckte Albin. Ja, entführen. Leuten wie Gilles war das zuzutrauen, und bei ihm kam hinzu, dass er ohnehin psychopathische Züge hatte. Ein Irrer in einer Extremsituation – das war eine gänzlich unberechenbare Kombination.

Albin hatte damals, als er zum ersten Mal sehr ernsthaft mit ihm aneinandergeraten war, ein paar Dinge aus Gilles' Vergangenheit in Erfahrung gebracht. Er hatte sie für sich behalten und gegenüber Manon nicht als Argumente eingesetzt, damit sie den Kerl verließ. Manon hätte sowieso nicht darauf gehört, und Gilles hätte alles heruntergespielt, wenn er damit konfrontiert worden wäre. Also hatte Albin nichts gesagt – und streng genommen war das auch Schnee von gestern und rechtlich nicht mehr relevant. Man konnte ohnehin nicht allzu viel unternehmen, um Leute wie Gilles zu stoppen, solange sie nichts Verbotenes anstellten. Das war das Problem.

»Was meinst du«, murmelte Albin zu Tyson, »was soll ich mit dem Kerl anstellen?«

Tyson gab keine Antwort, schnüffelte an einem Baum und blickte erneut zu Albin – dieses Mal, als wolle er sagen: *Das wird sich schon ergeben – planen kannst du es nicht.*

Was nicht verkehrt war.

Albin rollte die Zigarette vom einen Mundwinkel in den anderen. Er fragte sich, ob er den Kurs morgen wirklich antreten sollte. Eigentlich sollte er sich besser um Manon und Clara kümmern. Andererseits war es nur ein Vormittag. Außerdem gab es da noch eine andere Tochter: die von Bertrand Lefebvre. Allerdings kümmerten sich gerade Massen von Polizisten um ihren Verbleib. Da wäre Albin vielleicht für einen Vormittag verzichtbar. Außerdem …

Er zog an der Zigarette und entließ einen Schwall Rauch aus der Nase. Er dachte an Bergers kleines Speditionsunternehmen und die Art und Weise, wie sich der Kerl verhalten hatte. Er dachte an das beschädigte Fahrzeug und das *Château Boulvain*, für das Berger arbeitete, an dessen nervösen Direktor …

Albin konnte nicht sagen, warum, aber er hatte das Gefühl, dass er sich noch intensiver dort umsehen sollte. Vielleicht war es falscher Alarm, aber … Nun, viele Tiere spürten schon vorher, wenn ein Unwetter oder Gefahr aufzog. Tyson nahm manchmal Witterung von irgendetwas auf, das man weder hören, sehen noch riechen konnte. Dann gefror er plötzlich mitten in der Bewegung, reckte den Kopf, zitterte ein wenig – und dann löste sich die Anspannung wieder, als ob nichts gewesen wäre.

So ähnlich verhielt es sich bei Albin. Der Polizistensinn war noch nicht verblasst, und irgendetwas gab es da, das ihn aktiviert hatte.

Dabei nahm Albin keineswegs an, dass sich Isabelle womöglich auf dem *Château Boulvain* befand oder aber in einem Lagerraum von Bergers Unternehmen. Aller Wahrscheinlichkeit lebte sie längst nicht mehr und war bei dem Unfall gestorben, worauf der Unfallfahrer ihre Leiche hatte verschwinden lassen. Das war die einfachste aller Theorien, und die einfachsten Lösungen waren meist die richtigen.

Aber eben nicht immer – denn auf der anderen Seite wäre genau das ein vollkommen blödsinniges und untypisches Täterverhalten. Hatte man einen Unfall verursacht, bei dem jemand ums Leben gekommen war, dann würde man das Opfer am besten einfach im Wrack sitzen lassen und sich aus dem Staub machen. Jeder würde zunächst annehmen, es habe sich um einen Alleinunfall gehandelt. Der Mensch war ein Fluchttier – und genau das wäre die logische Reaktion: versuchen zu entkommen.

Albin erinnerte sich daran, wie er vor vielen Jahren bei einem Einsatz nichts anderes im Kopf gehabt hatte als Flucht. Doch die war in dem brennenden Haus nicht möglich gewesen. Es befand sich in einer Nebenstraße, und Albin war mit einem Kollegen dort gewesen, um eine Verhaftung vorzunehmen. Eigentlich eine Routinesache, nichts Besonderes. Ein Drogendealer sollte hopsgenommen werden, aber er hatte Lunte gerochen und sich in seiner Wohnung eingeschlossen, in der er sich gerade mit seiner Lebensgefährtin aufhielt. Die beiden hatten außerdem ein Kind, was Albin aber vorher nicht wusste. Der Bursche stand selbst unter Drogen, seine Freundin ebenfalls, und als Albin und sein Kollege vor der Tür standen, drohte er damit, alles abzufackeln – was er dann schließlich auch tat und die Wohnung in Brand setzte. Woraufhin Albin die Tür eintrat, während der Kollege die Feuerwehr anrief und Verstärkung anforderte.

In der Wohnung herrschten Zustände wie in der Hölle. Überall loderten die Flammen. Der Qualm machte das Atmen fast unmöglich. Schließlich fand Albin die Frau, die entweder bereits ohnmächtig war oder randvoll mit Crack. Es gelang ihm, sie auf den Flur zu zerren. Dann ging er zurück in die Wohnung, fand den Mann auf der Toilette, der zu allem Übel auf Albin losging und auf ihn einprügelte. Aber da er unter Drogen stand, war seine Gegenwehr nicht allzu heftig. Albin verpasste ihm eine und zerrte ihn ebenfalls nach draußen.

Dann jammerte die Frau plötzlich etwas von einem Kind – und Albin dachte: Ach du Scheiße … Und begab sich erneut in das Inferno, während draußen bereits das Martinshorn gellte. Er suchte überall, bekam kaum Luft und fühlte sich, als stünde seine Haut in Flammen. Ein Kind fand er aber nirgends. Erst später stellte sich heraus, dass das Mädchen im Kindergarten gewesen war.

Als Albin die Suche abbrach, um sich selbst zu retten, war der Weg abgeschnitten. Alles brannte lichterloh. Es gab die Möglichkeit, aus dem Fenster zu springen. Allerdings befand sich die Wohnung im vierten Stock einer Mietskaserne, und wenn mehr als hundert Kilo Mensch zehn Meter tief fallen, geht das in der Regel nicht gut aus. Abgesehen davon hatte er vor lauter Rauch sowieso nirgends ein Fenster gesehen. Er bekam keine Luft mehr. Kurz bevor er bewusstlos wurde, packte ihn ein Kerl unter den Armen und zerrte ihn aus dem Inferno nach draußen. Das war Bertrand Lefebvre gewesen. Er hatte Albin das Leben gerettet.

Albin warf die Kippe auf den Gehweg, trat sie aus und nahm das Handy aus der Hosentasche. Er wählte die Nummer von Castel. Sie ging nach kurzem Klingeln ans Gerät.

»Ich brauche Ihre Unterstützung, Castel«, sagte Albin, ohne zu grüßen. Sie wusste sowieso, wer dran war. Wozu also Atemluft verschwenden.

»Wie, wo, was?«, erwiderte Castel. Sie klang etwas außer Atem. So, als sei sie zum Telefon gelaufen.

Albin erklärte ihr, was los war. Dass dieser Gilles sich in der Stadt aufhielt, um Manon zu stalken.

»Albin«, erwiderte Castel, »es ist ein freies Land, und man kann niemandem verbieten …«

»Papperlapapp«, kürzte Albin ab. »Sie wissen so gut wie ich, was mit diesen Typen los ist.«

»Ja, aber … Und was soll ich da machen?«

»Ich bin morgen vormittags unterwegs. Haben Sie ein Auge auf meine Tochter. Sie wird mit Veronique in den Blumenladen gehen. Passen Sie ein wenig auf, Castel.«

Albin hörte ein entrüstetes Lachen.

»Es ist ja nicht so«, sagte Castel, »dass ich nicht alle Hände voll zu tun hätte. Und es ist ja nicht so, dass ich Ihnen nicht schon einen Gefallen getan hätte, indem ich mit Manon zur Rechtsmedizin gefahren wäre und die Anzeige aufgenommen hätte, außerdem …«

»Castel.«

»… außerdem bin ich doch kein privater Sicherheitsdienst, und Ihre Tochter …«

»Castel.«

»… ist sehr wohl alleine in der Lage, auf sich achtzugeben, zudem …«

»Sch-scht. Castel.«

»… gibt es überhaupt keine rechtliche Grundlage, dass ich einen Polizeischutz …«

»Castel, meine Güte. Das weiß ich selbst. Ich bitte Sie um einen Gefallen. Sagen Sie ja oder nein. Ganz einfach. Dann sage ich ebenfalls ja oder nein, wenn Sie mich fragen, ob ich Ihnen einen Gefallen tun würde.«

»Was denn für einen Gefallen? Ich bitte Sie um keinen Gefallen.«

»Noch nicht. Aber gleich.«

Castel gab ein genervtes Stöhnen von sich. »Sie sind schrecklich, Albin.«

»Machen wir einen Deal«, schlug Albin vor – wobei es natürlich kein wirklicher Deal wäre. Was er Castel anzubieten hatte, war etwas, auf das sie in seinem Sinne reagieren sollte – und es fraglos auch tun würde.

»Wollen Sie mir wieder ein Eis bei Matteo anbieten?«

»Ich bin kein Giftmörder.«

»Also los, bitte. Ich höre.«

»Nein, andersherum«, sagte Albin. »Kümmern Sie sich um Manon?«

»Albin. Ich habe keine Ahnung …«

»Dieser Gilles ist unberechenbar, glauben Sie mir. Setzen Sie sich an den Computer. Schauen Sie einmal in seine Akten.«

»Die bekomme ich doch nicht einfach so aus Paris, Albin, ich kann doch nicht …«

»Können Sie schon. Schauen Sie nach. Dann werden Sie überzeugt sein, dass der Mann kein unbeschriebenes Blatt ist.«

»Meine Güte. Ja. Nein. Albin, im Ernst, ich weiß nicht, ob ich das morgen …«

»Castel, tun Sie nicht so dumm. Entweder Sie nehmen sich den Vormittag dafür frei. Oder Sie schicken Theroux los. Oder Sie kümmern sich beide darum. Oder Sie machen einen Streifenwagen klar. So schwer ist das nicht, Sie Zauderliese.«

»Das haben Sie schon einmal zu mir gesagt.«

»Weil es wahr ist.«

»Quatsch.«

»Sie sind eine Zauderliese und fertig. Aber ich habe schon kapiert. Kümmere ich mich eben selbst drum.«

»Meine Güte.«

»Mir fällt schon etwas ein.«

»Ja.«

»Ja, was?«

»Ja! Mein Gott, Leclerc, ich werde aufpassen, okay? Ich gebe den Babysitter! Ich hätte zwar etwas ganz anderes zu tun, weil wir Stunde um Stunde damit zubringen, die Besitzer von Mercedes-Transportern zu überprüfen. Wir klappern sämtliche Werkstätten der Umgebung ab. Außerdem sind die Einsätze der Suchtrupps zu koordinieren, die sich noch einmal und in einem anderen Gebiet auf die Suche nach Isabelle begeben haben. Es gibt Hunderte Anrufe von Menschen, die behaupten, etwas zu ihrem Verbleib sagen zu können. Ich glaube, ich muss es Ihnen nicht noch weiter im Detail erklären, was hier los ist, aber …«

»Spedition Berger.«

»Was?«

»Die Spedition Berger. Sehen Sie sich die an und lassen alle anderen zunächst links liegen.«

»Bitte?«

Albin erklärte ihr, was es mit Berger auf sich hatte. Was er dort gesehen hatte. Wie sein Eindruck von dem ganzen Laden und insbesondere von einem bestimmten Mercedes Sprinter war. Er erklärte außerdem, wie seine Gedanken zu den Routen waren, die über Gordes führten, und warum er es für wahrscheinlicher hielt, dass ein kleines Privatunternehmen mitten in der Nacht unterwegs gewesen war als eine große Spedition.

»Nehmen Sie den Laden aufs Korn, Castel«, sagte Albin.

»Lassen Sie sich Routenpläne und Aufträge zeigen. Gleichen Sie diese mit Wareneingängen am *Château Boulvain* und Warenausgängen am Logistikunternehmen ab. Stellen Sie fest, wo dieser Berger sich zur fraglichen Unfallzeit aufgehalten hat. Beschlagnahmen Sie den Wagen …«

»Albin. Will ich wissen, wie Sie an diese Informationen gelangt sind?«

»Natürlich nicht«, gab Albin entrüstet zurück.

»Sie haben herumgeschnüffelt, und das passt mir überhaupt nicht! Halten Sie die Füße still, mein Gott. Machen Sie mit Ihrer Familie etwas Sinnvolles und Schönes. Gehen Sie mit Ihrer Enkeltochter auf den Spielplatz.«

»Castel, Sie reden schon genau wie die anderen Idioten. Ich bin enttäuscht.«

Castel schwieg einige Momente.

»Trotzdem. Albin. Bitte halten Sie sich heraus. Ehrlich gesagt – ich will wirklich nicht wissen, woher Sie das mit Berger haben.«

»Das interessiert Sie sowieso kein Stück, weil es ausschließlich um die Sache an sich geht. Es geht darum, Isabelle Lefebvre zu finden. Sie wollen das. Ich will das. Wir ziehen an einem Strang. Alles andere ist vollkommen gleichgültig.«

»Gut«, sagte Castel mit einem Seufzen.

»Dann haben wir einen Deal«, erwiderte Albin und ließ es wie eine Feststellung klingen.

»Ja«, antwortete Castel. »Haben wir.«

Na, geht doch, dachte Albin und schob das Handy zurück. Er wartete ab, bis ein Kordon von Rennrädern vorbeigesaust war, und ging mit Tyson auf die andere Straßenseite zum *Café du Midi*, wo einige Leute etwas Boule spielten und wo Matteo mit einem Glas Pastis in der Hand an der Eingangstür unter der verblichenen roten Markise stand und dabei zusah. Das Polohemd, das ebenfalls einmal rot gewesen sein mochte, spannte sich über seinem beachtlichen Bauch und trug das Werbeemblem eines Getränkeherstellers. Seine Jeans war vermutlich noch älter als die von Albin. In der Gesäßtasche steckte ein Wischtuch.

Er drehte sich träge zu Albin, machte eine Geste zu den Boulespielern und sagte: »Ich weiß nicht, wie die das nennen, was sie da treiben – aber mit Petanque hat das nichts zu tun.«

»Womit denn?«, fragte Albin und trat zu den Stufen, auf denen Matteo stand.

»Keine Ahnung. Aber solange sie ordentlich bestellen und mir die Kasse füllen, soll mir das egal sein.«

Albin schmunzelte. Er und Matteo kannten sich eigentlich immer schon, und mindestens genauso lange führte Matteo das Café. Albin kam regelmäßig her, meistens morgens, wenn er eine Runde mit Tyson drehte, um einen Kaffee zu trinken, dem Leben auf der Straße zuzusehen und darauf zu warten, dass ein paar Polizisten vorbeikamen, deren Stammladen das Café war, um von ihnen etwas Neues zu erfahren.

Albin trat noch näher heran, was Matteo etwas zurückweichen ließ. Er machte eine abwehrende Geste und sagte: »Komm bloß nicht auf die Idee, mich küssen zu wollen!«

Albin lachte. »Einen Pferdekuss kannst du haben.«

»Nicht einmal den!«

»Bist du überhaupt schon mal geküsst worden?«

»Jedenfalls nicht von einem Mann.«

»Von einer Frau vermutlich auch nicht.«

»Du hast keinen Schimmer, Leclerc.«

Albin schmunzelte. Matteo war ein großer Anhänger von Marine Le Pen, wie so viele hier im Süden, die dem Front National anhingen. Er hatte sogar ein Bild mit Autogramm von ihr an der Wand hinter der Theke hängen. Wahrscheinlich küsste er es regelmäßig. Es war zumindest das einzige Bild in seinem Laden, das nicht verstaubt war.

»Meine Tochter und meine Enkelin sind zu Besuch«, sagte Albin beiläufig.

Matteo sah Albin ungläubig an. »Ich denke, die reden nicht mit dir?«

»Hat sich geändert.«

»Und dann kommen die dich einfach so besuchen?«

»Nein, nicht einfach so.«

Albin steckte sich eine weitere Zigarette an und erklärte Matteo den Grund für Manons Aufenthalt. Matteo hörte ungerührt zu. Als Albin fertig war, ging Matteo schweigend rein und kam nach einer Minute mit zwei randvollen Gläsern Pastis wieder raus. Er drückte Albin eines davon in die Hand. Das andere war für ihn selbst.

Albin leerte es bis zur Hälfte. Dann sagte er: »Manon wird mit Clara morgen im Blumenladen sein. Ich habe Castel gebeten, etwas aufzupassen. Würdest du ebenfalls ein Auge auf die Situation haben?«

Matteo nickte und sagte: »Ich war früher einmal Meister im Weltergewicht, habe ich das mal erzählt?«

»Etwa fünfhundertmal.«

»Soll ich deinem Schwiegersohn ein paar aufs Maul hauen? Ich habe es noch drauf, das glaub mal.«

»Das glaube ich sofort«, erwiderte Albin.

»Im Ernst, Albin: was für ein Schwein. So etwas kann ich absolut nicht ertragen.«

»Ich auch nicht, Matteo«, sagte Albin.

»Wenn es irgendetwas gibt … geben sollte … Sag nur Bescheid.«

»Werde ich.«

»Ich meine das so, wie ich es sage, Albin: Sag nur Bescheid.«

Albin lächelte und nickte und leerte sein Glas. Matteo nahm es ihm aus der Hand, um reinzugehen und es erneut zu füllen.

»Auf einem Bein«, sagte er, »kann man nicht stehen.«

34

In dieser Nacht schlief Ryan Grévais kaum, und wenn er schlief, dann so unruhig wie seit langer Zeit nicht mehr. Er träumte von Afrika.

Seine Entführung war damals an einem völlig normalen Tag geschehen – insofern man damals überhaupt von normalen Tagen sprechen konnte. Ryan hatte das Büro verlassen und war auf direktem Weg zum Hotel gegangen, wo die Beschäftigten der Bank untergebracht waren. Es hatte die Sicherheitsanweisung gegeben, immer zu zweit zu sein und niemals zu Fuß zu gehen. Beides hatte er ignoriert, das heißt: Er hatte Überstunden gemacht und war allein zurückgeblieben. Daher gab es niemanden, der ihn auf dem Weg zum Hotel begleiten konnte. Außerdem herrschte bereits Dämmerung, und zu dieser Uhrzeit war es ziemlich unwahrscheinlich, ein Taxi zu erwischen. Es waren lediglich zehn Minuten Fußweg, und Ryan bildete sich ein, inzwischen die Sicherheitslage einschätzen zu können und sich einigermaßen gut in der Stadt auszukennen.

Schließlich fuhr ein Lieferwagen an ihm vorbei. Er stoppte. Die Türen sprangen auf. Ehe er reagieren konnte, wurde ihm ein Sack über den Kopf gezogen. Hände griffen nach ihm. Er bekam einen heftigen Schlag gegen den Hinterkopf, wurde in den Wagen gewuchtet und dann mit Klebeband gefesselt. Er hörte Stimmen, Anweisungen, halb auf Afrikanisch, halb auf Englisch, manche auf Französisch. Und es war keine Frage, was ihm gerade widerfahren war: Man hatte ihn entführt. Man würde ihn gegen Lösegeld festhalten.

Ryan Grévais hatte noch nie in seinem Leben zuvor solche Angst verspürt wie in diesem Moment. Er kannte Geschichten über andere Geschäftsleute, Entwicklungshelfer oder Ingenieure, die in Afrika entführt worden waren. Manche waren mehrere Wochen lang festgehalten worden oder sogar Monate. Einigen hatte man Teile ihres Körpers abgeschnitten, um die Lösegeldforderungen zu untermauern. Andere hatte man getötet. Und die, die zurückgekehrt waren, waren nie wieder dieselben wie zuvor, sondern schwer traumatisiert. All das wusste er, weil das Bankpersonal geschult worden war. Man hatte ihnen Vorträge darüber gehalten, was zu tun wäre, sollte man in eine bedrohliche Situation kommen – eine Art Crashkurs in Geiselnahme. Wie sollte man sich benehmen, was sollte man besser seinlassen, womit war zu rechnen? Das alles war in dem Augenblick Makulatur, in dem es geschah.

Sie hatten Ryan in eine Kiste gesteckt, gefesselt, geknebelt, und in einer verlassenen Bergbaumine festgehalten. *Sie*, das war eine Milizgruppe, die unter dem Kommando eines Warlords namens Lord Morengo stand, der sich selbst nicht nur den Titel »Lord«, sondern auch den Militärrang »Colonel« verliehen hatte. Es ließ sich schwer beschreiben, was *sie* sonst noch waren. Ausgeburten der Hölle vielleicht, ja, der Hölle eines Krieges, in dem es keine Regeln und keine Verantwortung gab, in der ein Menschenleben weniger zählte als eine Handvoll Staub.

Lord Morengo war eine Art Lokalfürst, der in seinem

Bezirk tun und lassen konnte, was er wollte, und sich und seine kleine Privatarmee gegen Geld von den Machthabern anheuern ließ – oder eben von deren Gegnern. Je nachdem, wer mehr bezahlte. Wenn die Soldaten in den Kampf gingen, vollzogen sie schauerliche, archaische Rituale, um einer dunklen Gottheit zu opfern und sie um Kraft zu bitten. Sie pumpten sich mit Amphetaminen, Kokain oder anderen aufputschenden Drogen voll. Ryan hielten sie wie ein Tier in der Gefangenschaft – und Lord Morengo, der Colonel, machte sich schließlich einen Spaß daraus, ihn zu abartigen Handlungen zu zwingen.

Zum Beispiel, Menschen umzubringen.

Sie hielten ihm eine Pistole an den Kopf und zwangen ihn, einen Gefangenen zu erstechen. Entweder er – oder der andere. Sie nötigten Ryan ebenfalls, Gefangene zu foltern, wenn es darum ging, Informationen aus ihnen herauszuquetschen, sie setzten ihn unter Drogen, Halluzinogene und jene Aufputschmittel, die sie selbst nahmen – und lachten sich dabei scheckig. Zumindest so lange, bis Lord Morengo feststellte, dass mit seinem französischen Bankier, für den er Millionen an Lösegeld abkassieren wollte, etwas geschehen war. Etwas, mit dem er sicher am allerwenigsten gerechnet hätte.

Der Bankier fand Spaß an dem, was er tat.

Ryan konnte bis heute nicht sagen, warum und wann es passiert war. Ob es an der gesamten Situation lag, an den Drogen oder Dingen, die seit Jahren hinter verschlossenen Türen in seinem Bewusstsein lauerten. Vielleicht alles zusammen. Zunächst war es entsetzlich gewesen, einen Menschen umbringen zu müssen. Gleichzeitig hatte sich etwas in Ryan gelöst, was schwer zu beschreiben war. Die

Angst, die Furcht, der Druck, die Agonie seiner Gefangenschaft – das Töten war wie ein Ventil gewesen, seinem Zorn freien Lauf zu lassen, nachdem er die Grenze erst einmal überschritten hatte. Mit der Zeit waren seine Hemmungen gefallen – fraglos beflügelt durch den Konsum der Drogen, die man ihm verabreichte, und die Anerkennung, die er innerhalb der Gruppe für seine Taten erhielt. Er dachte: *Solange sie Gefallen an mir finden, lassen sie mich am Leben.* Mehr und mehr wurde er zu einem Tier und verschmolz mit der Gruppe, was seine Gefangenschaft erheblich erleichterte. Schließlich machte sich Lord Morengo den Spaß, Ryan mit in einen Kampf zu nehmen – wenngleich er ihm zwei Aufpasser an die Seite stellte. Ryan war dabei völlig klar, dass ein Entkommen unmöglich war und er mit einer Machete in der Hand nicht viel gegen zwei Sturmgewehre ausrichten konnte. Er war bis zu den Haarspitzen voll mit Amphetaminen, als er mit Lord Morengos Armee über ein Dorf herfiel, wo ein Massaker angerichtet wurde. Ryan konnte sich später nicht mehr daran erinnern, was genau dort vorgefallen war – ihm blieben lediglich einzelne Erinnerungsfetzen, Bilder, eines schrecklicher als das andere, und am Ende kam er über und über mit Blut beschmiert in seinem Gefängnis in der Mine wieder zu sich, wo er nicht mehr in einer Kiste schlief, aber auf einem Lager aus alten Kohlensäcken.

Dann kam der Tag seiner Befreiung.

Ryan wurde gefesselt und wieder in eine Kiste gesteckt. Man beförderte die Kiste auf die Ladefläche eines Wagens und fuhr damit durch die Gluthitze. Nach etwa zwei Stunden wurde die Kiste wieder geöffnet. Ryan sah zwei Weiße, die mitleidig und entsetzt auf ihn herabblickten und zwei

Sporttaschen an Lord Morengos Schergen übergaben. Dann verfrachteten sie Ryan in einen SUV und fuhren mit ihm zum Flughafen, wo er sofort notärztlich behandelt und in Begleitung von zwei Ärzten ausgeflogen wurde.

Man brachte ihn zurück nach Frankreich und dort in ein Krankenhaus, wo er einige Wochen verblieb. Yvonne kam ihn dort besuchen – sie weinte viel, vor Freude, Angst und Entsetzen. Er selbst weinte ebenfalls viel aus denselben Gründen. Zudem hatte er – abgesehen von seinen Traumata – mit Entzugserscheinungen von den Drogen zu kämpfen. Schließlich ging es ihm wieder besser, und Schritt für Schritt nahm er, unter therapeutischer Begleitung, sein altes Leben wieder auf.

Und er spürte seitdem jedes Mal, wenn er unter starker Anspannung stand, dass er den Wunsch, nein, den Drang hatte, etwas zu tun, von dem er gelernt hatte, dass es den Druck lösen würde. Erstmals hatte er nachts im Park einen Landstreicher zusammengetreten – und gespürt, dass es ihm danach besserging. Aber es hatte nicht sehr lange angehalten. Ryan brauchte mehr. Und je mehr er sich nahm, desto wirksamer wurde es. Ryan Grévais' neue Droge war Gewalt anzutun und Schmerz zuzufügen. Und zu töten.

Ryan erwachte mit einem erstickten Wimmern aus dem Albtraum. Er war schweißgebadet und hieb um sich. Yvonne, die neben ihm lag, bekam nichts davon mit und schnarchte weiter leise vor sich hin. Sie war an Ryans unruhigen Schlaf inzwischen gewöhnt.

Ryan schlug die Decke zurück. Außer Atem, stand er auf und verließ das Schlafzimmer. Leise ging er über den Flur, die Treppen hinab, um in der Küche Wasser zu trinken. Er nahm eine Flasche aus dem Kühlschrank und leerte sie in einem Zug fast bis zur Hälfte. Mit der Flasche in der Hand ging er zur Terrassentür und öffnete sie. Er ließ die Nachtluft herein, damit sie seinen Körper kühlte.

Diese Villa, dachte er, dieses Leben. Seine Familie, seine Karriere und die Jobs und die Familien vieler anderer Menschen hingen ausschließlich von ihm ab, Ryan Grévais. War es da zu viel verlangt, wenn einige Vereinzelte, die einem weitaus geringeren Zweck in der Nahrungskette dienten, für den Wohlstand sehr vieler geopfert wurden?

Nein, dachte Ryan Grévais, das war nicht zu viel verlangt – und er wusste, dass es Personen in ähnlichen Positionen wie seiner gab, die ähnlich dachten.

In jeder Gesellschaftsform war es angemessen gewesen, andere einem höheren Zweck darzubieten. Heute, im Kapitalismus und im Weltmarkt, ließ man kleine Firmen und ihre Arbeiter zugunsten des Profits und der Bilanzen über die Klinge springen. Früher hatte man den Göttern Opfer für eine gute Ernte gebracht. Was war anders an dem, was Ryan tat? Nichts. War es unmenschlich? Nach heutigen Maßstäben bemessen, ja. Nach denen, die seit Jahrtausenden zuvor gegolten hatten, nein. Und es war allein die Domestizierung des Menschen, die verhinderte, dass er sich benahm wie die Bestie, die er in Wirklichkeit war. Ryan hatte erlebt, wie schnell die Grenzen eines Mannes fallen konnten, wenn plötzlich andere Maßstäbe an seine Existenz angelegt wurden. Die Gesetze der Zivilisation engten sein Wesen ein. Und galten für Menschen wie Ryan Grévais und andere von seinem Stand nicht sowieso andere Gesetze? Von Rechts wegen natürlich nicht, aber es sollten andere gelten, denn Menschen wie Ryan gehörten zu einer anderen Kaste. Sie waren der Motor dieser Gesellschaft. Ohne sie würde alles zusammenbrechen. Motoren brauchten Treibstoff, und die Räder, die von diesen Motoren angetrieben wurden, zermalmten manchmal eine Maus oder eine Ratte. So war das eben.

Ryan schloss die Tür und leerte die Flasche. Er ging zurück ins Schlafzimmer und legte sich leise neben seine Frau. Yvonne sah wunderschön aus. Er dachte an das Gesicht der Frau, die er morgen kaufen würde. Es war ebenfalls wunderschön. Und es würde noch schöner werden, wenn Ryan mit Schmerz und Angst die Züge neu modellierte. Er faltete die Hände über der Brust, schloss die Augen und versuchte, wieder einzuschlafen.

35

Gilles wanderte im Hotelzimmer umher wie ein Panther im Käfig. Er hatte sich ein preiswertes Hotel in Carpentras genommen, starrte abwechselnd auf das Handy und das Tablet, um zu sehen, ob sich Manon zurückgemeldet hatte. Was – wie zu erwarten – nicht der Fall war.

Gilles fand weder Ruhe noch Schlaf und fühlte sich, als habe er zwanzig Tassen Espresso getrunken. Er marschierte zum Fenster, riss es auf und blickte in die Nacht, ohne auf irgendetwas dort draußen zu fokussieren. Die Luft war weich, immer noch warm. Sie roch selbst hier im Ort würzig und nach Kräutern. Nach einer Weile wandte er sich wieder vom Fenster ab. Er setzte sich hin, nahm das Handy, sammelte sich und rief zum hundertsten Mal Manons Nummer an, um ihr auf die Mailbox zu sprechen.

»Ich bin's«, sagte er mit einem Seufzen und gab sich Mühe, so niedergeschlagen wie möglich zu klingen. »Sicher hat es dir dein Vater schon erzählt – oder auch nicht: Ich bin in Carpentras. Ich habe es nicht ausgehalten ohne euch, und … Na ja, ich war bei deinem Vater, und er ist total ausgerastet, hat mit einem Blumenkübel nach mir geworfen, aber nur das Auto erwischt. Sicher hätte ich es verdient, dass er mich getroffen hätte, aber … Aber er ist immer noch ziemlich gewalttätig. Ich hoffe, du hast es dir gut überlegt, ausgerechnet zu ihm zu fahren, und … Und ich hoffe, mit dir ist alles okay und Clara geht es gut … Manon, Schatz, es tut mir alles so unendlich leid, und ich weiß einfach nicht, was ich tun soll, um es wiedergutzumachen, wenn du nicht mit mir sprichst. Ich … ich würde am liebsten das Fenster öffnen und rausspringen, dann hättest du keine Sorgen mehr mit mir. Und … und ohne dich und Clara hat es keinen Sinn, mein Leben hat keinen Sinn, ich habe noch nie so gefühlt, ich …«

Dann war die Mailbox voll. Gilles betrachtete das Telefon. Ganz gut, dass die Mailbox genau an dieser Stelle seinen Vortrag abgebrochen hatte, fand er. Er drehte das Gerät in den Händen. Dann holte er aus und schmiss es gegen die Wand.

»Du bescheuerte blöde Schlampe!«, brüllte er, sprang auf und raufte sich die Hände. »Du blöde Scheißkuh, weißt du, was ich mit dir mache, ich reiße dir dein beschissenes Herz raus und zertrete es! Gib mir mein Kind zurück! Manon! Du …«

Er schlug mit der Faust gegen die Wand. Dann noch einmal. Und wieder. Der Schmerz an den Knöcheln überdeckte den in seiner Seele kaum. Vor Wut begann Gilles zu weinen. Er war kurz davor durchzudrehen. Dieser Kontrollverlust, diese Ignoranz von Manon, ihr überheblicher, dämlicher Vater, diese … Diese bodenlose Frechheit und Respektlosigkeit!

Gilles sackte in die Hocke, schluchzte und umfing sich selbst mit den Armen. *Ich werde dich Respekt lehren*, dachte er. *Dir zeige ich's.*

»Mit mir machst du das nicht!«, schrie er dann laut heraus. »Mit mir nicht!«

36

Eines, dachte Albin, musste man diesem TV-Koch Luc Comtat lassen: Der Mann wusste, wie man sich präsentierte und andere Menschen unterhielt. Albin lehnte an diesem Morgen mit der Hüfte am Herd in der Großküche des *Château Boulvain* und lauschte den Worten des Prominenten, dem die übrigen Beteiligten an den Lippen hingen, als predige er gerade über den Sinn des Lebens. Dabei ging es lediglich um die Qualität von Salat.

»Es gibt solchen und solchen«, sagte Comtat und fuchtelte mit einigen Salatköpfen herum, als handle es sich um Basketbälle. Einige lachten, andere nickten zustimmend. Albin hörte lediglich aufmerksam zu und musterte Comtat und die übrigen Kursteilnehmer. Der Koch selbst – nun, es war faszinierend: Der Mann sah exakt so aus wie auf den Ankündigungsfotos auf dem Flyer, die Albin zunächst für Photoshop-Produkte gehalten hatte. Vielleicht, dachte er, nahmen diese Fernsehleute bestimmte Cremes oder so – oder sie hatten schlicht und ergreifend irgendetwas an sich, das sie über das Normalmaß erhob und außerdem für das Fernsehen prädestinierte. Jedenfalls war Comtats Präsenz über jeden Zweifel erhaben.

Albin strich mit den Händen über die Schürze mit dem Werbeaufdruck von Comtats Sendung, in der er sich etwas affig fand, wie uniformiert, denn die restlichen acht Teilnehmer trugen die gleichen Schürzen. Zusammen wirkten sie wie ein Fußballteam – was vielleicht der Grund dafür war, dass Luc Comtat redete wie ein Trainer und zudem so, als kenne er sie alle seit zwanzig Jahren und hätte mit jedem schon betrunken unter dem Tisch gelegen.

Es waren zwei Frauen und sechs Männer dabei, fast alle im besseren Alter, sprich: in Albins. Also: Die Männer jedenfalls, denn die beiden Frauen waren nach Albins Meinung um die dreißig Jahre alt und hatten sich in der Begrüßungsrunde als Bloggerinnen vorgestellt, die irgendwelche Dinge mit Kochen und Instagram und YouTube anstellten, von denen Albin noch nie zuvor gehört hatte. Die zwei nickten dauernd geflissentlich – so, als befänden sie sich durchaus auf Augenhöhe mit Comtat und hätten Werbeverträge mit den führenden Salatherstellern und Messerproduzenten dieser Erde. Was Albin nicht ausschließen wollte: Er hatte einmal in der Zeitung gelesen, dass diese Blogger mindestens so viel in den Hintern gesteckt bekamen wie Ronaldo oder ähnliche Promis.

Die Männer waren gutbetuchte Hobbyköche, die sich nach Albins Auffassung die immensen Kosten für den Kurs aus dem Kleingeldfach ihrer Brieftaschen leisteten und Albin für ihresgleichen hielten, was er an ihrem Umgangston und der Körpersprache ablas. Hätten sie nur die Spur einer Ahnung, dass er ein Exbulle war, der sich jahrelang von Mikrowellenfraß ernährt hatte, wären sie wohl auf Distanz gegangen.

Comtat fuchtelte weiter mit den Salatköpfen herum und platzierte sie schließlich auf einer Ablage aus Edelstahl. Überhaupt war hier alles aus diesem Material gefertigt. Es gab verschiedene Herde, Öfen, Spülen, Abzugshauben und

Tische – insgesamt gewaltige Vorrichtungen, die Albin an eine Mischung aus Obduktionssaal und Kommandozentrale denken ließen. Der Boden war weißgefliest. Dekorativ und hübsch war hier gar nichts. Alles war auf Effizienz und Zweckmäßigkeit ausgerichtet.

Und jetzt endlich enthüllte Comtat, worum es gehen würde: »Wir machen einen *Salade niçoise*. Eigentlich ist es nichts anderes als ein *Salade de tomates riche* – ein offizielles, geschütztes Rezept gibt es aber nicht. Am besten, man stellt alle Zutaten wie eine *Mise en place* auf den Tisch, so dass jeder seinen *Niçoise* selber mixen kann – inklusive Kräutern, Olivenöl, Zitronensaft, Fleur de Sel und schwarzem Pfeffer.«

Ein »Ah« und »Oh« ging durch die Gruppe. Die beiden Bloggerinnen lachten wissend auf, eine sagte sogar »Wie cool ist das denn?«, während Comtat breit und gönnerhaft grinste. Lediglich Albin gab sich völlig unbeeindruckt, allenfalls überrascht: Ein Sterne- und TV-Koch wollte ihm zeigen, wie man einen schnöden Nizza-Salat machte? Nach Albins Wissen gab es den auch fertig verpackt in Supermärkten oder für drei Euro in jeder Kantine.

Er vergrub die Hände in den Gesäßtaschen und beschloss, sich nichts anmerken zu lassen. Denn angesichts der Reaktionen der anderen musste ihm wohl etwas entgehen. Möglicherweise hatte Comtat den Nizza-Salat neu erfunden und dafür seine Sterne kassiert. Oder er kannte ein Geheimnis in Bezug auf die Zubereitung. Vielleicht handelte es sich auch um einen Insidergag, und Comtat meinte das gar nicht wirklich ernst mit dem Salat – tatsächlich, dachte Albin, wird man doch wohl kaum beim allergrößten Koch Italiens Spaghetti Napoli kochen lernen? Oder doch?

»Wie kennt ihr ihn denn alle, den *Niçoise?*«, fragte Comtat und deutete nickend auf einen gepflegten Herrn, der nach Albins Einschätzung eine Rolex trug.

Doch bevor der antworten konnte, plapperte bereits eine der Bloggerinnen, eine Blondine, aufgeregt drauflos: »Also, ich habe es einmal für meinen YouTube-Channel gemacht, und …«, sie spreizte ihre Finger ab, »… wahn-sin-nig viel Feedback bekommen, weil ich es ganz traditionell sehe. Denn, also: Machen wir uns nichts vor, ein *Salade niçoise* ist im Grunde ja nur ein *Salade de tomates riche*, und ein bestimmtes Rezept gibt es ja nicht – genau wie du eben gesagt hast, Luc. Das ist das Tolle: Wir sind vollkommen frei in der Gestaltung, und wir können einfach alle Zutaten wie bei einer *Mise en place* auf den Tisch stellen. Ein paar Kräuter dazu, Olivenöl, Zitronensaft, etwas Fleur de Sel und Pfeffer – *voilà*.« Sie klatschte aufgeregt in die Hände. Comtat nickte zustimmend. Albin schürzte die Lippen. Die Frau hatte nur genau das wiedergekäut, was Comtat eben erklärt hatte, ließ es aber klingen, als sei es auf ihrem Mist gewachsen. Vielleicht war das das Geheimnis dieser neumodischen YouTuber – das geschickte Anwenden von geborgtem Wissen. Copy-und-Paste.

»Und du?«, fragte Comtat Albin.

»Ich?«, erwiderte Albin

»Klar.«

Alle sahen Albin an. Und genau das hatte er schon in der Schule immer gehasst. Wenn der Lehrer auf ihn zeigte und er durch die Reihen der Mitschüler an die Tafel wandern musste, hatte er bereits vor Aufregung schon wieder vergessen, was er eigentlich tun sollte, sobald er das Stück Kreide in der Hand hielt. Nun also ein Sternekoch, der Albin nach einem Rezept fragte. Ebenso hätte sich Napoleon bei Albin erkundigen können, was er bei Waterloo hätte besser machen sollen.

Albin spürte, dass er errötete. Er konzentrierte sich auf das Bild eines der Fertigsalate, die er früher immer aus dem Kühlregal mitgenommen hatte. Oft war das nicht passiert. Albin war immer der Meinung gewesen, dass Salat auf einem Teller eher zur Dekoration eines ordentlichen Stücks Fleisch diente. Er nahm eine Hand aus der Hosentasche, machte eine Geste und erwiderte: »Man nimmt Salat. Gekochte Eier dazu. Thunfisch.«

Comtat lächelte weiter und wartete. Aber Albin sagte nichts weiter.

»Also«, meinte Comtat, »du machst kein großes Bimbam.«

»Nein. Kein Bimbam«, erwiderte Albin.

»Weniger ist mehr?«

»Weniger ist mehr.«

»Reduce to the max, yeah!«, rief die blonde Bloggerin und klatschte sich mit der anderen ab. Es war der Moment, in dem Albin sich fragte, ob die zwei sie noch alle beieinanderhatten und ob Comtat ihn verarschen wollte. Er kam zu dem Schluss, dass das Erste richtig war, das Zweite wohl nicht.

»Ja, reduce to the max. Dann mal los«, sagte Comtat, rieb sich die Hände und begann mit einem Vortrag.

37

Castel und Theroux saßen im Schatten unter den Platanen an einem der Tische vor dem *Café du Midi*. Castel trank eine große Tasse Milchkaffee, Theroux einen Espresso. Außerdem stand ein Laptop vor ihm auf dem Tisch. Sein Handy lag griffbereit daneben. Der Morgenverkehr rauschte vorbei. Theroux knackte ein Amarettino mit den Zähnen.

Er schüttelte den Kopf, blickte auf die Uhr und sagte: »Castel, bei aller Freundschaft …«

»Freundschaft?«, fragte Castel und blickte Theroux durch die grünen Gläser ihrer Pilotensonnenbrille an.

»Ich rede nicht von uns, sondern ich rede von Albin.«

»Ich bin weder mit ihm befreundet, noch stehe ich ihm sonst wie nahe.«

»Ich auch nicht.«

»Gut. Dann wäre das ja klar«, sagte Castel und dachte, dass sie beide schlechte Lügner waren. Denn es war natürlich offensichtlich: Wäre ihnen Albin Leclerc vollkommen gleichgültig, dann würden sie hier nicht sitzen. Zudem saßen sie in dem Café, das ein Mann führte, der Albin freundschaftlich ebenfalls nahestand – wenngleich Matteo sich mit Händen und Füßen gegen diese Unterstellung zur Wehr setzen würde. Und sie alle drei, inklusive Matteo, mit dem Albin wohl gestern gesprochen hatte, hielten den Blumenladen seiner Freundin im Visier, der in etwa zweihundert Metern Entfernung schräg gegenüber auf der anderen Straßenseite lag, um auf Albins Tochter und seine Enkelin achtzugeben. Wie hatte Manon noch gesagt, als Castel mit ihr zur Rechtsmedizin gefahren war? *Mein Vater versteht es, Menschen für seine Zwecke zu instrumentalisieren.* Das konnte man mit Fug und Recht behaupten.

»Trotzdem geht das nicht, Castel«, bemerkte Theroux, »wir können hier nicht den ganzen Tag lang herumhängen und Kindermädchen spielen.«

»Es geht nur um den Vormittag.«

»Ja, aber trotzdem, Castel, also echt, wir …«

»… haben was Besseres zu tun. Ich weiß.«

»In der Tat. Wir können hier doch nicht …« Theroux seufzte und warf die Hände in den Himmel. »Beim besten Willen: Wir machen uns doch vollkommen lächerlich.«

»Nein.«

Theroux sah Castel unvermittelt an.

Sie zuckte mit den Achseln. »Was ist daran lächerlich?«

»Na ja«, erwiderte Theroux und suchte nach Worten, die er nicht fand.

»Na also«, sagte Castel und ließ ihren Blick wieder über die Straße schweifen.

Sie hatte keinen Zweifel daran, dass dieser Gilles, Albins Schwiegersohn, gefährlich werden konnte. Im Hotel de Police hatte sie gehört, dass er gestern da gewesen war, um Albin anzuzeigen. Angeblich wegen der Beschädigung seines Autos. Castel hatte daraufhin die Anzeige gelesen. Im Jähzorn sollte Albin einen Terrakottablumentopf auf Gilles geworfen und den Wagen getroffen haben. Es gab Fotos von dem Schaden und angeblich ein Handyvideo. Castel hatte jedoch erhebliche Zweifel. Das war nicht Leclercs Stil. Wenn Gilles das Nasenbein gebrochen worden wäre, dann hätte sie es ihm vielleicht noch abgekauft. Aber mit Blumenkübeln werfen? Nein, das war nicht sein Stil, überhaupt nicht.

»Wir bleiben ohnehin nicht lange«, sagte Castel beiläufig.

»Nicht?«, fragte Theroux.

»Nein, wir überbrücken nur die Zeit, denn selbstverständlich haben wir andere Dinge zu tun. Wir warten ab, bis Dodo vorbeikommt.« Dodo, der Streifenpolizist. »Und Dodo wird sich dann mit anderen ablösen.«

Theroux schaute Castel fragend an.

Sie erklärte: »Ich habe es mit ihm und den anderen heute nach der Morgenbesprechung beredet. Sie legen ihre Pausen so, dass sie sich hier abwechseln. Sie kommen alle zum Café, legen ihre Rast ein und klatschen sich ab. Falls es dazwischen Leerlauf gibt, springt Matteo ein.«

»Ernsthaft?«

»Ernsthaft.«

»Das machen die einfach so?«

Nein, taten sie nicht. Castel hatte jedem versprochen, dass sie dafür einen Gefallen bei ihr guthätten – und hatte sich dafür jede Menge zweideutiges Zwinkern und dumme Sprüche angehört. Aber damit kam sie klar.

»Ja«, sagte sie, »das machen die einfach so.«

Schließlich kam Matteo raus. Er trug das, was er immer trug: ein verwaschenes Polohemd mit dem Werbeaufdruck eines Getränkeherstellers, Jeans, die vermutlich viele Jahre alt waren und so tief saßen, dass sie eine unangenehme Perspektive auf seinen Hintern eröffneten, wenn er sich bückte. Er zog ein Wischtuch aus der Gesäßtasche, fuhr damit beiläufig über den Nachbartisch, warf einen kritischen Blick zu Theroux und Castel sowie auf die gegenüberliegende Straßenseite zum Blumenladen.

»Und«, fragte er mürrisch, »ist der Drecksack schon aufgetaucht?«

»Nein«, sagte Theroux. Castel sagte gar nichts.

»Dem breche ich alle Knochen im Leib, wenn er seinen Hintern hier blicken lässt.«

»Matteo«, sagte Theroux, »das würde ich dir nicht raten. Das bringt dir nur Anzeigen ein.«

»Mir doch egal. Schlägt seine Frau – wo gibt's denn so was? Zu meiner Zeit hätte man solche …« Er winkte mit dem Tuch ab. »Egal, lassen wir das. Überall nur noch Weicheier.«

Castel schmunzelte.

Ihr Schmunzeln legte sich, als sich die Tür vom Blumenladen öffnete. Darin erschien Manon, die den Blick pfeilgerade auf das Café und auf Theroux und Castel richtete. Sie marschierte mit raumgreifenden Schritten über den Bürgersteig, dann über die Straße und schien die dort fahrenden Autos zu ignorieren. Castel fand, dass Manon nicht besonders glücklich aussah. Nein, je näher sie kam, desto mehr fand Castel, dass Manon verärgert und geradezu fuchsteufelswild wirkte. Das wiederum verriet Castel, dass Albin seine Tochter entweder nicht darauf vorbereitet hatte, dass es Aufpasser für sie geben würde – oder aber ihren Wunsch ignoriert hatte, dass sie gut genug auf sich selbst aufpassen könne und er sich seine Wachposten in den Hintern stecken solle. Beides, dachte Castel, wäre schlecht, zumal sie und Manon – nun, es gab sicherlich Elemente in der Natur, die auf Anhieb besser miteinander harmonierten.

Manon war noch einige Meter entfernt, aber Castel hörte sie bereits zischen wie eine Lokomotive unter Volldampf.

»Was ist das für eine Versammlung? Darf ich das mal wissen? Was soll dieser Auflauf hier? Wenn es das ist, was ich denke, das es ist, dann schert euch alle zum Teufel!«

Castel sah Theroux zucken. Matteo duckte sich weg und nahm sich mit seinem Wischtuch einen weiteren Tisch vor – so, als ginge ihn das alles nicht die Spur an. Castel machte eine beschwichtigende Geste. Manon ignorierte sie.

Sie deutete mit dem Kinn auf Theroux. »Wer ist das? Auch ein Polizist, hm?«

»Das ist Theroux«, erwiderte Castel.

»Ah. Ach der. Und Matteo steckt auch mit unter der Decke, ja?«

Matteo drehte sich herum. Sein Gesicht begann zu strahlen. »Na, da wird doch der Hund in der Pfanne verrückt – wenn das nicht Manon Leclerc ist! Aus Kindern werden Leute.«

»Das kannst du dir sparen, mein Lieber. Ich weiß genau, was hier los ist.«

»Los?«, fragte Matteo und blickte sich um. »Hier?«

Manon stemmte die Hände in die Hüften und ließ Castel nicht aus den Augen.

Castel schob sich die Sonnenbrille ins Haar.

»Er hat Ihnen also nichts gesagt, richtig?«

»Er hat mir gesagt, dass er sich darum kümmern wird und ich mir keine Gedanken machen soll. Er hat gesagt, dass er Sie anrufen wird, Castel, und ich habe gesagt, dass er das bleibenlassen soll. Er hat mir jedenfalls nicht gesagt, dass er mir die gesamte Brigade auf den Hals hetzen und mich unter Personenschutz stellen lassen wird.«

»Nein«, Theroux deutet mit dem Finger herum, »das ist auch kein Personenschutz. Personenschutz ist etwas anderes. Das ist, wenn man …«

»Wer fragt Sie denn?«, fragte Manon, worauf Theroux sofort wieder verstummte und auch Matteo sich schnell zur Seite drehte, um mit dem Tischputzen weiterzumachen.

»Es tut mir leid«, sagte Castel, »dass Ihnen das überfallartig vorkommt, Manon. Ihr Vater war in Sorge, in berechtigter Sorge, und ich …«

»Ich wiederhole mich, Caterine«, schnaubte Manon. »Ich kann sehr gut auf mich alleine aufpassen.«

»Wir haben es Ihrem Vater versprochen. Es ist ein Gefallen …«

»Sind Sie seine Adoptivtochter, oder was?«

Ach, dachte Castel, *weht daher der Wind?* Sie stand auf, sah Manon fest an und fragte: »Manon, wissen Sie eigentlich alles über Ihren Mann?«

»Natürlich. Inwiefern?«

Castel hatte heute früh im Büro, noch vor Dienstbeginn, den Namen von Gilles Richard in die Datenbank eingegeben. Albin hatte gemeint, sein Schwiegersohn sei kein unbeschriebenes Blatt, was stimmte. Bei der Recherche war herausgekommen, dass es in der Tat einige einschlägige Einträge gab.

Gilles Richard war demnach in seiner Jugend zweimal wegen schwerer Körperverletzung angezeigt worden – er sollte in Diskos auf Mädchen eingeschlagen haben, wofür er bestraft worden war. Ein weiteres Mal ging es um eine Anzeige seiner Exfreundin wegen versuchter Vergewaltigung und dem Vorwurf des Stalkings. Beides war fallengelassen worden. Das Register hatte Castel gesagt, dass Albin nicht falsch mit der Annahme lag, dass dem Mann einiges zuzutrauen wäre. Er war schon seit vielen Jahren gewaltbereit, und seine Gewalt richtete sich immer gegen Frauen. Das war in seiner Ehe mit Manon ebenfalls geschehen. Nahm man all das zusammen, konnte man davon ausgehen, dass Gilles Richard in seiner aktuellen Ausnahmesituation einer tickenden Bombe gleichkam.

»Sie kennen seine Vorstrafen?«, fragte Castel.

»Vorstrafen?« Manon schüttelte irritiert den Kopf. »Nein? Wieso? Was meinen Sie damit?«

Castel sagte es ihr. Für einen Moment verlor Manon die Fassung, keuchte und fasste sich ans Herz. Sie schluckte schwer. Dann sagte sie: »Nein, davon wusste ich nichts. Woher wissen Sie ... Wusste mein Vater davon?«

»Ich denke, schon, ja.«

»Und er hat mir nie davon erzählt? Warum hat Gilles mir das verheimlicht? Wieso ...«

»Manon, darauf kann ich Ihnen keine Antworten geben. Aber ich gehe davon aus, dass Ihrem Mann einiges zuzutrauen ist. Das wollen wir vermeiden. Wir haben im Moment keine rechtliche Handhabe, um ihn zu stoppen ...«

»Papa hat von einer Verfügung gesprochen?«

»Die bringt uns aber im Moment nicht weiter, und die bekommen wir nicht einfach so.« Castel schnippte mit dem Finger. »Was wir aber tun können, ist genau das, was wir gerade tun. Ein Auge auf die Situation haben. Das ist sehr privilegiert, Manon, weil Ihr Vater bei der Polizei ...«

»Würden Sie aufhören«, zischte Manon, »dauernd meinen Vater ins Spiel zu bringen und ihn wie einen Heiligen ...«

»Er ist sicher kein Heiliger. Er ist ein angesehener Exkollege, der sich sehr viel Respekt bei der Polizei erarbeitet hat und vielen einen Gefallen getan hat, die ihm wiederum Gefallen schuldig sind. Sie haben selbst gesagt, dass er gut weiß, wie er andere für sich instrumentalisiert. Darum geht es hier, Manon. Wir machen unseren Job, außerdem schulden wir ihm was. Einmal Polizist, immer Polizist. Und Sie profitieren davon. Andere Frauen in Ihrer Situation …«

»Vielen Dank«, fauchte Manon, »für Ihre freundlichen, persönlichen Worte!«

Castel seufzte und dachte: *Großartig, Cat – schon wieder ins Schwarze getroffen und dich im Ton vergriffen. Du solltest Kurse darin anbieten.*

Manon wirbelte herum. Wortlos ging sie über den Bürgersteig, lief über die Straße, wich einigen Autos aus und marschierte zurück zum Blumengeschäft.

»Puh«, machte Theroux.

Matteo pfiff ein Liedchen, als ginge ihn das alles gar nichts an. Castel setzte sich wieder und schob die Sonnenbrille zurück auf die Nase.

»Die ist ziemlich stur«, meinte Theroux.

»Wie ihr Vater«, erwiderte Castel und leerte den Milchkaffee. »Aber sie hat es nicht leicht mit ihm.«

»Wer hat es schon leicht mit Albin Leclerc?«, fragte Matteo. Dem hatte niemand etwas entgegenzusetzen.

38

Gilles hatte den Wagen in einer Seitenstraße geparkt. Jetzt traf ihn fast der Schlag, als er um die Ecke bog und Manon auf dem Bürgersteig geradewegs auf ihn zukam.

Er hatte das Haus heute morgen beobachtet und gesehen, wie Manon und Clara es zusammen mit der Lebensgefährtin ihres Vaters und einem kleinen Hund verließen, nachdem Albin mit seinem SUV fortgefahren war. Gilles hatte geweint – vor Wut und vor Verzweiflung –, als er Clara wiedergesehen hatte. Es hatte sich angefühlt, als sei ihm das Herz herausgerissen worden.

Er hatte sie heimlich aus dem Auto heraus beobachtet und überlegt, sofort auszusteigen, aber dann waren sie bereits auf die Hauptstraße eingebogen, und Gilles hatte den Plan aufgegeben. Stattdessen hatte er sie mit dem Wagen verfolgt und sehen können, wohin die drei unterwegs waren: in den Blumenladen, der offenbar von Leclercs Freundin geführt wurde, denn sie schloss die Tür auf. Eine Weile hatte er mit dem Wagen am Straßenrand im Halteverbot gestanden und schließlich gesehen, dass Manon aus dem Laden herausgerannt war.

Eine bessere Chance, dachte Gilles, würde er wohl kaum bekommen.

Also hatte er das Auto rasch in einer Seitengasse geparkt und war ausgestiegen. Er hatte sich mit dem Ziel in Bewegung gesetzt, seine Tochter zu holen. Manon war ja nicht im Laden, und von der älteren Frau war sicherlich wenig Gegenwehr zu erwarten. Er musste schnell sein. Schnell und entschlossen, und ihm schlug das Herz bis zum Hals. Jetzt blieb es beinahe stehen, als Manon stoppte und ihn ansah wie einen Geist. Auch Gilles hielt an. Lediglich zehn Meter und die Schaufensterfassade des Blumengeschäftes trennten sie noch voneinander.

»Manon«, keuchte Gilles, setzte das hellste seiner Autoverkäuferlächeln auf und breitete die Arme aus.

»Hau! Ab!«, fauchte Manon und marschierte auf den Eingang des Blumengeschäftes zu. Gilles war ebenso schnell und stand nun vor ihr.

»Manon«, rief er. »Wir müssen reden!«

»Scher dich zum Teufel!«

Sie fasste nach der Eingangstür, Gilles nach ihrem Handgelenk und packte es fest.

»Wir reden jetzt«, zischte er. »Ich will mein Kind. Clara. Ich hole mir Clara.«

»Wirst du nicht!«

Mit der freien Hand begann sie, nach Gilles zu schlagen. Was ihn schockierte. Das hatte sie noch nie getan. Sie wagte es, die Hand gegen ihn zu erheben? Sie …

Da ging die Ladentür auf, und die Freundin von Albin Leclerc erschien darin.

»Finger weg, Sie Schuft!«, brüllte die Frau und schlug ebenfalls auf Gilles ein.

Mit der freien Hand stieß er sie zurück in den Laden. Er hörte Hundegebell, dann klatschte erneut eine Hand in sein Gesicht. Jetzt hatte er genug davon. Er holte mit der Faust aus, um Manon die Nase zu Brei zu schlagen.

»Schlampe!«, zischte er.

Bevor er zuschlagen konnte, hörte er Rufe von der Straße. Er hörte seinen Namen. Sein Kopf ruckte herum. Er sah einen Mann und eine Frau über die Fahrbahn laufen. Sie wichen Autos aus, die mit quietschenden Bremsen stoppten und hupten. Die Frau hatte kurze Haare und trug eine Sonnenbrille. Der Mann ebenfalls, und dieser Mann rief nun: »Polizei!«

Gilles gefror das Blut in den Adern. Die Gedanken überschlugen sich. Wo kamen die auf einmal her? Hatten die Manon überwacht? Steckte der alte Leclerc dahinter? Was war da los? Gilles erwog seine Optionen. Hierbleiben und alles erklären? Das würde zu nichts führen und nur Ärger bringen. Abhauen und einen neuen Versuch unternehmen? Ja, das war wohl am besten.

»Schlampe!«, fauchte Gilles noch einmal, riss Manon am Handgelenk herum und stieß sie dann von sich. »Wir sprechen uns noch! Hörst du?«, rief er im Rückwärtsgehen, während der Mann und die Frau schließlich die Straße überquert hatten und nun über den Bürgersteig joggten. Er sah noch, wie Manon durch die Wucht seines Stoßes in Richtung Bordstein taumelte und stolperte. Dann drehte er sich um und nahm die Beine in die Hand, um zum Wagen zu laufen und wegzufahren, bevor einer der Verfolger ihn erreichen und zur Rede stellen oder Schlimmeres mit ihm tun würde.

39

»Verdammt«, hatte Castel gemurmelt. »Da ist er. *Das* ist er.«

Matteo wollte gerade kassieren und Castel mit Theroux aufbrechen, als sie das Handgemenge vor dem Blumenladen sah. Dem Anschein nach hatte Gilles Richard seiner Frau aufgelauert und wollte sie nun zur Rede stellen. Es wirkte nicht gerade freundlich, was dort vor sich ging. Also war Castel aufgesprungen und losgelaufen. Theroux, der augenscheinlich begriffen hatte, was los war, folgte ihr.

Sie spurtete über die Straße, stoppte Autos mit Handzeichen, wurde aber fast von einem Motorradfahrer erwischt, der ihr einen Fluch zurief. Sie ließ Manon und Gilles nicht aus den Augen. Veronique kam aus dem Laden. Gilles stieß sie zurück oder schlug sie. Ein lautes Hupen betäubte Castels Ohr. Dann erreichte sie den Bürgersteig. Hinter ihr rief Theroux »Polizei!« –, und das machte etwas mit Gilles Richard, der nun zu Theroux und Castel herüberblickte. Er schien zu kapieren, was los war. Er stieß Manon von sich und lief fort.

Castel sah, wie Manon stolperte und auf den Bordstein zutaumelte. Castel sah außerdem die Front eines herannahenden Lkw von der Müllabfuhr. Sie wirkte übergroß. Massiv. Manon dagegen wie eine hilflose Puppe, die achtlos fortgeworfen worden war. Und falls sie auf die Straße stürzen würde – der Lkw war viel zu nah, um noch bremsen zu können.

Castel wollte ihr eine Warnung zurufen, sparte sich aber den Atem und rannte noch schneller. Einen Wimpernschlag später sah sie, wie Manon strauchelte und sie ihre Arme hochwarf, um das Gleichgewicht zu halten. Im nächsten Moment würde sie auf die Straße fallen.

Der Lkw kam immer näher.

Castel sprintete wie eine Hundertmeterläuferin. Sie war nicht mehr weit entfernt. Manon taumelte, ruderte mit den Armen, knickte endgültig ein. Der Lkw-Fahrer schien das zu bemerken. Die Hupe brüllte wie die Stimme eines Urzeitwesens. Die Bremsen schrien auf. Nun war Manon fast zum Greifen nah. Sie schien zu verstehen, was gleich passieren würde. Ihre Augen weiteten sich. Aber sie konnte das Gleichgewicht nicht halten. Sie fiel und …

Castel machte einen Hechtsprung nach vorn. Sie bekam einen von Manons rudernden Armen zu fassen und zerrte sie mit aller Kraft fort von der Straße. Sie legte ihr ganzes Gewicht nach vorn, um selbst zu Fall zu kommen, damit sie Manons Körper wie eine American-Football-Spielerin mit sich riss. Die beiden stürzten auf den Gehweg. Castel spürte den Windstoß, als der Müllwagen dicht an ihnen vorbeirauschte. So dicht, dass sie die rostigen Muttern an den Felgen hätte zählen können. Der Müllwagen stoppte mit einem Ruck. Die entlüfteten Bremsen zischten. Es stank bestialisch. Castels Ellenbogen ratschten über den Boden. Manon fiel auf ihren Brustkorb und nahm ihr die Luft zum Atmen.

Theroux war da. Er rief dem Müllwagenfahrer etwas zu. Er hockte sich hin, um Castel und Manon zu fragen, ob alles okay sei. Sie brachte ein Nicken zustande, Manon ebenfalls. Dann lief er los, Gilles Richard hinterher. Das Röhren eines Motors war zu hören und wiederum quietschende Reifen sowie Theroux, der »Scheiße« rief –, was bedeuten musste, dass er Gilles nicht mehr erwischt hatte. Dann gesellte sich eine Frauenstimme dazu.

»O mein Gott.«

Veronique war aus dem Blumenladen gekommen. Sie streckte ihre Hände aus, um Manon und Castel aufzuhelfen. Beide rappelten sich wieder hoch, betrachteten sich selbst und sich gegenseitig. Außer ein paar Schrammen hatten sie nichts abbekommen. Auch ein kleines Mädchen erschien in der Ladentür. Sie weinte und rief nach ihrer Mama. Das musste Clara sein, Albins Enkelin. Manon lief zu ihr, um sie in den Arm zu nehmen und zu trösten.

Castel prüfte ihre Ellenbogen. Einer war blutig. Sie klopfte sich den Staub ab und machte eine beruhigende Geste zu dem Müllwagenfahrer, der die Tür geöffnet hatte, um nach ihnen zu sehen.

»Alles in Ordnung!«, rief Castel. Der Mann nickte, wartete einen Moment, bis er sich sicher zu sein schien, dass wirklich alles in Ordnung war. Dann warf er die Tür wieder zu und setzte die Fahrt fort.

»So ein Schwein«, sagte Veronique. »Was für ein Mistkerl. Er hat mich vor die Brust gestoßen! Caterine – das war knapp. Gut, dass Sie zur Stelle waren.«

»Ja«, sagte Castel und ließ Manon nicht aus den Augen, die Clara nun auf den Arm nahm, hin und her wiegte und ihr etwas ins Ohr flüsterte.

»Dieser Mann«, schimpfte Veronique, »ist gemeingefährlich. Sie sollten ihn verhaften! Oh, Caterine, Sie bluten ja!«

»Nur eine Schramme«, erwiderte Castel. Das Blut lief ihr vom Ellenbogen bis zum Handgelenk.

Veronique nahm Castels Hand. »Das müssen wir abspülen, und wir machen ein Pflaster drauf. Ich habe welche im Laden.«

»Okay, gut«, erwiderte Castel und ließ sich abführen. Sie sah Theroux, der zurückkam und mit den Achseln zuckte – eine Tut-mir-leid-Geste. Gleichzeitig griff er zum Telefon. Hoffentlich, dachte Castel, um eine Fahndung nach dem Wagen von Gilles Richard herauszugeben, denn er hatte unter den Augen von Polizisten versucht, eine schwere Körperverletzung zu begehen. Und Castel würde noch einiges Weitere draufpacken, wie Eingriff in den Straßenverkehr sowie …

Es ruckte an ihrer Hand. Veronique zog sie zum Blumenladen. Sie kamen dicht an Manon und ihrer Tochter vorbei. Castels und Manons Blicke trafen sich.

Manon nickte und flüsterte: »Danke, Caterine.«

Castel nickte ihr ebenfalls zu. »Keine Ursache«, sagte sie. »Wir schnappen ihn uns, Manon.«

»Ja.«

»Damit kommt er nicht durch. Wir machen ihn fertig.«

Und Castel dachte: Ich *mache ihn fertig*.

40

Luc Comtat sprach davon, dass der Nizza-Salat ein Klassiker sei, aber unverschämt oft vollkommen verdorben werde und bis zur Lächerlichkeit verhunzt. Dabei sei das Gericht so typisch französisch wie noch was. Eines der ältesten Basisrezepte reiche bis ins Jahr 1900 zurück, und es sei wohl in Paris erfunden worden, nicht an der Küste – von daher gehe es um die Sehnsucht nach dem Meer und nicht um die Küste selbst. Das erntete jede Menge Zustimmung. Albin nickte mit. Er nahm an, dass das angebracht und besser so wäre.

»Ihr müsst die Seele des Salates verstehen«, predigte Comtat. »Ihr wollt die Küste schmecken, das Salz des Meeres. Ihr wollt die Erinnerung an den Sonnenbrand auf dem Rücken. Und es ist egal, wo ihr an der Riviera seid, ihr bekommt überall einen ganz anders angerichteten *Niçoise*. Das ist das Tolle. Ihr seid völlig frei. Aber ihr müsst an die Basics denken, die braucht es einfach.«

Damit deutete er auf einige vorbereitete Zutaten und zählte auf: »Salat, Thunfisch, Tomaten, Kartoffeln, Sardellen, Basilikum, Eier, grüne Bohnen, Kapern, Oliven, Olivenöl.« Manche, erklärte der Koch, würden marinierte Artischockenherzen dazunehmen, andere wiederum schwarze Oliven aus Les Baux favorisieren oder Anchovis.

Schließlich ging es um die Zutaten im Besonderen, und

Luc Comtat referierte, dass man unbedingt Knoblauch dazugeben solle, weil bei ihm ohne Knoblauch gar nichts gehe. Und den Thunfisch betreffend – so stehe der aus der Dose unter Strafe. Man solle Filets besorgen und diese nur scharf anbraten, so dass der Fisch innen fast roh bleibe.

Soweit Albin es insgesamt verstand und wie es auf einem in der Küche stehenden Whiteboard angeschlagen war, ging das Ganze so:

Rotweinessig und Olivenöl mit Dijonsenf und zerdrücktem Knoblauch, ein paar Frühlingszwiebeln und etwas Zitronensaft, Salz und Pfeffer nutzte man für das Dressing. Für den Rest nahm man dann die Thunfischfilets, eine Handvoll grüner Bohnen und Oliven, einige kleine Kartoffeln und Anchovisfilets, rote Paprika, hartgekochte Eier, saftige kleine Tomaten, einige Sardellen, Blattsalat – fertig. Eigentlich nicht so schwierig, dachte Albin.

Dazu hatte Luc Comtat noch verschiedene andere Zutaten vorbereitet – Albin identifizierte immerhin die Artischocken – und predigte erneut über die Individualität des Gerichtes und dass sich niemand an etwas halten müsse, dass manche sogar auf den Thunfisch verzichten würden, was einerseits ein Affront, andererseits »Rock 'n' Roll« sei. Aber erst solle es eine kleine Pause geben, bevor es losgehe. Albin atmete erleichtert auf. Es war ziemlich dringend, eine zu rauchen – und außerdem wollte er sich umsehen.

Albin schlich sich in Richtung Tür davon und nahm vorher die Schürze ab, während die anderen sich um Luc Comtat versammelten und mit ihm redeten. Sie betrachteten außerdem einige seiner Bücher, die er mitgebracht hatte, um sie zu verkaufen und zu signieren. Albin nahm sich vor, eines davon Veronique mitzubringen, die sich darüber ohne Zweifel fürchterlich freuen würde. Er fragte sich im Rausgehen, ob mit ihr, Manon, Clara und Tyson alles in Ordnung war. Er fasste in die Hosentasche und nahm eine Schachtel Zigaretten heraus. Schon wieder hatte er Tyson abgegeben – zugunsten von Clara, um sie erneut mit der großen Aufgabe zu betrauen, sich um den Hund zu kümmern. Natürlich hätte Albin ihn sowieso nicht zum Kochkurs mitnehmen können. Auf der anderen Seite spürte er, dass der kleine Kerl ihm fehlte und zudem niemand da war, mit dem er seine Gedanken teilen konnte.

Draußen blinzelte Albin in die grelle Sonne, steckte sich eine an und lehnte sich gegen die Wand, um etwas Schatten zu finden. Er stand an der Rückseite des Châteaus, wo sich der Parkplatz befand. Er sah große Müllcontainer auf Rollen, die in einem Schuppen standen. In einem für die Belieferung vorgesehenen Bereich hielt ein kleiner Transporter, dessen Hecktüren offen standen. Es wurde gerade frische Wäsche ausgeladen und benutzte eingeladen. Unter dem Dach eines anderen Schuppens lagerten verschiedene Kisten und Kartons, auf denen Albin das Logo von *GP Logistics* erkannte. Jemand brauste auf einem Motorroller heran, um ihn in der für die Mitarbeiter ausgeschilderten Zone des Parkplatzes abzustellen.

Albin klemmte sich die Zigarette in den Mundwinkel, schob die Hände in die Hosentaschen und schlenderte über den mit feinem Kies bestreuten Hinterhof. Er warf einen Blick in den Wäschewagen und fragte sich, ob Marie sich um die Bettbezüge und Tischdecken und Servietten kümmern würde – Marie Lehmann, die Frau von Jerome Lehmann, der als Hausmeister damals das Château Ledrome betreut hatte, das Haus vom alten Justin Streuben. Marie hatte eine Wäscherei nebst Bügelservice und jede Menge Hotels und Ferienhausbesitzer als Kunden.

Albin betrachtete die Kartons und Kisten. Die meisten waren leer. Also war das hier eine Sammelstelle für Altpapier. Mit dem Fuß bewegte er einige der Kisten und sah einen weiteren Müllcontainer, der offen stand. Plastiktüten waren zu erkennen, undefinierbare Stoffreste. Davor hockte eine Katze und zuckte zusammen, als sie Albin bemerkte. Sie glotzte ihn an, als komme Kim Jong-un persönlich auf einer Atomrakete angeritten, und flitzte fort. Anscheinend hatte sie es sich zuvor in einem der Kartons gemütlich gemacht, in dem weiterer Abfall lag – Lappen, Handtücher, Altkleider, es ließ sich nicht genau sagen.

Albin wandte sich wieder um. Er betrachtete den jungen Mann, der mit dem Motorroller angekommen war. Er hatte blondes Haar, war tätowiert, sportlich gekleidet und hatte einen etwas einfältigen Gesichtsausdruck, was nichts heißen musste. Er steckte sich eine Zigarette an, blickte auf die Uhr und nickte dann Albin zu.

»Auch eine rauchen?«, fragte er und lachte, was so klang, als würde er die Nase hochziehen.

Albin sog an der Zigarette und nickte. Offenbar hatte der dümmliche Gesichtsausdruck doch etwas zu bedeuten. Albin deutete auf den Hintereingang der Küche. »Kurze Pause«, erklärte er. »Ich nehme an dem Kochkurs teil.«

»Okay«, erwiderte der Bursche. »Super, mit Luc Comtat. Und? Macht es Spaß? Wir haben Ihnen unser Reich überlassen, bringen Sie bloß nichts in Unordnung! Unser Boss ist schon schlecht drauf wegen des Kurs. Ist ja nicht so, als hätten wir nichts zu tun.« Er schmunzelte und gab wieder dieses merkwürdige Lachen von sich.

»Ihr Reich?«, fragte Albin.

»Ich arbeite in der Küche.«

»Verstehe.«

»Gibt viel zu tun heute. Ich bin etwas früher da, um gleich noch eine Lieferung anzunehmen. Wenn Ihr Kochkurs durch ist, geht es richtig los.«

Albin nickte. Er erinnerte sich daran, dass die Rede von einem größeren Event gewesen war, weswegen der Kurs mit Comtat auf den Vormittag verlegt und verkürzt worden war.

»Hochzeitsgesellschaft?«, fragte Albin, obwohl er es von Hoteldirektor Thiers bereits besser wusste.

Der junge Koch schnaubte mit einem Schmunzeln und stieß dabei den Rauch durch die Nase aus. Er schüttelte den Kopf. »Eine größere geschlossene Gesellschaft. Sie dinieren nach ihrer Versammlung nicht einmal hier, sondern werden sich von uns alles liefern lassen. Kalt-warmes Büfett.«

»Abendliches Picknick?«

Der Junge zuckte mit den Achseln. »Die machen das immer so. Ist ein komischer Club, wenn Sie mich fragen.«

Albin machte ein fragendes Gesicht.

»Irgendeine Loge.«

»Loge?«

»Ich habe gesehen, dass sie diese komischen Masken tragen. Es gibt ja alle möglichen Clubs.«

Albin nickte. »Klar«, sagte er. »Freimaurer oder so. Komische Vögel.« Er paffte und kniff ein Auge gegen den Rauch zu. »Masken tragen die?«

Der Junge deutete auf sein Gesicht und zog sich spielerisch die Nase lang. »So venezianische mit langen Nasen. Bescheuert, wenn Sie mich fragen.« Schließlich grinste er vor sich hin, zuckte erneut mit den Achseln. »Na ja, wer weiß, was die so treiben«, erwiderte er und zwinkerte vieldeutig zu Albin.

»Treiben?«, fragte Albin.

»Ich sage nichts«, sagte der Kerl und kicherte.

Er kam Albin wirklich nicht besonders helle vor, und Leute, die nicht sehr klug waren, aber dafür Plaudertaschen, gaben für gewöhnlich gerne mit ihrem Wissen an, um trotz ihrer Blödheit als clever zu gelten. Sie sagten dann manchmal, dass sie nichts sagen würden, um damit ihr Gegenüber zu Nachfragen zu provozieren – oder machten dauernd Bemerkungen wie: *Wenn Sie mich fragen* …

Also tat Albin ihm den Gefallen und fragte: »Was treiben die denn?«

Wieder zwinkerte der Koch. »Da werden auch mal Frauen gebracht. Ebenfalls in Masken. Dann fahren sie alle weg.«

»Oh, là, là«, bemerkte Albin, warf dann die Kippe zu Boden und trat sie aus. »Man feiert Orgien?«

»›Eyes wide shut‹, wenn Sie mich fragen«, kicherte der Bursche.

»Wie bitte?«, fragte Albin. Er sah jemanden am Kücheneingang stehen und nach ihm winken. Der Kurs ging gleich weiter.

»Na dieser Film mit Tom Cruise und Nicole Kidman.«

»Nie gehört«, sagte Albin, nickte in Richtung der Küche und erklärte, dass sein Kurs jetzt weitergehe.

»Alles klar, viel Spaß in meinem Reich«, erwiderte der Junge, sah auf seine Uhr. »Ich warte auf den Lieferanten. Berger muss gleich kommen.«

Albin zögerte einen Moment. Er dachte nach und fragte: »Ach, der von dem Shuttleservice?«

»Klar, der fährt für uns, kennen Sie den?«

Albin winkte ab. »Ich fahre manchmal an dem Laden vorbei. Kennen wäre zu viel gesagt.«

Albin dachte weiter nach. Über die Luxustransporter, die auf Bergers Betriebshof gewaschen worden waren.

Albin fragte: »Fährt der auch diese Loge hin und her?«

»Klar«, sagte der Koch. »Berger hat die besten Shuttles, echt, da legen Sie die Ohren an. Bose-Soundsystem in jedem Wagen und mit allem Pipapo.«

»Alles klar«, meinte Albin und setzte sich in Richtung Küchentür in Bewegung. Er stockte kurz, als ein Lieferwagen um die Ecke gerast kam und ihn fast mit der Kühlerhaube erwischte.

Bergers Wagen. Und Berger saß persönlich am Steuer. Albin duckte sich weg und verschwand rasch in der Küche – in der Hoffnung, dass Berger ihn nicht wiedererkannt hatte und sich nicht fragen würde, was auf einmal der Mann hier tat, den er als Bertrand Lefebvre kennengelernt hatte.

41

Berger bekam den Schock seines Lebens, als auf einmal Bertrand Lefebvre vor seiner Windschutzscheibe auftauchte. Scheiße, dachte er, das war doch *der* Kerl gewesen? Oder nicht? Sah er schon Gespenster?

Berger bremste vor dem Unterstand, wo Florent schon stand, um die Lieferung entgegenzunehmen. Florent war nicht der hellste Stern am Firmament. Bergers Gedanken fuhren Karussell. *Lefebvre*, das war der Nachname von diesem Unfallmädchen. Sie hatten ihren Ausweis und den Führerschein bei ihren Sachen gefunden. Bertrand Lefebvre war Bergers Vermutung nach ein Verwandter, und als der Kerl an der Spedition aufgetaucht war, hatten bereits sämtliche Glocken Alarm geschlagen. Erneut verfluchte sich Berger dafür, dass er so blöd gewesen war, bei der Sache mitzumachen. Sie hätten die Frau in dem Unfallwagen lassen sollen. Was hätte sie schon aussagen können?

Vielleicht überhaupt nichts, weil sie sich nicht mehr daran erinnerte, wie der Unfall geschehen war. Und wer hätte ihr schon geglaubt? Sie hätte gesagt: »Da ist eine Frau aus einem Lieferwagen auf die Straße gesprungen, und ich bin ausgewichen.« Das hätte ihr eh keiner abgekauft. Und wären sie doch nur fünf Minuten später losgefahren! Hätte er doch vorher noch seine Zigarette zu Ende geraucht! Dann wäre das alles gar nicht erst geschehen.

Diese Isabelle sorgte nur für Ärger. Ärger, weil es sie überhaupt gab. Und Ärger, weil sie in ihrer Zelle den verdammten Albert umgelegt hatte! Was für eine Scheiße! Überall in den Medien wurde nach ihr gesucht – und dann kreuzte noch dieser Verwandte auf! Nein, in Bergers Augen war die Sache viel zu heiß geworden. Aber man hörte nicht auf ihn. Man wollte nicht abbrechen und maß seiner Paranoia keine Bedeutung zu. Es stand viel zu viel Geld auf dem Spiel und außerdem die Reputation des gesamten Unternehmens.

Berger stellte den Motor aus. Seine Hände zitterten. Er hatte die ganze Nacht kein Auge zugetan und sich den Kopf darüber zerbrochen, wie, um Himmels willen, der Kerl auf ihn und sein Unternehmen gekommen war. Und nun tauchte er hier auf? Oder spielte ihm sein Gehirn wirklich bloß einen Streich?

Ja, dachte Berger, so musste es sein. Er musste sich vertan haben. Er hatte keinen Schimmer, aus welchen Gründen dieser Lefebvre plötzlich hier auftauchen sollte und wie er darauf gekommen wäre, dass …

»Da ist er ja«, sagte Florent und grinste debil.

»Tag, Florent«, erwiderte Berger und marschierte um den Lieferwagen herum, um die Laderaumtüren zu öffnen.

»Hast Stress, was?«

»Wenig Zeit.«

Was nicht einmal gelogen war. Berger wuchtete einige Kartons aus dem Wagen und legte sie auf einer Lastkarre ab, mit der Florent um die Ecke kam.

»Wir haben auch viel zu tun«, sagte er. »Aber loslegen können wir noch nicht. Die Küche ist noch vom Fernsehkoch belegt.«

»Fernsehkoch? Was denn für ein Fernsehkoch?«, fragte

Berger und legte zwei Styroporboxen nach, die mit Eis und frischem Fisch gefüllt waren.

»Luc Comtat.«

»Kenne ich nicht.« Abgesehen davon waren Bergers Gedanken sowieso ganz woanders.

»Er gibt diesen Kurs«, erklärte Florent, nahm einen Lieferschein von Berger entgegen und zeichnete ihn ab.

»Aha«, machte Berger, während seine Gedanken sich auf ein völlig neues Gleis begaben. Ein Kochkurs. War es denkbar, dass Bertrand Lefebvre ... Nein, das wäre doch ein vollkommen absurder Zufall.

Florent rollte mit dem Wagen in Richtung des Haupthauses. Berger starrte gedankenverloren auf die leere Ladefläche des Lieferwagens. Das heißt: Nein, sie war nicht ganz leer. Als Berger das bewusst wurde, durchfuhr es ihn wie ein Blitz. In dem Wagen lag noch der blaue Müllsack mit den Sachen. *Den* Sachen. Er hatte sie alle hineingestopft und den Sack rausgenommen, als er den Wagen reparieren und lackieren ließ. Schließlich hatte er dann wieder alles hineingeworfen, weil er das Zeug eigentlich unterwegs irgendwo entsorgen wollte. Aber er war einfach nicht dazu gekommen und hatte es zwischenzeitlich sogar vergessen. Ehrlich gesagt: Warum auch daran denken? Er hatte sich vollkommen sicher gefühlt, und mit dem Zeug hätte sowieso niemand etwas anfangen können.

Und jetzt ...

Verflucht, jetzt wurde es wirklich langsam viel zu heiß. Wenn dieser Lefebvre ihm die Polizei auf den Hals hetzen würde, dann ...

»Scheiße, Vollidiot«, zischte Berger und meinte damit sich selbst.

Er sprang auf die Ladefläche und grapschte nach dem Müllbeutel. Er wendete sich um, sprang von der Ladefläche herunter und sah sich um. Niemand da. Er lief in den Schuppen, vorbei an den alten Kartons, und stopfte den Beutel in den bereits übervollen Container. Morgen kam die Müllabfuhr. Dann müsste er sich über nichts mehr Gedanken machen. Und dann kam auf einmal Robert Thiers aus dem Gebäude, der Hoteldirektor, und marschierte auf Berger zu. Bei jedem seiner forschen Schritte ruckte das schmale Rattengesicht hin und her. Seine Blicke schienen gleichzeitig überall und nirgends zu sein. Noch im Gehen hob er die Hand zum Gruß, während Berger bereits die Hecktüren des Wagens wieder zuwarf und zur Fahrerseite ging.

»Berger«, sagte Thiers, kam direkt vor ihm zum Stehen und sah auf die Uhr. Thiers senkte die Stimme, beugte seinen Kopf vertraulich nach vorn. »Wir müssen eine Änderung vornehmen.«

Wiederum durchzuckte ein Blitz Bergers Nervenzellen. »Änderung?«, fragte er.

»War dieser Polizist bei dir? Wegen dem ich dich angerufen habe?«

»Bei mir war kein Polizist.«

Thiers merkte auf.

»Bei mir«, sagte Berger, »war jemand anders. Ein Bertrand Lefebvre.«

Thiers zuckte mit den Achseln. »Nie gehört.«

»Aber ich bin alarmiert.«

Thiers musterte ihn, sparte sich aber einen Kommentar oder eine Nachfrage. »Dieser Polizist heißt Albin Leclerc. Ich habe mich erkundigt. Er ist gar kein Polizist mehr. Er ist ein Pensionär.«

»Und?«

»Er nimmt an einem Kochkurs im Hotel teil. Heute. Er …«

Berger fühlte sich, als werde ihm der Boden unter den Füßen weggezogen. Er fragte: »So ein großer Mann? Mitte sechzig? Fast weiße Haare? Breite Schultern.«

Thiers nickte. Seine Blicke schienen jede Sorgenfalte in Bergers Gesicht abzutasten.

»Ich glaube«, sagte Berger, »ich habe ihn gesehen. Aber ich nahm an, dass er der Mann namens Bertrand Lefebvre ist, der gestern bei mir war.«

»Scheiße«, sagte Thiers.

»Allerdings.«

Thiers fuhr sich mit der Hand durchs Gesicht und über den Nacken. »Wie auch immer«, sagte er leise, »wegen dem Kerl gibt es eine Planänderung.«

»Du hast schon mit ihnen gesprochen?«

»Habe ich.«

Ihnen – damit meinte Berger die Organisation, die hinter allem stand. Er und Thiers waren nur Soldaten, gutbezahlte Marionetten, die zu funktionieren hatten. Zu sagen oder zu entscheiden hatten sie überhaupt nichts.

Berger sagte leise: »Ich habe auch dazu geraten, alles abzublasen. Aber es ist wohl schon zu weit vorangeschritten, und es steht zu viel Geld auf dem Spiel.«

Thiers nickte. Dann sagte er: »Es wird *nicht* im Hotel stattfinden. Okay? Das ist die Planänderung. Es gibt einen anderen Ort.«

»Welchen?«

»*Den* Ort. Du weißt schon.«

Berger nickte verstehend. »Also, dann …«

»Du bekommst neue Instruktionen für den Fahrdienst. Kurzfristig. Das Büfett wird ebenfalls dorthin geliefert. Man war wenigstens so klug zu verstehen, dass das Hotel zu heiß geworden ist.«

Berger wurde schlagartig etwas klar. Ihm wurde schlecht. »Ich …«, stammelte er. »Ich … Bin ich auch zu heiß geworden?«

»Davon habe ich noch nichts gehört, Berger. Aber sperr die Augen und Ohren auf: Jemand klebt uns an den Hacken, und das ist dieser Albin Leclerc. Ich behalte ihn im Blick. Behalte du ebenfalls alles im Blick. Heute Abend geht alles über die Bühne, dann sind wir raus aus der Sache. Es ist zu gefährlich geworden.«

Berger nickte. Wenn doch nur schon heute Abend wäre, dachte er. Wenn es doch niemals diesen unseligen Unfall gegeben hätte, wegen dem alles aus der Spur zu laufen drohte. Wenn sie doch nur die blöde Kuh am Unfallort gelassen hätten. Hier zeigte sich wieder einmal, dass jedes Abweichen vom Plan schlecht war. Bedrohlich.

Schließlich verabschiedeten sich beide. Thiers ging zurück ins Hotel. Berger stieg in den Wagen und brauste davon. Keiner von beiden hatte den Mann hinter dem Küchenfenster wahrgenommen, auf das die Sonne fiel und es glitzern ließ. Den Mann, der damit befasst war, etwas Thunfisch anzubraten, und die beiden sehr genau beobachtet hatte.

42

»Albin, was tust du denn?«, rief Luc Comtat in Panik und kam durch die Küche gesprintet.

»Hm?«, machte Albin und sah wieder vom Fenster fort und in das entsetzte Gesicht des Sternekochs, der die Hände ausstreckte und Albins Pfanne vom Herd riss.

Nun fiel Albin auf, warum Comtat das tat. Der Thunfisch war angebrannt. Das hatte Albin gar nicht bemerkt. Er war viel zu sehr damit beschäftigt gewesen, Berger auf dem Hof zu beobachten, der wie eine nervöse Wespe herumgehuscht und irgendwelche Dinge in den Müll geworfen hatte. Dann war der Hoteldirektor gekommen, Robert Thiers, und die beiden hatten ihre Köpfe sehr vertraut zusammengesteckt. Sie hatten sich auf eine Art und Weise unterhalten, die beinahe intim wirkte. Der Thunfisch war gänzlich zur Nebensache verkommen, was sich nun rächte.

Comtat stellte die Pfanne scheppernd ab, pickte fluchend mit den Fingern die Thunfischstäbchen heraus und warf sie auf einen Teller, um zu retten, was noch zu retten war. Die anderen Kursteilnehmer beäugten das Geschehen wie im Schock und standen da, Zaungästen eines Großbrandes gleich. Die beiden Bloggerinnen vergaßen sogar für eine Sekunde, mit ihren Handys Kurzfilme oder Fotos von den einzelnen Prozessen der Zubereitung des Salates aufzunehmen.

»Oh«, bemerkte Albin. »Der Fisch.«

Luc Comtat gab einige genervt klingende Geräusche von sich und schleckte seine Finger ab. Er warf Albin einen Blick zu. In einem Comic wären ihm wohl Blitze aus den Augen geschossen.

»Kurz anbraten! Von allen vier Seiten! Nicht mehr als dreißig Sekunden! Ich habe nicht gesagt, dreißig Minuten!«

Albin nickte. »Stimmt. Mein Fehler.«

Comtat schnippte erneut gegen die Thunfischfilets, beäugte sie wie kostbare Goldbarren, die mit Schlamm besudelt und verkratzt worden waren, gestikulierte und sagte: »Noch mal. Noch mal alles neu.«

Albin nickte und gab sich Mühe, beschämt zu wirken. Tatsächlich war es ihm nicht sonderlich peinlich, den Fisch verdorben zu haben – wenngleich es kein gewöhnlicher Thunfisch war. Comtat hatte ihn eben beschrieben. Es war ein besonderer Thunfisch, der nur im chinesischen Meer vorkam. Das Kilo kostete um die hundert Euro. Manche Sushi-Köche, hatte Comtat berichtet, ersteigerten einen bestimmten Blauflossen-Thunfisch sogar für eine halbe Million Euro. Albin hatte das erst für einen Witz gehalten, aber an den Mienen seiner Mitköche abgelesen, dass sein Eindruck falsch war. Andere Leute kauften sich einen Ferrari, aber wenn man Sushi-Koch in Japan war, gab man das gleiche Geld für einen Fisch aus. Verrückte Welt.

Schließlich widmeten sich die Kursteilnehmer wieder ihren Gerichten. Albin hörte, wie Comtat mit den Bloggerinnen schäkerte und Selfies mit sich machen ließ. Beide redeten irgendetwas davon, dass sie nun »Instafame« werden würden. Was auch immer das bedeutete.

Albin nahm die Pfanne, stellte sie wieder auf den Herd

zurück und warf vier Thunfischfilets hinein. Sie waren wie dicke Pommes frites geschnitten – quadratisch. Er sah auf seine Uhr, wartete dreißig Sekunden und wendete die Dinger dann mit den Fingern. Comtat hatte verboten, mit einer Gabel hineinzustechen oder eine Zange zu benutzen. Jedes Hineinstechen würde Fisch wie Fleisch verderben, dafür sorgen, dass der Saft hinauslief und die Filets trocken würden. Kein schlechter Tipp an sich – wenngleich Albin sich fragte, wie man das mit einem ordentlichen Steak anstellen sollte, ohne sich die Hände zu verbrennen. Nach weiteren dreißig Sekunden wendete er den Fisch nochmals. Eine Seite war schon schön kross.

Er fragte sich, was Berger und der Hoteldirektor Thiers da zu besprechen hatten. Er fragte sich zum wiederholten Mal außerdem, ob Berger ihn, Albin, erkannt hatte und als Bertrand Lefebvre verorten würde. Falls ja, würde ihn das ganz schön durcheinanderbringen. Das war gut. Menschen, die durcheinander waren, machten Fehler. Albin wendete den Thunfisch nach einer halben Minute ein weiteres Mal. Er überlegte, ob Castel bereits veranlasst hatte, dass die Kollegen sich Bergers Betriebshof ansahen. Falls ja, wäre ihre Präsenz dort umsonst, denn Berger war ja nicht da – er war mit dem Wagen unterwegs, und zwar mit genau dem, den die Kollegen sich ansehen sollten. Albin fragte sich außerdem, was Castel wohl hinsichtlich Manon unternommen hatte. Ob sie persönlich Veroniques Blumenladen im Blick behielt. Wen sie geschickt hatte, falls sie selbst mit anderen Dingen befasst war. Vielleicht Theroux. Oder einen der Streifenpolizisten.

Albin wendete den Fisch ein letztes Mal und schwenkte die Pfanne ein wenig hin und her. Die zerlassene Butter zischte. Es roch, das musste er zugeben, wirklich köstlich. Er dachte über seltene Blauflossen-Thunfische nach, für die manche Leute ein Vermögen ausgaben, um sie in kleine Teile zu zerschneiden und aufzuessen. Er dachte an die verschwundene Isabelle Lefebvre, an den beschädigten Lieferwagen von Berger, das Luxushotel *Château Boulvain*, einen hochnervösen Robert Thiers und einen Club von maskierten Herren, denen man Damen zuführte.

Schließlich nahm er die Pfanne vom Herd. Er fischte den Thunfisch heraus und drapierte ihn auf einem Teller.

»Alles geklappt bei dir?«, rief Comtat herüber.

Albin hielt einen Daumen hoch.

»Bravo«, sagte ein älterer Herr neben Albin.

»Danke«, erwiderte Albin, lutschte sich die Finger ab und schaute wieder aus dem Fenster, wobei er den Schuppen ins Auge fasste, in dem Berger eben etwas verstaut hatte.

43

Castel und Theroux stiegen aus dem Wagen und betrachteten das Gelände der Spedition Berger. Unterwegs hatte Castel Theroux zu erklären versucht, wie Albin auf ausgerechnet diesen Laden gekommen war.

»Warum kann er es nicht einfach bleibenlassen?«, fragte Theroux. »Warum gibt er nicht einfach Ruhe? Er hat einen Hund, eine Freundin, seine Tochter ist da, seine Enkelin ...«

»Wahrscheinlich wird er niemals Ruhe geben«, hatte Castel geantwortet. »Es liegt ihm im Blut.«

»Wenn ich mal in Ruhestand gehe, werde ich den Teufel tun und mich noch um den Beruf kümmern«, meinte Theroux.

Castel schwieg. So weit voraus konnte sie nicht denken. Noch nicht einmal bis zum nächsten Jahr. So viel war in der letzten Zeit geschehen – schon morgen konnte sich wieder alles auf den Kopf stellen.

»Er sollte sich besser um die Angelegenheiten seiner Tochter kümmern, statt uns das aufzudrücken«, murmelte Theroux.

Auch dazu sagte Castel nichts. Grundsätzlich lag Theroux damit nicht falsch. Andererseits kümmerte sich Leclerc durchaus sehr intensiv um seine Tochter und hatte sicherlich gute Gründe dafür, dass er an diesem Vormittag nicht für sie da sein konnte. Welche, das wusste Castel nicht. Sie hatte keine Ahnung, wo er sich herumtrieb, hegte aber den dringenden Verdacht, dass es auf irgendeine Weise mit dem Verschwinden von Isabelle Lefebvre zu tun hatte. Und er hatte den richtigen Riecher gehabt, was seinen Schwiegersohn anging: Der Mann war nicht zurechnungsfähig. Jedenfalls wurde er nun polizeilich gesucht – Theroux hatte eine Anzeige getätigt und den Wagen von Gilles Richard zur Fahndung ausgeschrieben. Früher oder später würden sie ihn bekommen – und dann würde Castel ihn sich im Vernehmungsraum so lange vornehmen, bis er wie ein Waschlappen auf dem Boden liegen und betteln würde, dass sie ihn endlich hinter Gitter brachte – bloß so schnell wie möglich fort von ihr.

Castel warf die Fahrertür zu und hängte sich den Dienstausweis an einer Kordel um den Hals. Ihr Ellenbogen, auf dem ein großes Pflaster haftete, pochte. Dann gingen sie und Theroux auf eine Halle zu, vor der im Schatten drei blitzsaubere dunkle Transporter von Mercedes parkten. Ein weißer Sprinter war nirgends zu sehen.

Als sie den Eingang fast erreicht hatten, sahen sie allerdings einen solchen Lieferwagen. Er kam ziemlich schnell herangefahren, rauschte durch den Kreisverkehr und bog dann auf den Hof der Spedition ab. Er fuhr direkt auf Castel und Theroux zu, die vor der Tür stehen blieben und sich umdrehten. Schließlich bremste der Fahrer. Er starrte Castel und Theroux mit offenem Mund an und stieg dann sehr langsam aus.

»Kann ich Ihnen behilflich sein«?, fragte der Mann.

Castel sagte ihm, womit er ihnen helfen konnte und mit wem sie reden wollten.

»Worum geht es?«, fragte der Mann.

»Sind Sie Berger?«, fragte Theroux.

Der Mann nickte. Er sah nicht sehr gesund aus. Übernächtigt. Verschwitzt. Blass. So, als stecke ihm eine Grippe in den Knochen. Er roch selbst aus der Distanz nach Schweiß.

»Theroux und Castel von der Kripo Carpentras«, sagte Theroux. Castel hielt sich zurück und überließ ihm das Reden, da er bereits die Initiative ergriffen hatte.

Berger nickte lediglich und wartete ab.

Theroux fuhr fort: »Vielleicht gehen wir in Ihr Büro, wo wir uns ungestört unterhalten können?«

Berger nickte. Er setzte sich in Bewegung und öffnete die Tür zu der Halle. Theroux und Castel gingen hinterher. Im Gegensatz zu dem grellen Sonnenlicht herrschte hier drinnen beinahe Dämmerung. Einige Fahrzeuge standen in der Halle. Es roch nach Öl und Lack. Es gab eine Werkbank und eine Art Glaskasten, in dem sich ein Schreibtisch befand – es musste Bergers Büro sein. Er steuerte darauf zu und bat Theroux und Castel herein. Sie nahmen auf zwei einfachen Stühlen Platz, während Berger sich in den abgewetzten Chefsessel fallen ließ. Auf dem Schreibtisch stand ein betagt aussehender Computerbildschirm. Stapel von Papieren lagen herum. In einem alten Regal lagerten zahlreiche Aktenordner.

»Ziemlich verwaist bei Ihnen«, kommentierte Theroux die Abwesenheit von lebendigen Wesen in der Halle und auf dem Hof.

»Alle unterwegs«, erklärte Berger. »Viel zu tun. Meine Frau macht das Büro.«

Theroux nickte.

»Aber sie ist drüben im Haus, nehme ich an, und hat das Telefon umgestellt. Kümmert sich um die Kinder.«

Theroux nickte erneut verstehend. Dann sagte er Berger, worum es ging. Dass sie wegen einer Unfallflucht ermitteln würden, in die womöglich ein weißer Mercedes Sprinter eines bestimmten Baujahres verwickelt sei. Die Polizei würde zurzeit alle Halter solcher Fahrzeuge überprüfen, und Berger würde nun einmal auch dazugehören. Theroux sagte ihm, wann und wo sich der Unfall ereignet hatte, und fragte, ob er sagen könne, ob an diesem Tag zu dieser Uhrzeit jemand mit dem fraglichen Wagen unterwegs gewesen sei.

»Nein, so spät fahren wir nicht mehr«, erwiderte Berger. Castel wusste sofort, dass er log. Es war nicht schwer, das an seiner Körpersprache und seinem ausweichenden Blick abzulesen. Abgesehen davon hatten sie in der Zwischenzeit bei *GP Logistics* in Erfahrung gebracht, dass ein Wagen von Berger an dem fraglichen Tag zu später Uhrzeit eine Lieferung für das *Château Boulvain* abgeholt hatte. Doch damit würden sie Berger aus vernehmungstaktischen Gründen noch nicht jetzt konfrontieren.

»Würden Sie das für uns in Ihren Fahrtenbüchern überprüfen?«, fragte Theroux.

»Das kann ich tun, aber es wird nichts anderes dabei herauskommen.«

»Dann prüfen Sie es doch bitte«, sagte Theroux, während Berger den Computer hochfuhr und gleichzeitig in einem Tischkalender blätterte.

»Wo waren Sie selbst an dem Abend?«, fragte er.

»Zu Hause. Im Bett.«

»Kann das jemand bestätigten.«

»Natürlich. Meine Frau. Warum? Verdächtigen Sie mich etwa? Ich habe damit nichts zu tun.«

»Wir überprüfen lediglich ein paar Dinge, Herr Berger. Um mehr geht es nicht.«

Berger schob Theroux den Tischkalender hin. »Sehen Sie – keine Einträge.« Er wandte sich zum PC, drehte den Bildschirm und sagte: »Auch hier: keine Fahrten eingetragen.«

»Wie viele Fahrer haben Sie?«

»Fünf.«

»Könnten wir die Namen und Adressen haben?«

»Sicherlich.«

»Dürften wir auch das Fahrtenbuch von dem Sprinter sehen, der draußen parkt?«

»Das wird Ihnen nicht mehr sagen, als ich Ihnen gesagt habe.«

»Bei der Gelegenheit würden wir uns den Wagen gern ansehen.«

»Wozu?«

»Ob es Unfallschäden gibt.«

»Mir sind keine bekannt.«

»Der Wagen wurde nicht repariert in der jüngsten Zeit?«

»Mir ist nichts bekannt.«

»Dann gehen wir doch kurz raus und sehen nach. Wir müssen das dokumentieren, Herr Berger. Alles Routine.«

Berger seufzte, stand auf und ging wieder raus. Theroux und Castel folgten ihm. Unterwegs wechselten sie einen Blick, der besagte: »Der Kerl erzählt uns einen vom Pferd.« Schließlich standen sie am Lieferwagen. Berger öffnete ihn, um das Fahrtenbuch herauszuholen. Theroux und Castel gingen um den Mercedes herum und sahen sich das Heck an. Und es war exakt so, wie Albin es beschrieben hatte: Es wirkte, als sei ein Teil der Laderaumtür neu lackiert und als sei ein neuer Blinker eingesetzt worden. Damit war klar, dass sie den Wagen beschlagnahmen mussten, um ihn untersuchen zu lassen und festzustellen, ob es sich um das Unfallfahrzeug handelte. Sie müssten sich außerdem die komplette Belegschaft von Bergers Unternehmen vorknöpfen, denn irgendjemand hatte den Wagen ja gefahren. Ebenso wie das ganze Gelände, falls sie bei dem Transporter einen Hit landen würden. Castel bezweifelte aber, dass das alles sehr schnell gehen würde.

»Wir müssen den Wagen beschlagnahmen«, sagte Theroux.

Berger erblasste. »Warum?«

»Weil es aussieht, als habe er einen Unfall gehabt und sei repariert worden. Außerdem ist mit einem Ihrer Fahrzeuge an dem betreffenden Tag zu späterer Stunde eine Lieferung von *GP Logistics* abgeholt worden.«

»Aber …«, stammelte Berger.

»Wissen Sie, was ich nicht ertragen kann?«, fragte Theroux.

Berger machte eine ahnungslose Geste.

»Wenn man mich für einen Hohlkopf hält«, sagte Theroux und zwinkerte Berger zu.

Castel verkniff sich ein Schmunzeln. Theroux, dachte sie, wirkte zwar manchmal, als sei er etwas schwer von Begriff. Aber man durfte ihn nicht unterschätzen.

44

Schließlich war es Mittag und der Kochkurs beendet. An einem großen Tisch, der eigens in die Küche gebracht worden war, saßen alle vor ihren Salaten. Weißwein stand auf dem Tisch, geröstetes Brot, Wasserflaschen. Jeder Teilnehmer erhielt seine Noten von Luc Comtat, während die Bloggerinnen aufgeregt die Salate als auch den ganzen Tisch fotografierten.

Ob es wohl jemanden in Australien interessieren würde, was sie hier in Südfrankreich aßen, fragte sich Albin? Vermutlich, denn sonst würden sie es ja nicht in die Welt hinausposaunen. Immerhin, dachte er, hatte er von Comtat ein »Befriedigend« erhalten. Das war für Albins Maßstäbe wahrlich kein schlechtes Ergebnis.

Albin nahm nun ebenfalls sein Smartphone zur Hand. Er überprüfte, ob Anrufe oder Mails eingegangen waren. Es gab keine. Also richtete er das Objektiv der eingebauten Kamera nun ebenfalls auf seinen Teller aus und machte einige Bilder, was das Telefon mit klickenden Fotokamerageräuschen quittierte.

»Oooh«, machte eine der Bloggerinnen und grinste wie ein Honigkuchenpferd. »Machen Sie Bilder für Insta?«

Albin verkniff sich die Nachfrage, um was genau es sich dabei handelte. Er steckte das Handy wieder zurück und sagte: »Nein, für Veronique.«

Die Frauen lachten überkandidelt.

»Meine Lebensgefährtin«, erklärte Albin. »Um ehrlich zu sein: Ich habe keine Ahnung vom Kochen oder von Salaten, möchte es aber lernen. Meine Freundin wird mir nicht glauben, wenn ich beschreibe, was ich zubereitet habe. Deswegen fotografiere ich es.«

Die Bloggerinnen seufzten und sagten, dass das ja total süß sei. Albin lag eine Antwort auf der Zunge, aber er sparte sie sich. Ab einem bestimmten Alter wurde jeder Atemzug kostbar. Man durfte ihn nicht vergeuden.

Albin erhielt zudem ein Lob von Luc Comtat. Abgesehen von den verbrannten Fischen habe er sich gar nicht so schlecht geschlagen – eingedenk des Geständnisses, dass er vom Kochen absolut keinen Schimmer habe. Dann wurde gegessen, und Albin musste sagen: nicht schlecht, was er da angerichtet hatte. Im Anschluss verabschiedete man sich. Es wurden noch einige Selfies mit Comtat gemacht, worauf Albin verzichtete. Er nahm allerdings eines von Comtats Kochbüchern mit und ließ es für Veronique signieren.

Als sich die Gesellschaft auflöste, wählte Albin den Weg durch die Hintertür. Er ging über den Hof, klemmte sich das Buch unter den Arm und steckte sich eine Zigarette an. Die Sonne stand im Zenit und brannte heiß auf seinen Kopf. Es wehte kein Lüftchen. Albin schaute sich um, sah aber keine Menschenseele. Er setzte sich in Bewegung und ging in Richtung des Schuppens, wo sich die Katze ihr Plätzchen hergerichtet hatte. Er näherte sich dem übervollen Abfallcontainer, in dem nun obenauf eine weitere Plastiktüte steckte. Es musste die sein, die Berger dort abgeladen hatte. Ein grauer Müllsack, weder besonders voll noch besonders leer.

Albin klemmte sich die Gitanes in den Mundwinkel, bahnte sich seinen Weg voran, schritt über die alten Kartons hinweg und kam dann vor dem Container zum Stehen.

Mit spitzen Fingern fasste er nach dem grauen Müllsack, zupfte an der Öffnung und schaute hinein. Er sah nichts Besonderes darin. Einige alte Lappen, zerknüllte Zigarettenschachteln, eine Plastikflasche Mineralwasser. Wie es aussah, nutzte Berger die Mülltonnen des Hotels, um seinen eigenen Mist abzuladen. Albin zupfte einige der Lappen beiseite.

Dann fiel ihm die geriffelte Sohle eines Turnschuhs auf. Er befreite ihn aus dem übrigen Müll.

Albins Meinung nach war es ein Damenturnschuh. Außerdem war er der Auffassung, dass er einen Turnschuh dieser Marke und von zumindest ähnlichem Aussehen erst kürzlich gefunden hatte – und zwar im Unterholz an einer Unfallstelle nahe Gordes. Albin schaute nach, ob er noch einen zweiten fand. Aber er fand keinen. Also schloss er den Müllsack wieder, wickelte das obere Ende um seine Hand und nahm ihn mit. Bruno Grinamy in der Spurensicherung würde spontan etwas zu tun bekommen.

45

Ryan Grévais hatte fast den ganzen Tag in Vorstandssitzungen zugebracht. Manchmal kam es ihm so vor, als bestehe sein Arbeitsleben zu mehr als neunzig Prozent aus Konferenzen, Besprechungen und Networking. Er wusste, dass es ihm genauso ging wie anderen in seiner Position. Er war keine Ausnahme. Er war Teil eines gigantischen Getriebes, das Frankreich am Laufen hielt. Der Angehörige einer hohen Kaste, deren Regeln und Gebräuche sich deutlich von denen der übrigen Menschen unterschieden, weswegen sie auf den Normalbürger so fremdartig wirken konnten. Niemand von ihnen hatte doch Verständnis dafür, dass Topmanager Millionenabfindungen erhielten. Sie hatten nicht den blassesten Schimmer davon, welchen Preis diese Topmanager selbst zu zahlen hatten. Sie waren Lokomotiven unter Volldampf, die mit Menschen angefüllte Waggons über die Gleise zerrten. Fütterte man das Feuer in den Kesseln nicht, blieb der Zug stehen. So einfach war das. Pure Physik. Eine Art Naturgesetz. Dabei funktionierte nicht jede Lok mit demselben Treibstoff. Jedes Feuer fraß etwas anderes.

Ryans Feuer fraß Menschen.

Er stand im Büro und betrachtete die Botschaft auf seinem Handy. Sie besagte, dass es eine Änderung in der Planung für heute Abend geben werde. Das gefiel Ryan nicht.

Planänderungen bedeuteten immer, dass es im Hintergrund eines Unternehmens Komplikationen gab. Was an sich nicht schlimm und nichts Besonderes war – die Wirtschaft zum Beispiel musste immer flexibel agieren, denn je komplexer die Welt wurde, desto anfälliger wurden Vorhaben. Komplikationen im Zusammenhang mit diesem speziellen Unternehmen konnten allerdings sehr gefährlich werden. Wenn hier nicht alles nach Plan lief, trübte es das Vertrauen der Investoren – Investoren wie Ryan Grévais, die bereit waren, für ihre Leidenschaft viele hunderttausend Euro zu bezahlen.

Er erinnerte sich gut an den Tag der allerersten Kontaktaufnahme vor einiger Zeit. Wie aufgeregt, erregt und wie fasziniert er gewesen war.

Ryans Entführung war gerade drei Jahre her gewesen, und der kometenhafte Aufstieg in der Bank nahm seinen Anfang. Seine Albträume und Gewaltphantasien, die er aus Afrika mitgebracht hatte, nahmen mit dem steigenden Druck im Beruf zu. In Bordeaux hatte er erstmals einen BDSM-Club aufgesucht, um seine Phantasien auszuleben. Dann weitere in Lyon und Paris auf Dienstreisen. Er hatte sich wie auf Kokain gefühlt, wie auf Speed, und die Droge gefunden, die ihm Ausgleich verschaffte. Aber immer nur für eine Weile, und sein Hunger wuchs. Er ließ sich sehr exklusive Prostituierte kommen, die auf seine Art des Hungers spezialisiert waren und sich ihre Nehmerqualitäten außerordentlich gut bezahlen ließen – immerhin fielen sie danach meist für einige Tage aus, bis die Wunden verheilt und die blauen Flecken wieder verschwunden waren. Aber für Ryan Grévais war es nie genug. Er hatte die Büchse der Pandora geöffnet – ohne vorher zu ahnen, was er entfesseln würde.

Mehr und mehr verstand er: Er wollte das wieder erleben, was er in Afrika erlebt hatte. Nicht seine eigene Angst, nicht das Entsetzen und den Horror – er wollte die Macht über Leben und Tod in seinen Händen spüren und die Furcht, wenn ein anderer Mensch seinem Willen vollkommen ausgeliefert war. Bei denen, die sich ihm professionell für eine begrenzte Zeit unterwarfen, war es einfach nicht dasselbe. Es war, wie an einem köstlichen Essen zu schnuppern, aber es nicht genießen zu dürfen, obwohl man ausgehungert wie ein Löwe war.

Schließlich hatte ihm einer der Männer, die für den speziellen Escortservice arbeiteten und die Frauen zu den Hotels und anschließend zu sehr diskret arbeitenden Ärzten chauffierten, ein Kärtchen zugesteckt. »Es gibt andere Männer wie Sie«, hatte er mit gesenkter Stimme gesagt, »und es gibt immer ein *Mehr*. Alles ist nur eine Frage des Preises, und ich habe den Eindruck, dass Sie ein Mann sind, dem Grenzen nicht gefallen. Sie sind ein Forschungsreisender. Vielleicht interessiert Sie eine Expedition.«

Das Kärtchen war dunkelrot und aus sehr teurem Papier. Darin war eine Telefonnummer eingraviert.

Grévais hatte sie gewählt und ein Kennwort erhalten sowie eine weitere Telefonnummer. Das Kennwort hatte er beim nächsten Anruf genannt – und wiederum ein Kennwort erhalten, zudem eine Adresse, ein Datum und eine Uhrzeit. Er war sehr aufgeregt zu dem Termin erschienen, nicht wissend, was ihn erwarten würde. Er hatte einen Mann getroffen. Dieser Mann hatte ihm erklärt, dass man ihn überprüft habe und er Mitglied in einem sehr ausgesuchten Kreis werden könne, wofür es zwei Eintrittspreise gab. Der eine wurde in Euro berechnet. Der andere …

Man hatte ihm erklärt, dass jede Indiskretion unmittelbare Auswirkungen auf seine Gesundheit und die seiner Familie haben werde. Grévais war bereit, beide Preise zu zahlen, denn der Mann hatte ihn anschließend in ein Kabinett geführt. Dort saßen bereits einige andere Herren, die venezianische Masken trugen, in eleganten Sesseln. Es gab eine kleine Bühne, auf der eine Frau mit Augenbinde vorgeführt wurde. Ryan verstand sehr schnell, dass hier etwas sehr Außergewöhnliches geschah. Am Ende wurde die Frau vor dem Publikum erdrosselt. Er hatte das zunächst für einen Trick gehalten, aber alle durften anschließend die Leiche berühren. Und der Mann, der Ryan hergeführt hatte, erklärte ihm, dass es nicht beim Zusehen bleiben müsse. Dass es Auktionen gab.

Zwei davon hatte Ryan Grévais bereits erlebt. Man kaufte sich ein Leben. Er hatte keinen Schimmer, woher die Mädchen stammten – und ehrlich gesagt war es ihm gleichgültig. Es war ihm außerdem gleichgültig, ob es Männer oder Frauen waren. Für ihn waren sie Objekte, mit denen er für einen gewissen Zeitraum tun und lassen konnte, was er wollte. Danach wurden die Reste entsorgt. Darum kümmerten sich die Organisatoren des Clubs, die für gewöhnlich bewaffnet auftraten, um die Veranstaltungen abzusichern. Weswegen Ryan keinerlei Zweifel an der Ernsthaftigkeit ihrer Drohungen in Bezug darauf hatte, was ihm oder seiner Familie zustoßen könnte.

Diese Organisatoren hatten sich nun gemeldet und neue Daten für die Zusammenkunft durchgegeben. Na ja, dachte Ryan und betrachtete das Foto seiner Familie, das auf dem großen Schreibtisch stand, daran ließ sich nichts ändern. Es gefiel ihm nicht. Aber der Drang war inzwischen so stark in ihm, dass es kaum noch auszuhalten war. Zum Glück war das Treffen nicht abgesagt oder verschoben worden. Er wüsste sonst beim besten Willen nicht, was er tun sollte. Das heißt, er befürchtete vielmehr, dass er sonst etwas sehr Gefährliches anstellen würde. Einer der Herren des Kreises, mit dem Ryan Grévais während einer Auktion einmal eine Unterhaltung geführt hatte, hatte ihn auf die Idee gebracht. Ryan kannte den Mann nicht persönlich, niemand kannte sich persönlich, aber die Qualität seines Anzugs und seine Uhr von Patek Philippe sprachen für sich.

»Es gibt Momente«, hatte er geflüstert, »da halte ich es nicht mehr aus. Dann kaufe ich im Baumarkt den Stiel für eine Axt, gehe nachts in den Park und schlage einen Penner zusammen. Immer noch besser«, flüsterte er weiter, während unter dem Rand seiner Maske ein Lächeln erschien, »als eine Nutte so zuzurichten, dass sie einen anzeigt. Es läuft ja schnell aus der Kontrolle, nicht? Wir sind Vampire und brauchen unser Blut.«

Ryan kommentierte den Tipp mit dem Park und dem Penner nicht. Er war jedoch kurz überrascht, dass ein anderer manchmal genau das Gleiche mit Obdachlosen machte wie Ryan, um Dampf abzulassen. Und der Mann hatte recht: Sie waren Vampire. Gewissenlose Monster. Mörder. Unter jeder der venezianischen Masken lauerte die Fratze der kompletten Unzurechnungsfähigkeit. Daran gab es überhaupt keinen Zweifel. Aber es war immer noch besser, diese Maske unter kontrollierten Umständen gelegentlich fallen zu lassen, als Amok zu laufen und komplett durchzudrehen.

Ryan warf einen Blick auf die Uhr. Dann auf die kleine Reisetasche von Hermès, die neben seinem Schreibtisch stand. Er hatte Yvonne gesagt, dass er dienstlich nach Brüssel reisen müsse, wo er über Nacht bleiben werde, und das auch im Sekretariat mitgeteilt. Allerdings ging die Reise nicht dorthin, und in der Tasche befanden sich außer einem Pyjama und Wechselsachen noch Kabelbinder, Panzerklebeband, seine Sushi-Messer, ein Akkubohrer, eine ausgezeichnete Kombizange aus Edelstahl, einige Feuchttücher zum Reinigen der Hände sowie ein kleines Bluetooth-Lautsprecherset von Bose für das Handy, das über einen sehr ausgewogenen Klang verfügte. Ryan Grévais hörte zu den Schreien gerne etwas Beschwingtes von Vivaldi.

46

Bruno Grinamy wirkte nicht sehr erfreut, als Albin erneut bei ihm aufkreuzte. Dieses Mal allerdings nicht in der Halle, in der das Autowrack von Isabelle Lefebvre stand.

Dieses Mal hockte Grinamy in seinem Büro im Hotel de Police in Carpentras bei einer Tasse Kaffee und spielte mit seinem Smartphone herum. Er legte es rasch zur Seite. Albin sah auf dem Display eine Spiele-App. Irgendetwas mit bunten Luftballons, worauf Albin grinsen musste.

»O nein«, sagte Grinamy. »Leclerc.«

»Ja«, bestätigte Albin und hob den Müllsack hoch, um ihn auf Grinamys Schreibtisch abzulegen.

»Was soll das werden?«, fragte Grinamy.

»Du leitest die Spurensicherung. Hier hast du etwas, um es zu sichern.«

»Dein Abfall interessiert mich nicht.«

»Das ist nicht mein Abfall. Das sind vielleicht Beweismittel, die mit dem Verschwinden von Isabelle Lefebvre zu tun haben könnten.«

Grinamy merkte auf. Er stellte seine App aus und erhob sich, um aus einem Karton in seinem Regal ein paar Latexhandschuhe zu nehmen und sie überzustreifen wie ein Chirurg.

»Und darauf«, sagte er und kam zurück, »hast du deine Fingerabdrücke hinterlassen?«

»Du hast sie noch in der Datenbank und kannst sie von den restlichen Spuren isolieren.«

Grinamy ging darüber hinweg. Er war solchen Kummer gewohnt. Dauernd wurden Spuren und Tat- oder Fundorte mit Fremdspuren kontaminiert, die die Forensiker von den relevanten Spuren abziehen mussten. Dazu nahm man von allen bekannten Personen, die Beweismittel berührt hatten oder auf dem Boden herumgetrampelt waren, Finger- und auch Schuhabdrücke, manchmal auch Speichelproben. Bei denen, die oft an Tatorten herumliefen oder mit Spuren zu tun hatten, zum Beispiel Albin Leclerc in seiner aktiven Zeit, wurden diese Daten der Einfachheit halber erkennungsdienstlich gespeichert, um Zeit zu sparen.

Mit spitzen Fingern zupfte Grinamy den Beutel auf und sah hinein. »Woher hast du das?«, fragte er.

»In einem Müllcontainer gefunden.«

»Wo?«

»Das spielt erst dann eine Rolle, wenn du mir sagen kannst, ob sich an dem Plunder darin DNA von Isabelle Lefebvre befindet.«

Albin ging davon aus, dass die Kollegen Isabelles Wohnung längst durchforstet und dabei auch eine Zahnbürste oder einen Kamm mitgenommen hatten. Das wäre in dem Fall Lefebvre eine Routineangelegenheit. »Der Turnschuh«, ergänzte Albin, »ist interessant.«

Grinamy zog ihn heraus. Er hatte lediglich die Spitzen der Schnürsenkel angefasst, betrachtete ihn von allen Seiten wie eine prächtige Forelle, öffnete dann eine Schublade und nahm einen großen Beweismittelbeutel aus durchsichtiger Plastikfolie heraus.

»Was ist an dem Sneaker interessant?«, fragte er dann.

Albin erklärte: »Am Unfallort nahe dem Wrack ist ein einzelner Turnschuh gefunden worden, der vermutlich von Isabelle Lefebvre stammt. Er sah genau aus wie dieser. Das könnte also der zweite sein.«

Grinamy nickte, ließ den Schuh in den Beutel fallen und verschloss ihn. Anschließend, wusste Albin, würde er ihn versiegeln und beschriften müssen – mit Datum, Uhrzeit, seinem Namen. Jedes Mal, wenn der Beutel wieder geöffnet würde, müsste das ebenfalls dokumentiert werden.

Grinamy sagte: »Ob er zu dem anderen passt, kann ich dir erst sagen, nachdem wir den Schuh untersucht haben, Albin.«

»Weiß ich.«

»Das dauert.«

»Quatsch.«

Grinamy seufzte.

Albin sagte: »Du kannst dir genauso gut den Schuh vom Unfallort schicken lassen oder dir die Fallakten aufrufen. Ich wette, ihr habt den Schuh fotografiert.«

»Das sagt aber noch nicht genau …«

»Bruno?«

»Albin?«

»Das weiß ich. Ich habe auch eine Meinung dazu. Aber ich möchte von einem Fachmann bestätigt wissen, ob die Schuhe zueinanderpassen und ob die Größe identisch ist. Dann habe ich einen hinreichenden Verdacht. Die Details sind später relevant.«

Grinamy verzog das Gesicht. Dann beugte er sich aber nach vorn und weckte seinen Computer auf.

»Was machen die Fische?«, fragte Albin. »Beißen noch?«

»Beißen wie verrückt.«

»Könnte mal wieder eine Forelle gebrauchen.«

»Das sagst du dauernd.«

»Ja.«

»Du weißt, wo ich angle«, erwiderte Grinamy und klickte mit der Maus herum. »Was willst du mit den Informationen über den Schuh anfangen, falls ich sie dir gebe?«

»Weiß ich noch nicht.«

»Ich darf sie dir gar nicht geben.«

»Nein. Darfst du nicht.«

»Was kümmert dich das überhaupt?«

Albin erklärte Grinamy, dass er Isabelles Vater versprochen hatte, sich um das Verschwinden der jungen Frau zu kümmern und der Polizei etwas Feuer unter dem Hintern zu machen.

Grinamy lachte auf. »Da hat er genau den richtigen Mann gefunden.«

Albin lächelte.

»Hier«, sagte Grinamy und drehte den Bildschirm etwas zu Albin. Der ging um den Schreibtisch herum und beugte sich vor, um das Bild genauer zu betrachten.

»Das ist derselbe Schuh, hm?«, fragte er.

Grinamy antwortete: »Gefunden wurde der rechte Schuh. Gebracht hast du einen linken. Die Marke und das Modell sind identisch. Die Farbe ebenfalls. Die Größe passt. Die Gebrauchsspuren sind sehr ähnlich. Reicht dir das?«

Albin richtete sich wieder auf und atmete tief ein. »Das reicht mir«, erwiderte er und dachte: Bergers Wagen hat Macken, die ausgebessert worden sind, und er wirft einen Beutel mit Sachen von Isabelle Lefebvre in den Mülleimer des *Château Boulvain*, wo er ausgiebig mit dessen Hoteldirektor tuschelt.

Albin musste sofort mit Castel telefonieren.

»Danke, Bruno«, sagte er und klopfte Grinamy auf die Schulter. »Du hast einen gut.«

»Das dürften dann schon hundert sein«, lachte Grinamy.

»Dann eben hundert.«

47

Albin verließ das Hotel de Police und stellte sich in den Schatten einer Platane, wo er sich eine Zigarette anzündete und Castel anrief. Es war inzwischen später Nachmittag. Die Sonne hatte die Luft den ganzen Tag über aufgeheizt. Es herrschte eine Gluthitze, kein Wind wehte. Albin begann, schlagartig zu schwitzen.

Castel beschwerte sich zunächst darüber, dass er ihr auf die Nerven gehen würde und sie etwas Besseres zu tun habe – nämlich sich um das Sicherstellen des Lieferwagens von Berger zu kümmern. Gutes Mädchen, dachte Albin. Bevor er zu Wort kommen konnte, erzählte sie ihm, was vor Veroniques Blumenladen vorgefallen war. Seine Laune sank drastisch – nicht, dass sie zuvor großartig gewesen wäre. Aber nun rasselte sie in den dunkelroten Bereich.

»Er hat Manon bewusst geschubst?«

»Ich glaube nicht, dass es mit Absicht war, Albin. Er hat sie einfach so gestoßen, und Manon kam beinahe zu Fall, was schlimm genug ist. Es wäre ein Unfall gewesen.«

»Sie haben meine Tochter gerettet, Castel.«

»Ach, Albin, ehrlich …«

»Spielen Sie das nicht hinunter.«

»Manon tut mir schrecklich leid, ganz im Ernst. Sie macht eine fürchterliche Zeit durch, und wenn ich diesen Gilles in die Finger bekomme …«

»… oder ich …«

»Sie halten sich besser heraus.«

»Hm«, machte Albin. »Castel«, sagte er dann und paffte, »Sie haben sich eine Belohnung verdient. Ich war heute bei einem Kochkurs am *Château Boulvain*, und zwar bei Luc Comtat.«

Albin hörte Castel ungläubig auflachen.

»Das ist aber nicht das Essentielle«, redete er weiter – und erklärte Castel schließlich, was das Essentielle war. Er berichtete davon, wie er Berger beim Entsorgen des Müllsacks beobachtet hatte. Er berichtete von dem Turnschuh und von dem, was er gerade bei Bruno Grinamy erfahren hatte.

»Verdammt«, sagte Castel leise. »Das … das ist echt ein Ding.«

»Damit habt ihr genug, um Berger zu verhaften.«

»Wenn er mal da wäre.«

»Wieso?«

»Wir hatten genug, um den Wagen zu beschlagnahmen, aber keinen Anlass, ihn zu verhaften. Er sagte, dass er einen dringenden Auftrag hätte – also mussten wir ihn gehenlassen.«

»Fehler.«

»Aber wir hatten keine Handhabe.«

»Castel. Sie müssen einen Haftbefehl bewirken. Sie müssen das Gelände der Spedition sichern und untersuchen. Außerdem schicken Sie ein Team zum *Château Boulvain*, wo Sie einen Schuppen sichern und untersuchen lassen, in dem die Müllcontainer stehen. Besorgen Sie sich außerdem Befehle für Hausdurchsuchungen bei Berger und seiner Spedition sowie einen Bescheid, um das Château zu durchsuchen. Geben Sie als Grund an, dass mögliche Beweismittel gesichert werden müssen. Besorgen Sie sich außerdem einen Haftbefehl für den Hoteldirektor wegen möglicher Komplizenschaft. Vermutlich werden Sie den zwar nicht bekommen, aber machen Sie sich eine Fotokopie von dem Antrag, fahren damit zum Château und halten Sie die Kopie dem Direktor unter die Nase, wenn Sie ihn über das Gespräch mit Berger vernehmen. Allein die Androhung eines Haftbefehls wird ihn beeindrucken. Der Mann ist nervös genug.«

»Albin …«

»Mit den beiden stimmt etwas nicht.«

»Albin, Sie müssen mir das nicht alles sagen, ich bin kein kleines Mädchen, okay?«

»Meine Güte, stellen Sie sich nicht so an, Castel.«

Er hörte sie leise lachen. Dann schnaufte sie. »Okay, Sie haben recht. Ich leite alles in die Wege.«

»Ich komme später zum Château und schau mir das an.«

»Das tun Sie nicht!«

»Na gut, dann eben nicht.«

»Albin, Sie halten sich raus. Fahren Sie lieber zu Ihrer Tochter und …«

»Das mache ich.«

»… und Sie fahren nicht, ich wiederhole, nicht zum Château. Staatsanwalt Bonnieux wird ohnehin durch die Decke gehen, wenn schon wieder Ihr Name im Zusammenhang mit den Ermittlungen auftaucht.«

»Ich weiß.«

»Versprechen Sie es mir.«

»Ich verspreche Ihnen, dass ich nicht als Zuschauer am Château auftauchen werde.«

»Gut.« Castel schnaubte wieder. »Dann wünsche ich Ihnen noch einen schönen Tag.«

»Danke.« Albin warf die Kippe fort. »Ach, eine Frage noch«, sagte er. »Dieser Auftrag von Berger … Hat er gesagt, worum es geht?«

»Nein. Zwei Angestellte sind erschienen. Dann sind sie mit drei schwarzen Mercedes-Transportern losgefahren. Ein Shuttleservice, nehme ich an.«

»Danke«, sagte Albin.

Dann beendete Castel das Gespräch, und Albin stieg in seinen Wagen. Er würde sein Versprechen natürlich halten und nicht als Gaffer zum Château fahren. Er würde als Privatermittler aufkreuzen, denn er hatte ja einen Auftrag von Bertrand Lefebvre. Das war, dachte Albin, doch immerhin etwas ganz anderes?

48

Albin fuhr mit Vollgas durch die Stadt und parkte direkt vor Veroniques Blumengeschäft. Dort herrschte zwar absolutes Halteverbot, aber er scherte sich nicht darum. Er stieg aus und betrat den Laden, wo Tyson sofort auf ihn zugerannt kam, um ihn zu begrüßen. Albin hockte sich hin, um Tyson ebenfalls ausgiebig zu begrüßen, den Blick auf Veronique gerichtet, die hinter einem Vorhang auftauchte, der zu den hinteren Lager- und Büroräumen führte. Auch Manon kam hervor sowie Clara, die sofort zu Albin lief und im Gegensatz zu den beiden Frauen unbeschwert und glücklich wirkte.

»Na«, sagte Albin, »hast du auch gut auf Tyson aufgepasst?«

»Mhm«, machte Clara und nickte stolz. »Er ist ein Polizeihund, hat Mama gesagt.«

Albin lachte und tätschelte Tyson, der sich vor Freude im Kreis herumdrehte und eine undefinierbare Mischung aus Jaulen und Knurren von sich gab. »Das ist er auch. Das stimmt.«

»Wie war der Kurs?«, fragte Veronique.

Albin stand wieder auf und streckte sich. »Ich habe mit Castel gesprochen. Sie hat mir alles erzählt.«

Veronique und Manon wechselten einen Blick. Veronique wirkte etwas erleichtert, aber nicht viel.

»Es war so furchtbar, Albin«, sagte sie.

»Ich mache mir den Vorwurf, dass ich nicht hier war. Tut mir sehr leid.«

Manon atmete tief ein und dann wieder aus.

Albin lächelte zu Clara hinab. Er sagte: »Ich gehe mit deiner Mama mal kurz raus. Wir sind gleich wieder da. Dann hole ich Tyson ab. Meinst du, du kannst noch zehn Minuten auf ihn aufpassen?«

Clara erwiderte, dass das kein Problem sei.

Kurz darauf hatten Albin und Manon die letzten Häuser hinter sich gelassen und gingen schweigend nebeneinanderher. Manon hielt sich mit den Armen umfangen. Albin hatte die Hände in den Hosentaschen vergraben. Sie spazierten auf der Runde, die Albin normalerweise mit Tyson ging. Links und rechts säumten flache Mauern aus grauem Bruchstein die schmale Straße, auf der man nach Venasque gelangte. Hinter den Mauern erstreckten sich Obstbaumplantagen. In der Ferne war der Mont Ventoux im Dunst des heißen Nachmittags zu sehen.

»Ich hätte da sein müssen«, sagte Albin und starrte im Gehen auf die Spitzen seiner ausgelatschten Schuhe. Er kickte einen Stein vor sich her.

»Gilles wäre früher oder später sowieso gekommen, Papa.«

»Trotzdem.«

»Deine Anwesenheit ändert aber nichts. Er wird nicht lockerlassen.«

»Wie geht es dir damit?«

»Das ist eine unnötige Frage.«

»Ich kann es mir vorstellen, aber ich möchte es gerne hören.«

»Es geht mir entsetzlich. Ich habe Angst um Clara, nicht um mich. Ich fühle mich hilflos. Ich weiß nicht, was morgen sein wird. Und ich fühle mich außerdem gefangen, weil er …« Manon löste die Arme vom Oberkörper und ließ sie kraftlos baumeln. »Weil Gilles überall ist. Wie du gesagt hast: Ich bin eine Marionette, an der die Fäden nicht gekappt sind. Ich bin ein Vogel im goldenen Käfig.«

Albin schürzte die Lippen und starrte weiter vor sich hin.

»Ich wünschte, ich wäre mehr wie Castel und würde ihm einfach die Fresse polieren.« Manon lachte über ihre eigenen Worte. Albin schmunzelte.

»Ich dachte«, fragte er, »du kannst sie nicht leiden?«

»Sie ist vollkommen anders als ich. Vielleicht habe ich ihr unrecht getan. Erst hatte ich mich fürchterlich aufgeregt, dass du mir ein paar Aufpasser hingestellt hast. Aber am Ende … Na ja, am Ende war es doch ganz gut, wie sich gezeigt hat.«

Albin schwieg.

»Ich habe ihm eine verpasst.«

Albin merkte auf. »Du hast ihn geschlagen?«

»Ein bisschen. Aber … aber es hat sich gut angefühlt, weißt du?«

»Ich weiß, ja.«

»Ich werde mir von ihm nichts mehr gefallen lassen.«

Albin kickte wieder gegen den Stein. Dann blieb er stehen. Er nahm seine Gitanes-Schachtel aus der Hosentasche und steckte sich eine an, lehnte sich mit der Hüfte gegen die von der Sonne warme Mauer.

»Gilles war neulich bei uns am Haus«, sagte er. »Dein Mann ist ein Irrer, Manon. Demoliert sich selbst das Auto, um es mir in die Schuhe zu schieben.«

»Warum hast du mir das nicht erzählt?«

»Ich wollte dich nicht beunruhigen.«

»Du hättest es mir sagen sollen.«

Albin rauchte und betrachtete seine Tochter. Er fragte: »Was hast du nun vor? Was sind deine Pläne für die Zukunft? Du hast Gilles verlassen – und dann?«

»Nein«, erwiderte sie. »Ich weiß nicht, was dann.«

Albin nickte. Er sagte: »Lass dir Zeit. Du kannst bleiben, solange du willst und solange es geht. Hilf Veronique im Blumenladen. Das bringt dich auf andere Gedanken. Für Clara gibt es hier Kinder zum Spielen. Wir können zum Lac du Paty fahren. Wir können alles Mögliche tun. Ich habe Zeit, und du hast ebenfalls alle Zeit der Welt.«

Manon kaute auf der Unterlippe. »Und Gilles?«

»Sobald er sich das nächste Mal irgendwo blicken lässt, hat er ein gewaltiges Problem. Castel und Theroux lassen ihn polizeilich suchen und ziehen ihn aus dem Verkehr. Es gibt verschiedene Anzeigen gegen ihn.«

»Was ist, wenn ich abends mal alleine bin und er …«

»Sie werden ihn schnappen. Dann musst du keine Angst mehr haben.«

»Und bis sie ihn schnappen?«

Albin paffte. Er sagte: »Ich werde auf dich und Clara aufpassen, aber heute Abend muss ich leider noch einmal fort. Es gibt einen laufenden Fall.«

Manon seufzte, spielte mit ihren Fingern und sagte: »Es ist … es ist immer noch wie früher, weißt du? Du bist gar kein Pensionär. Du bist immer noch unterwegs wegen deiner Arbeit.«

Albin spürte einen Stich im Herzen.

»Es gibt ein Mädchen in deinem Alter. Isabelle«, begann

er schließlich. »Sie ist die Tochter eines alten Freundes, in dessen Schuld ich stehe. Isabelle hatte einen Verkehrsunfall, ist aber verschwunden. Überall wird nach ihr gesucht. Vielleicht ist sie tot, vielleicht nicht. Der andere Unfallfahrer ist dafür vielleicht verantwortlich. Vielleicht hat er die Leiche verschwinden lassen. Vielleicht hat er Isabelle entführt. Niemand weiß es. Jetzt gibt es eine sehr heiße Spur.« Albin inhalierte den Rauch und stieß ihn wieder durch die Nase aus. »Ihr Vater hat mich aus einem brennenden Haus gerettet. Er weiß nicht, was mit seiner Tochter geschehen ist, ob sie überhaupt noch lebt. Ich muss ihm eine Antwort darauf geben. Denn ich kann nachvollziehen, wie er sich fühlt: vollkommen hilflos. Es ist schrecklich, wenn man sich so fühlt und seinem Kind nicht helfen kann.«

Albin betrachtete Manon erneut. Rauchte. Manon nickte.

»Es ist ein Drang, Manon«, fuhr er fort. »Ich muss das tun. Ich kann nicht anders. Vielleicht ist es sogar eine Sucht, dass ich nicht loslassen kann. Mein Job hat mich vieles gekostet – meine Familie. Dich. Das ist ein sehr hoher Preis. Aber es gibt viele Gilles auf dieser Welt und viele, die weitaus schlimmer sind als er. Darum muss sich jemand kümmern. Leute wie Castel, Theroux oder ich. So ist es eben.«

»Ja«, erwiderte Manon, trat von einem Bein aufs andere und fuhr sich durchs Haar. »Den Vortrag hast du mir schon etwa hundertmal gehalten, Papa.«

Albin schmunzelte. Ohne Manon aus den Augen zu lassen, sagte er: »Veronique wird im Haus sein. Die Polizei ist vorgewarnt. In meinem Schlafzimmerschrank liegt im obersten Fach unter meinen Pullovern eine Pistole. Sie ist nicht geladen. Die Magazine liegen daneben.«

Manon keuchte. »Warum sagst du mir das? Ich kann doch nicht ... Ich ...«

»Sollst du auch nicht. Auf gar keinen Fall sollst du. Du vergisst es ganz schnell wieder.«

»Klar.«

»Steht der Kerl vor der Tür oder siehst du sein Auto – passiert irgendetwas oder hegst du auch nur den geringsten Verdacht, wählst du sofort den Polizeinotruf. Ich werde außerdem veranlassen, dass man die Augen offen hält.«

Albin warf die Kippe zu Boden und trat sie aus. Er stellte sich vor, dort unten am Boden wäre das Gesicht von Gilles Richard. Und trat noch mal mit der Hacke nach.

49

Isabelle und Sara hatten die gemeinsame Zeit in der Zelle damit verbracht, sich abzulenken. Sie hatten sich Geschichten von Urlauben erzählt, von ihrem Leben. Sie hatten über sich selbst geredet und tunlichst vermieden, über ihre Situation nachzudenken – über das, was geschehen war und vielleicht noch geschehen würde.

Isabelle hatte es vorgeschlagen und dabei an den alten Ratschlag ihres Vaters gedacht. »Als du noch klein warst«, hatte er gesagt, »half es immer, dich abzulenken. War dein Knie aufgeschlagen, habe ich dir einen Käfer gezeigt, der plötzlich daherkroch. Hattest du dir den Kopf angestoßen, bin ich mit dir zum Fenster gegangen und habe dir erklärt, dass sich in den Wolken ein Pudel versteckt.« Damit hatte er ihr sagen wollen: *Verschwende deine Kraft nicht auf das, was hinter dir liegt, und vergeude die Energie nicht mit Selbstmitleid. Spar sie dir auf für Zeiten, in denen du sie brauchst.*

Aber das Spiel hatte Isabelle und Sara nicht vollends ablenken können. Immer wieder versanken sie in tiefe, dunkle Gedanken. Gerade war ein solcher Moment. Sie saßen auf dem Boden, die Beine von sich gestreckt, und starrten ins Nichts. Dann kehrten sie wieder in die Gegenwart zurück, als sie draußen die Geräusche von sich nähernden Autos hörten. Wie es klang, stiegen mehrere Menschen aus diesen Autos aus, die sich mit irgendetwas beschäftigten. Sara nahm die Matratze, nutzte sie ein weiteres Mal als Podest, um aus dem Fenster zu schauen.

»Was tun sie?«, fragte Isabelle.

»Sie tragen Dinge hin und her. Sie laden etwas aus. Das sind Männer, die ich bisher noch nicht gesehen habe.«

»Was laden sie aus?«

»Ich weiß es nicht. Taschen. Irgendwelche Quader.«

»Quader?«

»Es könnten große Kisten sein. Ich weiß nicht.«

»Was wollen sie damit?«

Sara zuckte mit den Achseln. Sie stieg von der Matratze und rollte sie wieder auf dem Boden aus. »Keine Ahnung«, seufzte sie. »Aber ich fürchte, es wird mit uns zu tun haben.«

»Alles hier hat mit uns zu tun«, erwiderte Isabelle.

Sara nickte. Sie setzte sich hin und massierte ihre Handgelenke. »Ich will nicht sterben«, sagte sie. Es klang wie eine nüchterne Feststellung ohne jede Dramatik.

»Wir werden nicht sterben«, erwiderte Isabelle.

»Was auch immer sie tun wollen«, meinte Sara, »ich werde das nicht einfach so mit mir machen lassen. Wenn ich dabei draufgehen sollte, dann ... dann ist es eben so. Aber ich bin kein Opfer.«

»Nein, das bist du nicht. Das sind wir alle nicht.«

»Das, was du gemacht hast, Isabelle, dass du den Kerl getötet hast ... Ich meine, diese Schweine können bluten, weißt du? Sie sind nicht unbesiegbar.«

»Sie können bluten«, sagte Isabelle leise. Die schrecklichen Bilder ihrer eigenen Tat schossen ihr durch den Kopf. Das Blut, als sie den Mann mit der Schweinemaske überwältigt hatte. Das Gefühl, mit einem Gegenstand in den Körper eines anderen Menschen einzudringen. »Sie sind nicht unbesiegbar.«

Schließlich merkten beide auf, als sie Geräusche von der Tür her vernahmen. Isabelle zuckte, als die Tür geöffnet wurde. Sie spürte, wie sich alles in ihrem Körper anspannte.

Ein Mann tat einen Schritt in die Zelle. Er trug einen Overall und eine Maske sowie einen Viehtreiber. In seiner Hosentasche steckte eine Pistole. In der anderen Hand hielt er eine Sporttasche und warf sie achtlos in den Raum. Dann machte eine rückwärtsgewandte Bewegung und schob mit dem Fuß einen mit Wasser gefüllten Eimer in den Raum.

»Macht die Tasche auf«, sagte er.

Isabelle beugte sich vor und zog die Tasche zu sich heran. Als sie die öffnete, sah sie darin Kleider und Schuhe. Es waren dieselben Sachen, die sie bereits zu den Fotoaufnahmen getragen hatten. Außerdem befanden sich Schminkutensilien dazwischen.

»Ihr werdet euch waschen. Ihr werdet euch anziehen. Ihr werdet euch hübsch machen«, sagte der Mann.

»Was ist mit …«, fragte Isabelle, aber der Mann schnitt ihr das Wort ab.

»Sie macht sich ebenfalls hübsch, allerdings in ihrem persönlichen Privatgemach. Ihr werdet euch alle drei bald wiedersehen. Beeilt euch.«

Isabelle nickte. Sara ebenfalls. Sie nahmen die Sachen aus der Tasche, betrachteten sie.

Der Mann schwang den Viehtreiber und sagte: »Und denkt erst gar nicht darüber nach, ob ihr abhauen könnt. Ich werde nicht gehen. Ich bleibe, bis ihr fertig seid. Niemand will eine weitere Überraschung erleben – die dieses

Mal tödlich ausgehen würde für dich.« Er zeigte mit dem Gerät auf Isabelle.

Isabelle nickte erneut. Sara ebenfalls. Dann begannen sie, sich zu waschen. Das Wasser war nur lauwarm, aber es tat unendlich gut.

»Was habt ihr mit uns vor?«, fragte Isabelle.

Der Mann schwieg. Er stand regungslos da.

Isabelle warf sich etwas Wasser ins Gesicht. Sie zog sich bis auf die Unterwäsche aus, rieb sich mit der nassen Handfläche einige rostrote Flecken von der Haut unter dem Schlüsselbein. Sie ließ den Mann nicht aus den Augen. »Warum helfen Sie uns nicht?«, fragte sie leise. »Wir beide können etwas für Sie tun. Alles, was Sie wollen.«

Der Mann regte sich nicht ein bisschen.

»Sie hat recht«, murmelte Sara und zog sich ebenfalls obenherum aus, um die Haut mit Wasser zu benetzen und sich mit der bloßen Hand abzuwaschen.

»Die Polizei wird Sie alle doch sowieso schnappen«, ergänzte Isabelle. »Die suchen nach mir, nach uns. Helfen Sie uns, und wir verschwinden zusammen. Wir zeigen uns ohne Frage erkenntlich, ehrlich. Sie sollten besser abhauen, bevor …«

»Vergesst es«, sagte der Mann. »Ihr seid nicht so clever, wie ihr glaubt. Ihr denkt, ihr seid verführerisch? Das seid ihr nicht. Nicht einmal originell, denn das versuchen alle, früher oder später. Ihr seid nicht die Ersten, die versuchen, mich zu bezirzen. Und jetzt beeilt euch.«

50

Am frühen Abend hatte Ryan Grévais die Bank verlassen und fuhr in Avignon zur Parkgarage am Palais des Papes in der Rue Ferruce, die zu einem *Mercure Hotel* gehörte. Die Straße war sehr schmal, die Einfahrt ebenfalls, die auf der einen Seite von der Mauer des Papstpalastes, auf der anderen von dem kleinen Eckcafé *Du Pont* flankiert wurde.

Im Inneren des Parkhauses herrschten klaustrophobische Enge und von flirrenden Neonleuchten erhelltes Dunkel. Grévais wählte eine Parkbucht in der hintersten Ecke aus und stellte dort den Wagen ab. Er stieg aus, schulterte seine Tasche und sah sich um. Kurz blitzten die Abblendlichter eines dunklen BMWs auf, der einige Meter weiter rückwärts eingeparkt war. Dann sprang der Motor des Wagens an. Ryan atmete tief durch und setzte sich in Bewegung.

Er ging um den BMW herum, dessen Fenster getönt waren. Von außen konnte er lediglich sehen, dass jemand am Lenkrad saß. Er öffnete die hintere Tür, setzte sich in die Limousine und grüßte den Fahrer, der schwieg. Der Mann trug trotz des Dunkels eine Sonnenbrille. Ryan stellte seine Tasche zwischen die Füße und bemerkte die Maske, die neben ihm auf dem Rücksitz platziert war. Es handelte sich wie immer um eine venezianische Larve – eine, die die gesamte obere Hälfte des Gesichtes bedeckte und mit einem langen Schnabel statt einer Nase versehen war. Sie erinnerte an die Maske von Pestärzten aus früheren Jahrhunderten und war schwarzglänzend lackiert.

Einen Moment später fuhr der BMW los. Er fuhr viel zu schnell angesichts der Enge des Parkhauses, und für einen Moment machte sich Ryan Grévais Gedanken über die Überwachungskameras. Im nächsten Moment hatte er es schon wieder vergessen, denn die Organisatoren überließen nichts dem Zufall. Gegenseitiges Vertrauen war die Basis des Clubs.

Sie fuhren durch die Stadt und nach einer Weile über die Durance nach Rognonas, wo es unzählige Gewächshäuser gab. Sie bestanden aus weißen Plastikplanen und sahen aus wie riesige in der Mitte durchgeschnittene Schläuche. Sie passierten jede Menge davon, bevor der Wagen nach links auf einen schmalen Wirtschaftsweg abbog, der zwischen einigen Gewächshäusern hindurch zu einer Plantage im Nirgendwo führte. Ryan sah durch die getönten Scheiben andere Wagen auf dem Areal parken. Er nahm die Maske, legte sie an und knotete das breite Seidenband im Nacken fest. Schließlich kam der BMW mit knirschenden Reifen zum Stehen.

Ryan Grévais nahm seine Tasche und stieg aus.

Auf dem Platz sah er drei schwarze Shuttlebusse von Mercedes. Die hinteren Scheiben waren abgedunkelt, so dass man nicht hineinsehen konnte. Neben den Fahrzeugen standen einige Männer. Sie waren groß, breit gebaut und trugen dunkle Anzüge und Sonnenbrillen. Ihre Körperhaltung war die von Soldaten, vielleicht von ehemaligen Fremdenlegionären. Sie wirkten, als seien sie es gewohnt, sich im Hintergrund zu halten, aber effizient einzugreifen, wenn es erforderlich wurde. Ryan nahm außerdem einen Mann wahr, der wie er eine schwarze Maske trug. Sie war jedoch anders geformt und glich einem schreienden Gesicht.

Der Mann stieg gerade in ein Shuttle. Ein weiterer Maskierter verließ wie Grévais einige Augenblicke zuvor eine Limousine. Er wurde von dem Mann begrüßt, der Grévais damals die Visitenkarte gegeben und den er seither einige Male getroffen hatte. Er nannte sich Serge, ein drahtiger Typ mit sehr guten Manieren und einer langen Narbe auf der Wange. Serge trug ebenfalls einen dunklen Anzug und geleitete seinen Gast zu einem der Shuttles, bevor er sich zu Ryan wandte und ihn mit einem freundlichen Nicken begrüßte.

Grévais lagen einige Fragen auf der Zunge. Warum es zu der Planänderung gekommen war? Ob es andere Optionsangebote gab? Ob Ryan mit Konkurrenz rechnen müsse? Wohin man sie fahren würde? Mit wie vielen Bietern insgesamt zu rechnen sei?

Aber er stellte keine davon, sondern blieb stumm. Es gehörte zu den Regeln der Gesellschaft, keine Fragen zu stellen und so wenig Worte wie möglich zu machen. Der Klang einer Stimme konnte bereits eine Indiskretion sein und Hinweise auf eine Identität geben. Wenngleich Serge seine Kunden selbstverständlich kannte, was diese durchaus erpressbar machte – aber das war ein Umstand, dem sich auch Grévais unterwarf, und schließlich bezahlte er für den Vertrauensvorschuss an die Organisation nicht gerade wenig Geld.

Tatsächlich flossen bei jeder Auktion mehrere Millionen Euro, je nach Qualität der Ware, und diese schien am heutigen Abend exquisit zu sein. Allein das Objekt von Ryan Grévais' Begierde würde Serge viel Geld einbringen – fraglos würde sich auch für die Farbige und das dünne blonde Mädchen ein Liebhaber finden.

Bei den früheren Events und Auktionen, erinnerte sich Ryan, waren es nur irgendwelche unauffälligen Mädchen gewesen – sie hatten auf Ryan meist den Eindruck gemacht, als stammten sie entweder aus Osteuropa oder aus Afrika und wären in Flüchtlingslagern abgegriffen worden. Dieses Mal war das Angebot jedoch deutlich hochwertiger, und das würde sich in den erzielten Preisen niederschlagen.

Serge machte eine Geste und deutete auf ein Shuttle. Ryan nickte und ging dorthin. Er stieg ein und nickte den anderen drei Männern zu, die bereits im Wagen saßen. Auch sie hatten glänzend schwarze venezianische Larven umgebunden, trugen wie Ryan elegante Kleidung und führten ebenfalls kleine Taschen mit sich.

Da war der Mann mit dem schreienden Gesicht. Neben ihm saß ein Herr, der sein Gesicht mit einer gänzlich emotionslos wirkenden Larve verdeckte. Man nannte sie »Volto«. Der dritte Mann hatte eine »Bauta« auf, eine klassische venezianische Maske, die das ganze Gesicht verdeckte und über eine sehr ausladende Kinnpartie verfügte, damit man darunter bequem ein Glas Wein an die Lippen setzen konnte oder essen, ohne sie abnehmen zu müssen.

Schließlich wurden die Türen geschlossen. Jetzt war es dunkel. Auch die Verbindung zur Fahrerkabine war mit einer getönten Scheibe versehen, durch die man nicht hindurchschauen konnte. Nur spärliches Licht fiel von unter der Decke angebrachten Leuchten herab und spiegelte sich im Lack der glänzenden Masken. Dann setzte sich das Auto in Bewegung. Die anderen vermutlich ebenfalls.

Ryan gelang es nicht, durch die Seitenfenster auch nur

irgendetwas zu erkennen. Immerhin hatte das den Vorteil, dass auch niemand von außen hineinschauen konnte. Das Brummen des Motors war das einzige Geräusch, das zu hören war. Manchmal fühlte es sich an, als säßen sie in einer Achterbahn, wenn der Wagen durch Kurven und Senken fuhr. Keiner der Männer sprach ein Wort. Aber Ryan betrachtete sie, und er nahm an, dass die anderen ihn ebenfalls musterten und sich fragten, wer sich wohl hinter der Maske verbarg. Jemand wie sie. Ein Bruder, ein Verschworener und Verfluchter. Jemand, der wie sie über eine hohe gesellschaftliche Position und damit über das nötige Geld verfügte, um an diesem sehr exklusiven Ausflug teilnehmen zu können. Aufregung und Erregung über das, was bevorstand, lagen in der Luft. Sie waren in der abgeschlossenen dunklen Fahrgastkabine fast greifbar.

51

Albins Wagen rumpelte über die mit Schlaglöchern übersäte Landstraße. Die Sonne goss in einem letzten Auflodern goldenes Licht über die Landschaft und ließ die grauen Felsen links und rechts erglühen. Der Himmel war wolkenlos und tiefblau. In den Lücken zwischen den Stämmen der Platanen und des dichten Buschwerks war der Mont Ventoux zu sehen – klar und konturscharf mit seiner hellgrauen Kuppe, die der Mistral von jedem Bewuchs leergefegt hatte. Albin warf einen Blick in den Rückspiegel. Er konnte Tyson, der es sich wie gewohnt auf der Ladefläche des SUV bequem gemacht hatte, nicht erkennen. Der Hund war klein, und die Rücklehne verdeckte den Blick. Aber es war sicherlich alles okay mit ihm, ansonsten hätte er sich schon beschwert.

Albin bog nach rechts in eine Einfahrt ab. Hier war der Fahrbahnbelag ausgezeichnet und vermutlich eigens für die Klientel angefertigt worden, deren Limousinen und Sportwagen darüberrollten. Schließlich kamen die Umrisse des *Château Boulvain* in Sichtweite, dessen runde Türme zwischen den Platanen der Allee hindurchstachen.

Albin passierte die Toreinfahrt. Jetzt knirschte Kies unter den Reifen des SUV. Auf der linken Seite standen einige Fahrzeuge zwischen den Stämmen der Bäume – einige sehr teuer aussehende Fahrzeuge und einige preiswertere, bei denen es sich sehr wahrscheinlich um Dienstwagen der Polizei handelte. Die Tatsache, dass sie hier abgestellt waren, musste bedeuten, dass der hintere Bereich des Hotels mit den Halte- und Anlieferflächen nicht mehr zur Verfügung stand. Castel und Konsorten hatten also bereits ganze Arbeit geleistet und schnell gehandelt, was Albin gut gefiel.

Albin stellte den Wagen auf einer Rasenfläche ab. Er stieg aus, genoss die warme, würzige Luft für einen tiefen Atemzug, ging dann um den Wagen herum, öffnete die Heckklappe und hob Tyson heraus – nicht dass sich der Hund beim Hinunterspringen ein Bein brach. Auf die Größe eines Menschen im Vergleich zu einem Mops berechnet, befand sich die Ladefläche in annähernd drei Metern Höhe, hatte Albin einmal überschlagen. Dann schloss er die Klappe wieder, leinte Tyson an und setzte sich in Bewegung zu der Einfahrt, die zum Parkplatz und zum hinteren Bereich vom Château führte. Sie war mit rotweiß gestreiftem Band mit der Aufschrift *Police* abgesperrt. Aber dort stand niemand, um es zu überwachen.

Wie praktisch, dachte Albin, und tauchte unter dem Plastikband hindurch. Nach einigen Metern erreichte er den Hof, wo zwei Fahrzeuge parkten, kleine Kastenwagen. Die Forensiker von der Spurensicherung führten meist jede Menge Material mit sich und nahmen unter Umständen jede Menge anderes Material, das sichergestellt werden musste, wieder mit zurück. Im Augenblick waren zwei Kollegen damit beschäftigt, Scheinwerfer aufzubauen, denn die Dunkelheit würde bald hereinbrechen. Albin sah Bruno Grinamy in einem faserfreien Overall. Er und drei andere Forensiker aus seinem Team taten irgendwelche Dinge, die sich Albin nicht erschlossen, in dem Schuppen, wo die

Müllcontainer standen. Im schmalen Durchgang, der sich neben dem Küchentrakt befand, sah Albin Theroux und Castel sowie zwei jüngere Polizisten, die er nicht kannte. Sie sprachen mit einem wild gestikulierenden Robert Thiers. Dem Hoteldirektor passte ohne Frage überhaupt nicht ins Konzept, was hier vor sich ging. Die Tatsache, dass die Polizei das Château in Beschlag nahm, würde für die Gäste ein denkbar schlechtes Bild abgeben. Hinzu kam, dass sie Thiers wegen Berger befragen würden – der Mann stand unter Druck.

Albin verfolgte, wie Castel und Theroux sich zu ihm umdrehten. Während Theroux lediglich den Kopf schüttelte, um sich dann wieder mit Thiers zu befassen, entgleisten Castel die Gesichtszüge. Sie sprach kurz mit den anderen beiden Polizisten. Dann marschierte sie auf Albin zu und ignorierte Tyson, der vor Freude japste, als er Castel erkannte.

»Ich fasse es nicht«, zischte die junge Polizistin und kam vor Albin zum Stehen. Nun gestikulierte auch sie mit den Händen. »Rede ich eigentlich Chinesisch?«

Albin zuckte mit den Achseln. »Nein?«

»Sie haben mir versprochen, hier nicht aufzutauchen.«

»Ich habe gesagt, dass ich nicht zum Gaffen komme. Ich bin nicht zum Gaffen hier.«

»Sondern?«

»Um Informationen zu erhalten.«

Castel rollte mit den Augen. »Sie drehen und wenden es sich, wie es gerade passt.«

Albin zuckte wieder mit den Achseln. »Das kann man so sehen«, antwortete er, »man könnte aber auch sagen, dass ich flexibel in meinen Entscheidungen bin.«

»Sie sind unmöglich.«

»Und Sie reden schon wie alle anderen.«

»Das haben Sie mir bereits vorgeworfen.«

»Doppelt hält besser. Also«, fragte er, »was hat sich bei Berger ergeben?«

Castel drehte sich kurz zur Seite, als zwei Forensiker mit Müllbeuteln ankamen, um sie in die Kastenwagen zu verladen. Dann schaute sie wieder zu Albin. »Nichts weiter«, erklärte sie. »Ein zweites Team ist auf dem Gelände seiner Firma.«

»Sie sind schnell und gründlich, Castel.«

»Der Fall macht es erforderlich.«

»Irgendwas über meinen Schwiegersohn, den Bastard, gehört?«

»Nichts, nein.«

»Und hier? Robert Thiers? Hat der was zu erzählen? Hat Grinamy etwas gefunden? Hat er schon einen Hit in Bezug auf den zweiten Turnschuh? Gibt es etwas, das ...«

Castel hob die Hand, um Albins Redefluss zu stoppen. »Nein zu allem«, sagte sie. »Wir fangen gerade erst an, Albin.«

»Verstehe.«

»Und ich gebe Ihnen den guten Tipp, sich so schnell wie möglich zu verziehen.«

Albin öffnete den Mund, um sich zu beschweren.

Castel sagte: »Staatsanwalt Luc Bonnieux wird uns gleich beehren.«

Albin schloss den Mund wieder und schwieg. Ihn und Bonnieux verband eine tiefe Abneigung. Der Mann war mehrfach kurz davor gewesen, Albin richtige Schwierigkeiten zu machen, weil er dauernd an Tatorten aufkreuzte, obwohl er dort längst nichts mehr zu suchen hatte.

»Verstehe«, sagte Albin erneut. »Dann gehe ich mal besser.«

»Dann gehen Sie mal besser«, bestätigte Castel und stemmte die Hände in die Hüften.

Albin nickte. »Komm, Tyson, uns braucht man nicht. Wir sind ungewollt«, murmelte er – laut genug, damit Castel es noch mitbekam.

Er drehte sich um und ging den Weg zurück, den er gekommen war. Kurz bevor er seinen Wagen erreichte, stoppte er, weil er sonst umgerannt worden wäre.

»Vorsicht«, rief man ihm zu. Aus dem Haupteingang kamen mehrere Angestellte. Sie trugen mit Tüchern bedeckte Tabletts, Wein- und Champagnerkisten sowie Styroporboxen, in denen man Gerichte warm hielt. Sie gingen damit auf einen größeren Lieferwagen zu, der mit einem Mal aufgetaucht war und direkt hinter Albins SUV parkte. Tyson bemerkte die Duftwolke, die die Angestellten hinter sich herzogen, streckte die Nase genüsslich in die Luft und wedelte mit dem Schwanz.

Albin erinnerte sich, dass die Rede davon gewesen war, dass das Hotel heute Abend eine größere Gesellschaft zu Gast haben sollte – diesen … Club. Er betrachtete den Wagen und meinte, auf der Ladefläche den Mann wiederzuerkennen, der bei Berger die Edeltransporter gewaschen hatte. Jetzt sah Albin auch das Logo von Bergers Firma auf dem Wagen. Der Kerl auf dem Lieferwagen nahm die Sachen an, die die Hotelangestellten ihm reichten, und verstaute sie umsichtig.

Albin wartete ab, bis alle an ihm vorbeigezogen waren. Dann schlenderte er zu seinem Auto. Er sprach eine junge Frau an, die wie alle anderen in Schwarz gekleidet war und eine lange weiße Schürze trug. Sie hielt eine der großen Styroporboxen umklammert und schien darauf zu warten, dass man sie ihr abnahm.

»Bringdienst?«, fragte Albin.

»Sozusagen«, sagte die Frau und lächelte.

Albin deutete auf das Hotel. »Ich war heute beim Kochkurs von Luc Comtat. Ein Angestellter aus der Küche erzählte mir von einem großen Menü, das vorbereitet werden müsse. Ist es das?«

»Ich denke, ja, Monsieur.«

»Und die große Gesellschaft?«

»Kommt an anderer Stelle zusammen. Was vielleicht ganz gut so ist. Man sieht ja, was bei uns heute los ist.«

»Natürlich.«

Albin nickte der Frau lächelnd zu und schlenderte weiter. Er öffnete seinen Wagen, leinte Tyson ab und hob ihn in den Kofferraum. Dann setzte er sich selbst ins Auto und tat so, als sei er mit dem Handy beschäftigt, während er darauf wartete, dass der Lieferwagen beladen war und die Angestellten wieder abrauschten.

Albin dachte nach. In Gedanken hörte er Tyson von hinten sagen: *Ich weiß genau, was du denkst.*

»Das weißt du nicht, du Hund.«

Du fragst dich, was das für eine merkwürdige Gesellschaft ist, die auf einmal ausweicht, und du erinnerst dich an die Worte des jungen Kochs. Dass den Herren mit Masken Damen zugeführt werden.

»So kurzfristig disponieren die nicht neu. Weil die Polizei auf einmal da ist? Nein, das wussten die vorher nicht. Das wusste auch der Hoteldirektor nicht.«

Du denkst außerdem über Bergers Luxustransporter nach.

Auf einmal musste er fort, hat Castel gesagt, mit seinen Shuttles.

»Das hat sie gesagt.«

Vielleicht fährt er diese Gesellschaft durch die Gegend.

»Darüber denke ich nach, ja.«

Vielleicht haben er und Thiers kalte Füße bekommen, weil du aufgekreuzt bist und auch beim Kochkurs warst.

»Das frage ich mich, korrekt.«

Und du fragst dich: Warum?

»Ja.«

Warum bekommen die kalte Füße und disponieren für diese Gesellschaft um?

»Ja. Außerdem ist da etwas …«

Du hast so ein Gefühl, hm?

»Ich habe so ein Gefühl, ja. So wie du, wenn du wahrnimmst, dass bald der Postbote kommen wird – noch bevor man ihn überhaupt hört.«

Weil meine Witterung besser ist als deine. Aber es ist der gleiche Sinn, weißt du?

»Der Spürsinn.«

Der Spürsinn. Und was hast du nun vor?

Albin sah im Rückspiegel, dass der Wagen zurücksetzte, wendete und vom Areal des Hotels fuhr. Albin ließ den SUV an.

»Immer der Nase nach«, sagte er und setzte ebenfalls zurück, um dem Transporter in gebührendem Abstand zu folgen.

52

Die Gelegenheit war günstig, dachte Gilles und presste sich mit dem Rücken an die Wand des Wohnhauses. Er schloss die Augen, spürte die Wärme der Steine, ballte die Fäuste und knirschte mit den Zähnen. Hinter dieser Mauer befand sich seine Familie. Es war das Haus von Albin Leclerc, den er nicht mehr seinen Schwiegervater nennen mochte. *Der Schweinehund*, das klang besser.

Dieser Schweinehund hatte ihm die Polizei auf den Hals gehetzt. Er hatte allen Ernstes eine Schutztruppe rekrutiert und sie auf Manon angesetzt. In der Straße stand ein Streifenwagen. Er parkte nicht unmittelbar vor dem Haus, aber doch in Sichtweite des Eingangs. Gilles hatte beinahe einen Herzinfarkt bekommen, als er das bemerkte. Er hatte zuvor auf der Lauer gelegen und gesehen, wie der SUV vom Schweinehund fortfuhr. *Prima, du Blödmann*, hatte Gilles gedacht. *Lass sie nur alleine, genau das wünsche ich mir zu Weihnachten.* Er hatte noch eine Weile abgewartet und überlegt, ob Leclerc vielleicht gleich zurückkommen würde. Kam er aber nicht. Also hatte Gilles sich auf den Weg gemacht.

Er war in die schmale Straße gegangen und hatte den Hauseingang bereits fixiert, als der Streifenwagen um die Ecke gebogen kam. Daraufhin war Gilles sofort nach links in eine noch schmalere Gasse abgebogen, um abzuwarten, dass der Streifenwagen weiterfuhr. Was er nicht tat, verdammt. Nach ein paar Minuten hatte Gilles um die Ecke geblickt – und das Auto in Nähe des Hauseingangs parken sehen. Schöne Scheiße, dachte er, und was jetzt? Jetzt könnte er wohl kaum riskieren, in das Haus einzudringen und sich seine Tochter zu holen, sein Fleisch und Blut.

Seine Fäuste entspannten sich. Die Finger strichen über den Stein. Gilles stellte sich vor, wie sie wuchsen, die Fugen durchdrangen und die süße zarte Haut seines Kindes streichelten, bevor sie sich um den Hals seiner Frau schlossen und zudrückten. Heute Morgen wäre Manon beinahe ein Unfall geschehen. Das wäre natürlich nicht Gilles' Schuld gewesen. Er hatte nicht vorgehabt, sie auf die Straße zu stoßen. Das war alles die Schuld ihres Schweinehund-Vaters, der auch heute Morgen bereits Kollegen zu ihrer Bewachung abgestellt haben musste. Anders war es nicht zu erklären, dass dieser Kerl und das Mannweib über die Straße gerannt kamen und »Polizei« blökten. Nur deswegen hatte er doch Manon gestoßen. Das wäre sonst nie passiert. Und sie, Manon, sie …

Sie hatte ihre Hand gegen Gilles erhoben. Sie hatte ihn tatsächlich geschlagen. Ihn. Ihren Mann, Ernährer, den Vater ihres Kindes. Mit welchem Recht? Sie hatte Gilles verlassen, sie hatte ihm das Kind genommen, sie … Sie war schuld an allem. Sie und ihr bescheuerter Vater.

Gilles seufzte tief. Seine Hände zitterten. Er spürte, wie ihm vor Wut die Tränen in die Augen stiegen und der Zorn ihn zerreißen wollte. Er blickte nach unten, wo vor seinen Füßen die knallrot lackierte Hebelstange des Wagenhebers aus seinem Kofferraum lag.

Sie war in etwa so lang wie ein Tennisschläger. Der Handgriff war gummiert und der Rohrstahl sehr hart und stabil. Man schob die Stange als Hebel in den Wagenheber und pumpte ihn dann hoch. Zwei Tonnen konnte er tragen, und der Stahl musste das aushalten. Schnaufend blickte Gilles wieder auf. Fenster und Knochen, dachte er, wären für diesen Stahl ein Kinderspiel.

53

Albin folgte dem Lieferwagen in angemessenem Abstand. Vielleicht war es eine nutzlose Spur, aber sehr weit würde es vermutlich eh nicht gehen. Albin schloss das aus der Tatsache, dass es sich um kein Kühlfahrzeug handelte. Eine exquisite Küche würde hergestellte Leckereien über eine längere Wegstrecke niemals durch die Gegend kutschieren lassen, ohne darauf zu achten, dass sie frisch gehalten wurden und die Getränke kalt blieben.

Sie erreichten die Ortschaft La Roque-sur-Pernes, hinter der sich die schmale Straße auf Serpentinen durch dichtbewachsenes Buschland eine sanfte Steigung bergauf schlängelte. Es ging in Richtung Saumane-de-Vaucluse, und in Höhe des Hotels *Domaine de la Grange Neuve* bog der Wagen von der Straße ab.

Offenbar traf man sich also in einem anderen Hotel, dachte Albin. Er schaltete das Abblendlicht aus und ließ sich noch etwas weiter hinter den Lieferwagen zurückfallen, dessen Bremslichter dann und wann aufblinkten, denn er fuhr über einen nicht befestigten Wirtschaftsweg. Es gab tiefe Spurrillen, Schlaglöcher und enge Kurven. Albin war etwas irritiert, als das Fahrzeug doch nicht zur *Domaine* abbog, sondern weiterfuhr. Dabei gab es hier draußen nach Albins Wissen nichts als Landschaft und außerdem ein verwirrendes Netz an Wirtschaftswegen, auf denen man in Richtung

Osten nach Sénanque und Gordes kommen würde – und sie fuhren in Richtung Osten.

»Wo wollen die hin?«, fragte Albin.

Tyson, der im Laderaum herumlag, schwieg. Vermutlich hatte er ebenfalls keine Ahnung. Zumindest schätzte sich Albin im Augenblick glücklich, dass er sich damals einen Geländewagen gekauft hatte. Mit einem Kleinwagen würde man auf dieser Piste nicht gut zurechtkommen, mit einem Sportwagen sowieso nicht.

Nach einigen Minuten hatte Albin den Eindruck, dass der Lieferwagen erneut abgebogen war, und zwar nach links. Als Albin die Abzweigung erreichte, stoppte er den Wagen und blickte aus dem Seitenfenster. Er sah ein rostiges Schild am Wegesrand, unter dem ein weiteres aus Kunststoff angebracht war, dessen Zeichen und Schrift von der Sonne nahezu vollkommen ausgebleicht worden waren. Außerdem befanden sich links und rechts von der Fahrbahn einige windschiefe und ebenfalls komplett durchgerostete Metallpfähle im Boden, an denen etwas hing, das einmal das Geflecht eines Drahtzaunes gewesen sein mochte. Es wirkte insgesamt, als habe sich hier einmal eine Absperrung befunden, die vor langer Zeit angelegt und ebenfalls vor langer Zeit beseitigt worden war.

Albin dachte nach. Wieder betrachtete er die beiden Schilder.

»Ist ja ein Ding«, murmelte er, als ihm einfiel, wohin genau der Lieferwagen unterwegs war und wohin diese Zuwegung führen musste.

Ja, oder?, funkte Tyson in Albins Gedanken. *Was wollen die hier?*

»Keinen Schimmer.«

Ein sehr spezieller Herrenclub, der vor der Polizei abtaucht und sich dann ein exklusives Catering hierherliefern lässt?

»Mein Reden.«

Was tun die hier?

»Wir werden nachsehen.«

Aber denk dran: Ein Lieferwagen liefert nur. Er wird dort hinfahren, ausladen und wieder zurückfahren. Du kannst nicht mit dem SUV einfach ...

»Das weiß ich auch, Naseweis«, kürzte Albin ab. »Neunmalkluge Möpse haben mir gerade noch gefehlt.«

Tyson schwieg wieder. Albin legte den Gang ein und bog in die Zufahrt ab, fuhr einige Meter weit und erreichte eine noch schmalere Abzweigung, die in ein dichtbewachsenes Wäldchen führte. Er fuhr sehr langsam und so weit wie möglich, bis die Äste der Bäume und Büsche bereits die Türen der Fahrerseite berührten. Dann hielt er an und stellte den Motor aus.

»Von hier ab gehen wir zu Fuß«, murmelte er.

Ich darf mit?, fragte Tyson.

Albin überlegte, ob das wirklich eine so gute Idee war. Andererseits wollte er Tyson nicht so lange im Wagen lassen. Es war immer noch warm draußen, obwohl die Klimaanlage das Innere des Autos auf eine erträgliche Temperatur heruntergekühlt hatte, die noch für einige Minuten halten sollte. Albin würde also ein Fenster offen lassen müssen, damit für Tyson genug Luft zum Atmen da war. Und Tyson war immerhin ein Tier – falls ihm schrecklich langweilig würde oder jemand sich näherte, würde er womöglich zu kläffen anfangen, was Albins Präsenz vor Ort verraten könnte. Also war es vielleicht doch besser, ihn mitzunehmen, natürlich an der Leine, und unter Kontrolle zu halten.

Abgesehen davon – falls Albin jemand über den Weg lief oder er jemandem, dann hatte er eine gute Ausrede parat. Etwas in der Art wie: *Ich gehe mit meinem Hund Gassi, was wollen Sie, hm?*

Albin beugte sich nach vorn und öffnete das Handschuhfach. Er brummte nach hinten: »Du darfst mitkommen, wenn du versprichst, dich wie ein ordentlicher Polizeihund zu verhalten.«

Ja.

»Ein Polizeihund bellt nur im Notfall, er verhält sich so leise wie möglich und ist äußerst diszipliniert.«

Auf jeden Fall.

»Und zur Belohnung für hervorragendes Verhalten wird er später eine Wurst erhalten. Ansonsten bekommt er nie wieder eine Wurst.«

Ich tue alles, absolut alles, Chef.

»Dann wäre das geklärt.«

Albin nahm aus dem Handschuhfach eine Taschenlampe und ein kleines Fernglas. Er steckte sein Handy ein und nahm Tysons Leine. Dann stieg er aus, schloss die Fahrertür leise, öffnete den Kofferraum und hob Tyson heraus, um ihn anzuleinen. Dann verriegelte er den Wagen. Schließlich sah er sich um, orientierte sich und ging mit Tyson den Weg zurück, den sie eben gekommen waren. Kurz vor dem Abzweig sah er nach rechts, wo es einen Hang hinaufging. Zwischen den Bäumen erkannte er die Umrisse von Gebäuden – das heißt, es musste sich eher um die Dächer handeln und ein oder zwei Schornsteine. Albin bog in diese Richtung ab und marschierte mit Tyson querfeldein durch den Wald, der sich rasch lichtete und in eine freie Fläche überging, wo Rosmarinbüsche wuchsen. Dort stoppte Albin und hockte sich hin. Er kniff die Augen etwas zusammen, um in der Dämmerung besser sehen zu können. Er erkannte den Lieferwagen, dessen Hecktüren gerade wieder zugeworfen wurden. Dann fuhr der Wagen los. Albin sah einige Männer in dunklen Anzügen, die Dinge taten, die sich ihm nicht erschlossen. Sie hantierten mit Stativen herum.

Stative?, fragte er sich und ließ seinen Blick über die alten Mauern schweifen.

Was ist das für ein Gebäude?, fragte Tyson.

»Malemort«, flüsterte Albin.

Malemort.

Wer sich etwas für die Geschichte des Vaucluse interessierte, dem sagte der Name sofort etwas. Das Unglück von Malemort hatte im Ersten Weltkrieg fast einhundert Menschen das Leben gekostet. Es handelte sich um eine Munitionsfabrik, in der Unmengen Artilleriegeschosse und Patronen für die Armee hergestellt worden waren. Aus Sicherheitsgründen war die Fabrik außerhalb von Ortschaften errichtet worden. Einerseits, damit im Fall eines Unfalls nicht die Zivilbevölkerung in Gefahr geriet. Andererseits, damit die Produktion keine Spione anzog. Die Granaten wurden auf Lastwagen verladen, von hier aus zum eigens gebauten Bahnanschluss gebracht und dann nach Norden transportiert, wo sie auf den Schlachtfeldern in Verdun, an der Somme und in Flandern aus Mörsern, Kanonen und Gewehrläufen den Deutschen entgegengespuckt wurden.

In Malemort lagerten riesige Mengen Chemikalien und Sprengstoff. Die Sicherheitsvorkehrungen waren damals nicht mit heutigen vergleichbar – mit anderen Worten: Es gab nur die nötigsten beziehungsweise gar keine. Es reichte aus, wenn sich jemand am falschen Ort zur falschen Zeit eine Zigarette anzündete oder dass das Sonnenlicht sich im Licht der Scherbe brach, die von einer kaputten Bierflasche stammte – und *bumm*!

Bumm machte es dann tatsächlich, und zwar am 28. Juli 1917. Malemort flog in die Luft. Eine komplette Produktionshalle explodierte. Es gab fast hundert Tote und zahllose Verletzte. Sie stammten alle aus der Gegend. Ein Denkmal im Ort erinnerte in einem Ehrenhain auf dem Friedhof an die vielen jungen Frauen, deren Männer an der Front kämpften, während sie die Munition stopften und schließlich selbst davon zerrissen worden waren.

Das Unglück war nicht weiter untersucht worden – ein Skandal, aber es waren eben andere Zeiten und zudem Krieg sowie die Munitionsherstellung ein kriegswichtiger Vorgang, weswegen François Malemort, der Inhaber der Fabrikation, am Ende ungeschoren davonkam. Alles wurde vertuscht. Man verbuchte den Unfall als etwas, das eben passieren kann. Pech gehabt.

Im Zweiten Weltkrieg wurde hier ebenfalls Munition produziert. Bis unter dem Vichy-Regime die Herstellung eingestellt, der Familie Malemort die Lizenz entzogen und die Fabrik konfisziert, demontiert und nach Norden in die besetzte Zone Frankreichs abtransportiert wurde, um von da an für die Wehrmacht zu arbeiten. Insofern hatten die Malemorts ihre späte Strafe doch noch erhalten. Seither stand das Fabrikareal leer.

Nun, jetzt nicht mehr, dachte Albin und nahm das Fernglas zur Hand. Der kleine Feldstecher wirkte in seiner großen Hand wie ein Spielzeug. Er richtete ihn auf die Ruine der alten Fabrik aus. Hell genug war es noch, und das Fernglas war zwar klein, aber fein, ein deutsches Fabrikat, dessen Linsen nicht viel Licht schluckten. Albin konnte durch das offene Portal in den Innenhof sehen und betrachtete, was dort vor sich ging, und konnte sich absolut keinen Reim darauf machen. Es war etwas aufgebaut worden, das er zwar zuordnen konnte, dessen Sinn er aber nicht verstand. Einige Personen waren jedenfalls damit befasst, die Häppchen und die Getränke auf Tischen abzustellen.

»Sieht so aus«, murmelte Albin zu Tyson, »als ob es dort eine Vorführung gibt, hm?«

Tyson widersprach nicht.

»Was führen die dort vor, das die Polizei besser nicht mitbekommen soll?«

Tyson gab keine Antwort.

Albin merkte auf, als er Motorengeräusche hörte. Es waren mehrere Fahrzeuge. Er senkte den Feldstecher wieder und duckte sich hinter einen mit Flechten bewachsenen Felsbrocken am Rande des Rosmarinbewuchses. Ihm stachen die Scherben von zerbrochenen Ziegeln ins Knie, die neben anderem Bauschutt hier herumlagen. Er bedeutete Tyson, dass er keinen Mucks von sich geben solle. Was er auch nicht tat. Er legte sich flach auf den Bauch.

Es waren drei Fahrzeuge, die nun vorgefahren kamen. Drei dunkle Shuttles von Mercedes. Die Wagen, die Albin bei Berger hatte parken sehen.

Verdammt aber auch, dachte er, *jetzt wird es wirklich interessant.*

54

Nach einer Weile schien sich das Tempo des Shuttles zu verlangsamen. Ryan schätzte, dass sie etwas über eine halbe Stunde gefahren waren. Innerhalb von vierzig Minuten konnte man von Avignon aus Cavaillon erreichen und damit den Luberon, Baume de Venise am Rande der Dentelles, Methamis am Fuße des Mont Ventoux, man kam bis hinter Orange, Bagnols, nach Nîmes, Arles oder Salon de Provence. Das Gebiet war riesig, aber da sie dem Gefühl nach keine Autobahn benutzt hatten und der Wagen viele Kurven gefahren war, mussten sie sich im ländlichen Gebiet befinden, nicht weit vom Startpunkt entfernt. Dann stoppte der Wagen. Die Türen wurden geöffnet, und Ryan stieg mit den anderen Insassen aus. Neben ihnen hielten die anderen beiden Mercedes-Shuttles, die ebenfalls von den Fahrgästen verlassen wurden. Draußen warteten bereits Serge und seine Gorillas. Ryan meinte, unter dem einen oder anderen Sakko Waffen aufblitzen zu sehen.

Der Himmel hatte inzwischen die Farbe von Malven und Lavendel angenommen. Die Lichtpunkte einzelner Sterne waren in der klaren Luft zu erkennen, die immer noch warm war und würzig roch. Der brüchige Asphalt unter Ryans Sohlen strahlte die Wärme des Tages ab, ebenso die Mauern der Ruine, auf die sie nun, flankiert von ihren schweigsamen Begleitern, zugingen.

Es war schwer zu sagen, was diese Brache früher einmal gewesen sein mochte. Ein Industriegebäude vielleicht, ein Unternehmen, das dem Zustand nach schon vor Jahrzehnten geschlossen worden war und seitdem verfiel. Es gab große Fenster, deren Scheiben zersprungen oder nicht mehr vorhanden waren. Auf den Dächern wuchsen Flechten, auf zerborstenen Schornsteinen sogar Bäume. Der Architektur nach musste das Bauwerk aus dem Anfang des 19. Jahrhunderts stammen, und gemessen an der Größe dürfte es einmal über Rang und Namen verfügt haben. Dennoch schien es mitten im Nirgendwo zu liegen. Links und rechts sah Ryan nichts als Landschaft, geduckte Hügelketten, grauen Stein, Wald und dichtes Buschwerk. Nirgends gab es einen Hinweis auf Zivilisation.

Das Bauwerk selbst war in Form eines U errichtet worden. Es verfügte über eine Art Hauptportal, wo sich mit Moos überwachsene Schienen im Boden befanden. Auf dem Gelände gab es noch einige kleinere angrenzende Bauwerke, deren Dächer eingestürzt waren. Teilweise standen nur noch die Mauern. Wozu das alles einmal gedient hatte, erschloss sich Ryan nicht.

Hinter dem weitgeöffneten Portal lag der von den drei Hauptflügeln umschlossene Innenhof. Er war hergerichtet worden und glich einer Theaterkulisse. Im Zentrum stand eine Bühne, die Ryans Eindruck nach aus losen Einzelelementen zusammengeschoben und mit einem schwarzen Tuch bedeckt worden war, das zugleich wie ein Hintergrund für ein Fotoshooting wirkte und von professionell wirkenden Stativen gehalten wurde. Auf ähnlichen Stativen waren Scheinwerfer befestigt, die die Bühne – sie war vielleicht vier Meter breit und tief sowie einen Meter hoch – in gedämpftes Licht tauchten und ein Rednerpodest beleuchteten, das auf der rechten Seite stand. Auf der linken führten Stufen zur Bühne hinauf.

Der Hof selbst war in das rötliche Licht von Fackeln getaucht, die in einem Kreis aufgestellt worden waren, der etwa zwanzig rotgepolsterte und barock aussehende Stühle umschloss, die in drei Reihen hintereinanderstanden. Außerhalb des Zirkels befanden sich Tische, die ebenfalls mit schwarzem Tuch überworfen worden waren. Darauf standen Silbertabletts mit Fingerfood, Häppchen und Amuse-Gueules auf Tellern sowie Gläser, Weinflaschen und Champagner in mit Eis gefüllten Bottichen. Hinter den Tischen warteten zwei Männer in Bereitschaftshaltung, deren Statur Serges Begleitern in keiner Weise nachstand. Sie trugen venezianische Masken, allerdings in Weiß. Von irgendwoher erfüllten zarte Klavierklänge die laue Luft, die aus nicht sichtbaren Boxen klang. Alles in allem, dachte Ryan, wirkte die Szenerie, als sei man Teil einer exklusiven Modenschau in einer pittoresken Kulisse. Aber natürlich war das hier keine Modenschau.

Serge machte eine einladende Geste zu der Gruppe der schwarzmaskierten Herren, unter denen sich Ryan befand, und deutete auf das Büfett. Man bedankte sich mit stummem Nicken, und Ryan folgte den anderen. Allerdings hatte er keinen Appetit. Er war viel zu aufgeregt. Das Hemd klebte ihm am Körper. Er wischte sich die feuchten Hände an den Hosennähten ab und ließ sich von einem Weißmaskierten einen eiskalten Champagner reichen. Er lupfte das untere Ende der Maske ein wenig und leerte das Glas in einem Zug, bevor er sich nachschenken ließ. Er vernahm, wie einige der anderen Männer leise tuschelnd Worte wechselten und sich über die Snacks hermachten. Er verfolgte, wie zwei der Bewacher draußen am Hauptportal Position bezogen, ein weiterer neben einer Stahltür im Seitenflügel an der Bühne sowie der vierte in der Nähe des Rednerpultes. Er sah, wie sich Serge dorthin in Bewegung setzte und die Treppenstufen hinaufging. Es durchzuckte Ryan wie ein Blitz. Jetzt konnte es nicht mehr lange dauern.

Endlich, dachte er, endlich war es so weit. Er leerte das zweite Glas und nahm ein drittes zur Hand. Gemeinsam mit den anderen Männern ging er zu den Stühlen hinüber, um sich zu setzen. Ryan wählte einen Platz in der ersten Reihe und stellte die Tasche darunter ab. Er spürte, wie ihm der Schweiß den Nacken hinablief und der Champagner zu wirken begann. Dann wurde das Bühnenlicht heller. Serge hatte das Pult erreicht. Er hob die Hände zu einer Begrüßungsgeste.

»Willkommen«, sagte er. »Ich wünsche Ihnen viel Vergnügen und dem Abend einen guten Verlauf!«

Seine Stimme warf ein kurzes Echo im Innenhof. Die Fackeln flackerten. Showtime, dachte Ryan Grévais und spürte das Herz in der Brust pochen, als sei es ein wildes Tier, das sich von innen gegen den Brustkorb warf, um ihn zu durchbrechen und endlich frei zu sein.

55

Isabelle zitterte am ganzen Leib, als sie mit Sara und Anna über den schwachbeleuchteten, langen Flur der Industrieruine geführt wurde. Sie trugen die Abendkleider, waren geschminkt, die Haare hergerichtet. Man hätte annehmen können, sie gingen zu einem eleganten Ball. Aber das taten sie nicht. Nein, Isabelle fühlte sich vielmehr wie jemand, den man zum Schafott brachte.

Anna wimmerte. Saras Unterlippe zitterte, und ihre Augenlider zuckten. Die Schritte ihrer Pumps hallten. Sie klangen hoch und fein gegen die Schritte der schweren Stiefel ihrer Begleiter in den Overalls und den Masken.

Der Flur nahm eine Biegung, und nun hörten sie leise Musik. Sie gingen auf eine Stahltür zu, stoppten kurz davor – und als sie geöffnet wurde, blinzelte Isabelle irritiert ins Scheinwerferlicht.

Sie kniff die Augen zusammen, wurde dann vorangestoßen. Sie erkannte eine Bühne auf dem Innenhof. Er hatte sich in eine Art Freilichttheater verwandelt – mit ihr, Sara und Anna als Hauptdarstellerinnen. Nur welches Stück hier gegeben werden sollte, das konnte sie sich beim besten Willen nicht vorstellen.

Die Bühne war bis auf ein Rednerpult leer. Isabelle blickte zur Seite und erschauderte, als sie das Publikum sah, das noch absurder wirkte als die Szenerie selbst. Dort saßen

Männer in Anzügen und mit schwarzen Masken, die an venezianische Larven erinnerten.

Dann wurde Isabelle mit Sara und Anna zu den Stufen geschoben, die die Bühne hinaufführten. Wieder kam sie sich vor wie eine Verurteilte, die man zur Guillotine brachte. Da oben warteten zwar kein Fallbeil und kein Henker, dafür aber ein Mann in einem schwarzen Anzug, der sie mit einer galanten Geste in Empfang nahm. Isabelle hörte Anna erneut wimmern. Sara keuchte erstickt auf.

Isabelle fühlte sich plötzlich wie Madame Roland, eine politische Figur der Französischen Revolution, die sie im Geschichtsunterricht immer so bewundert hatte und die 1793 in ihrer feinsten Garderobe zur Hinrichtung geführt worden war. Ihr Stolz hatte sie am Ende zur Königin von Paris gemacht. »Wenn die Unschuld den Opfergang antritt, zu dem Irrtum und Perversion sie verurteilen, dann erreicht sie Ruhm«, war ein Zitat, das man ihr zuschrieb.

Isabelle dachte, dass man ihr alles nehmen könnte, aber nicht ihre Würde. Sie streckte sich, reckte das Kinn, hob den Rock im Beschreiten der Stufen und flüsterte zu Sara und Anna: »Bewahrt Haltung. Lasst euch nicht brechen.«

56

Ryan Grévais hielt die Luft an, als die Ware zur Bühne kam. Zwei Männer, die Overalls und Schweinemasken trugen sowie Viehtreiber in der Hand hielten, führten die drei Frauen aus einem Gebäudeteil heraus. Serge, das musste man ihm lassen, hatte dazugelernt.

Die Frauen trugen Abendkleider in unterschiedlichen Farben. Aber man konnte sie auch ohne diesen Code gut auseinanderhalten. Die eine war schmal und blond, die andere dunkelhäutig. Ryans Augen sogen sich sofort an der dritten Frau fest, die er für sich auserkoren hatte. Im Unterschied zu den anderen beiden schien ihre Haltung fast stolz und trotzig zu sein. Es wäre eine unbeschreibliche Freude, das zu ändern.

Die drei betraten nun die Bühne und stellten sich nebeneinander auf. Die Männer mit den Viehtreibern blieben im Hintergrund.

Dann begann die Auktion. Zuerst war die Blonde an der Reihe. Serge ging zu ihr, fasste sie am Oberarm, was sie zusammenzucken ließ, als habe ihr einer der Männer mit den Schweinemasken den Viehtreiber ins Kreuz gerammt.

Serge erklärte nüchtern: »Es gibt mehrere Interessenten für dieses Objekt hier, die alle fast die gleiche Summe geboten haben. Daher ist sie unsere heutige Gruppenofferte, die für vier Personen gilt. Die höchste der im Vorfeld abgegebenen Optionen auf die Auktion liegt bei fünfundzwanzigtausend Euro. Das ist nun der Einstiegspreis. Wir bieten, bis nur noch vier Teilnehmer übrig sind. Wer bietet mit?«

Augenblicklich gingen mehrere Hände in die Höhe. Deutlich mehr als vier. Ryan wusste: Jedes Optionsgebot war zugleich der Teilnahmepreis, den jeder entrichten musste. Wer sein Interesse im Vorfeld also mit zwanzigtausend Euro angemeldet hatte, war diese Summe in jedem Fall los und musste nun bei der Auktion entscheiden, ob er auch bei höheren Summen mitsteigern wollte. Bei dem Gruppenangebot gab es am Ende allerdings nicht nur einen Auktionsgewinner, sondern mehrere – je nachdem, wie viele Bieter mitgingen. Gruppenangebote gab es folglich für Objekte, die keine hohen Optionen erzielt hatten und für die eine Einzelauktion nicht sonderlich ertragreich wäre.

Serge korrigierte: »Fünfzigtausend Euro.«

Einige Hände gingen rasch nach oben, andere zögerlicher, einige nicht mehr. Immer noch waren es mehr als vier Bieter. Ryan meldete sich gar nicht. Er betrachtete das Publikum, sondierte und musterte die Männer, die sich nicht meldeten. Es waren sechs Personen. Sechs, von denen wohl einige auf die Dunkelhäutige bieten würden und andere auf die Frau, die Ryan begehrte.

Mit welchen Konkurrenten hätte er zu rechnen? Was war deren Limit? Er bemerkte, dass auch diese Männer sich umschauten, dass Blicke ihn streiften.

»Fünfundsiebzig«, sagte Serge.

Mit einer ruckartigen Geste riss er der Blonden das Kleid vom Leib. Es musste vorher für diesen Effekt präpariert worden sein. Sie schrie auf und versuchte, ihre Blöße mit den Händen zu bedecken, was leidlich gelang.

Augenblicklich schossen die Hände wieder in die Höhe. Ryan zählte sechs Bieter.

»Hunderttausend.«

Nun blieben nur noch vier Hände in der Luft.

»Herzlichen Glückwunsch«, sagte Serge und lächelte.

Er trat zurück, und die Männer mit den Schweinemasken traten vor, um die Frau an den Oberarmen zu fassen. Sie wand sich wie ein Aal und schrie, während sie von der Bühne geführt und wieder in den an die Treppe angrenzenden Gebäudeteil gebracht wurde. Die vier Bieter standen auf. Sie nahmen ihre Taschen und folgten. Bezahlen würden sie später – niemand führte so viel Bargeld mit sich.

»Nun zu unserem nächsten Angebot, das jedoch kein Gruppenangebot ist«, sagte Serge und deutete auf die Dunkelhäutige. Er nannte einen Einstiegspreis und sprach von drei Bietern sowie anschließend von hunderttausend Euro als höchster Option. Ryan sah drei Hände nach oben gehen. Er betrachtete die Männer und zog sie von denen ab, die bei der Blonden ebenfalls nicht geboten hatten. Zwei Konkurrenten blieben übrig, mit denen er gleich zu rechnen hatte.

Serge setzte die Auktion nach dem gleichen Modus fort. Auch dieser Frau riss er das Kleid vom Leib. Bei sechshunderttausend Euro gab es den Zuschlag für einen von ihnen. Ryan musste schlucken. Schließlich wurde sie von den Männern mit den Viehtreibern abgeführt, die wieder zurückgekommen waren. Der Auktionsgewinner nahm einen eleganten Lederrucksack und folgte.

»Nun zu unserer Attraktion, auf die die höchsten Optionen abgegeben wurden«, sagte Serge und deutete auf die verbleibende Frau. Auf sie.

Ryan atmete tief durch.

57

Die Erkenntnis traf Albin wie ein Schlag vor den Kopf.

Dort auf der Bühne stand Isabelle Lefebvre. Und wie es den Anschein hatte, wurde sie gerade in einer Auktion versteigert. In seinem Mund schmeckte es nach Eisen. Sein Magen und die Speiseröhre brannten.

Albin hatte das Treiben durch das Fernglas beobachtet. Die Tatsache, dass die Bühne hell erleuchtet war, sorgte für eine gute Sicht. Zudem betrug die Distanz nicht mehr als zweihundert Meter, und mit jeder Sekunde waren mehr und mehr Zahnräder in Albins Gehirn eingerastet. Isabelle und zwei weitere Frauen waren von einem Mädchenhändlerring entführt und gefangen gehalten worden. Sie wurden hier und jetzt an Mitglieder einer geheimen Loge oder etwas in der Art weitergegeben – die Maskierten hoben ihre Hände wie in einer Auktion. Es gab Sicherheitsvorkehrungen, und die an verschiedenen Stellen postierten Bewacher wirkten nicht so, als hätten sie bloß Klappmesser in der Tasche. Dann dieser abgelegene Ort – und hatte nicht der Koch am Château Albin gesagt, dass diese Perversen, wie er sie nannte, immer das Hotel verließen und mit den Frauen fortfuhren? Um was mit ihnen zu tun? Alles in allem, dachte Albin, ging hier etwas ganz und gar Ungeheuerliches vor, etwas, dass …

Du glaubst …, flüsterte Tyson.

»Ich weiß nicht, was ich glauben soll.«

Du glaubst, die kaufen die Frauen, um mit ihnen …

»So weit will ich gar nicht denken.«

Du denkst doch sogar noch viel weiter.

»Mhm.«

Das tat Albin wahrhaftig. Er dachte sehr viel weiter. Bewaffnete Bewacher, entführte Frauen – hier ging es nicht nur um so etwas wie erzwungene Prostitution, sondern um mehr. Aber egal, ob diese Maskierten Sadisten, Teufelsanbeter, beides zusammen oder noch etwas viel Schlimmeres waren – Albin musste sofort handeln. Er legte das Fernglas zur Seite und nahm sein Handy hervor. Der Empfang hier oben war denkbar schlecht. Die Anzeige für die Sendequalität wies nur einen Balken auf. Er überlegte kurz, welche Nummer er wählen sollte, und entschied sich dann für die von Castel statt die von Theroux. Nach einer schier endlosen Minute ging sie dran. Ihre Stimme klang zerhackt. Die Übertragungsqualität war sehr schlecht.

»Albin, ich … keine Zeit für … solche … Was … wollen …«, hörte er.

»Klappe halten, zuhören«, sagte Albin.

»Was?«

»Ich habe Isabelle Lefebvre. Malemort. Die alte Munitionsfabrik. Schicken Sie alles hin, was Beine hat. Rechnen Sie mit bewaffnetem Widerstand.«

»…as? Male… Was? Isabelle? Albin, wo sind …ie und was …«

»Menschenhandel. Missbrauch. Entführung. Malemort. Munitionsfabrik. Ruine. Gefahr. Bewaffnete. Sofort. Sondereinsatzkräfte. Sofort.«

»… Malemort? Isa…elle …, Albin, Sie …«

»Verstanden?«

»Albin …«

»Verstanden?«

»Ja … ich …«

Albin beendete das Gespräch. Tyson war unruhig, knurrte und ruckte an der Leine. Als Albin sich umdrehte, blickte er in den Lauf einer Waffe.

58

»**Zum Mitschreiben**, Theroux«, sagte Castel genervt und marschierte mit raumgreifenden Schritten über den Kies, »ich weiß es nicht!«

»Aber irgendwie muss er doch auf Malemort kommen?«, fragte Theroux. Er versuchte, mit Castel Schritt zu halten, während sie den Hinterhof des Châteaus verließen und zum Wagen gingen. »Was sucht er dort auf einmal? Ich meine, woher weiß er, dass …«

Castel blieb vor dem Wagen stehen. Sie drehte sich zu Theroux. Musterte ihn. Tippte ihm auf die Brust. »Geh mir nicht auf die Nerven, wirklich nicht. Nicht jetzt.«

»Aber …«

»Später. Aber nicht jetzt. Jetzt nimmst du das Telefon und schickst alles, was wir zur Verfügung haben, zu diesem Malemort. Wie weit ist das von hier?«

»Viertelstunde?«

»Gut. Geben wir Gas.«

»Und falls …«

»Theroux!«, fauchte Castel und stieß ihm heftiger mit dem Finger vor die Brust. »Wir diskutieren das nicht.«

Theroux verdrehte die Augen. Er nahm sein Telefon. »Auf deine Verantwortung«, sagte er.

»Ja«, erwiderte Castel, öffnete die Wagentür und griff gleichzeitig nach ihrem eigenen Telefon.

Auf ihre Verantwortung – was bedeuten würde, dass sie einen Mordsärger bekäme, falls Albin falschlag und sie selbst damit, dass sie ihm vertraute beziehungsweise darauf, dass sie ihn richtig verstanden hatte. Die Verbindung war sehr schlecht gewesen. Sie hatte nur Fetzen mitbekommen – aber immerhin genug verstanden: Albin hatte Isabelle Lefebvre an der Ruine einer alten Munitionsfabrik gefunden. Sie lebte noch. Es war die Rede von Menschenhändlern und Bewaffneten.

»Wir sind total verrückt«, sagte Theroux, presste sich das Handy ans Ohr und stieg ein.

»Haben wir Schutzwesten dabei?«, fragte Castel.

»Im Kofferraum.«

Castel gab ein genervtes Geräusch von sich. Sie ließ den Türgriff wieder los, um zum Kofferraum zu gehen. Wenigstens musste sie sich nicht wegen der Dienstwaffen sorgen, denn die führten sie in jedem Fall mit sich.

Theroux klagte: »Warum hören wir auf diesen … diesen irren Pensionär?«

»Weil er bisher immer recht hatte«, erwiderte Castel und öffnete den Kofferraum.

Theroux hatte gegen diese Feststellung keine Einwände und nahm die Weste entgegen, die Castel ihm reichte.

59

»**Das Basisgebot** beträgt zweihundertfünfzigtausend.«

Drei Hände gingen nach oben, darunter Ryans. Serge ging zu der Frau, wollte sie am Oberarm fassen, aber sie wich aus und trat nach vorn. Ryan stockte der Atem.

»Ist das etwa alles?«, fragte sie. »Das soll alles sein? Mehr habt ihr Waschlappen nicht zu bieten? Eine Viertelmillion für mich?« Sie warf trotzig den Kopf in den Nacken und lachte.

Das Lachen klang nicht echt, aber immerhin, dachte Ryan.

Serge schien über diese plötzliche Wendung amüsiert zu sein, vielleicht auch etwas beeindruckt. »Fünfhunderttausend«, sagte er.

Ryan hob sofort die Hand. Zwei weitere gingen ebenfalls nach oben – die Mitbieter waren der Mann mit dem schreienden Gesicht und der Mann, der die »Bauta« mit dem spitzen Kinn trug.

»Siebenhundertfünfzig.«

Alle Hände blieben oben. Ryan schlug das Herz bis zum Hals. Sein Atem ging flach und schnell. Unter der Maske war es unerträglich heiß. Sein Gesicht musste klatschnass sein.

»Achthundert.«

Nun waren es nur noch zwei Hände. Seine und die des

Mannes mit dem schreienden Gesicht. Serge machte einen Schritt auf die Frau zu. Sie schien es zu bemerken, ahnte, was er plante – und nestelte selbst am Kleid herum, riss es sich vom Leib und stand splitternackt auf der Bühne. Ryan wurde schwindelig. Sie war wie die Frau auf dem Gemälde. Sie war die Madonna, die Erlösung, sie war eine Göttin, er musste sie besitzen, er musste sie zerstören, er musste …

»Ist das alles?«, rief sie mit brechender und sich überschlagender Stimme. »Ist das alles, was ihr habt?« Sie spuckte von der Bühne. Die Männer mit den Schweinemasken zuckten, hoben ihre Viehtreiber, aber Serge hielt sie mit einer Geste zurück.

»Neunhundert«, sagte er.

Ryan riss die Hand nach oben. Sein Konkurrent schien in sich zu gehen, hob aber dennoch die Hand. War das Zögern nur Taktik? Gelangte er an seine Grenze?

»Eine Million!«

Das Wort warf ein kurzes Echo zwischen den Mauern. Es schwebte über den Männern mit den Masken und über Ryan, drang durch seine Poren, grub sich durch seine Nervenbahnen und hin zu den Muskelsträngen, die reagierten. Seine Hand hob sich. Im gleichen Moment fühlte er sich, als werde der Boden unter seinen Füßen fortgezogen.

Eine Million Euro.

Das war alles, was er hatte. Alles, was er in den vergangenen Jahren an Geld auf ein geheimes Konto bei einer Liechtensteiner Bank transferiert hatte, um es für sein spezielles Bedürfnis zu verwenden. Dann wäre für die Zukunft nichts mehr da. Und wenn er den Mitbieter jetzt nicht übertrumpfte … Was dann?

Aber es hob sich keine weitere Hand. Der Zuschlag ging

an Ryan Grévais. Ein gewaltiges Gefühl der Genugtuung erfüllte ihn und wechselte sich mit einer Eiseskälte ab, als er aufstand und seine Tasche nahm, während seine Trophäe von der Bühne geführt wurde.

60

Gilles stand nach wie vor mit dem Rücken zur Wand neben Albins Haus. Eine sehr symbolische Pose, dachte er verbittert, denn er wusste einfach nicht, was er jetzt tun sollte. Aufgeben und zurück nach Paris fahren? Seine Anwälte einschalten und Manon und ihrem Vater das Leben zur Hölle machen?

Ja, vermutlich war das die einzige sinnvolle Lösung. Solange die Polizei Manon bewachte und sich Manon in den Fängen des alten Leclerc befand, würde er wohl nichts ausrichten können.

Dieses Gefühl der Machtlosigkeit machte ihn fast rasend. Aber es blieb ihm nichts übrig, fürchtete er. Nichts anderes, als zunächst auf dem Rechtsweg Rache zu nehmen und das Sorgerecht für Clara durchzusetzen – und dann, irgendwann, würde er sich Manon persönlich vorknöpfen.

Er seufzte, bemitleidete sich selbst wegen der misslichen Situation. Dann hielt er den Atem an, als er hörte, dass ein Motor ansprang. Er blickte zum Ausgang der Gasse. Reifen quietschten. Für eine Sekunde war ein weißer Polizeiwagen zu sehen, dessen Blaulicht eingeschaltet war. Zwei Sekunden später hörte er eine Sirene, die zunächst ohrenbetäubend laut war und dann sehr schnell leiser wurde, als sich das Auto entfernte.

Gilles stutzte. Er bewegte sich voran, schaute vorsichtig um die Ecke – und die Luft war rein. Es musste einen plötzlichen Einsatz gegeben haben, zu dem die Polizisten gerufen worden waren. Jedenfalls waren sie jetzt fort, und das eröffnete Gilles völlig neue Möglichkeiten. Er wartete eine Minute. Er wartete zwei Minuten. Das Auto kam nicht zurück. Gar nichts passierte. Alles war still. Er hörte nur seinen eigenen Atem.

Gilles ging zurück zu seinem vorherigen Standort. Er bückte sich und hob das rote Stahlrohr auf. Es wog schwer in seiner Hand. Er fasste es am gummierten Handgriff, schwang das Rohr zwei-, dreimal prüfend durch die Luft wie einen Säbel. Er betrachtete die Mauer, die Seitenwand des Hauses von Albin Leclerc. Wenn man einige Meter weiterging, verschmolz die Wand mit einer Bruchsteinmauer, die übermannshoch war. Hinter dieser Mauer wuchsen einige Bäume. Dort lag der Garten.

Gilles dachte nach. Auf der anderen Seite des Hauses befand sich der Carport, aber es gab keine Möglichkeit, an diesem hochzuklettern. An der Tür klingeln, das kam sowieso nicht in Frage, und eintreten konnte man sie wohl kaum – dazu wirkte sie viel zu massiv. Doch wenn man hier die Mauer hinaufkam und in den Garten gelangte …

Im Garten, stellte sich Gilles vor, würde es fraglos eine kleine Terrasse geben. Und eine Terrassentür, die womöglich offen stand, um die Abendluft hereinzulassen. Durch diese Tür könnte man ins Haus gelangen, wo Manon vielleicht mit diesem Blumenweib auf dem Sofa saß und fernsah. Vielleicht saßen sie auch draußen. Das ließe sich mit einem Blick klären.

Gilles schob das Stahlrohr wie einen Degen durch den Gürtel, bis der Handgriff gegen das Leder stieß und dafür sorgte, dass es nicht verrutschen konnte. Er ging einen Schritt zurück, betrachtete die Mauer. Dann holte er Luft, hielt sie an, nahm Schwung, sprang und streckte die Arme hoch. Seine Finger erreichten den oberen Rand der Mauer und krallten sich dort fest. Seine Schuhe fanden auf den erhabenen Bruchsteinen Halt – fast wie auf einer zum Freeclimbing hergerichteten Kletterwand. Er drückte sich ab, zog gleichzeitig den Körper hinauf. Schließlich blickte er in den Garten hinab. Er war wirklich nicht groß. Und tatsächlich gab es dort eine Terrasse. Sowie eine offene Terrassentür.

Was bin ich doch für ein Glückspilz, dachte Gilles und setzte zu einem kräftigen Klimmzug an.

61

Isabelle bewegte sich wie in Trance durch den Gang. Ein Mann war neben ihr, der andere dahinter. Es war der Mann mit der schwarzen Maske. Ihr Käufer.

Sie war wie die anderen versteigert worden. Isabelle konnte es einfach nicht fassen – und sich noch viel weniger ausmalen, was nun mit ihr geschehen würde. Tausend Möglichkeiten waren ihr bereits durch den Kopf geschossen, seitdem sie entführt worden war. Doch nun nahm das alles eine neue Dimension an. Hatte der Mann sie im Auftrag von jemandem erworben? Für sich selbst? Wohin wurde sie nun gebracht? Und dann? Sollte sie künftig in einer Art Harem gefangen gehalten werden? War ein so enormer Preis bezahlt worden, um sie zu vergewaltigen? Würde sie hierbleiben? Brachte man sie fort? Zudem war sie immer noch unbekleidet …

Sie bogen nach links ab – in einen anderen Gang. Sie waren nicht von hier gekommen. Es musste ein anderer Gebäudeteil sein. Sie zuckte zusammen, als sie einen gellenden Schrei hörte und dann einen weiteren. Sie wusste nicht, ob es Sara oder Anna war. Er kam aus einem Raum, den sie gerade passierten. Isabelle erschauderte. Panik schoss ihr durch die Nervenbahnen. Sie warf einen Blick auf den Mann im Overall. Auf den Viehtreiber. Dann wurde sie vorwärtsgestoßen, stolperte und fing sich wieder.

Ihre Gedanken fuhren Karussell. Schließlich wurde sie in einen Raum bugsiert.

Der Raum war lediglich von einer Glühbirne erhellt. In der Mitte stand ein großer Tisch. Isabelle erschauderte erneut, als sie die Spanngurte sah, die von der Tischplatte herabhingen. Es befand sich außerdem etwas unter der Decke – eine Art Ring, durch den ein Strick geflochten war. Ansonsten war der Raum leer. Es gab auch keine Fenster. Es roch muffig.

Wie in einem Albtraum bewegte sie sich weiter, stand dann unter dem Deckenring. Sie musterte den Mann mit der schwarzen Maske, der eine Tasche auf dem Tisch abstellte und dem anderen zunickte. Isabelle spürte, wie ihre Handgelenke gefasst wurden. Etwas wurde daran befestigt. Sie ließ es geschehen und versuchte, die Augen in den Öffnungen hinter der schwarzen Maske zu erkennen, doch es gelang nicht. Sie spürte einen Ruck. Ihr linker Arm wurde nach oben gezogen. Dann der rechte. Wieder wurde etwas befestigt. Sie war gefesselt, zerrte an den Stricken, die durch den Deckenring geführt waren. Sie ließ den Mann mit der Maske nicht aus den Augen. Er sie ebenfalls nicht. Schließlich verließ der andere den Raum und schloss die Metalltür krachend hinter sich.

Mit einem Mal war es vollkommen still. Der Mann mit der Maske machte einen Schritt auf sie zu. Er fasste sich in den Nacken, löste dort etwas. Dann nahm er die Maske ab und legte sie auf den Tisch neben seine Tasche. Er war älter, fast weißhaarig und wirkte sehr gepflegt. Er musterte Isabelle von oben bis unten. Seine Brust hob und senkte sich beim Atmen. Sein Blick … Er wirkte wie der eines wilden Tieres.

»Nun sind wir allein«, sagte er. Seine Stimme klang sanft. Fast väterlich. »Du bist schön.«

»Was haben Sie mit mir vor?«, fragte Isabelle leise.

Sie ruckte an den Stricken, die sie mit nach oben ausgestreckten Armen in Position hielten. Ihre Finger umfassten das harte Material, um sich daran festzuhalten. »Was soll das alles?«

»Du bist eine starke Frau«, sagte er, wandte sich dann zur Seite und griff in seine Tasche. »Das habe ich sofort gesehen. Deswegen war ich so an dir interessiert. Deswegen habe ich so viel für dich bezahlt.«

»Wozu? Was … Was wollen Sie nun tun?«

Der Mann nahm eine Art Roll-Etui aus der Tasche, löste eine Lasche. Einen Moment später sah Isabelle, was sich darin befand: eine Auswahl von Messern, die höllisch scharf aussahen. Einige kleinere, einige größere – Sushi-Messer.

»Bitte …«, keuchte sie, denn nun war ihr mit einem Schlag klar, was der Mann mit ihr plante. Ihr entfuhr ein Schrei, als er eine Akkubohrmaschine folgen ließ und neben das entrollte Messeretui legte.

Dann wandte er sich ihr zu. »Du möchtest wissen, was ich mit dir tun werde. Du bist ein Forschungsprojekt. Ich möchte erfahren, wo deine Grenzen liegen. Und dazu«, er lächelte, »werde ich dir sehr weh tun. Die ganze Nacht lang.«

62

Gilles zog sich hoch, stieß sich mit den Schuhen an den Bruchsteinen ab. Schließlich gelang es ihm mit einem weiteren Kraftakt, seinen Körper auf die Mauerkrone zu wuchten und sich mit dem Knie abzustützen.

»Was wird das?«

Gilles zuckte zusammen und verlor beinahe das Gleichgewicht, als er die Stimme hinter sich hörte. Er blickte hinter sich und nach unten. Ein Mann stand in der Gasse. Er war älter, beleibt, hatte eine Halbglatze und schaute fragend zu ihm hinauf.

Verdammt, dachte Gilles. *Das fehlte mir noch.*

Er keuchte, lachte ertappt auf. »Ja«, erwiderte er in Richtung des Mannes. »Ich weiß, wie das aussieht. Aber ich bin kein Einbrecher.«

»Aha«, machte der Mann. Er deutete mit dem Zeigefinger vor sich. »Runter von der Mauer.«

»Nein, ich … Sie verstehen das falsch«, stammelte Gilles.

»Runter von der Mauer.«

Gilles' Gedanken fuhren Achterbahn. Wenn er nun einfach in den Garten springen würde, würde der Passant sicherlich die Polizei verständigen oder sonstigen Ärger heraufbeschwören. Zu blöd, dass dieser Kerl ausgerechnet jetzt durch die Gasse gehen musste. Vielleicht war es ein Anwohner – wie auch immer, er hatte Gilles erwischt.

Seine zweite Option war, aufzugeben und abzuziehen. So kurz vor dem Ziel. Verflucht, verflucht …

»Ich …«, schnaubte Gilles, »ich habe den Schlüssel vergessen, ich komme nicht rein.«

»Das kannst du deiner Oma erzählen.«

»Es ist aber so, und …«

»Das ist nicht dein Haus. Und jetzt runter von der Mauer. Aber ganz schnell.«

Der Ton gefiel Gilles überhaupt nicht. In Kombination mit seinem Zorn auf Manon und der Wut darüber, ertappt worden zu sein und sein Vorhaben aufgeben zu müssen, verhieß das nichts Gutes.

»Das geht Sie nichts an«, zischte er nun.

»Runter von der Mauer. Jetzt«, wiederholte der Mann. Er deutete immer noch vor sich.

Hielt er ihn für einen dressierten Hund? Gilles knirschte mit den Zähnen. Langsam und sehr unwillig kletterte er von der Mauer herab.

»Ich kann das erklären«, keuchte er.

Der Handgriff des Stahlrohrs kratzte über den Stein, hakte an einer erhabenen Stelle und zog sich dabei wie von selbst beinahe aus dem Gürtel. Schließlich ließ Gilles das Mauersims los und ließ sich fallen. Er landete auf den Füßen und drehte sich zu dem Mann um, der ihn nach wie vor fragend musterte. Er war kleiner als Gilles, hatte einen ausladenden Bauch, über dem sich ein verwaschenes Polohemd spannte, und musste um die sechzig Jahre alt sein. So ein schmuddeliger Rentner wollte Gilles Richard Befehle erteilen und verhindern, dass er seine Familie zusammenführte und seine Tochter zu sich holte? Das werden wir noch sehen, dachte er.

Laut fragte er: »Zufrieden?«

»Halbwegs.«

»Sie sollten sich besser um Ihre eigenen Angelegenheiten kümmern, als …«

»Verschwinde.«

Gilles lachte auf und streckte sich. Jetzt hatte er wirklich genug von dem Blödmann.

»Nein«, erwiderte er. »Sie verschwinden.«

Der Mann machte keine Anstalten, sich zu bewegen. Er deutete mit einer Kopfbewegung auf Gilles' Hüfte. »Was soll das Samuraischwert?«, fragte er.

Gilles zog das Stahlrohr aus dem Gürtel und hielt es locker in der Hand. Er sagte: »Sie verschwinden hier jetzt und kümmern sich um Ihre eigenen Angelegenheiten.«

Der Mann schmunzelte. »Wolltest du damit etwa wen verprügeln?«

»Könnte passieren, dass ich damit gleich wen verprügle.«

Der Mann deutete auf das Rohr.

»Du hattest wirklich allen Ernstes vor, damit wen zu verprügeln?«

»Kscht«, machte Gilles und bewegte das Rohr, als wolle er ein Insekt verscheuchen. »Jetzt troll dich, Opa.«

Bevor Gilles auch nur irgendwie reagieren konnte, bewegte der Mann sich blitzschnell voran. Der Schmerz explodierte an Gilles' Kinn – erst an der rechten, dann an der linken Seite. Eine Dampframme fuhr ihm in den Magen, was ihm jede Luft raubte. Schließlich krachte ihm etwas mitten ins Gesicht, was ihn mindestens eine Million weißer Sterne sehen ließ.

Gilles fiel zurück, prallte gegen die Mauer und ging zu Boden. Das Stahlrohr fiel aus seiner Hand und landete scheppernd auf der Straße. Einige Momente später öffnete Gilles die Augen und konnte wieder etwas sehen. Luft bekam er ebenfalls, aber nicht viel. Er atmete stoßweise, fuhr sich mit dem Handrücken über den Mund und sah, dass er voller Blut war. Genau wie sein Hemd. Der Mann musste ihm die Nase gebrochen haben.

Gilles wollte etwas sagen, aber da spürte er einen heftigen Druck über dem Schlüsselbein. Der Mann hatte das Rohr gegriffen und stach es ihm nun wie einen Degen gegen den Hals, kurz unterhalb des Adamsapfels.

»Du stehst nun auf«, sagte der Mann. »Dann gehen wir beide zu deinem Auto. Du setzt dich in dein Auto. Du fährst zurück nach Hause und lässt dich hier niemals wieder blicken.«

Gilles' Gedanken rasten. »Aber …«, keuchte er.

»Nein, kein Aber. Du tust, was ich dir sage. Kreuzt du hier wieder auf, werde ich es erfahren. Legst du dich mit irgendwem an, werde ich es mitbekommen. Kommst du Manon näher als hundert Meter, werde ich es wissen. Und glaub mir, Junge, jedes Mal, wenn du Mist baust, finde ich dich und prügle dich windelweich. Du hast gerade die Spitze des Eisbergs gesehen. Willst du mehr?«

»Aber …«

Der Mann machte eine Handbewegung. Die Spitze des Stahlrohrs schlug Gilles unter das Kinn.

»Willst du mehr?«, wiederholte der Mann.

Gilles schüttelte den Kopf.

»Haben wir uns also verstanden?«

Gilles nickte.

Der Mann griff hinter sich und zog ein Wischtuch aus der hinteren Jeanstasche und warf es Gilles ins Gesicht.

»Mach dich sauber«, sagte er. »Dann aufstehen und mitkommen. Glaubst du Blödmann wirklich, ich hätte dich nicht gesehen mit deinem Auto? Was für eine jämmerliche Pfeife bist du eigentlich?«

Gilles wischte sich durch das Gesicht. Er atmete immer noch stoßweise.

»Wer …«, keuchte er, »wer … wer sind … Sie?«

»Ich bin Fantômas. Und jetzt steh auf, bevor ich dir auch noch die Schienbeine breche.«

63

Menschen reagieren unterschiedlich, wenn eine Waffe auf sie gerichtet wird. Manche geraten in Panik – andere verfallen in eine Schockstarre oder empfinden die Situation als unwirklich und reagieren unangemessen gelassen, nüchtern und sachlich. Die Wahrscheinlichkeit, einmal im Leben in den Lauf einer Pistole zu schauen, ist ohnehin so gering, wie vom Blitz getroffen zu werden.

In eine Waffe zu schauen ist eine existentielle Erfahrung. Man befindet sich von einem Moment auf den nächsten in unmittelbarer Lebensgefahr. Im Grunde gibt es nur zwei Möglichkeiten, darauf zu reagieren. Die erste ist die dümmste und gefährlichste. Man stürzt sich auf den anderen, um ihn zu überwältigen und zu entwaffnen. Die zweite und vernünftigere Möglichkeit ist, das zu tun, was einem gesagt wird. Denn der Mann mit der Pistole in der Hand ist der Boss.

Albin entschied sich für die dritte Alternative.

Er nahm die Hände hoch, befand sich noch immer in der Hocke und riss die Augen weit auf.

»Was …«, stammelte Albin, »… ich …«

»Steh auf und zieh Leine, du hast hier nichts zu suchen«, sagte der Mann, der auf Albins Kopf zielte.

Albin gab ein Stöhnen von sich und musterte zugleich den Kerl. Er war recht groß, drahtig, trug einen dunklen

Anzug und eine Sonnenbrille – wohl eher, um sein Gesicht zu verdecken als gegen die Sonne, denn die schien nicht mehr. Er hielt die Pistole so, wie man eine Pistole halten sollte: den rechten Arm leicht angewinkelt, aber von sich gestreckt, die linke Hand unter dem Pistolenknauf, um die Schusshand zu stabilisieren. Er kannte sich also aus. Die Pistole sah Albins Meinung nach wie eine Glock aus, was man an der Kunststoffverschalung erkennen konnte. Professionelles Handwerkszeug in der Hand eines Profis. Absolut tödlich.

Albin röchelte, wedelte abwehrend mit den Händen, während Tyson das von sich gab, was man bei einem Mops Kläffen nannte – eine Mischung aus Knurren, Bellen und Winseln.

»A-aber …«, stotterte Albin, »i-ich war nur spazieren mit meinem Hund, und … Und ich sah nur an der Ruine … Ich … Bitte, tun Sie mir nichts!«

»Aufstehen. Leine ziehen. Jetzt«, sagte der Mann.

Albin hielt die Hände weiterhin hoch. Dann nickte er heftig, nahm die Hände wieder runter, um sich auf dem Boden abzustützen. Schließlich gab er ein lautes Keuchen von sich und hielt die Luft an, bis sein Kopf rot anlief. Mit der Rechten hielt er sich auf dem Haufen mit den zerbrochenen Ziegelsteinen fest, mit der Linken griff er sich ans Herz, zuckte und bockte mit dem Oberkörper, riss dabei die Augen so weit wie möglich auf.

»Aufstehen!«, herrschte der Schütze Albin noch einmal an und machte eine ruckartige Bewegung mit der Pistole. Er wirkte etwas verunsichert.

Gut so, dachte Albin und röchelte erstickt. Seine Finger krampften sich in die Brust, zerknautschten das Hemd.

Seine Beine strampelten, die Hacken kratzten über den Boden. Er ließ die Augenlider flackern und hatte das Gefühl, dass ihm gleich die Halsschlagader platzte. Sein Gesicht musste knallrot sein, so wie er sich anstrengte.

»Opa«, sagte der Mann und kickte Albin mit dem Schuh gegen den Unterschenkel. »He! Mach keinen Quatsch! Du bekommst doch nicht etwa …«

Albin schnappte nach Luft. Genau, dachte er, genau das sollte der Mann denken: dass er vor Schreck einen Herzanfall erlitt.

Denn die dritte Möglichkeit, auf den Vorhalt einer Waffe zu reagieren, war, den Schützen abzulenken und zu irritieren – in der Hoffnung, dass sich daraus eine Situation ergeben würde, aus der der Bedrohte einen Vorteil ziehen konnte. Das war selbstverständlich riskant, aber nicht so sehr, wie sich auf den Schützen zu stürzen. Es war auf der anderen Seite nicht so sicher, wie einfach das zu tun, was einem gesagt wurde. Aber es schindete Zeit und sorgte außerdem dafür, dass Albin wenigstens einen Moment lang steuern konnte, was als Nächstes geschehen würde. Und zwar sicherlich nicht das, was der Kerl geplant hatte. Außerdem, dachte Albin, hielt der Mann ihn nur für einen harmlosen Opa, von dem keinerlei Gefahr ausging. Einen Opa, der gerade einen Herzanfall erlitt. Dass dieser Opa mit dem faustgroßen und scharfkantigen Ziegel, den er umklammerte, etwas plante, kam dem Kerl fraglos im Moment nicht in den Sinn. Wahrscheinlich bemerkte er es nicht einmal.

Albin gab einen Stoßseufzer von sich und entspannte alle Muskeln. Er ließ sich schlapp zu Boden fallen, behielt die Augen offen und richtete den Blick starr in den Himmel.

Neben sich hörte er Tyson kläffen und fiepen. Die kalte Hundenase stupste ihm gegen die Wange und leckte dann darüber.

»Fuck«, hörte er den Mann sagen. »Ach du Scheiße. Opa?«

Albin spürte einen Kick am Bein.

»He, du kratzt mir hier doch nicht ab jetzt – oh, Mann.«

Albin gab keinen Mucks von sich. Er bemerkte, wie der Mann in sein Blickfeld geriet und zu ihm hinabsah. Albin änderte absolut nichts an seiner Haltung und seiner Blickrichtung. Und jetzt, dachte er, kam es darauf an: Entweder würde der Mann sich umdrehen und weggehen, um jemanden zu informieren. Oder er würde sich vergewissern, ob Albin tatsächlich tot war.

»Scheiße«, zischte der Mann erneut und blickte hektisch herum. Er schob sich die Waffe in den Gürtel und hockte sich neben Albin. »Kacke«, murmelte er, »hat der einen Herzinfarkt, verflucht …?«

Albin bekam eine Ohrfeige. Er reagierte nicht. Er bekam noch eine. Albin tat nichts. Der Mann beugte sich über ihn und versuchte, Tyson zu verscheuchen, der nach ihm schnappen wollte. Albin spürte Finger am Hals. Einen Druck an seiner Halsschlagader. In einer Sekunde würde er auffliegen.

Also ließ er seine Rechte mit dem Ziegel in der Hand durch die Luft sausen, als wolle er einen kraftvollen Tennisaufschlag machen. Es gab ein hohles Knacken, als der Stein den Mann seitlich am Kopf traf, in der Gegend zwischen Schläfe und Ohr. Gleichzeitig ließ Albin seinen Kopf nach vorne schnellen und rammte dem Mann die Stirn mitten ins Gesicht. Er spürte, wie seine Nase nachgab. Er spürte außerdem, wie sich die Hand des Mannes um seinen Hals krampfte. Albin schlug ihm den Stein nochmals gegen den Kopf. Fast augenblicklich sackte der Mann zusammen, kippte zur Seite und blieb liegen.

Albin atmete auf, nahm sich einen Moment, um sich wieder zu sammeln. Schließlich rappelte er sich auf, klopfte und tastete sich ab und stellte fest, dass noch alles an ihm dran war und das Blut auf seinem Hemd nicht seines war, sondern von dem Mann stammte, der nach wie vor regungslos dalag.

Tyson wedelte wie verrückt mit dem Stummelschwanz, fiepte und knurrte. Albin tätschelte ihm den Kopf. »Alles gut, keine Sorge«, flüsterte er, während er nun seinerseits nach der Halsschlagader des Kerls fühlte. Der Puls war noch da. Die untere Gesichtshälfte des Mannes war in Blut getaucht, das ihm aus der Nase lief. Sein Brillenbügel war zertrümmert. Er hatte eine ziemlich üble Platzwunde an der Kopfseite und blutete außerdem aus dem Ohr. Tja, das war Berufsrisiko, wenn man anderen Leuten eine Knarre vor das Gesicht hielt. Schließlich zog Albin die Glock aus dem Gürtel des Bewusstlosen und prüfte, ob sich bereits eine Patrone in der Waffenkammer befand. Was der Fall war. Danach wandte er sich zu Tyson. Bei dem, was er nun plante, konnte er Tyson absolut nicht gebrauchen. Es war außerdem viel zu gefährlich für den Hund.

»Du bist ein Polizeihund«, murmelte Albin.

Klar!, hechelte Tyson.

»Ich brauche dich hier. Du musst den Kerl bewachen.«

Ja! Logisch, Chef, mache ich!

»Sagt er einen Mucks, schlägst du Alarm und packst ihn dir. Was ein Schäferhund kann, kannst du auch.«

Absolut!

»Okay. Guter Hund.«

Damit beugte sich Albin herab. Er nahm Tysons Leine und knotete sie am Gürtel des Bewusstlosen fest.

Und du?, fiepte Tyson aufgeregt.

Albin stand auf. Er nahm die Glock in die rechte Hand und die Ruine in den Blick, wo sich nichts weiter regte. Niemand schien mitbekommen zu haben, was hier, im Wäldchen, geschehen war.

»Und ich«, erwiderte Albin, »gehe Isabelle holen.«

64

Ryan Grévais weidete sich an dem Anblick des gestrafften Körpers, der an den Seilen hing und diese mit den Fingern umschlungen hielt wie die Frau auf dem Gemälde »Demoiselle de la Barque« von Pawel Wilk. Die Arme der Gefangenen, der zarte Ton ihrer Haut verschmolzen vor Ryans Auge mit den Ölfarben. Das schummerige Licht spielte mit den Formen, verlieh der Haut einen seidigen Ton …

Ein Bauch klafft auf. Blut sprudelt.

… und er konnte einfach das Lächeln nicht von den Lippen streichen, denn …

Aufgerissene Augen. Schwarze Haut. Stumme Schreie.

… nun hatte er sie endlich für sich allein. Er würde sich Zeit lassen …

Wilde Tänze. Schweiß. Afrika. Blut. Köpfe.

… und er wischte sich mit beiden Händen durchs Gesicht, er schloss die Augen und …

Lord Morengo erschien vor seinem inneren Auge. Lord Morengo, der Colonel, mit Pupillen so groß wie Bierdeckel. Lord Morengo, der von dem Dämon erzählte, der über das Lager herrschte und von ihm Besitz ergriffen hatte. Der Dämon, der Hexenkinder gebar wie seine Soldaten. Der Dämon, der auch in Ryan geschlüpft war, weil er vor niemandem haltmachte. Lord Morengo, der Ryan ein Messer gab, der ihm sagte: »Mach!«

Ryans Hand mit dem Messer, die machte. Die schnitt. Die stach. Die zerfetzte. »Siehst du«, sagte Lord Morengo, »siehst du, der Dämon führt dir die Hand, er hat dich gefressen, er nährt sich an deinem Herzen.« Und ja, ja, das tut er, das bin nicht ich, dass ist der Dämon, und der Dämon liebt es, er braucht es, er ist älter, stärker und viel mächtiger als ich, ich kann nichts dagegen tun, ich muss ihn gewähren lassen …

Ich …

»Ich weiß«, redete Ryan in seine Hände hinein, bevor er sie wieder vom Gesicht fortnahm. »Ich weiß, dass du dich fragst, ob du das hier überleben wirst. Warum ich das tue. Warum ausgerechnet du. Warum nicht eine andere. Du hast Hunderte Fragen auf den Lippen. Aber es gibt nur sehr wenige Antworten. Die wichtigsten sind: ›Ich weiß nicht‹ und ›Vielleicht‹. Vielleicht wirst du überleben. Ich weiß nicht, warum ich es tue und warum ausgerechnet du. Ich habe es mir nicht ausgesucht, weißt du – es ist er. Der Dämon.«

»Nein, das ist kein Dämon«, sagte die Frau leise.

Ryan merkte auf. Sie ließ ihn nicht aus den Augen. Normalerweise schauten sie alle fort, weinten, schrien, wimmerten und flehten ihn an. Sie sagten alles Mögliche, aber niemals in diesem Ton und nicht das, was die Frau gerade gesagt hatte.

»Das sind Sie. Sie allein.«

Ryan schmunzelte amüsiert. Er reckte sich etwas, wandte sich zu den Messern und überlegte, welches er als Erstes benutzen oder ob er mit der Bohrmaschine beginnen sollte.

»Aha?«, fragte er.

»Dämonen, Götter, Engel – Menschen laden ihre Verantwortung darauf ab. Das tun Sie ebenfalls.«

»Ist das so?«

»Ja.«

Ryan nahm ein sehr dünnes Filetiermesser zur Hand und betrachtete es. Er überlegte, wann er die kleinen Boxen aufbauen sollte, um Vivaldi zu hören.

»Aber es ändert nichts, hm?«, fragte er. »Es ändert überhaupt nichts an deiner Situation.«

»Nein.«

»Was würdest du tun, damit ich dich laufenlasse?«

»Alles.«

Ryan wandte sich der Frau zu. Er drehte das Messer in der Hand. »Das ist eine Menge. Und vielleicht hast du nicht genau darüber nachgedacht, was *alles* wirklich bedeutet.« Er hob das Messer, fuhr mit der Spitze über die gestreckte Achselhöhle der Frau, ohne sie zu verletzen. Sie wimmerte.

»Alles«, sagte Ryan, »könnte zum Beispiel bedeuten, dass ich dir zunächst die Achseln aufschneide, um meine Ernsthaftigkeit zu beweisen. Es tut schrecklich weh, glaub mir, ich weiß das. In der Folge könnte ich dir dann vorschlagen – weil du ja unbedingt *alles* tun möchtest, um gehen zu dürfen –, mich um etwas zu bitten.«

»Um was?«, fragte die Frau mit brechender Stimme.

Ryan zuckte mit den Achseln. Er sah hinab auf ihre Füße – die Pumps hatte sie ausziehen müssen, bevor sie gefesselt worden war. »Zum Beispiel, dass ich dir lieber drei Zehen abschneide als deine Unterlippe.«

»Und dann würden Sie mich gehenlassen?«

»Ich weiß nicht«, sagte Ryan. »Vielleicht. Vielleicht mache ich dir aber noch einen weiteren Vorschlag. Ich weiß nicht.« Ryan lächelte. »›Ich weiß nicht‹ und ›Vielleicht‹, ich erwähnte es schon: Es sind die wichtigsten Antworten.«

Wieder wimmerte sie. Ryan grinste. Das Spiel begann – der Dämon war entfesselt.

65

Albin bewegte sich entlang des Waldrandes und ließ die Ruine nicht aus dem Blick. Sein Ziel war die Rückseite des Bauwerks. Die Vorderseite, wo die Autos standen und wo er in den Innenhof hatte schauen können, hatte er schon hinter sich gelassen. Er verharrte hinter einem Rosmarinstrauch, der ihm bis über die Knie reichte und seinen Abendduft verströmte. Aber dafür hatte Albin keinen Sinn. Er ließ den Blick über den Seitenflügel der Fabrik streichen. Mauern. Fenster. Simse. Gitter. Südlich und fast am Ende war ein schmales Rolltor zu erkennen. Um dort hinzugelangen, müsste er etwa fünfzig Meter ohne Deckung über eine mit trockenem Gras bewachsene Fläche laufen. Dabei könnte er entdeckt werden.

Im Moment war diese Gefahr jedoch eher gering, denn Albin sah nirgends eine Wache. Sie schienen sich auf den vorderen Bereich zu konzentrieren, wo sich die Einfahrt befand und wo hoffentlich bald jede Menge Polizeiwagen auftauchen würden. Doch darauf wollte Albin nicht warten. Er hatte das Gefühl, dass jede Minute kostbar war. Er wusste zwar nicht, was diese merkwürdigen Maskierten mit den Frauen anstellen würden, aber jede Sekunde davon war zu viel. Daher konnte er hier nicht untätig stehen bleiben und hoffen, dass die Kollegen in die Strümpfe kamen.

Albin legte den Zeigefinger auf den Abzug der Waffe. Er

spürte unter der Kuppe den kleinen Knopf, der die Pistole automatisch entsicherte, wenn man etwas Druck ausübte. Dann holte er Luft und lief los, spähte dabei immer wieder nach links und nach rechts. Er blieb unentdeckt. Schließlich erreichte er die Fabrikwand, sah sich weiterhin ständig um und gelangte zum Rolltor. Es war nicht groß, aus Metall gefertigt und hing in einer rostigen Führung.

Sobald Albin direkt davorstand, fasste er nach dem Griff und versuchte behutsam, das Tor zu öffnen. Nichts geschah. Abgeschlossen oder zusammengerostet. Jedenfalls kam Albin hier nicht herein. Also bewegte er sich weiter vorwärts, um zur Rückseite der Fabrik zu kommen. An der Hausecke hielt er inne, riskierte einen Blick – und sah, dass sich auch dort kein Wachposten aufhielt. Sein Glück.

Er ging um die Ecke und folgte dem Verlauf der Mauer, bis er zu einer weiteren Tür gelangte – eigentlich keine Tür, sondern eine Öffnung in der Wand, die mit einem verwitterten Türblatt zugestellt worden war. Direkt gegenüber befand sich ein Häuschen, ein halboffener Schuppen. Albin sah darin einige sehr große Fässer. Sie wirkten nagelneu und bestanden aus blauem Plastik. Er erkannte darauf orangefarbene Warnaufkleber für gefährliche Chemikalien.

Er wandte sich zu der Tür, klemmte sich die Glock unter die Achsel, griff das Holz an beiden Seiten und hob es zur Seite. Dann umfasste er wieder den Griff der Waffe, dieses Mal fest mit beiden Händen, den Lauf zu Boden gerichtet. Er spähte nach links und rechts in das spärlich von Glühbirnen erleuchtete Halbdunkel eines längeren Flures. Es sah keine Menschenseele und musste sich für eine Richtung entscheiden. Instinktiv gingen Menschen meist nach rechts. Deswegen entschied sich Albin für links.

Leise setzte er einen Fuß vor den anderen. Lauschte und war der Meinung, dass er etwas hörte. Da war ein Schaben. Ein erstickter Schrei. Ein dumpfes Pochen.

Albin stoppte an der nächsten Ecke. Er warf einen Blick in den abzweigenden Gang. Er war schmal und lang. Die linke Seite wurde von der Außenwand der Fabrik gebildet, an der Albin eben entlanggelaufen war. Er erkannte sogar das Rolltor. Auf der rechten Seite schienen sich Räume zu befinden. Dort gab es weitere Türen. Vor diesen stand ein Mann. Gerade hatte er sich weggedreht und ging von Albin weg. Er trug einen grauen Overall – den Typ Overall, den Albin an einem der Beschäftigen der Berger-Spedition gesehen hatte. Er hielt etwas in der Hand – einen schmalen Stab, dessen Spitze beim Gehen über den Boden kratzte. Außerdem hatte er etwas über den Kopf gezogen. Eine Maske?

Wiederum hörte er dumpfe Geräusche und spitze Schreie, die von den Mauern und Türen gedämpft wurden. Albin konnte sich nicht vorstellen, was dahinter vor sich ging. Aber er war sich absolut sicher, dass er so schnell wie möglich handeln musste.

Ihm blieben nach wie vor zwei Alternativen: einschreiten – oder abwarten, bis draußen etwas geschah und die Polizei eintraf. Falls er sofort handeln würde, war eine Konfrontation mit der Wache auf dem Gang unausweichlich. Außerdem würden die anderen Männer draußen auf dem Innenhof auf den Lärm innen aufmerksam werden. Zudem erschien es äußerst wahrscheinlich, dass sich in den Räumen hinter den Türen weitere Männer befanden, die vielleicht ebenfalls bewaffnet waren.

Albins Optionen waren also denkbar schlecht. Er atmete

ein. Er atmete aus. Dann vernahm er ein weiteres Geräusch und merkte auf. War es das, was er dachte? Er konzentrierte sich darauf, presste die Lippen zusammen und nickte zu sich selbst, als er sicher war, aus welcher Quelle das Geräusch stammte.

Also dann, alter Mann, sagte er zu sich selbst, *auf in die Schlacht.*

Mit einer flüssigen Bewegung nahm Albin die Glock in Anschlag.

66

Das Blaulicht hatten Castel und Theroux bereits eingeschaltet. Jetzt, da sie mit dem Wagen über die schlechtbefestigte Zufahrt zur Ruine von Malemort einbogen und dessen Mauern in Sichtweite kamen, stellte Castel das Tonsignal ein, das unmittelbar schrille Sirenentöne von sich gab. Theroux telefonierte aufgeregt und lautstark auf dem Beifahrersitz. Es sollte nicht allzu lange dauern, bis Verstärkung eintraf, wenngleich Castel nicht im Geringsten einschätzen konnte, ob sie die wirklich brauchen würden beziehungsweise was sie hinter der nächsten Kurve überhaupt erwarten würde.

Zehn Sekunden später wusste sie es.

Vor der alten Fabrik parkten einige Autos, darunter die Mercedes-Transporter von der Spedition Berger. Neben den Fahrzeugen und vor einem Eingangsportal hielten sich mehrere Personen auf. Außerdem wirkte es, als sei im Innenhof der Ruine etwas aufgebaut worden. Beim zweiten Blick erinnerte es Castel an eine Bühne für eine Modenschau oder dergleichen. Im Innenhof befanden sich weitere Personen – schlecht zu sagen, wie viele. Insgesamt schienen die Leute sehr aufgebracht, aufgeschreckt durch die Sirene. Vor allem kam Bewegung in die Männer, die sich nahe bei den Shuttletransportern befanden. Sie trugen dunkle Anzüge und Sonnenbrillen.

Theroux steckte das Handy wieder ein und machte sich zum Aussteigen bereit. Castel reduzierte das Tempo, um zu bremsen. Sie wollte den Wagen so parken, dass sie die Shuttles blockierte.

In jedem Fall war ihr klar, dass sich hier ein Kreis schloss. Die Fahrzeuge von Berger, der Turnschuh von Isabelle Lefebvre, der Notruf von Albin – das alles gehörte zusammen. Wenngleich sich die Frage stellte, wo Albin war oder *was* mit ihm war. Denn seinen Wagen hatte Castel nirgends gesehen. Sie hoffte nicht, dass Albin in Schwierigkeiten steckte. Im nächsten Moment hatte sie aber das Gefühl, dass genau das vermutlich der Fall sein würde.

67

Isabelle schloss die Augen. Sie biss die Zähne aufeinander und schluchzte erstickt auf. Sie konnte nichts tun. Sie war ihrem sadistischen und psychopathischen Folterer ausgeliefert.

Ihrem Mörder.

Sie hatte gespürt, wie die Spitze seines Messers über ihre Haut gekratzt war. Sie hatte gehört, was er mit ihr tun wollte. Sie hatte nicht den geringsten Zweifel daran, dass er alles umsetzen würde, was er ihr gesagt hatte. Die Zehen, die Unterlippe …

Sie ruckte in den Fesseln. Sie schnappte nach Luft, öffnete die Augen wieder und sah den Mann unmittelbar vor sich stehen. In seinem Blick, der eben schon so bedrohlich gewirkt hatte, hatte sich etwas verändert. Daraus sprach nun der blanke Wahnsinn. Bösartigkeit.

Er wechselte das Messer von der einen in die andere Hand und sagte: »Ich habe es nur so dahingesagt – das mit den Zehen und der Unterlippe.« Er machte eine Pause. Wechselte das Messer erneut. Legte den Kopf etwas zur Seite. Betrachtete Isabelle von oben bis unten. Strich ihr mit der Hand über den Körper, was sie erzittern und wiederum schluchzen ließ. »Allerdings«, fuhr er fort, »je mehr ich darüber nachdenke, desto mehr gefällt mir die Idee. Was meinst du also? Deine Zehen oder deine Unterlippe?«

»Bitte …«, keuchte Isabelle, »bitte, nicht. Tun Sie das bitte nicht, ich …«

Sie spürte einen scharfen Schlag im Gesicht. Ihre Wange brannte. Der Mann hatte ihr eine geknallt.

Er sagte: »Falsche Reaktion. Du wirst dich dafür bedanken, dass ich dir die Wahl lasse. Das ist sehr großzügig von mir, denn immerhin muss ich dir die Wahl nicht lassen, hm? Ich kann auch beides abschneiden. Erst die Unterlippe, dann die Zehen.«

Isabelle schnaufte. Tränen liefen ihr aus den Augen. Er schlug sie erneut. Dieses Mal auf die andere Wange. Fester. Es klatschte laut. Ihr Kopf knickte zur Seite. Isabelles Körper pendelte in die Fesseln.

»Letzte Möglichkeit«, sagte er, »sich zu bedanken.«

Isabelle blickte auf. Sie öffnete den Mund. Aber das Wort »Danke« wollte ihr einfach nicht über die Lippen kommen. Es fiepte in ihren Ohren. Lauter, leise, lauter, leiser …

Sie sah, wie der Mann sie betrachtete. Er ließ sie nicht aus den Augen, schien vollständig in einer anderen Welt versunken zu sein und nichts mehr um sich herum wahrzunehmen. Aber dieser grelle Ton – das war kein Tinnitus, dachte Isabelle. Das war eine Sirene.

68

Albin stutzte für einen Moment. Er zielte tatsächlich auf einen Mann, der eine Schweinemaske aus Gummi trug. Was er in der Hand hielt, war eine Art Viehtreiber. Blöderweise lugte aus der Hosentasche zudem der Knauf einer Pistole.

Der Mann wirkte nicht minder irritiert darüber, dass plötzlich jemand vor ihm stand – und außerdem von draußen ein Martinshorn zu hören war. Ein einzelnes Fahrzeug, soweit Albin den Klang richtig zuordnete. Einerseits war es gut, dass endlich jemand eintraf. Andererseits war der Klang von nur einer einzelnen Sirene nicht besonders vielversprechend. Oder, um es anders auszudrücken: Albin rechnete mit gewaltigem Ärger. Er nahm nicht an, dass sich mehrere Bewaffnete einfach so der Polizei ergeben würden. Sie würden sich den Weg freischießen.

Was Albin vielleicht ebenfalls tun müsste.

»Polizei«, sagte er so ruhig wie möglich, obwohl ihm das Herz bis zum Hals schlug. »Weg mit dem Ding. Hände hoch. Und denk nicht einmal dran, nach deiner Pistole zu fassen.«

Der Mann mit der Schweinemaske reagierte aber nicht.

»Weg mit dem Ding und Hände hoch!«, rief Albin.

Und hörte, wie ein anderer Schrei durch die Türen drang. Ein Hilferuf.

Albin gab zwei Schüsse ab, schoss in die Wand neben dem

Maskenmann. Es krachte ohrenbetäubend laut und hallte im Flur. Albin richtete die Waffe wieder auf den Mann.

»Ich zähle bis drei!«, herrschte er ihn an.

Dann geschahen drei Dinge fast gleichzeitig.

69

Castel kam gar nicht erst so weit, den Wagen vor den Shuttles zu parken. Denn plötzlich brach das Chaos aus. Es gab einige krachende Schläge aus dem Motorraum. Kugeln schlugen dort ein. Dann zerbarsten Teile der Windschutzscheibe.

Mit beiden Füßen stieg Castel auf die Bremse. Der Wagen wirbelte um die eigene Achse. Castel und Theroux duckten sich, während weitere Hammerschläge auf das Heck des Fahrzeugs trafen und die Heckscheibe blind werden ließen. Castel schrie auf. Theroux rief irgendetwas und lag mit dem Oberkörper auf Castels Schoß. Sie versuchte, sich abzuschnallen, was ihr erst beim dritten Versuch gelang. Sie öffnete die Fahrertür und rollte sich heraus, fiel mit der Schulter auf den Boden und tastete an der Hüfte nach ihrer Dienstwaffe.

Das Auto stand nun wie eine Mauer zwischen den Schützen und Castel. Weitere Schüsse stanzten Löcher in das Blech. Nun rollte sich auch Theroux heraus, fiel auf den Rücken und zog die Dienstwaffe, bevor er sich in eine hockende Position aufrappelte.

»Scheiße«, keuchte er. »Scheiße!«

Castel sagte nichts. Sie dachte nicht einmal über das nach, was hier gerade geschah. Sie handelte instinktiv, lud die Pistole durch, hielt sie blind nach oben und feuerte ohne jede

Sicht über die Motorhaube hinweg. Theroux schoss ebenfalls. Er ließ sich flach auf den Boden fallen und schoss unter dem Wagen hindurch.

Castel leerte das Magazin in der Hoffnung, dass die Schützen sich ebenfalls in Deckung begeben und zurückweichen würden. Die Patronenhülsen sprangen herum wie Konfetti. Dann wechselte sie das Magazin und überlegte, dass sie die nächsten Schüsse platzierter setzen müsste, weil sonst keine Munition mehr da wäre, denn sie hatte nur ein Ersatzmagazin dabei.

»Verdammt«, schnaufte Theroux, rollte sich zur Seite und versteckte sich hinter dem Reifen. Er und Castel duckten sich, als über ihnen die Seitenscheibe zerplatzte und Splitter aus Verbundglas auf sie herabregneten.

Castel pumpte Luft in ihre Lungen, während Theroux versuchte, gleichzeitig sein Magazin zu wechseln und zu telefonieren, um einen Notruf abzusetzen.

Lange, dachte Castel, würden sie hier nicht durchhalten. Auf der anderen Seite gab es Castels Einschätzung nach wenigstens vier Schützen. Fraglos würden sie jeden Moment versuchen zu entkommen, denn sie mussten davon ausgehen, dass Castel und Theroux Verstärkung riefen. Allerdings stand ihr Wagen im Weg, und ohne Frage würden die Angreifer dieses Hindernis so schnell wie möglich beseitigen wollen.

Castel schloss die Augen. Sie dachte an den Hafen von Marseille und an eine Schießerei zwischen den Containern. Handgranaten, Schnellfeuergewehre, wie im Krieg. Dagegen war das hier nichts. Sie biss die Zähne zusammen, lud die Waffe durch und beugte sich um die Kühlerhaube herum, um zu zielen.

70

Mit einem Mal ging draußen eine Schießerei los. Es knallte mehrfach, immer wieder. Es hörte überhaupt nicht auf. Das war das Begrüßungsfeuerwerk für die Kavallerie, dachte Albin, oder eine Reaktion auf seine zwei Schüsse.

Hinter dem Mann mit der Schweinemaske sprang außerdem eine Tür auf. Eine Gruppe von gutgekleideten Männern kam aufgeregt herausgelaufen. Sie trugen schwarze, venezianische Masken, schauten sich um, sahen Albin mit der Waffe in der Hand. Sie hörten das Krachen von draußen und rannten panisch fort – begleitet von hellen Schreien, die aus dem Raum drangen, den sie gerade verlassen hatten. Eine weitere Tür öffnete sich. Auch dort kam ein Mann mit einer Maske heraus. Er wurde von den anderen Fliehenden förmlich mitgerissen.

Der Mann mit der Schweinemaske zuckte einige Male zusammen, an seiner Körpersprache war abzulesen, dass er vollkommen überrascht war. Er hielt immer noch das Gerät in der Hand und machte keine Anstalten, Albins Aufforderung nachzukommen und es fallen zu lassen. Schließlich warf er es doch hin – aber aus einem anderen Beweggrund. Er fasste sich an die Hüfte und zog die Pistole aus der Hosentasche.

Alle drei Ereignisse – die Schießerei, die Flüchtenden, der Griff nach der Pistole – überraschten Albin nicht gänzlich.

Er hatte damit gerechnet, dass draußen wahrscheinlich geschossen werden würde. Es war außerdem kein Wunder, dass die Männer, die sich in den Räumen aufhielten, von Albins Schüssen und denen außerhalb sowie der Polizeisirene aufgeschreckt worden waren und nachsehen wollten, was da los war – und schließlich flüchteten, weil sie um ihre Tarnung, ihr Leben und ihre Freiheit fürchten mussten, wenn plötzlich die Polizei auftauchte. Weiter war Albin einigermaßen klar gewesen, dass der Kerl mit der Schweinemaske in dem Chaos eine Chance sehen und die Pistole ziehen würde.

Er nahm jetzt die Waffe in Anschlag und zielte auf Albin. Dieser rief ihm zu, seine Waffe wegzuwerfen. Ein Mexican Standoff, wie man so sagte. Und die Regel für solche Situationen, in denen zwei Personen gleichzeitig aufeinander zielten, besagte: Der Schnellere gewinnt.

Also fackelte Albin nicht lange. Er hatte den Maskenmann sowieso anvisiert. Er schoss dreimal auf ihn und zielte dabei mitten auf die Brust. Das war die einzige Möglichkeit, ihn sofort außer Gefecht zu setzen. Die Herzgegend reagierte extrem schnell, wenn sie von der gewaltigen Kraft einer Pistolenkugel getroffen wurde. Noch Sekundenbruchteile bevor das Organ selbst zerfetzt wurde, stellte es schon seine Funktion ein und überschwemmte den Körper und die Nerven mit einer Art elektrischem Tsunami, worauf alle Muskeln sofort den Geist aufgaben – unter anderem die in den Zeigefingern, die um die Abzüge von Waffen gekrümmt waren.

Das galt auch im Fall des Maskenmanns. Albins Kugeln stanzten drei Löcher in seine Brust. Er fiel einfach um. Aus der Pistole löste sich kein Schuss.

Albin lief los, um in die beiden offen stehenden Räume zu schauen, aus denen die Schreie und Rufe von Frauen drangen. Die dritte Tür war nach wie vor geschlossen.

71

Castel sah einen Mann um einen der dunklen Wagen herumlaufen. Sie gab zwei Schüsse ab. Der Mann wurde getroffen und ging zu Boden. In seiner Nähe lag ein weiterer. Er schien verletzt zu sein, aber noch aktionsfähig. Er schoss zurück. Castel ging wieder hinter der Kühlerhaube in Deckung und spürte, wie das Blech vibrierte, als eine Kugel das Auto traf. Direkt neben ihr spritzte der Kies von einer weiteren Kugel auf.

Sie blickte zu Theroux, der am Telefon durchgab, dass sie unter Feuer lagen. Sie sah einen Schatten hinter dem Heck auftauchen. Castel beugte sich vor und schoss zweimal an Theroux vorbei. Der Schatten zog sich wieder zurück. Unmöglich zu sagen, ob sie den Mann erwischt hatte.

Theroux warf das Telefon fort und wandte sich in die Richtung, in die Castel geschossen hatte. Sie selbst machte sich hinter dem Reifen so schmal wie möglich und sah in die andere Richtung. Offensichtlich planten die Schützen, sie und Theroux von links und rechts zu umgehen und seitlich anzugreifen.

Sie vernahm laute Rufe. Türen wurden geöffnet. Motoren sprangen an. Die Leute wollten flüchten – und es war immer noch keine Verstärkung in Sicht.

Castel hörte Theroux schießen. Zwei Schüsse. Pause. Zwei Schüsse. Wiederum Pause.

»Verstärkung ist gleich da!«, rief er Castel zu.

Zwei Schüsse. Ein Schrei. Ein Aufschlag. Theroux hatte sein Ziel erledigt. Castel rechnete nach und zählte den Mann hinzu, den sie selbst getroffen hatte, sowie den Verletzten am Boden. Drei außer Gefecht. Blieb die Frage, wie viele noch übrig waren. Zwei weitere mussten in den Autos sitzen, denn Castel hörte zwei Motoren.

Sie streckte die Waffe vor, blickte erneut über die Kühlerhaube. Personen hasteten über den Innenhof. Einige stiegen in die Shuttles. Hinter der geöffneten Tür des einen Transporters hatte ein Schütze Position bezogen und nutzte die Tür als Deckung. Er fing sofort an zu schießen, als Castel um die Ecke schaute. Sie ging wieder in Deckung, hörte es in ihrem Rücken krachen. Hammerschläge auf Metall. Dann traf sie etwas wie ein Tritt.

Castel zuckte nach vorn, riss die Augen auf und keuchte. Eine Kugel musste die Schutzweste erwischt haben. Sie tastete mit der freien Hand in ihr Kreuz, schob die Finger unter die von Textilgewebe ummantelte Keramik. Nichts schmerzte. Sie zog die Hand zurück, sah ihre Finger an. Kein Blut. Wahrscheinlich war die Kugel bereits durch das Autoblech abgebremst worden. Ihr Glück.

Castel wollte gerade wieder um die Kühlerhaube herumschießen und den Mann hinter der Fahrertür ins Ziel nehmen, als ein Motor aufröhrte. Reifen drehten im Kies durch. Eines der Shuttles startete.

Es kam rechts von Castel ins Blickfeld, und sie dankte Gott, dass es in einem Bogen um ihren Dienstwagen herumfuhr und nicht direkt darauf zu, um ihn zu rammen und Castel und Theroux dahinter zu zermalmen. Nein, die wollten flüchten und hielten auf die Ausfahrt des Geländes zu.

Allerdings registrierte Castel sofort, dass sie und Theroux nun keine Deckung mehr hatten, falls jemand aus dem Shuttle heraus …

Castel sah, dass eines der hinteren Fenster heruntergelassen worden war. Ein Mann streckte in diesem Moment eine Waffe aus dem Fenster.

»Theroux!«, schrie sie und riss ihre Pistole hoch.

Theroux ruckte herum, erkannte die Situation und nahm ebenfalls die Waffe hoch.

Ohne zu zögern, feuerten sie beide auf das flüchtende Fahrzeug. Das Seitenfenster auf der Fahrerseite zerplatzte. Sofort geriet das Shuttle ins Schlingern. Der Wagen brach aus.

Im nächsten Moment flackerte Blaulicht zwischen den Bäumen des Wäldchens auf. Es gab ein lautes Krachen, als das Shuttle von einer unsichtbaren Kraft am Heck erwischt wurde. Dann raste es gegen einen Baum und stürzte auf die Seite, begleitet von Fauchen und Zischen. Dahinter tauchte ein Streifenwagen auf, dessen Front zerborsten war. Er musste den Transporter gerammt haben – wissentlich oder weil der Fahrer das Shuttle nicht hatte kommen sehen. Der Wagen schlingerte ebenfalls, fing sich dann aber und bremste scharf ab. Augenblicklich wurde er von der Ruine her unter Beschuss genommen.

Castel sah zwei uniformierte Polizisten aus der Seitentür purzeln. Sie versteckten sich hinter ihrem Fahrzeug und erwiderten das Feuer. Allerdings nicht nur mit Pistolen. Sie hatten auch eine Schrotflinte dabei.

Dann sah Castel weiteres Blaulicht. Und noch mehr Blaulicht. Sie hörte Sirenen. Viele Sirenen.

»Gott sei Dank«, stöhnte sie.

72

Albin bückte sich und nahm dem Toten mit der Schweinemaske die Pistole aus der Hand. Mit einem Ausfallschritt begab er sich in den ersten Raum. Er war nicht sehr groß, vielleicht fünf mal fünf Meter. Das Licht war schummrig, die Wände fensterlos. Es roch nach Mensch, Schweiß, nach Angst.

Albin packte das Grauen, als er die Frau sah. Sie schrie sich die Seele aus dem Leib.

Sie hatte kurze blonde Haare und war auf einem Tisch festgeschnallt, der sich in der Mitte des Raumes befand. Die Ledergurte fixierten sie an den Fuß- und Handgelenken zu einem X. Ihr Körper ruckte und zuckte in den Fesseln.

Auf dem Boden standen Taschen herum. Albin sah Gegenstände, die er der SM-Szene zurechnen würde. Einige davon lagen auch auf dem Tisch. Zudem sah er Zangen, Messer … Sein Magen zog sich zusammen.

»Polizei!«, rief er und spürte das Zittern in seiner eigenen Stimme. »Polizei«, wiederholte er, bewegte sich voran und löste die Lederriemen.

Die junge Frau schrie noch immer, keuchte, schniefte, brabbelte vor sich hin. Sie sprang vom Tisch, bedeckte ihre Blöße und ließ Albin nicht aus den Augen. Soweit er erkennen konnte, war sie unverletzt – zumindest äußerlich. Was diese Schweine hingegen in ihrer Seele angerichtet und mit ihr bereits angestellt hatten, bis Albin hier auftauchte … Er konnte und mochte es sich nicht vorstellen.

»Alles wird gut«, sagte er beschwörend. »Es ist vorbei. Die Polizei ist da. Sie sind frei. Wie viele andere Frauen sind noch hier?«

»Wir sind drei«, wimmerte sie und schien Albin nun endlich wahrzunehmen. »Sara, Isabelle und ich. Sie hielten uns gefangen wie die Tiere. Sie haben uns verkauft an diese Leute, damit sie … Sie wollten mich foltern und töten, und sie …«

»Es ist vorbei«, sagte Albin. »Die Männer sind fort. Niemand wird Ihnen etwas tun. Aber Sie müssen in diesem Raum bleiben.«

»Nein«, wimmerte sie und rieb sich die Gelenke. »Nein, niemals.«

»Draußen wird geschossen«, sagte Albin. »Zu Ihrer Sicherheit bleiben Sie hier und verstecken sich. Es kommt noch mehr Polizei.«

Albin legte die Waffe, die er dem Maskenmann abgenommen hatte, auf den Tisch. Er sagte: »Betritt jemand diesen Raum, der kein Polizist ist, schießen Sie.«

Die junge Frau starrte Albin an.

»Ich …«, stammelte sie, als er den Raum fast schon wieder verlassen hatte, fasste dann nach der Pistole, »ich weiß doch nicht …«

»Einfach zielen und abdrücken. Kinderleicht. Und bis dahin keinen Mucks«, sagte er. »Es dauert nicht mehr lange.« Er rang sich ein Lächeln ab, das Vertrauen erwecken sollte – aber vermutlich misslang es ihm.

Albin nahm seine Pistole in den Anschlag und ging vorsichtig auf den Flur.

Nach wie vor gellte draußen das Martinshorn. Schüsse krachten. Das war schlimm, andererseits aber auch gut: Dass das Gefecht andauerte, bedeutete immerhin, dass noch jemand von seinen Kollegen in der Lage war zu schießen.

Albin betrat den zweiten Raum. Er glich dem ersten wie ein Ei dem anderen. Der einzige Unterschied war, dass in dem Raum kein Tisch war. Vielmehr stand dort eine Art Andreaskreuz aus Holz. Daran war eine Frau gegurtet. Ihre Haut war dunkel, die Augen voller Angst. Sie atmete so schnell wie eine Sprinterin und schwitzte. Albin glaubte, auf ihrem Oberkörper Verletzungen zu erkennen, aber keine, die bluteten. Auf dem Boden lagen ein Rohrstock, eine Jacke und eine Tasche voller Gerätschaften. Wiederum zog sich Albins Magen zusammen.

Die Frau rief ihm etwas zu, aber er hörte nicht hin. In seinen Ohren rauschte es. Keine der beiden war Isabelle. Isabelle musste sich also in einem weiteren Raum befinden – in dem, dessen Tür noch geschlossen war. Was bedeutete, dass sie darin nicht allein wäre.

Albin löste die Fesseln, mit denen die Frau an das Kreuz gegurtet war. Inzwischen wimmerte sie, weinte, schluchzte. Auf Albins Zunge schmeckte es nach Metall.

»Polizei«, sagte er. »Ihnen geschieht nichts. Wir packen uns die Bastarde. Aber Sie müssen sich verstecken. Es wird draußen geschossen. Hilfe ist unterwegs.«

Als er die Fesseln gelöst hatte, fiel ihm die Frau entkräftet entgegen. Albin fing sie auf, strich ihr über die Haare, löste sich von ihr, nahm die Jacke vom Boden und gab sie ihr, damit sie sich bedecken konnte.

»Sind Sie schlimm verletzt?«

Sie schüttelte den Kopf.

Albin blickte sie durchdringend an.

»Sie müssen noch ein wenig durchhalten. Gehen Sie in den Raum nebenan. Dort ist eine junge Frau. Sie ist blond …«

»Anna«, keuchte die Dunkelhäutige. »Ich bin Sara.«

»Sie gehen zu Anna«, sagte Albin. »Dort warten Sie auf die Polizei. Anna hat eine Pistole. Betritt irgendjemand den Raum, der nicht zur Polizei gehört, schießen Sie.«

»Okay«, sagte die Frau mit bebender Stimme. »Isabelle?«, fragte sie dann.

»Wo ist sie?«, fragte Albin zurück.

»Ich weiß es nicht. Was ist mit ihr, ist sie …«

»Sara. Gehen Sie zu Anna. Jetzt.«

Und damit war Albin schon wieder auf dem Flur. Von draußen her klang es, als befände er sich mitten in einem Bürgerkriegsgebiet, in dem eine Straßenschlacht tobte. Im Laufschritt erreichte er den dritten Raum, dessen Tür verschlossen war. Mit der Rechten umfasste er den Knauf der Pistole fester, mit der Linken den Türgriff und drückte ihn nach unten.

73

»Du bist mir eine Antwort schuldig«, murmelte Ryan.

»Nehmen Sie die Zehen«, wimmerte die Frau, und Ryan stöhnte auf. Er schloss die Augen, spürte den Handgriff des Messers in seiner Hand, hörte den Puls laut in seinen Ohren klopfen und ein pulsierendes Jaulen. Seine Lider flackerten, die Augen schlossen sich, er streckte die Arme von sich wie Jesus am Kreuz, er …

… er hörte die Trommeln, das Krachen der Schüsse aus den Sturmgewehren, er sah die Armee von Lord Morengo voranpreschen, wild um sich schießen, Lord Morengo vorweg und er, Ryan, mittendrin, schwitzend, klatschnass, die rote Erde unter seinen Füßen, der Geruch von Feuer, die unbeschreibliche Angst, die einem Gefühl der Macht gewichen war, der Macht über Leben und Tod, denn der Dämon, der in ihn gefahren war, machte ihn stark, er nahm die Furcht weg, er sorgte dafür, dass sich alles ins Gegenteil verkehrte, dass nicht länger er Angst vor den anderen haben musste, sondern alle anderen vor ihm, und die Schreie, die wild umherlaufenden Menschen, die brennenden Hütten, die Machete in seiner Hand und Lord Morengo, der bis an die Ohren grinste und ihm die Tür aufhielt und sagte, »Mach, mein Franzosenkrieger, bring sie alle um, spalte Schädel, trenne Gliedmaßen ab, nimm die Haut als Beute«, während draußen der Krieg tobte, alles explodierte, Gewehrläufe tödliche Kugeln in weiches Fleisch

spuckten, die Herren über Leben und Tod, die Herren der Welt, er …

… er sank auf die Knie, öffnete die Augen wieder und gab sich dem Schwindel der Macht und der Erregung hin.

Die Unterschenkel der Frau sahen aus wie gemalt. Wie von dem Maler Pawel Wilk ersonnen und in Öl für die Ewigkeit auf die Leinwand gebannt. Der Puls hämmerte weiter durch Ryans Adern, klopfte in seinen Ohren wie ein Echo der Feuergefechte in Afrika.

Sein Blick strich über ihre Fesseln hinweg, über die feinen Knochen auf dem Fußrücken bis hin zu den Zehen.

»Die Zehen«, sagte er im Ausatmen, schloss dann seine Arme wieder und dachte, dass er sich von außen vorarbeiten würde – erst den kleinen Zeh, dann den nächsten. Dann würde er sie erneut fragen, was sie wählte: die restlichen zwei Zehen oder lieber doch zwei Finger …

Sie ruckte in den Fesseln. Er blickte auf und sah, wie sie irritiert hin und her schaute. Aber sie blickte nicht zu ihm. Wie konnte das sein, dass sie ihn nicht ansah – oder wenigstens die Augen vor dem verschloss, was passieren würde?

Das Klopfen und Hämmern in seinem Kopf durchdrang den Nebel der Erinnerung. Die Geräusche wurden nach vorne geblendet und befanden sich mit einem Mal in einer anderen Ebene seines Bewusstseins. Auch die Schreie und das Kreischen in seinem Kopf veränderten sich.

Ryan schüttelte den Kopf wie ein nasser Hund, der das Wasser aus seinem Fell entfernen wollte. Er hielt sich die Ohren zu, blickte sich um und nahm dann die Hände wieder von den Ohren.

Ja, die Klänge des Kriegslärms aus Afrika hatten sich verändert. Es hörte sich eindeutig so an wie Sirenen. Und das waren keine Schüsse, die im Wahn seiner Erinnerung krachten. Das waren Schüsse, die hier und jetzt abgefeuert wurden.

Ein Blitz fuhr durch seine Nervenbahnen und weckte ihn. Ryan stand auf.

Was war da los? Da waren einerseits Geräusche auf dem Flur. Zudem hörte er von draußen Schritte, viele Schritte und aufgeregtes Rufen. Er dachte nach. Dann begriff er, dass sie aufgeflogen sein mussten. Dass draußen die Polizei war und die Sirenen von Einsatzfahrzeugen stammen mussten. Dass eine Schießerei im Gang war und dass …

… dass er sofort fliehen musste!

Er betrachtete die Frau. Seine Beute. Er musste sie zurücklassen. Es half nichts. Doch sie war sein, und der Dämon verlangte sein Fressen. Bevor er gehen würde, dachte Ryan, musste er dem Dämon Nahrung geben.

Ihr Blut. Ihr Leben.

Aber war dafür noch Zeit? Ryan griff das Messer fester. Die eine Minute würde er sich noch nehmen.

Doch dann zuckte er zusammen, als er ein Geräusch direkt an der Tür hörte. War das jemand, der ihn warnen wollte? Oder jemand, der …

Rasch bewegte sich Ryan hinter die Frau. Er setzte ihr das Messer an den Hals – so, wie die Soldaten von Lord Morengos Armee es ihm gezeigt hatten.

74

Albin riss die Tür auf und zielte in das Innere des Raumes. Mit wenigen Blicken erfasste er die Situation. Isabelle Lefebvre lebte noch. Sie war an den Händen gefesselt und hing wie ein Stück Schlachtvieh in der Mitte des Raumes, die Arme nach oben gezogen.

Hinter ihr stand ein Mann, aus dessen Augen der blanke Wahnsinn funkelte. Er war klatschnass geschwitzt und hielt Isabelle ein Messer an den Hals. Das tat er auf eine spezielle Art und Weise. Er drückte Isabelle die Spitze seitlich in die Muskulatur. Jemand, der sich nicht auskannte, würde einem anderen die Klinge vorne an die Kehle halten. Wer sich hingegen auskannte, hielt das Messer wie dieser Mann. Er würde es durch den Hals stoßen und dann mit der Schneide voran aus dem Gewebe herausdrücken. Das Ergebnis wäre ein maximaler Schaden. Mit anderen Worten: Der Mann hatte entweder eine entsprechende Ausbildung genossen oder praktische Erfahrungen gesammelt. Das machte ihn umso gefährlicher. Er hatte sich außerdem so hinter Isabelle platziert, dass der größte Teil seines Körpers von ihrem verdeckt wurde. Wie ein Schutzschild, dachte Albin.

»Weg mit dem Messer«, sagte er und richtete die Waffe auf den kleinen Teil des Kopfes des Mannes, der sichtbar war. »Hände hoch und zur Mitte des Raumes. Weg von Isabelle Lefebvre. Sofort.«

»Isabelle heißt du also«, hörte Albin den Mann sagen. »Ein schöner Name.«

Isabelle sagte nichts. Ihre Lippen bebten. Ihr Körper zitterte. Tränen liefen ihr die Wangen herab. Am liebsten hätte Albin sofort geschossen und ein komplettes Magazin in den Kopf des Mannes gepumpt. Aber natürlich war es viel zu gefährlich für Isabelle und Albins Schusswinkel eine Katastrophe.

»Ich wiederhole«, sagte er so ruhig wie möglich. »Weg mit dem Messer.«

»Aber ganz und gar nicht«, sagte der Mann.

»Sie haben keine Chance«, erwiderte Albin. »Draußen ist jede Menge Polizei. Sie entkommen nicht. Also ergeben Sie sich besser.«

»Nein, das werde ich nicht. Isabelle gehört mir. Ich werde sie töten.«

»Dann werde ich Sie erschießen.«

»Mein Leben ist sowieso beendet.«

»Absolut nicht. Legen Sie das Messer fort, dann reden wir über Ihre Chancen.«

»Ich kann nicht verhaftet werden oder ins Gefängnis gehen. Das ist vollkommen unmöglich.«

»Ich bin kein Polizist«, sagte Albin.

Der Mann machte ein erstauntes Geräusch.

»Ich bin wegen Isabelle hier. Ich arbeite für ihren Vater.«

»Papa«, keuchte Isabelle.

Albin redete weiter: »Ich bin kein Polizist. Ich habe kein Interesse, Sie zu verhaften. Ich will Isabelle. Legen Sie das Messer fort. Dann verlassen Sie den Raum und versuchen Ihr Bestes, um zu entkommen.«

»Und Sie verfolgen mich nicht?«

»Ich verfolge Sie nicht.«

»Sie sind ein schlechter Lügner.«

»Ich will Isabelle lebend nach Hause bringen. Sie sind mir vollkommen egal.«

»Eben haben Sie gesagt, ich hätte keine Chance.«

»Vielleicht haben Sie doch eine. Sie schrumpft allerdings mit jeder Sekunde, die wir uns unterhalten.«

»Dann sollten wir uns mit einer Lösung beeilen.«

»Mein Angebot steht.«

»Ich mache Ihnen ebenfalls eines«, sagte der Mann. »Sie legen Ihre Waffe auf den Boden, schieben Sie zu mir herüber, nehmen die Hände hoch und gehen mir aus dem Weg.«

»Und dann?«

»Dann lasse ich Isabelle am Leben und gehe.«

Albin dachte nach. Der Kerl hatte eben gesagt, dass er Isabelle in jedem Fall umbringen wollte. Albin zweifelte nicht daran, dass das stimmte, denn der Mann war vollkommen irre. Falls Albin dem Mann die Waffe gab, würde er erst Isabelle den Hals durchschneiden, dann Albin eine Kugel in den Kopf jagen und die Pistole anschließend benutzen, um sich den Fluchtweg freizuschießen.

»Ihre Chancen«, sagte der Mann, während Albin überlegte, »dass Isabelle weiterleben darf, schrumpfen ebenfalls mit jeder Sekunde, die wir mit Reden verschwenden.«

Aber die Tatsache, dachte Albin, *dass* sie redeten, bedeutete immerhin, dass der Mann sich noch nicht aufgegeben hatte. Er wollte weiterleben und hier herauskommen.

»Deshalb«, sagte Albin, »sollten Sie auf mein Angebot eingehen. Sie haben mehr zu verlieren als ich.«

»Wissen Sie«, sagte der Mann und lachte leise, »mit Verhandlungen kenne ich mich etwas besser aus als Sie.« Albin sah, dass sich die Spitze des Messers tiefer in Isabelles Haut grub. Sie stöhnte hell auf. Ein feiner Blutfaden lief ihren Hals herab. »Und zu verlieren«, fuhr er fort, »haben Sie mindestens ebenso viel wie ich. Wenn Sie Isabelles Tod zu verantworten haben, werden Sie nicht mehr zur Ruhe kommen.«

»Aha.«

»Also«, sagte der Mann, »lassen Sie die Waffe fallen.«

»Legen wir doch beide unsere Waffen fort«, erwiderte Albin.

»Schlechter Vorschlag.«

»Dann ein neuer«, sagte Albin und holte Luft. »Isabelle gegen mich.«

75

Zwei Polizeifahrzeuge kamen mit knirschenden Reifen vor dem Eingang zum Stehen. Weitere schienen ihnen zu folgen. Gott sei Dank, dachte Castel.

Das bemerkten auch die Schützen der gegnerischen Seite und die Personen, die voller Aufregung im Innenhof hin und her liefen. Wie ein aufgeschreckter Ameisenhaufen, dachte Castel. Und alle schienen zu begreifen, dass sich die Mehrheitsverhältnisse zu ihren Ungunsten verlagert hatten und eine Flucht mit den Autos jetzt wohl nicht mehr möglich wäre. Deswegen fingen die Ersten an fortzulaufen. Die Bewaffneten gaben ihnen Feuerschutz.

Castel sah eine der bewaffneten Wachen, die sich selbst den Weg freischießen wollte. Doch der Mann wurde von einer Ladung Schrot aus einer Polizeiflinte gefällt. Sein rechtes Bein war auf einmal fort. Schließlich sah Castel auch Polizisten loslaufen und hörte ihre Rufe. Es brach ein heilloses Chaos aus.

Castel blieb weiter in Deckung. Sie schaute zu Theroux, der ebenfalls noch mit dem Rücken an den Reifen gepresst am Boden hockte, sich mit beiden Händen an der Dienstwaffe festhielt und so schnell atmete wie ein Hundertmeterläufer. Auch er verfolgte, was um sie herum geschah, schien sich dann einen Moment lang zu sammeln und sah zu Castel. Ihre Blicke trafen sich.

»In was für eine Scheiße«, fluchte Theroux, »hat er uns da nur wieder reingeritten?«

»Wo ist er überhaupt?«

»Woher soll ich das wissen? Keine Ahnung!«

»Er hat gesagt, dass er Isabelle hat …«

»Mann, Castel! Der wird sich irgendwo versteckt haben bei der verdammten Schießerei …«

Castel dachte das nicht. Sie riskierte einen Blick um die Motorhaube herum. Es wurde nun nicht mehr auf sie geschossen. Überall liefen Menschen geduckt herum. Einige lagen flach auf dem Boden. Andere versteckten sich. Dazwischen sah sie Polizisten über das Gelände sprinten. Geduckt. Immer noch krachten Schüsse. Castel bewegte sich um den Wagen herum. Sie stand auf, vorsichtig, um ein klareres Bild von der Lage zu bekommen.

»Der hat sich nicht versteckt«, sagte sie leise.

»Wir haben nicht mal seinen Wagen gesehen, vielleicht ist er gar nicht …«

»Er ist hier.«

»Was?«, rief Theroux, der nun ebenfalls aufstand und mit der Pistole in alle Himmelsrichtungen zielte.

»Er kommt nicht erst her, entdeckt Isabelle und verschwindet dann.«

»Der ist irgendwo in Deckung …«

»Er will Isabelle finden.«

Castel betrachtete die Ruine. Hier draußen sah sie nirgends Frauen. Es war folglich nicht auszuschließen, dass sich Isabelle im Inneren befand. Vielleicht gefangen, bewacht, bedroht … Albin würde fraglos nach ihr suchen, dort drinnen.

»Komm!«, rief Castel zu Theroux. Sie lief los.

76

Der Mann lachte leise und fragte Albin: »Was soll ich denn mit Ihnen anfangen?«

»Ich bin die bessere Geisel. Ich sagte eben, dass ich kein Polizist bin. Ich war aber einer. Die Kollegen da draußen kennen mich. Einige sind Freunde. Sie werden alles dransetzen, dass mir nichts passiert. Sie wollen auch nicht, dass Isabelle etwas geschieht. Aber Blut ist dicker als Wasser.«

»Das soll ich Ihnen abkaufen?«

Albin sagte: »Wenn in Frankreich ein Polizist getötet wird, hat man alle Polizisten Frankreichs zum Gegner. Wird jemand anders in Frankreich getötet, ist es nur ein Mordfall wie jeder andere auch. Alltagsgeschäft. Und in einer Geiselsituation wie dieser hier gibt es immer Kollateralschäden. Damit muss man rechnen. Eine tote Geisel ist schlecht. Ein toter Polizist ist sehr viel schlechter. So denken die.«

Albin ignorierte Isabelles entsetzten Gesichtsausdruck. Der Mann schwieg. Hörte zu. Überlegte.

»Vielleicht kenne ich mich auch mit Geiselsituationen besser aus, als Sie denken«, sagte er.

»Dann wissen Sie, dass ich recht habe.«

Der Mann schwieg erneut. Albin lauschte nach draußen. Es wurde immer noch geschossen. Mehr Sirenen waren zu hören. Nicht mehr lange, dann würden Castel und Theroux oder andere Kollegen in die Ruine eindringen.

Albin ergänzte: »Abgesehen davon ist es meine Schuld, dass Sie und Ihre Clubmitglieder gestört wurden und die Polizei da ist. Liegt alles nur an mir. Ich an Ihrer Stelle wäre extrem sauer auf mich.«

»Das bin ich. Sie ahnen gar nicht, wie sehr.«

»Folgender Vorschlag«, sagte Albin. »Wir müssen uns gegenseitig vertrauen und uns schrittweise annähern. Sie schneiden Isabelles Fesseln durch. Ich nehme das Magazin aus der Waffe. Sie legen das Messer nieder, ich die Waffe und das Magazin. Isabelle geht. Ich schiebe ihnen zuerst das Magazin rüber. Sie nehmen ihr Messer wieder auf und setzen es mir an den Hals. Ich händige ihnen die Waffe aus – und bin das beste Druckmittel, das sie bekommen können. Oder Sie wollen kein Druckmittel und sagen sich: Scheiß auf Geiseln – und spazieren mit einer Waffe in der Hand hier heraus und sehen zu, dass Sie Land gewinnen.«

Der Mann schien seine Situation zu analysieren und Alternativen abzuwägen.

»Es bleibt nicht mehr viel Zeit«, sagte Albin.

»Sie sind sehr opferbereit«, erwiderte der Mann. »Ich frage mich, warum.«

»Ich will Isabelle retten. Und dazu biete ich Ihnen die besten Optionen an, denn Sie haben, was ich will.«

»Unter Einsatz Ihres Lebens.«

»Ich habe es bereits eingesetzt, als ich diese Ruine betreten habe. Es ändert sich nicht viel für mich. Lieber mein altes Leben für ein junges als andersherum.«

Albin sah den Mann schmunzeln. Isabelle öffnete den Mund, wie um etwas zu sagen, schloss ihn dann aber wieder. Leider konnte ihr Albin nicht einmal nonverbale Zeichen geben, ohne dass ihr Peiniger es mitbekam.

Der Mann nahm das Messer fort. Er hob es über Isabelles Kopf, setzte es an dem straff gespannten Strick an und schnitt ihn durch.

77

Castel rannte geduckt auf den Innenhof zu. Neben einem der Shuttles sah sie einen Mann in seinem Blut liegen. Er hielt noch eine Pistole in der Hand, war aber mit einem Loch im Kopf fraglos nicht mehr in der Lage, sie zu benutzen. Daneben knieten drei Anzugträger mit venezianischen Masken auf dem Boden und hielten ihre Hände zitternd in die Höhe, während uniformierte Polizisten neben ihnen standen, Anweisungen riefen und auf sie zielten.

Castel lief weiter. Sie nahm an, dass Theroux ihr folgte, achtete aber nicht darauf. Sie hatte nur das im Blick, was sich vor ihr befand. Sie sah Stühle, eine Bühne, Scheinwerfer, dazu einen umgekippten Tisch und jede Menge Häppchen, Champagnergläser und Flaschen, die auf dem Boden verstreut waren. Was, zum Teufel, war hier nur vor sich gegangen?

Castel nahm an, dass sie vermutlich schneller eine Antwort darauf bekommen würde, als ihr lieb war. Also dachte sie nicht mehr darüber nach, sondern konzentrierte sich auf das Hier und Jetzt. Und in diesem Hier und Jetzt steuerte sie auf die Bühne zu, sah sich um, kam zum Stehen und bemerkte dann Theroux neben sich.

»Was?«, fragte er schweratmend.

»Wie kommen wir rein?«

Die Frage klärte sich in dem Moment, als zwei weitere Anzugträger aus einer Seitentür neben der Bühne stolperten. Auch sie trugen schwarze Masken und streckten sofort die Hände in die Höhe, als sie Theroux und Castel erblickten.

Castel und Theroux liefen wieder los – zu den Männern und zu der Tür.

»Nicht schießen!«, wimmerte einer.

»Wir ergeben uns!«, jammerte der andere.

Castel ignorierte beide und lief weiter. Sie hörte, wie Theroux den Männern befahl, sich auf den Boden zu legen und die Hände hinter dem Kopf zu verschränken. Castel öffnete die Tür, blickte über die Schulter nach hinten und sah, wie die Männer der Anweisung nachkamen. Sie sah außerdem, dass zwei uniformierte Kollegen herangelaufen kamen, in deren Richtung Theroux gestikulierte, auf die am Boden Liegenden deutete und schließlich zu Castel herüberkam.

Gemeinsam traten sie durch die Tür und fanden sich in einem langen Korridor wieder. Links und rechts befanden sich Türen. Sie standen offen. Castel und Theroux gingen voran, zielten immer wieder in die Räume, die jedoch leer waren. Sie gaben sich gegenseitig Deckung, bis sie an eine Biegung gelangten, wo der eine Korridor in einen weiteren überging.

Castel wollte nach Albin rufen. Sein Name lag ihr auf der Zunge. Aber wahrscheinlich war das keine gute Idee – denn so würde sie auf sich aufmerksam machen. Noch waren Theroux und sie im Vorteil und hatten das Überraschungsmoment auf ihrer Seite, falls sich Albin und Isabelle und wer weiß noch in einer gefährlichen Situation befinden würden.

Castels Bauchgefühl sagte ihr, dass das durchaus zutreffen könnte. Sie schaute zu Theroux, legte den Zeigefinger an die Lippen und sah ihn zurücknicken. Dann gingen sie weiter. Leise.

78

Isabelles Fesseln fielen herab – ihre Arme ebenfalls. Albin sah, wie sie einknickte. Ihr angstvoller Blick ließ ihn nicht los. Er verspürte einen Hauch von Erleichterung. Der erste Schritt war getan. Nun war er an der Reihe, seinen Teil des Deals zu erfüllen.

Mit dem Daumen drückte er auf den geriffelten Knopf am Gehäuse der Glock, der das Magazin aus der Griffschale löste. Er hockte sich hin und legte beides auf den Boden.

Der Mann sagte: »Sie halten mich für blöd, oder?«

»Nein«, erwiderte Albin.

»Im Lauf der Pistole befindet sich noch eine Patrone. Das liest man in jedem Krimi und sieht es in jedem Thriller. Entfernen Sie die Patrone.«

Verdammt, dachte Albin, so ein Mist. Er hatte gehofft, dass der Mann sich nicht so genau mit Waffen auskannte oder schlicht nicht daran dachte, dass …

»Vergessen«, sagte Albin.

Er zog den Schlitten der Glock zurück. Die Auswurfmechanik schleuderte die Patrone, auf die Albin gesetzt hatte, heraus.

Der Mann nickte. Er ließ das Messer auf den Boden fallen. »Geh«, sagte er und stieß Isabelle zwischen die Schulterblätter. Sie stolperte vorwärts.

Gott sei Dank, dachte Albin. Gott sei Dank.

Isabelle umschlang ihren Oberkörper mit den Armen. Sie schaute weiter zu Albin. »Danke«, flüsterte sie.

»Gehen Sie«, flüsterte Albin zurück. »Schnell. In den Nebenraum zu den anderen.«

Isabelle nickte. Dann verließ sie Albins Blickfeld. Er hörte, wie sie zu laufen begann. Dann legte er die Finger auf das Magazin, gab ihm Schwung und ließ es über den Boden schlittern – auf sein Gegenüber zu. Der Mann stoppte es mit dem Fuß. Nun hockte er sich ebenfalls hin, um das Messer und das Magazin aufzunehmen. Albin stellte sich aufrecht. Er kickte gegen die Glock. Sie schlitterte über den Beton gegen die Schuhspitze des Mannes. Er fixierte Albin und ging in die Hocke, um die Pistole aufzunehmen.

Der Mann lächelte Albin an, aber seine Augen lächelten nicht mit. »Mit einem Mal«, sagte er, »sind die Machtverhältnisse neugeordnet.«

Albin zuckte mit den Achseln und gab sich Mühe, unbeeindruckt zu wirken. Er dachte, dass es nun langsam höchste Zeit war, dass Castel, Theroux oder irgendwelche anderen Kollegen auftauchen würden.

»Isabelle ist frei«, sagte Albin. »Mehr wollte ich nicht.«

Der Mann legte das Messer zur Seite, um die Glock in die rechte Hand und das Magazin in die linke zu nehmen. Die Art und Weise, wie er das tat, sagte Albin, dass er damit nicht umgehen konnte und vielleicht noch nie eine Pistole in der Hand gehalten hatte. Er musterte die Waffe, deren Schlitten nach wie vor zurückgezogen war, und fragte sich wohl, wie er den wieder nach vorne bekommen würde und eine Kugel in den Lauf laden könnte. Der Mann stand auf. Er schob das Magazin in den Griff, setzte es aber erst falsch herum an und nahm einen weiteren Anlauf.

»Sie haben alles zerstört«, sagte der Mann.

»Ich habe ein paar komplett wahnsinnige Perverse davon abgehalten, schreckliche Dinge zu tun«, erwiderte Albin.

»Sie haben keine Ahnung. Gar keine. Sie sind nur ein austauschbarer alter Mann.«

»Wenn Sie meinen.«

Jetzt gab es ein Klicken. Der Mann hatte das Magazin eingesetzt. Es war eingerastet. Seine Finger tasteten auf dem Gehäuse der Waffe herum.

»Brauchen Sie Hilfe?«, fragte Albin. Er legte den Kopf leicht zur Seite. Draußen hatte das Schießen aufgehört. Hörte er da etwas im Flur? Schritte? War da jemand?

Dann gab es ein weiteres metallisches Geräusch, als der Mann den Schlitten nach vorne presste und damit eine Patrone in den Lauf lud.

»Ich brauche keine Hilfe«, sagte er. »Ich muss jetzt gehen.«

Er legte den Finger auf den Abzug und hob die Waffe, um auf Albin zu zielen.

Dann krachte ein Schuss.

79

Castel und Theroux bewegten sich weiter vorwärts. Nirgends eine Spur von Albin oder Isabelle. Keine Spur von gar nichts. Castel überlegte, ob Theroux recht gehabt haben könnte. Vielleicht versteckte sich Albin tatsächlich irgendwo draußen, und vielleicht war Isabelle bereits tot oder von hier fortgebracht worden.

Der Schweiß lief Castel in Sturzbächen am Körper herab. Sie hörte ihr eigenes Atmen. Sie hörte Theroux' Atem und seine Schritte. Ihre eigenen Schritte. Gedämpfte Rufe von draußen. Hintergrundgeräusche. Nur noch gelegentlich das Knallen eines Schusses. Keine Sirenen mehr – die waren mittlerweile ausgeschaltet worden.

Dann hörte sie etwas anderes. Leises Reden. Etwas in der Art. Es kam aus einem weiteren Gang, der vor Castel und Theroux abzubiegen schien.

Castel blickte zu Theroux, um sich zu vergewissern, dass er verstand, was sie vorhatte. Er nickte ihr zu. Castel fasste ihre Pistole fester. Viele Patronen waren nicht mehr im Magazin. Höchstens drei oder vier. Theroux würde nicht über sehr viel mehr verfügen. Castel blieb kurz vor der Abzweigung stehen. Straffte sich. Hielt mit der freien Hand drei Finger in Richtung von Theroux. Dann zwei. Sie presste die Lippen zusammen und holte Luft wie ein Taucher. Dann einen Finger. Dann eine Faust.

Theroux und Castel stellten sich mitten in den Flur und streckten ihre Waffen nach vorn. Zielten. Sie sahen geöffnete Türen. Sie sahen einen Mann mit einer Schweinemaske am Boden liegen. Sie sahen …

80

Der Schuss traf den Mann direkt in die Stirn. Der Kopf schlug zurück. Die Schädeldecke platzte ab. Hinter Albin knallte es mehrere Male. Weitere Kugeln trafen den Mann. Er ging zu Boden wie eine fallen gelassene Puppe. Sein Körper ruckte einige Male, als weitere Geschosse sich in ihn bohrten. Dann war es still.

Albin drehte sich um. Im ersten Moment hörte er nichts. Es fühlte sich an, als steckte Watte in seinen Ohren. Aber er konnte sehr deutlich sehen. Auf dem Flur standen die drei Frauen: Isabelle, die dunkelhäutige und die blonde. Letztere hatte den Mund wie zu einem tonlosen Schrei geöffnet und hielt die Pistole in der Hand, die Albin bei ihr gelassen hatte. Albins Gehör kam zurück. Er hörte, wie die junge Frau laut aufschluchzte. Sie ließ die Pistole fallen und schlug sich die Hände vors Gesicht. Die anderen beiden umarmten sie fest.

Danach ging alles sehr schnell.

Albin stand immer noch regungslos in dem Raum, als Castel und Theroux auftauchten, randvoll mit Adrenalin und außerdem reichlich geschockt, als sie die drei Frauen, zwei davon nackt, sahen und begriffen, was in der Ruine vor sich gegangen war. Dann kamen weitere Polizisten hinzu. Ärzte.

Theroux und Castel sprachen mit Albin, versicherten sich,

dass er unverletzt war. Er bekam nur die Hälfte davon mit, wenn nicht weniger. Die Ärzte brachten die Frauen fort. Ein Rettungssanitäter kam zu Albin, um ihn ebenfalls mitzunehmen, aber Albin lehnte ab. Ein Notarzt besah die Leiche des Mannes, der Isabelle Lefebvre zu Tode hatte foltern wollen, und verstand mit einem Blick auf das an der Wand verteilte Gehirn, dass es hier nichts für ihn zu tun gab.

Schließlich stand Albin alleine in dem Raum. Er wischte sich mit beiden Händen durchs Gesicht, atmete einige Male tief durch und ging dann auf den Flur, weil er nicht mehr die gleiche Luft inhalieren wollte wie zuvor dieser Wahnsinnige und weil er es nicht mehr aushielt, in einer Folterkammer zu stehen. Auf dem Flur wartete Castel. Sie telefonierte, steckte das Handy aber ein, als sie Albin erkannte, und ging zu ihm herüber. Sie legte ihm die Hand auf den Arm, drückte leicht zu und verzog den Mund.

»Ich habe schon viel erlebt, Castel, aber das hier ...« Albin schüttelte den Kopf.

»Ich weiß«, erwiderte sie und seufzte.

»Sie haben die Frauen gefangen und verkauft, damit ein paar Sadisten sie töten können. Die Abscheulichkeit der Menschen kennt keine Grenzen.«

»Nein, offenbar nicht«, sagte Castel.

»Verluste?«

»Nicht auf unserer Seite. Auf deren Seite schon. Die, die fliehen wollten, haben wir alle bekommen.«

Albin nickte. Er streckte die Hand aus, um an Castels Schutzweste zu zupfen, denn er hatte gesehen, dass sie am Rücken beschädigt war. In der Hüftgegend war ein Loch in das Material gestanzt. Darunter glänzte es silbrig. Castel schwieg und zuckte mit den Achseln.

Albin ließ die Weste wieder los. »Ihr habt sie nicht alle.«

»Wie bitte?«

»Ihr habt nicht alle von den Kerlen, meine ich. Einer fehlt euch.«

Castel sah Albin fragend an. Albin bedeutete ihr mit einem Kopfnicken, ihm zu folgen.

Sie gingen durch den Flur und verließen das Gebäude auf dem Weg, den Albin gekommen war. Als sie draußen waren, zeigte Albin Castel die blauen Fässer in dem Unterstand.

»Ich weiß nicht, was das ist«, sagte er. »Aber sie sehen neu aus und …«

»… sind groß genug, um einen Menschen aufzunehmen«, ergänzte Castel. Sie ging einige Schritte auf die Fässer zu, betrachtete die Warnaufkleber.

»Säure«, sagte sie.

»Dreckschweine«, erwiderte Albin.

Er fasste in seine Hosentasche, zog die Gitanes-Schachtel heraus, steckte sich eine an und stieß einen Schwall Rauch durch die Nase aus. Selten hatte er so sehr eine gebraucht und genossen. Dann drehte er sich um und ging weiter. Castel lief ihm hinterher und telefonierte.

Es war noch einigermaßen hell. In wenigen Minuten wäre jedoch auch das letzte Licht des Tages verschwunden. Überall auf dem Gelände sah Albin Polizeiwagen in allen möglichen Größen, dazu Rettungswagen. Menschen in Signalwesten liefen hin und her, ebenfalls uniformierte Polizisten und welche in Zivil, die Armbinden mit der Aufschrift *Police* trugen. Er sah Männer in Anzügen, die in Handschellen abgeführt wurden, nun ohne Masken. Er sah Körper, die unter Tüchern lagen. Er sah die Mercedes-Shuttles, von denen eines demoliert auf der Seite lag. Scheinwerfer flammten auf.

Albin rauchte und ging weiter. Zwei Forensiker mit Alukoffern kamen ihm entgegengelaufen und ignorierten ihn. Sie sprachen stattdessen mit Castel, die stehen blieb und in Richtung der blauen Fässer deutete. Dann schloss sie zu Albin auf, der inzwischen den Rand des kleinen Wäldchens erreicht hatte.

»Also«, hörte er Castel fragen. »Was heißt das nun – wir haben sie nicht alle?«

Albin drängte sich durch die Rosmarinbüsche. Dann stand er an dem Felsen, hinter dem er vorhin auf der Lauer gelegen hatte. Tyson sprang auf. Er fing sofort an, zu fiepen und zu knurren und mit dem Schwanz zu wedeln. Er war außer sich vor Freude, Albin zu sehen. Er war nach wie vor an dem Kerl festgebunden, den Albin bewusstlos geschlagen hatte. Und dieser Kerl lag nach wie vor bewusstlos auf dem Boden.

»Den hier«, sagte Albin zu Castel und schnippte ein Stück Asche auf den Bauch des Burschen, »habt ihr vergessen. Aber zum Glück hat Tyson ihn sich geschnappt und aufgepasst. Ein Notarzt sollte ihn sich ansehen. Ich glaube, sein Schädel ist nicht mehr ganz in Ordnung. Er muss schwer gestürzt sein.«

Castel lachte auf. »Albin, Sie … Sie sind einfach … Mir fehlen die Worte.«

Albin zuckte mit den Achseln, klemmte sich die Zigarette in den Mundwinkel und beugte sich hinunter, um Tyson loszumachen.

»Gelernt ist gelernt, Castel«, sagte er. »Danke, dass Sie mir vertraut haben und so schnell hergekommen sind. Danke auch für alles, was Sie für Manon getan haben.«

»Keine Ursache«, antwortete Castel.

»Sie haben sich eine Kugel Eis verdient, Castel. Eher zwei.«

»Vanille?«

»Vielleicht sogar Erdbeere, Sie Feinschmeckerin.«

81

Es war Nacht, als Albin und Tyson nach Hause kamen. Die Stadt war still. Über ihr spannte sich der Sternenhimmel. Wenn man lange genug hinsah und sich die Augen an die Dunkelheit gewöhnt hatten, konnte man das Band der Milchstraße erkennen. Albin schloss die Haustür auf. Er war müde, fühlte sich leer und endlos erschöpft.

Wir werden zu alt dafür, sagte Tyson.

Du vielleicht, erwiderte Albin in Gedanken.

Ich meine das ganz ernst, meinte Tyson beim Hereingehen. *Wie lange soll das so weitergehen?*

»Keine Ahnung.«

Albin legte den Schlüssel so leise wie möglich auf die Kommode und rollte den Kopf im Nacken.

Du hast jetzt deine Familie da, Chef, du hättest heute draufgehen können, sagte Tyson und trottete zu seinem Körbchen. Er ließ sich hineinplumpsen, schnaufte und musterte Albin nachdenklich.

»Bin ich aber nicht.«

Albin ging zum Kühlschrank. Er öffnete ihn und nahm eine Flasche Pastis heraus, goss ein Glas halbvoll und stellte die Flasche zurück. Er füllte den Rest mit Wasser auf und leerte das Glas in einem Zug.

Im Haus war alles ruhig. Nichts regte sich – außer Tyson, der sich in seine Schlafposition drehte. Auf dem Wohnzimmertisch war ein Puzzle ausgebreitet. Spielsachen von Clara lagen auf dem Boden. Manons Sweatjacke hing über einem Küchenstuhl. Albin mixte sich einen zweiten Drink und trank das Glas zur Hälfte aus. Dann schlich er über den Flur und ging die schmale Treppe hinauf. Er warf einen Blick ins Schlafzimmer. Veronique lag im Bett und schlief tief und fest. In den Kissen war sie kaum zu erkennen. Albin ging zum nächsten Zimmer. Es war einmal sein Arbeitszimmer gewesen. Jetzt war sein Schreibtisch herausgeräumt, und es befand sich eine Schlafcouch zum Ausklappen darin. Sie hatte vorher in Veroniques Wohnung gestanden für den Fall, dass sie Besuch von ihrer Familie bekam. Die Tür war geöffnet. Albin schaute in das Zimmer, trank noch etwas Pastis und beobachtete Manon und Clara beim Schlafen.

Wie oft hatte er Manon so gesehen, als sie noch klein war? Und nun sah er das erste Mal seiner Enkeltochter beim Schlafen zu. Clara hielt ihre Puppe in einer Hand und hatte alle viere von sich gestreckt. Manon umarmte ihr Kopfkissen. Beide atmeten gleichmäßig. Niemand, dachte Albin und leerte das Glas, wirkte so unschuldig und verletzlich wie ein schlafendes Kind. Egal, wie alt und ob es schon Mutter war oder erst in dreißig Jahren eine werden würde.

Albin schmeckte dem Pastis nach. Er dachte an Isabelle und die beiden anderen Frauen, Sara und Anna. Er dachte an andere Väter, die erfahren würden, dass ihre Töchter überlebt hatten. Er dachte an Bertrand Lefebvre.

Leise schloss Albin die Tür und ging wieder nach unten. Er passierte Tyson, blieb einen Moment stehen und betrachtete ihn ebenfalls.

»Ich kann nicht anders«, sagte er zu Tyson. »Genau wie du. Wenn man einen Ball oder Stock wirft, musst du ihn dir schnappen. Wenn du gut erzogen wärst, würdest du erst auf Kommando loslaufen – aber tief in deiner Seele drängt alles danach, den verdammten Ball zu schnappen. Ist bei mir so ähnlich. Was will man machen?«

Aber Tyson antwortete nicht. Er schlief bereits tief und fest. Also nahm sich Albin das Telefon. Er mixte sich den nächsten Pastis und ging mit einer Zigarette vor die Tür. Dann rief er Bertrand Lefebvre an, um ihm zu sagen, dass er Isabelle gefunden hatte und dass sie noch lebte.

82

Zwei Eisbecher und eine Tasse Kaffee standen auf dem Tablett. Es waren keine großartigen Kreationen, wie man sie in manchen Eisdielen bestellen konnte. Sie verfügten über keine Namen, die an das Dolce Vita an der italienischen Riviera erinnerten. Wozu auch solche Namen vergeben, wenn derlei Gegenden keine Sehnsuchtsorte in einem Landstrich darstellten, in dem man bloß nach Cassis oder an die Atlantikküste fahren musste, um mehr Meer und Savoir-vivre mit der Atemluft zu bekommen, als man je essen konnte?

Das Tablett, na ja, es hatte fraglos bessere Jahre gesehen, irgendwann in den frühen Siebzigern. Matteo trug es Albins Meinung nach auf eine ziemlich affige Art und Weise. So, als wäre er ein echter Kellner. Er hatte sich sogar ein Handtuch über den Unterarm geworfen, also den Lappen, den er zum Abwischen der Tische und zu anderen Dingen verwandte. Spielerisch zog er eine Augenbraue hoch, verneigte sich in aller Form vor Clara, die darüber kichern musste, und servierte ihr formvollendet ein Eis. Mit etwas weniger Aufwand platzierte er einen Becher vor Manon, die über Matteos Geste schmunzeln musste.

»Du bist sicher«, fragte Albin, »dass die zwei keine Lebensmittelvergiftung bekommen?«

»Das Eis ist ganz frisch. Es ist heute morgen erst für

Prinzessin Clara vom Nordpol geliefert worden«, erwiderte Matteo und wackelte in Richtung von Albins Enkeltochter mit den Augenbrauen. Albin betrachtete das Schauspiel. Dann blickte er auf die Eiskugeln, die in der Tat ganz appetitlich aussahen. Erdbeere und Vanille. Für das *Café du Midi* eine geradezu opulente Auswahl. Nicht, dass sich Albin etwas aus Eiscreme machte.

»Eis kommt gar nicht vom Nordpol«, sagte Clara. Sie zupfte an den Schößen ihres geblümten Sommerkleidchens und streckte Matteo ihr kleines Kinn herausfordernd entgegen.

»Aber natürlich«, sagte Matteo.

»Nein, das wird in einer Eisfabrik gemacht.«

»Das billige Eis vielleicht. Dieses hier jedenfalls nicht«, sagte Matteo und tat so, als sei er tiefbeleidigt.

Albin betrachtete einige Kondenswassertropfen, die an einem der dickwandigen Glaskelche herabliefen.

»Darf ich dich was fragen, Matteo?«, fragte er.

»Sicher.«

»Habe ich etwas nicht mitbekommen? Hat Marine Le Pen doch die Wahl gewonnen? Nimmst du neue Tabletten? Woher kommt diese gute Laune?«

»Ich und gute Laune?«, erwiderte Matteo und fasste sich empört an die Brust. »Nie im Leben.«

Manon lachte und schob sich die Sonnenbrille ins Haar. Clara machte sich über ihr Eis her.

»Mit dir stimmt doch etwas nicht«, brummte Albin, nahm seine Kaffeetasse in die Hand und pustete flach über den Rand hinweg. Er wusste, dass der Kaffee heiß, stark und aromatisch sein würde. Einfach großartig. Der beste, den man bekommen konnte. »Wenigstens«, sagte er, »ist der

Kaffee immer noch so dünn, dass man den Fliegendreck auf dem Tassenboden sehen kann.«

»Das ist wegen deiner Gesundheit. Das starke Zeug schlägt dir zu sehr auf die Pumpe.«

»Als ob dich das je gekümmert hätte.«

Wiederum musterte Albin Matteo, der vor sich hin grinste. Hatte er eine Packung Glückshormone gelutscht? An den Knöcheln seiner rechten Hand erkannte Albin ein paar Macken. Sah aus, als habe er sich gekratzt oder vor Wut gegen die Wand geschlagen.

Matteo bemerkte den Blick und ließ die Hand in der Gesäßtasche seiner ausgeleierten Jeans verschwinden. »Ausgerutscht«, erklärte er.

»In einem Gesicht?«, fragte Albin.

»Pff, ich schlage doch niemanden. Nicht mehr, seit ich geboxt habe.«

»Damals nach dem Krieg, hm? Hast du mal gegen Marcel Cerdan geboxt?« Cerdan war ein großer Star Ende der Vierziger. Er war sogar Weltmeister gewesen, hatte den Titel aber an Jake LaMotta abgegeben und eine Affäre mit Édith Piaf gehabt: Als er zu ihr nach New York hatte fliegen wollen, war sein Flugzeug abgestürzt.

»Als ob du weißt, wer Cerdan ist.« Matteo grinste immer noch. »Meine Superkräfte setze ich nur noch ein, um Schurken zur Strecke zu bringen.« Er zwinkerte Clara zu, legte dann einen Finger an die Lippen und flüsterte: »Pscht, ich bin Fantômas, aber niemandem verraten.«

Manon schüttelte grinsend den Kopf und aß ihr Eis.

»Wer ist Fantômas?«, fragte Clara.

Fantômas war eine berühmte Schundromanfigur aus der Zeit vor dem Ersten Weltkrieg. Er war ein skrupelloser, aber auch genialer Schurke. Vermutlich bezog sich Matteo aber eher auf die Verfilmung aus den Sechzigern mit Jean Marais, der in der Hauptrolle eine türkisgrüne Gummimaske trug und Louis de Funès als Inspector Juve in den Wahnsinn trieb. Aber davon sagte Matteo nichts. Er legte nur wieder verschwörerisch den Finger an die Lippen, rollte mit den Augen und verschwand dann langsam im Rückwärtsgang ins Innere des Cafés. Clara kicherte die ganze Zeit über. Manon lupfte die Augenbrauen. Albin machte eine Scheibenwischergeste vor seinem Gesicht.

»Das Alter oder zu viel Sonne«, sagte er zu Manon.

»Mhm.« Sie nahm sich die zweite Eiskugel vor.

»Ich mache niemals solchen Blödsinn«, sagte Albin, setzte eine sehr ernste Miene auf, streckte Clara die Zunge raus, was sie ebenso beantwortete, und trank dann einen Schluck Kaffee.

»Wohl machst du manchmal Blödsinn«, sagte Clara und setzte eine naseweise Miene auf.

»Ich?«, fragte Albin.

»Ja. Beim Kochen.«

Albin hustete. Er wusste, worauf seine Enkelin anspielte. Gestern war er auf dem Markt gewesen und hatte alle Zutaten für einen *Salade niçoise* besorgt und so frischen Thunfisch gekauft, dass das in Papier eingeschlagene Fleisch vermutlich noch nicht einmal wusste, dass es sich nicht mehr im Meer befand. Zu Hause blätterte Veronique begeistert in dem Buch mit der Unterschrift und persönlichen Widmung von Luc Comtat, während Albin den Salat zubereitete und darüber dozierte, dass es ja gar kein wirkliches Rezept für einen *Niçoise* gäbe und es sich im Grunde um einen *Salade de tomates riche* handle, die man am besten wie eine *Mise en place* servierte. Clara hatte alles interessiert verfolgt, dann aber gesagt, das sei doch bloß ein langweiliger Nizza-Salat wie aus dem Kühlregal im Supermarkt. Was Albin gekränkt hatte. Dann wollte er den Thunfisch anbraten, aber Veronique weigerte sich, die neue Pfanne herauszurücken. Bei aller Liebe, meinte sie, aber das würde sie lieber selbst machen, denn die Bratpfanne sei nagelneu und die andere rundum verdorben worden, als jemand darin Gemüse flambiert habe. Sie hatte Albin scharf angesehen und mit einer Kopfbewegung in Richtung der Terrasse gedeutet, wo es auf den guten Terrakottafliesen noch einige Brandflecke gab.

»War das etwa Papa?«, hatte Manon gefragt und die ruinierten Kacheln betrachtet – worauf Albin schweigend eine rauchen ging und den Damen des Hauses das Feld überließ.

Albin streckte Clara nochmals die Zunge raus. Dann griff er zur Zigarettenschachtel, überlegte es sich aber anders, weil er am Tisch mit Clara lieber nicht rauchen wollte, und sah ihr beim Eisessen zu. Tyson tat das ebenfalls. Er lag im Schatten neben Clara und hoffte vermutlich darauf, dass er den Becher ausschlecken durfte, sobald sie fertig war.

Albin fragte sich, wie sehr Clara ihren Vater jetzt und in Zukunft vermissen würde. Gilles hatte in den vergangenen Tagen weder Manon belästigt, noch war er irgendwo erneut aufgetaucht. Albin wusste nicht, was diesen plötzlichen Sinneswandel verursacht hatte, aber am Ende war es egal. Hauptsache, der Kerl gab Ruhe.

Castel hatte Albin erzählt, dass sie die Strafanzeigen gegen ihn nach Paris weitergeleitet hätten und sie ihm dort mitsamt einer einstweiligen Anordnung zugestellt werden würden, die besagte, dass er sich seiner Ehefrau Manon und seiner Tochter Clara nicht ohne Manons ausdrückliches Einverständnis nähern durfte.

Das war zwar der richtige Weg. Dennoch würde Clara das alles nicht verstehen können, und ein kleines Mädchen brauchte seinen Vater, wenigstens ab und zu. Egal, ob er ein Schweinehund war oder nicht, dachte Albin. Blut war dicker als Wasser, an dem Sprichwort war etwas dran.

Er dachte über Bertrand Lefebvre nach, sah ihn vor seinem geistigen Auge in der Klinik am Krankenbett von Isabelle sitzen – falls sie noch im Krankenhaus war und nicht längst wieder daheim. Er stellte sich vor, welche Wut Bertrand haben musste und welches Trauma seine Tochter.

Albin kannte den letzten Stand der Ermittlungen nicht. Aber es hatte den Anschein, dass ein hervorragend organisierter Händlerring hinter allem stand, der Frauen zu dem Zweck entführte, damit sehr wohlhabende Männer sie missbrauchen und ihren sadistischen Neigungen nachgehen konnten. In den Säurefässern waren eine Frauen- und eine Männerleiche gefunden worden, die noch nicht vollständig aufgelöst gewesen waren.

Die Polizei sah nach Albins Einschätzung wohl erst die Spitze des Eisbergs. Er war sich relativ sicher, dass es noch an weiteren Standorten solche Fässer gab beziehungsweise solche, die man samt Inhalt in Tümpeln versenkt oder sonst wo versteckt hatte. Der geheime Bund erschien viel zu gut organisiert, als dass die Auktion an der Ruine von Malemort ein Einzelereignis gewesen sein könnte. Diese Leute hatten Routine, alles war professionell aufgezogen worden, und es wurde inzwischen landesweit ermittelt.

Die verhafteten Bieter kamen aus ganz Frankreich – soweit Albin wusste, handelte es sich ausnahmslos um Männer aus Führungspositionen mit viel Einfluss, gutsituierte Persönlichkeiten mit Familien und an sich makellosen Namen. Es war erschütternd zu wissen, was sie getan hatten oder zu tun bereit gewesen waren. Albins Erfahrung nach nahmen manche dieser »Masters of the Universe« für sich in Anspruch, dass andere Regeln für sie galten als für Normalsterbliche. Darauf traf man immer wieder, im Kleinen wie im Großen. Keinerlei Unrechtsbewusstsein. Wie, Steuern bezahlen? *Ich*? Was, Strafe? Bloß wegen einer Hotelangestellten? Für *mich*?

Nun, die elitären Mitglieder dieses Clubs würden alle lernen, dass sie mit ihrer Sichtweise falschlagen, denn sie alle würde nicht nur die ganze Härte des Gesetzes treffen, sondern auch die Moralkeule in den Medien. Sie hatten allesamt ihre Karrieren ruiniert – und ihre Familien sicherlich ebenfalls. Spätestens nachdem aus ihren Häusern Kisten voller Festplatten mit extrem hartem und illegalem Material herausgetragen worden waren, würde es bald Scheidungspapiere nur so regnen.

Der Mann, der Isabelle zu seinem Vergnügen hatte töten wollen, war zum Beispiel ein hohes Tier bei einer Bank gewesen. Ryan Grévais hieß er – ein Name, der Albin etwas sagte. Er hatte sich daran erinnert, dass der Mann vor vielen Jahren in Afrika entführt worden war, was für ein größeres Medienecho gesorgt hatte. Schon jetzt zeigten die Ermittlungen, dass Grévais geradezu ein Stammkunde bei dem Händlerring gewesen war und unvorstellbare Videos und Bilder auf streng abgesicherten Computern besessen hatte. Es war unklar, für welche und für wie viele Taten er in Betracht kam – aber Albins Meinung nach waren dieser Mann sowie einige andere der Festgenommenen eine

Art domestizierter Serienmörder. Er war jemand, der nicht wahllos zuschlug und impulsiv Menschen umbrachte. Er war jemand, der seine Taten kontrollierte und sozusagen pauschal buchte, dafür viel Geld bezahlte und sein Tun durch diesen Vorgang sich selbst gegenüber quasi legalisierte. Denn andere taten es ja auch, keiner sagte etwas dagegen, man befreite sich im Tausch gegen Euros von jeglicher Verantwortung.

Albin erschreckte folgende Vorstellung: Wie groß war der Markt für eine solche Nachfrage wirklich?

Für die meisten Menschen gab es zwar enorme Hindernisse, einen anderen Menschen zu töten, aber das Potential dazu schlummerte fast in jedem. Es kam auf die Rahmenbedingungen an, und wenn diese lediglich besagten: Bezahle eine gewisse Summe, dann kannst du tun und lassen, was du willst ... Albin wollte lieber nicht detaillierter darüber nachdenken, wie viele ein solches Angebot ernsthaft in Versuchung führen würde. Zumindest, so viel hatte er mitbekommen, war es ein Geschäft, in dem immens viel Geld den Besitzer wechselte und an dem viele verdienten.

Zum Beispiel Berger mit seinem Transportunternehmen, das nun wohl vor die Hunde gehen würde, denn Berger, Hoteldirektor Thiers und Co. saßen im Knast und würden dort auf absehbare Zeit nicht wieder herauskommen. Geschah den gewissenlosen Schweinehunden recht, fand Albin. Menschenhandel war bereits ein abscheuliches Verbrechen, aber wenn es dann noch derartige Auswüchse annahm wie an der Ruine von Malemort, verlangte die Dimension der Abscheulichkeit eigentlich nach neuen Worten, um sie zu beschreiben.

Wie Albin von Castel gehört hatte, suchte man noch nach

den Strippenziehern im Hintergrund. Aber nach dem Stand der Ermittlungen war bekannt, dass sich der Händlerring in der Vergangenheit dort bedient hatte, wo die Menschen am allerschwächsten waren. Er hatte Flüchtlinge in den Zeltlagern abgegriffen, die eh niemand vermissen würde. Er hatte in den gesichtslosen Vororten von Marseille seine Ware einkassiert, wo jeden Tag Menschen spurlos verschwanden. Erst später hatten die Kriminellen sich getraut, Frauen zu entführen, die sozusagen mitten im Leben standen – vermutlich, weil dadurch höhere Preise erzielt werden konnten. Tja, und Isabelle Lefebvre hatte einfach Pech gehabt. Sie war kein direktes Ziel gewesen, eher ein Kollateralschaden. Eine Zeugin, die aus dem Weg geräumt werden musste und bei der man sich gedacht hatte: Warum einfach Geld wegwerfen, wenn man mit dem Beseitigen dieser Frau noch etwas verdienen konnte, zumal am Ende sehr viel Geld für sie geboten worden war? Andererseits war Isabelles Unfall ein Glück für die beiden anderen Frauen gewesen. Die Polizei wäre dem Ring sonst nie auf die Schliche gekommen und hätte sie weiterhin als normale Vermisstenfälle betrachtet, ohne jemals einen Zusammenhang zu erkennen.

»Bist du noch da, Papa?«

Albin blickte auf. Manon sah ihn an und spielte gleichzeitig mit ihrem Handy herum. »Bin noch da«, erwiderte er.

»Ich habe mit Mama gemailt. Sie ist nächste Woche von der Kreuzfahrt zurück.«

»Weiß sie irgendetwas von …«

»Nein«, kürzte Manon ab.

Sie wollte gerade noch etwas sagen, als ein Motorroller herangesaust kam und am Straßenrand direkt neben ihrem Tisch zum Stehen kam. Auf dem Roller saß Caterine Castel, die das Gefährt ausstellte, abstieg und den Helm abnahm. Sie hatte wohl Feierabend, trug aber noch ihre Dienstkleidung. Tyson sprang auf, um sie überschwänglich zu begrüßen. Sie tätschelte ihm den Kopf.

»Die Familie Leclerc beim Eisessen«, sagte sie und lächelte.

Albin schwieg, blickte zwischen ihr und Manon hin und her und bemerkte, dass Manon zurücklächelte und Castel sogar einen Platz anbot. Hatte er da etwas nicht mitbekommen? Aber besser, als dass sie sich weiter anzickten, dachte Albin und hielt den Mund.

»Ihr Vater«, sagte Castel im Hinsetzen, »schuldet mir ohnehin noch ein Eis.«

»Ja?«, fragte Manon.

»Ja, das ist seine Art, Kollegen zu bestechen, damit sie ihm Gefallen tun oder um sie zu belohnen, wenn sie ihm geholfen haben.«

»Nur ein Eis? Das ist ziemlich geizig.«

»Vermutlich ist die Pension zu schmal.«

Manon lachte. Albin trank weiter Kaffee.

»Darf ich Sie etwas fragen, Caterine?«, fragte Manon.

»Sicher.«

»Was bedeutet die Tätowierung an Ihrem Handgelenk?«

Castel und Albin wechselten einen Blick miteinander. Castel erwiderte: »Das ist der Name meines Ex. Es lief ziemlich schief mit ihm, und … Na ja.« Sie zuckte mit den Achseln und rieb sich das Handgelenk. »Das weiß man ja vorher nicht und lässt sich im Überschwang dann ein solches Tattoo stechen. Vielleicht lasse ich es einmal entfernen.«

»Ich verstehe ganz genau, was Sie meinen. Ich habe auch ein solches Tattoo.«

Albin verschluckte sich. »Du bist tätowiert?«, fragte er Manon.

»Mama hat Zahlen unterm Arm«, erklärte Clara und kratzte die letzten Eisreste zusammen.

Manon nickte, deutete auf ihre Rippen und verzog das Gesicht. »Das Datum meines Hochzeitstages.«

»Oh«, machte Castel.

O Gott, dachte Albin.

Castel fragte: »Wann fahren Sie zurück nach Paris?«

Manon antwortete nicht und blickte ins Nichts. Dann legte sie kurz den Finger an die Lippen und deutete mit der Stirn zu Clara, in deren Gegenwart sie das Thema nicht anschneiden wollte. Aber Albin wusste, dass Manon so schnell nicht zurückgehen würde. Sie hatte zu viel Angst vor Gilles, Angst vor allem, was dort auf sie warten würde – und vor allem gab es dort nichts, wohin sie zurückkehren könnte außer der gemeinsamen Wohnung, in der natürlich Gilles lebte. Veronique hatte Manon gesagt, dass sie den Sommer über ja auch eine Ferienwohnung mieten könne, bis sie genauer wisse, was sie tun wolle. Außerdem hatte Veronique ihr Arbeit im Blumenladen angeboten.

Castel sah ebenfalls kurz zu Clara und nickte verstehend. Sie machte eine Geste und sagte: »Es ist doch ganz hübsch hier.«

Manon nickte. »Ich weiß. Ich bin hier aufgewachsen. Aber außer den Straßen, den Häusern und Plätzen und Papas alten Kollegen kenne ich hier niemanden mehr.«

»Pff«, machte Albin und leerte seinen Kaffee. »Dein Schulkamerad Jean ist Bademeister, die kleine Rosalie hat im Ort eine Boutique eröffnet, der freche Noël ist Abteilungsleiter im Supermarkt und …«

»Die habe ich früher alle schon nicht gemocht.«

Albin brummte etwas.

Castel sagte: »Ich kenne hier ebenfalls kaum jemanden. Also: bis auf die Kollegen und Ihren Vater.«

Manon wandte sich wieder zu Castel und fragte: »Sie heißen Caterine, nicht?«

»Ja, einige nennen mich Cat.«

»Cat – wie die Katze.«

»Ja.«

»Sollen wir nicht mal aufs Du wechseln?«

»Ja, sehr gerne, Manon.«

»Auf Dauer ist das mit dem Sie einfach zu blöd.«

»Absolut.«

»Vielleicht reden wir wann anders einmal über Paris und so.«

»Sehr gerne.«

»Bei einem Milchkaffee?«

»Oder einem Weinchen?«

Die beiden lachten.

Albin blähte die Backen und kam sich überflüssig vor. Er stand auf, zog sich die Hose hoch und schaute zu Tyson. Dann blickte er zu Clara, die ihr Eis aufgegessen hatte. Er dachte sich, dass es nicht schlecht wäre, wenn Manon und Castel sich in Ruhe unterhalten könnten, ohne auf Clara achten zu müssen. Außerdem war ihm langweilig.

Er sagte: »Clara, ich muss eine Runde mit Tyson spazieren gehen und nach den Elfen sehen.«

»Elfen?« Clara blinzelte.

Albin nickte. »Ja, sie wohnen unten am Fluss, und um diese Uhrzeit kommen manchmal die Trolle raus. Tyson verscheucht sie dann.«

»Es gibt überhaupt keine Elfen und Trolle.«

Albin lachte. »Und ob.«

»Elfen gibt es nicht, die sind nur ausgedacht.«

»In Paris gibt es die vielleicht nicht, aber hier schon.«

Aus den Augenwinkeln sah Albin Manons erkennendes Grinsen. Sie wusste natürlich, wovon er sprach, und kannte die Geschichte aus ihrer eigenen Kindheit – die Geschichte von den Elfen an der Auzon, dem kleinen Fluss, der durch Carpentras floss. Nichts Besonderes, und natürlich gab es dort keine echten Elfen. Aber oft huschten die Libellen übers Wasser oder saßen auf den Steinen, glitzerten in der Sonne und bewegten träge ihre funkelnden Flügel.

Albin zwinkerte Manon zu. Clara schaute prüfend zu ihrer Mutter, die sagte: »Opa hat schon recht, Clara, geh nur nachschauen. Ich war dort auch immer, als ich so alt war wie du.«

»Darf ich dann Tysons Leine halten?«, fragte Clara.

»Aber sicher«, sagte Albin.

Und dann gingen sie los.

Sie spazierten entlang der Straße, die zu beiden Seiten von Platanen gesäumt war. Sie sprachen nicht, und Albin schmunzelte, wenn er nach rechts blickte und sah, wie konzentriert Clara die Leine hielt und auf jeden Schritt von Tyson achtgab. Sie kamen zu einem Zebrastreifen, wo Clara nach Albins Hand griff, damit er sie über die Straße führte.

»Opa Albin?«, fragte sie, als sie auf der anderen Seite angekommen waren und weiter in Richtung Park gingen.

»Ja?«

»Gibt es Elfen in Wirklichkeit?«

»Es gab sie früher einmal, als die Menschen noch an sie

glaubten, Clara. Als die Menschen aufhörten, an sie zu glauben, verschwanden sie.«

»Und wenn man wieder an sie glaubt, dann kehren sie zurück?«

Albin nickte schwach. »Wenn man fest an etwas glaubt, dann wird es meistens Wirklichkeit. Manchmal bleibt es nur in unserer Phantasie, und niemand anders kann es sehen. Aber es klappt.«

»Mhm«, machte Clara abwesend.

Sie schien nachzudenken. Eine kleine Falte tauchte zwischen ihren Augenbrauen auf. So wie bei Manon, als sie noch ein kleines Mädchen gewesen war.

»Aber Tyson wird die Elfen nicht fressen, oder?«, fragte Clara besorgt.

»Niemals«, sagte Albin und lächelte.

Werde ich nicht!, sagte Tyson.

Das will ich dir auch raten, mein Freund, erwiderte Albin in Gedanken.

Sie hat eben übrigens Opa zu dir gesagt, bemerkte Tyson und trottete vor sich hin.

Ich habe es nicht mit den Ohren.

Opa Albin, um genau zu sein.

Ja, du Besserwisser.

Jetzt fühlst du dich alt, was?

Nein, gar nicht!

Albin drückte Claras Hand. Sie sah ihn an und grinste. Dann blickte sie wieder auf Tyson und griff die Leine etwas fester.

Ich gehe mit meiner Enkeltochter und meinem Mops nach den Elfen schauen, dachte Albin.

Er inhalierte die warme Luft, die besser schmeckte als

jede Gitanes. Er hörte das Rauschen des Windes in den Bäumen. Er spürte die Sonne auf der Haut, roch den frisch gemähten Rasen im Park und sah das Glitzern des Flusses in der Ferne.

Alt?, dachte er. *Nein, ich fühle mich kein Stück alt.*

Ganz. Im. Gegenteil.

Und es geht weiter
mit der spannenden Serie von

Pierre Lagrange

LESEPROBE

aus dem vierten Fall
für Albin Leclerc

»SCHATTEN DER PROVENCE«

PROLOG

Marseille, Januar 1943 bis August 1944

Die Explosionen ließen die Fenster vibrieren und das Geschirr im Schrank klirren. Der Junge erbebte und ruckte so heftig mit der Hand, dass die Holzeisenbahn aus den Gleisen fuhr und umfiel.

Sein Name war Baptiste. Er hatte das Spielzeug vor drei Wochen zu Weihnachten bekommen. Er weinte und hielt sich gegen den Lärm die Ohren zu. Er lief zu seiner Mutter, die auf dem Sessel saß und strickte. Sie sah mit unbeweglicher Miene zum Fenster hinaus und betrachtete die Kondenswassertropfen, die innen an der Scheibe hinabliefen. Nur manchmal zuckte ihr Auge, wenn es erneut ohrenbetäubend krachte und ein weiteres Gebäude in der Altstadt einstürzte.

Baptiste klammerte sich an ihre Beine und drückte das Gesicht in ihren Schoß. Er drehte den Kopf zur Seite und sah zum Vater, der unbeweglich auf dem Sofa hockte und die Zeitung las. Seine Hände waren groß. Sie zitterten ein wenig, während er mit dem Zeigefinger die Zeilen auf der Titelseite entlangfuhr.

In dem Text stand, dass die Polizei eine Ausgangssperre verfügt hatte, während das Quartier am Alten Hafen gesprengt wurde. Es hieß, dass alles abgerissen werde, damit schöne neue Wohnungen gebaut werden können. Der Stadtteil hatte in der Tat einen sehr schlechten Ruf. In Le

Panier, dem mittelalterlichen Korbmacherviertel, wohnten viele Immigranten. Es herrschte das Verbrechen, alles war vom Rotlichtmilieu geprägt. Es gab ein unübersichtliches Gewirr aus schmalen Gassen und kleinen Plätzen, das von der Polizei und den deutschen Besatzern schlecht zu kontrollieren war. Dort versteckten sich viele Widerstandskämpfer, und dort lebten auch viele Juden.

Angeblich sollte es in der Neujahrsnacht einen Anschlag gegeben haben, woraufhin die Deutschen durchgesetzt hatten, dass das gesamte Quartier dem Erdboden gleichgemacht und gesäubert werden sollte. Was nun seit einigen Tagen geschah.

Eigentlich hatten die Deutschen ein viel größeres Gebiet am Hafen sprengen wollen, sich aber von der Präfektur auf eine Fläche von vierzig Hektar herunterhandeln lassen, wenn sie sich im Gegenzug nicht die Hände schmutzig machen mussten. Das erledigten nun die französischen Behörden, während die Wehrmacht die Aktion lediglich überwachte und sicherte.

Insgesamt wurden vierzigtausend Menschen polizeilich überprüft und fast dreißigtausend Bewohner vorübergehend nach Fréjus evakuiert. Sechstausend Menschen wurden festgenommen, fast achthundert Juden wurden deportiert und am Ende rund eintausendfünfhundert Gebäude gesprengt.

Eine ganze Kleinstadt.

Der Junge hatte beim Milchholen kürzlich gesehen, wie die deutschen Soldaten alles abriegelten. Überall hatte es lautes Geschrei gegeben. Schüsse knallten. Die Echos hallten über die Straßen und Plätze. Er hatte gesehen, wie Menschen aus den Häusern getrieben und wie Vieh auf

Lastwagen verladen wurden, die dann eilig fortfuhren. Die Straßen waren voll von Uniformierten, Motorrädern mit Maschinengewehren und sogar Panzern gewesen. Baptiste hatte aufgeschnappt, dass es eine große Razzia gab – ohne zu wissen, was das war – und dass Zigtausende Bürger überprüft, verhaftet und weggebracht wurden. Niemand wusste, wohin. Abends hatte Baptiste seine Eltern belauscht und gehört, wie sein Vater der Mutter davon erzählte, dass er einen Zug mit Waggons voller Menschen gefahren hatte. Am selben Tag hatte sein Vater sich betrunken.

Jetzt faltete er die Zeitung zusammen und stand auf. Er ging durch das Wohnzimmer zum Teppich, auf dem die Schienen der Holzeisenbahn in einem Kreis aufgebaut waren. Er ging in die Hocke, nahm die Lok auf und setzte sie behutsam wieder in die Spur. Er winkte Baptiste zu sich und sagte, dass ein Lokomotivführer niemals sein Führerhaus verlassen dürfe und es seine heilige Aufgabe sei, die Fracht sicher ans Ziel zu bringen – was auch immer um ihn herum geschehe.

»Der Zug«, sagte der Vater zu Baptiste, »muss immer weiterrollen.«

Wenige Wochen später nahm er Baptiste mit zur Arbeit. Es war ein ungewöhnlich kalter Märztag. Beim Atmen fuhren schneeweiße Wolken aus ihren Mündern. Auf dem Bahnhof Saint Charles und davor wimmelte es nur so vor deutscher Wehrmacht und Polizei. Die Soldaten trugen graue Mäntel, Stahlhelme und Gewehre. Einer fuhr dem Jungen lächelnd durch die Haare, als der Vater seinen Ausweis vorzeigte und sagte, wer er war und wohin er wollte. Der Soldat nickte, zwinkerte dem Jungen zu und sah gleichzeitig freundlich und traurig aus. Vielleicht hatte er auch einen Sohn in seinem eigenen Land und vermisste ihn.

Baptiste folgte seinem Vater. Sie bestiegen die Lok, die bereits vibrierte und schnaufte wie ein aufgeregtes Tier, das nur darauf wartete, losgelassen zu werden. Baptiste lächelte. Er liebte es, neben seinem Vater im Führerhaus zu stehen und auf all die Instrumente und Hebel zu blicken, deren Funktion sich ihm nicht erschloss und die er sich im Leben nicht trauen würde, auch nur mit den Fingerspitzen zu berühren. Später einmal, wenn er selbst ein Mann war, würde er vielleicht auch eine solche Lok führen dürfen.

Schließlich fuhren sie los, ohne Waggons. Sie nahmen die Strecke, die in Richtung Paris aus Marseille hinausführte. Sie ließen die Stadt hinter sich, die noch vor einem Jahr eine freie Zone unter der Vichy-Regierung gewesen war. Vor Weihnachten waren die Deutschen dann doch eingerückt, weil sie von Nordafrika aus eine Invasion in der Provence befürchteten – mit Marseille als Dreh- und Angelpunkt.

Die Lok hielt an einem kleinen Bahnhof in der Gegend von Rognac, das an einem großen Binnensee lag, dem Étang de Berre. Dort standen drei Waggons auf den Schienen. Neben dem Bahnhofsgebäude parkten fast zehn Opel Blitz. Die Auflieger der Lkws waren mit Planen überspannt. Baptiste sah überall deutsche Soldaten. Sie trugen Maschinenpistolen. Einige waren damit beschäftigt, Gegenstände in die Waggons zu tragen. Der Junge sah große Kisten, die offensichtlich so schwer waren, dass sie zum Teil von drei Männern geschleppt werden mussten. Er sah zusammengerollte Teppiche, wuchtige Spiegel, die reich verziert waren. Er sah Möbel, die wirkten, als stammten sie aus einem Schloss. Er sah Statuen aus Marmor und Bronze.

Und er sah Bilder – Gemälde in allen möglichen Größen. Einer der Soldaten hob gerade ein weiteres von der Ladefläche eines Lkws. Baptiste stockte der Atem. Seine Augen weiteten sich. Noch nie in seinem jungen Leben hatte er ein solches Gemälde gesehen. Es hatte die Ausmaße einer Tischplatte. Der Nachthimmel war in so blauen Farben gemalt, dass sie selbst auf die Distanz zu leuchten schienen. Darauf tanzten Funken, Spiralen und andere verrückte Muster über einem Haus, aus dem goldenes Licht fiel. Es war, als brannten die wirren Kreise und bewegten sich und als strahlte die Sonne aus den Fenstern des Gebäudes, das ein Gasthaus sein mochte.

Baptiste sah ein weiteres Gemälde, das von zwei Soldaten getragen wurde. Es war kleiner als das wilde blaue Bild und zeigte ein gänzlich anderes Motiv. Fast erschien es, als habe jemand mit der Schere ein Stück aus der Landschaft herausgeschnitten und in einen Rahmen gesteckt. War das wirklich Malerei oder eine Fotografie? Nein, das konnte nicht sein, denn das Bild war ja farbig. Farbige Fotos gab es nicht, und in dem Bild schienen sämtliche Töne der Natur vorzukommen – jene Töne, die es an einem heißen Tag im Dunst des Nachmittages gab. Baptiste kannte die Landschaft, die dort durch die Gegend getragen wurde: Es waren die Montagne Sainte-Victoire. Die Familie hatte einmal einen Ausflug in diesen Gebirgszug unternommen.

Dann verschwand auch dieses Bild in einem der Waggons. Baptiste bekam den Mund nicht zu. Er wollte den Vater am Hemdzipfel zupfen und fragen, was es mit all diesen Schätzen auf sich hatte, die von den Lkws verladen wurden. Doch der Vater sprach gerade mit einem Offizier, an dessen Mantelaufschlägen Totenkopfembleme befestigt waren. Er nickte immer wieder und erklärte dem Deutschen etwas über eine Wegstrecke und Weichen, die zu stellen seien, und zeigte auf einer Karte, wo er mit der Lok anhalten könne. Der Offizier sah sich alles sehr genau an und gab dann Anweisungen auf Deutsch an seine Leute weiter, worauf die Motorräder mit den Beiwagen angelassen wurden und die Gespanne mit röhrenden Motoren fortfuhren. Dann wurden die Waggons an der Lok befestigt. Als alles erledigt war, kam der Offizier zurück und gab dem Vater ein Zeichen zur Abfahrt. Dann lächelte er und warf Baptiste eine Tafel Schokolade zu. Der Junge aß sie nicht. Er hatte Angst davor, dass mit der Süßigkeit etwas nicht in Ordnung sein könnte. Der Deutsche hatte Totenköpfe an der Uniform und an der Mütze gehabt – und Totenköpfe, das hatte Baptiste in der Schule gelernt, waren das Symbol für Gift.

Baptiste legte die Schokolade zur Seite. Ihm lagen Hunderte Fragen auf der Zunge, aber der Vater schwieg, und deswegen traute sich der Junge nicht, auch nur eine einzige zu stellen. Stattdessen schwieg auch er und sah zum Fenster hinaus.

Eine Zeitlang fuhren sie auf der Hauptroute, wie der Vater Baptiste erklärte. Sie kamen an eine Gabelung, wo ein Motorradgespann und zwei deutsche Soldaten neben einer Weiche standen und diese entweder bewachten oder eigens für die Lok umstellten. Jedenfalls bog die Lok nun ab auf ein anderes Gleis. Hier sah die Strecke aus, als werde sie kaum genutzt. Schließlich gelangten sie an eine weitere Abzweigung, wo wiederum ein Motorrad wartete. Von nun an ging es auf einer mit Unkraut und Büschen dichtbewachsenen Strecke weiter, die wahrscheinlich seit Jahrzehnten nicht mehr befahren wurde. Sie führte zwischen ockerfarbenen Felsen hindurch, und nach einer scharfen Biegung sah Baptiste die Haltestelle, einige verfallene Mauerreste und Gebäude sowie einen Stollen, der direkt in den Berg getrieben worden war. Es schien sich um eine verlassene Mine zu handeln. Hoch über dem von dicken Trägern und Streben gestütztem Eingang, der in das Innere des felsigen Massivs zu führen schien, war ein uralter Wachturm zu erkennen. Einige Soldaten standen neben den Gleisen und schienen bereits auf sie zu warten.

Die Lok stoppte, und Baptiste verfolgte, wie die Waggons entladen wurden und die Deutschen alles in die Tunnelöffnung transportierten, wo andere Soldaten damit beschäftigt waren, ein großes Tor aufzubauen und eine Mauer hochzuziehen, in die das Tor wohl eingepasst werden würde. Wiederum sprach der Vater mit einem Offizier. Baptiste versuchte, noch einmal einen Blick auf die Gemälde zu werfen. Aber dieses Mal sah er sie nicht, denn als er sich umdrehte, um aus der Lok zu schauen, fasste der Vater Baptistes Kopf und drehte ihn zurück in die andere Richtung. Er sah hinab zu seinem Sohn, schüttelte schwach den Kopf und legte dabei den Zeigefinger an seine Lippen. Ein Zeichen, still und verschwiegen zu sein. Baptiste gehorchte. Und dann fuhren sie wieder zurück nach Marseille.

Baptiste hatte sich nie getraut, den Vater nach dem Grund der Fahrt zu fragen und nach den Bildern, und der Vater hatte nie darüber gesprochen. Wochen und Monate nicht. Auch nicht im folgenden Jahr, als ein solcher Aufruhr in der Stadt herrschte wie damals an dem Tag, an dem das Hafenviertel gesprengt worden war und die große Razzia stattgefunden hatte. Wiederum waren die Straßen voll von Deutschen – aber dieses Mal flohen sie. Überall wurde geschossen, es gab Explosionen, und vor lauter Angst machte Baptiste in einer dieser Nächte ins Bett. Aber die Mutter hatte ihm über den Kopf gestreichelt und gesagt, dass nun alles gut werde.

Schließlich war es ruhiger in der Stadt geworden – bis auf den Jubel und die Musik, die durch die Gassen hallten. An einem Morgen sah Baptiste seinen Vater und seine Mutter zum ersten Mal, seitdem die Deutschen in der Stadt aufgetaucht waren, wieder lächeln und sich einen Kuss geben. Die Sonne schien. Es war ein heißer Tag.

»Komm«, sagte der Vater zu Baptiste. »Wir machen einen Ausflug. Nur du und ich.«

Sie fuhren zu zweit mit dem Lkw von Onkel Clement, der ein Schrottunternehmen besaß, aus der Stadt hinaus. Schließlich bog der Vater von der Hauptstraße auf eine kleinere Straße ab, dann wieder und ein erneutes Mal, bis sie auf einem Feldweg beinahe querfeldein fuhren. Einige Minuten später wusste der Junge, wo sie sich befanden. Er sah die Haltestelle am verlassenen Bergwerk und den aus grauem Stein gebauten Wachturm auf dem hohen Felsen. Damals, als Baptiste und sein Vater mit der Lok gekommen waren, hatte er es nicht so gut sehen können, doch nun erinnerte ihn die schmucklose, verfallene Festung an die massiven Mauern von Château d'If auf der Gefängnisinsel vor Marseille.

»Das ist Gosier de la Terre«, sagte der Vater, der den Blick von Baptiste bemerkt hatte. »Der Schlund der Erde. Schon im Mittelalter wurde in dem Bergwerk nach Silber gesucht. Die Katharer haben sich hier versteckt. Erst vor fünfzig Jahren wurde die Mine aufgegeben.« Er legte den Rückwärtsgang ein und sah sich über die Schulter um. »Weißt du, wer die Katharer waren, Baptiste?«

Baptiste verneinte.

»Das lernst du noch in der Schule. Die Deutschen glaubten, dass die Katharer den Heiligen Gral gefunden haben. Weißt du, was der Heilige Gral ist?«

Baptiste nickte. Er hatte ein Buch von König Artus und seiner Tafelrunde.

»Sind sie deswegen nach Frankreich gekommen?«, fragte Baptiste.

Der Vater schmunzelte und verneinte. »Sie sind aus anderen Gründen gekommen. Aber sie haben überall im Süden danach gesucht, sogar hier in Gosier de la Terre. Sie dachten, die Katharer hätten ihn hier in der Tiefe versteckt. Aber sie haben den Heiligen Gral nirgends gefunden.« Der Vater machte eine Geste zu Baptiste. »Schnall dich an und halt dich gut fest, Junge.«

Was Baptiste tat. Der Vater gab Vollgas. Der Motor jaulte auf. Steine spritzten auf. Die Reifen furchten durch den Untergrund. Schließlich gab es ein lautes Krachen und gleichzeitig einen heftigen Ruck. Baptiste fühlte sich, als säße er in einer Schiffsschaukel, die in voller Fahrt gebremst wurde.

Dann setzte der Lkw wieder ein Stück vor, und der Motor wurde ausgestellt. Baptiste und sein Vater stiegen aus. Die Sonne brannte auf ihrer Haut. Der Junge sah das zersplitterte Tor, das die Deutschen errichtet hatten, um den Eingang zum Stollen zu verschließen. Der Vater nahm die Hand des Jungen. Langsam gingen sie voran, passierten das Tor und wurden von der dunklen Kälte des Schachtes umfangen. Ein Licht flammte in der freien Hand des Vaters auf, eine Plane wurde zurückgeschlagen.

Vor den Augen des Jungen tauchten mit einem Mal die leuchtenden Spiralen auf, die ihn seit jenem Tag so oft in seinen Träumen heimgesucht hatten und in seinen Gedanken im Himmel über Marseille erschienen waren, wenn er nicht schlafen konnte und aus dem Fenster seines Zimmers in die Nacht hinausgesehen hatte. Neben dem Gemälde standen das Bild von den Bergen sowie einige weitere, allesamt unter durchsichtigen Planen versteckt und an die felsige Wand des Schachtes gelehnt, die der Vater nun der Reihe nach zurückschlug. Gestapelte Kisten, Statuen, goldglänzende Möbel, Bilder … So musste es aussehen, dachte Baptiste, wenn man ein Museum leerräumte und alle Exponate achtlos in einem Abstellraum sammelte.

Der Vater wandte sich lächelnd zu Baptiste. Das Licht der Grubenlampe in seiner Hand tanzte über den Steinboden.

»Der Gral«, sagte der Vater mit hallender Stimme, »ist nur eine Legende, Baptiste. Es ist ein anderes Wort für einen unermesslichen Schatz.« Er legte Baptiste die Hand auf die Schulter und drückte sie sanft. »Schau dir das an, mein Sohn«, flüsterte er mit bewegter Stimme. »Die Nazis waren sehr dumme Menschen. Sie konnten den Gral nicht finden – dabei haben sie ihn selbst hergebracht. Nur du und ich wissen das. Nur wir beide.«

Leseprobe

1

Das Bild mit der Ansicht von den Montagne de Sainte-Victoire wurde in eine große Holzkiste gepackt und war nach wenigen Minuten fertig zum Verschicken. Es gehörte zu den sehr wenigen Gemälden von Paul Cézanne, über die das Musée Granet in Aix-en-Provence verfügte. Eigentlich eine Schande. Der große Sohn der Stadt, und das Granet hatte nur die wenigen Gemälde, die ihm vom Louvre als Dauerleihgaben überlassen worden waren, dachte Jean Villeneuve. Und jetzt gingen sie noch auf die Reise – wiederum als Leihgaben, und zwar zur großen Cézanne-Ausstellung, die in Lyon vorbereitet wurde. Dabei galt das Museum, in dem er als Kurator arbeitete, als eines der reichsten in Frankreich und wäre zumindest wirtschaftlich nicht auf die acht exemplarischen Cézanne-»Almosen« aus Paris angewiesen gewesen, die es 1984 erhalten hatte. Das Granet lag mitten in der Stadt, wo es unmittelbar an die Kirche Saint-Jean-de-Malte grenzte und in einer ehemaligen Priorei des Malteserordens untergebracht war. Es verfügte über eine umfangreiche archäologische Sammlung sowie viele Gemälde, zum Beispiel von Matisse, Léger, Ingres und weiteren namhaften Künstlern.

Villeneuve quittierte einige Papiere, die das auf hochwertige Kunsttransporte spezialisierte Unternehmen benötigte. Er war gerade vierzig Jahre alt geworden und hatte den hellen Seersucker-Sommeranzug an, der stets wie seit drei Monaten getragen aussah – selbst wenn er frisch aus der Reinigung kam. Er fuhr sich durch die tiefschwarzen, kräftigen Haare, die vermutlich ein Erbe seiner arabischen Vorfahren waren, und schob das schwarze Nerd-Brillengestell auf die Nasenspitze, um darüber hinwegzublicken. Auf kurze Distanz sah er ohne Brille besser, und für ein Gleitsichtmodell fühlte er sich noch nicht alt genug.

Schließlich war er fertig mit dem Papierkram und folgte dem verpackten Cézanne, der von zwei Museumsassistenten zum Hinterausgang getragen wurde. Dort wartete ein weißer Transporter der Firma *Léonard* mit zwei Mann Besatzung. Während das letzte Gemälde verladen wurde, überzeugte sich Villeneuve von der akkuraten Lagerung der kostbaren Lieferung im Laderaum des Transporters. Immerhin ging es hier um eine Versicherungssumme von mehreren hundert Millionen Euro.

Das Cézanne-Werk »Die Kartenspieler« war zum Beispiel eines der teuersten Gemälde der Welt und erst vor wenigen Jahren für 250 Millionen Euro versteigert worden, was einigen Aufschluss über den Wert der Bilder dieses Malers gab. Deswegen kamen für den Transport nur spezielle Speditionen wie *Léonard* in Frage, mit denen das Museum schon seit Jahren zusammenarbeitete. Die Mitarbeiter waren speziell geschulte und bewaffnete Kräfte, die Fahrzeuge selbst gepanzert und mit dem allerneuesten Sicherheitssystem ausgestattet. Die zu fahrenden Routen wurden erst kurzfristig nach einem Zufallsprinzip festgelegt.

Villeneuve sprang von der Ladefläche und atmete tief durch. Sein Herz schlug für die Kunst, aber im Moment schlug es Purzelbäume. Bei aller Routine: Es war schon eine sehr besondere Situation, sich von solch exponierten Werken zu trennen, und sei es nur zeitweise.

Villeneuve verfolgte, wie die Hecktüren geschlossen wurden. Dann klopfte er gegen die Seitenwand des Transporters. »Alles klar«, sagte er. »Gute Fahrt.«

Er blieb so lange an der Lieferantenpforte stehen, bis der Wagen aus seinem Sichtfeld verschwunden war. Dann ging er wieder hinein, um sich darum zu kümmern, dass an den Plätzen der Cézannes für die Dauer der Entleihung Reproduktionen aufgehängt wurden. Die meisten Betrachter würden das wahrscheinlich nicht einmal merken.

Als der erste Platzhalter im Musée Granet an Ort und Stelle befestigt wurde, hatte es der Transporter gerade bis zum Krankenhaus an der Avenue Philippe Solari geschafft. Von dort aus gab es zwei direkte Routen, die nach Lyon führen würden: geradewegs über die Autobahn A7, oder man nahm die Bundesstraße über Grenoble, was allerdings ein ziemlicher Umweg war. Aber der Transporter von *Léonard* war kein normaler, weswegen er auch keine normale Route benutzte.

Der Fahrer hieß Roger, ein Mann im mittleren Alter. Er trug ein *Léonard*-Poloshirt, eine Sonnenbrille und hatte einen beachtlichen Schnurrbart. Sein Beifahrer hieß Gerard. Er war ähnlich gekleidet, breitschultrig und mit einer Glock 17 bewaffnet, die in einem Schulterholster steckte. Außerdem führte er einen Gurt mit sich, an dem Handschellen, Pfefferspray, eine Maglite, ein Elektroschocker sowie zwei Ersatzmagazine für die Glock befestigt waren. Die Ausrüstung lag im Fußraum, weil man damit unmöglich vier oder fünf Stunden lang sitzen konnte. Denn so lange würde es fraglos dauern, bis sie Lyon erreichten.

Das Navigationssystem im Wagen war an einen Zufallsgenerator gekoppelt, der alle paar Minuten die Route neu zusammenstellte, die auch über Nebenstrecken, Dörfer und verschiedene Autobahnauf- und -abfahrten führen konnte. So genau wusste man das nie. Die Strecke wurde minütlich in der *Léonard*-Zentrale in Nîmes per GPS kontrolliert und an die Polizei gemeldet. Außerdem gab es ein abhörsicheres Funkgerät, über das alle dreißig Minuten ein Statusbericht gegeben werden musste. Am Heck und an der Front des Fahrzeugs waren Kameras angebracht, die fortlaufend Bilder an die Zentrale sendeten, wo sie auf Festplatten aufgenommen wurden.

Faktisch war ein Kunsttransporter von *Léonard* eine fünf Tonnen schwere uneinnehmbare Festung und zudem mit Panzerglas ausgestattet, das einem Schnellfeuergewehrbeschuss aus nächster Nähe standhalten konnte. Die Reifen waren speziell gefertigt und quasi unzerstörbar. Das Fahrwerk war mit Stahlplatten verstärkt und hielt einer durchschnittlichen Minenexplosion stand. Um den ebenfalls verstärkten, feuersicheren Aufbau des Wagens zu knacken, brauchte man schon einen Raketenwerfer. Roger nahm außerdem regelmäßig an Fahrtrainings teil und hatte die gleiche Ausbildung wie Chauffeure von einflussreichen Staatsministern. Gerard hatte früher bei der Fremdenlegion gedient und später in einer Spezialeinheit der Polizei von Marseille, bevor er in die Privatbranche gewechselt war. Zudem gab es ein weiteres Zweimannteam mit identischer Ausbildung, das dem Transporter in einigem Abstand folgte und ein ziviles Fahrzeug verwendete, im heutigen Fall einen silbernen BMW mit rund dreihundert PS.

Das Navigationssystem führte den kleinen Konvoi zunächst über Rognes und Lambesc bei Salon-de-Provence auf die A7, um den Gebirgszug des Luberon zu umfahren. Von der Autobahn bogen Roger und Gerard allerdings schon bei Avignon-Nord wieder ab und gelangten auf den Schnellweg Avignon–Carpentras. Bei Monteux lotste sie das Navi in Richtung Loriol du Comtat auf die D107, die hier Route de Loriol hieß. Schließlich ging es ab von der D107, und zwar auf den sehr schmalen Chemin de Talaud. Der Wagen passierte einige Gewächshäuser und bog kurz vor einem Geflügelhof auf eine noch schlechtere und schmalere Straße, weswegen Roger langsam fahren musste. Falls ein Lkw im Gegenverkehr um die Ecke gerauscht kam, würde es sehr knapp werden, unfallfrei aneinander vorbeizukommen.

Roger fluchte am Steuer, aber er war Kummer mit dem dämlichen Zufallsgenerator gewohnt. Gerard beugte sich nach unten, um aus einer Tupperware-Dose im Fußraum einen Energieriegel zu nehmen. Als er sich wieder aufrecht hinsetzte, sah er eine langgestreckte Kurve vor sich. Links und rechts wuchsen Pinien und Büsche am unbefestigten Straßenrand, neben dem zu beiden Seiten Entwässerungsgräben verliefen.

Gerard wollte gerade Rogers Beschwerde über das bescheuerte Navigationssystem zustimmen, als das Fahrzeug vom heftigen Schlag einer ohrenbetäubenden Explosion erschüttert und mit solcher Wucht seitlich von etwas getroffen wurde, dass die Reifen vom Boden abhoben. Gerard und Roger flogen trotz der Sicherheitsgurte wie Puppen im Führerhaus herum. Der Transporter wurde wie durch einen unsichtbaren Boxhieb aus der Spur geschleudert. Mit den Reifen, die noch den Boden berührten, geriet er in den

Straßengraben. Roger verlor vollends die Kontrolle. Der Wagen ruckte und bockte. Dann kippte er auf die Seite und pflügte durch die Büsche, bis er mit der Front vor eine Pinie knallte und schließlich zischend und fauchend liegen blieb.

Einige Momente lang geschah überhaupt nichts. Schließlich schnallten sich Gerard und Roger ab und stellten fest, dass sie augenscheinlich unverletzt waren. Gerard griff nach seiner Waffe und lud sie durch. Roger fasste nach dem Funkgerät. Es war nicht einfach, aber Gerard gelang es, sich hinzustellen und halb auf dem Armaturenbrett, halb auf den Sitzen, Fuß zu fassen. Er sah in den großen Außenspiegel, in dem die Straße hinter dem Transporter zu sehen war. In seinem Kopf schwirrte es, und in seinen Ohren hatte sich ein Klingeln breitgemacht. Er blinzelte einige Male, damit sich sein Blick klärte, während Roger panisch einen Notruf an die Zentrale absetzte. Ein weißer Rauchnebel hing über der Straße. Er war zu dünn, um von einer Nebelgranate zu stammen. Also musste ihn die Explosion verursacht haben.

Schließlich sah Gerard einige Männer auf die Straße laufen. Sie trugen dunkle Overalls und Masken mit Sehschlitzen sowie automatische Waffen. Zwei von ihnen zielten auf den silbernen BMW, der mitten auf der Straße stehen geblieben war. Ein dritter Mann kam aus dem Unterholz. Er trug etwas auf der Schulter, das er ebenfalls auf den BMW gerichtet hielt. Es war unschwer zu erkennen, dass es sich um eine Panzerfaust handelte. Damit war klar, was den Transporter eben seitlich erwischt haben musste. Es war außerdem klar, dass die Sicherheitscrew im BMW keine Chance hatte. Die Türen öffneten sich. Die Männer stiegen aus, hoben die Hände über den Kopf und knieten sich auf die Straße, um sich dann auf den Bauch zu legen.

Im nächsten Moment stürmten drei weitere Maskierte aus dem Busch. Ein zweites Team, das auf den Lkw zuhielt. Zwei Männer mit automatischen Langwaffen. Ein Mann, der eine schwere Flex trug und sofort hinter dem Heck des Lkw verschwand. Eine Sekunde später erfüllte lautes, metallisches Kreischen die Luft, während die zwei Schützen sich um das Führerhaus aufstellten, die Schnellfeuergewehre im Anschlag.

Eine Glock 17 gegen zwei Schnellfeuergewehre. Denk erst gar nicht darüber nach, sagte sich Gerard.